사계

사계

글 그루 · 그림 청낙원

사계

목 차

春 봄

"걔? 매화잖아. 양매화."

헛웃음을 친 동기가 주먹으로 재원의 어깨를 툭 내리쳤다. 서로가 이 정도 스킨십쯤은 거리낌 없이 할 수 있는 사이라는 믿음이 느껴지는 동작이었다. 부쩍 가까이 선 그가 이죽대며 덧붙였다.

"하여간 명재, 그래도 같은 반이었는데 이름을 모르냐."

재원은 습관적인 미소를 입술 끝에 매단 채 으음, 목 울리는 소리를 냈다. 사실 네 이름도 가물가물하다고 하면 농담으로 받아들일까.

"그러게."

가볍게 응수하고 슬쩍 몸을 뒤로 물렸다. 알려 줘서 고마워, 웃으며 덧붙이자 동기는 신이 난 얼굴로 고개를 끄덕였다. 재원은 아예 걸음을 떼고 가볍게 손을 흔들었다.

"그럼 나 먼저 가 볼게."

"어어. 나중에 봐!"

요란한 인사를 뒤로 하고 교정을 가로질렀다. 혼자가 되고 나니 겨우내 땅을 얼려 버린 한기가 운동화 밑창을 파고드는 것이 느껴졌다. 콧노래를 흥얼대는 재원의 두 뺨으로 지난 계절의 미련이 붉은 흔적을 남겼다. 양 주머니에 꽂아 넣은 손끝의 까끌까끌함이 유난히 생생했다.

"매화."

맥락 없이 끊긴 허밍 틈으로 무심코 튀어나온 이름은 희게 튼 입술 새에 걸려 잠시 입안을 맴돌았다.

"양매화구나."

참 봄 같은 이름도 다 있다.

통학이 용이한 거리의 4년제 대학 공대에 유난히 같은 고등학교 출신이 많은 것은 진학 상담 때 재원이 들은 말과 무관하지 않을 것이다.

"어차피 커트라인 비슷하면 가까운 데 가는 게 좋지."

담임은 그렇게 애매한 상위권 성적의 이과생들을 근처 이공계에 분산 투자하듯 뿌려 댔고, 꽤 괜찮은 타율을 올렸다. 간혹 학교 안에서 길을 잃고 헤매다 보면 반드시 아는 얼굴을 마주칠 정도였다.

그러니 공학부 내에, 나아가 건축공학과 내에 고등학교 동창이 있는 것도 놀랄 일은 아니었다. 클래스메이트였다 해도 달라질 건 없다. 달라진 것은 어디까지나- 상기된 얼굴로 빤히 올려다보던 눈동자를 기억해 냈을 때부터였다.

"그럼 세형이만 B반이야?"

여난이 재원과 매화, 세형을 번갈아 가리키며 물었다. 몇 번이나 봤다고 이미 친구라도 된 것처럼 친근한 말투였다. 과 내에서 반을 나누는 시스템이 있다는 이야기가 퍽 재미있는 모양이었다.

"무슨 고등학교 같다. 같은 과여도 반 위주로 친해지고 그래?"

"수업만 나눠 듣는 거고, 과 활동은 다 같이 해서 꼭 그렇지도 않아."

"그래? 아무튼 명재는 매화 있어서 다행이네. 아니었으면 수업 들을 때마다 친구 없이 외로웠겠어."

오랜 친구의 익숙한 농담에 사심 없는 웃음을 터뜨린 재원의 시선이 자연스레 매화를 향했다. 매화는 두 눈을 둥글게 뜬 채 입술을 살짝 열고 있었다. 확장된 시선에 담긴 것은 더없이 명료하고 선명한 의문이었다. '무슨 말도 안 되는 소리야?'

"……."

저렇게 정색할 일인가? 의아함에 눈을 뗄 타이밍을 놓친 사이 시선이 마주쳤다. 달싹이던 입술을 의식적으로 다문 매화가 먼저 고개를 돌리며 심드렁한 목소리를 냈다.

"이상한 소리 좀 하지 마."

"왜? 명재 데리고 다니기 싫어?"

"매정하다, 매화."

여난과 세형의 농담 같은 핀잔에는 반응 없이 필통을 뒤적인다. 잘 깎여 뾰족한 연필을 괜히 만지작대는 손끝에 옅은 붉은빛이 돌았다. 재원은 턱을 괸 채 눈동자만으로 매화의 움직임을 쫓았다. 제도용 연필과 지우개, 볼펜 따위에 학교 이름과 학과명이 새겨져 있었다.

"매화야, 그거 뭐야? 매점에 팔아?"

어색한 공기 속에서 대화를 이어갈 때는 아무 소재에나 물음표를 붙이는 것이 가장 효과적인 방법이다. 한 박자 늦게야 재원이 말하는 '그것'이 뭔지 깨달은 매화가 제 필통과 재원의 얼굴을 번갈아 보았다.

"아, 이거… OT 때 나눠 줬어."

"와- 봐도 돼?"

"응."

학과 기념품 이야기로 대화의 물꼬나 터 보려는 심산이었지만, 매화가 필통을 통째로 건네는 바람에 재원은 별 관심도 없는 필기구를 세심히 살펴보는 시늉을 해야 했다. 휴대용 연필깎이가 아주 효용 있어 보인다는 말이라도 꺼내야 할까 고민하는데 고개를 조금 기울인 매화가 불쑥 물었다.

"가질래?"

"응?"

"가져가도 돼."

"뭐를? 네 필통?"

"…연필. 한 타씩 줘서 기숙사에 더 있어."

불쑥 뻗어 온 손이 연필 한 자루를 집어 내밀었다. 재원은 엉겁결에 나뭇결이 맨들맨들해지도록 깨끗하게 깎은 연필을 받아 든 채 미소 띤 얼굴 그대로 눈만 깜빡였다. 그러거나 말거나 매화는 당장 할 일은 끝났다는 듯 만족스러운 표정을 짓고 있었다.

물건 주는 거 술버릇이라고 하지 않았나? 재원이 픽 웃으며 손끝으로 연필을 돌렸다. 턱을 괸 채 그 모양을 빤히 보던 여난이 옮겨 간 화제를 자연스레 물었다.

"건공은 연필 주는구나. 우리는 볼펜이랑 USB 줬는데."

"입학 기념품이 다 그렇지, 뭐. 조소과는 뭐 줬어?"

세형의 질문에 그때까지 말이 없던 달국에게로 모든 시선이 모였다. 달국은 곰곰이 생각하는 듯 눈을 끔벅이다 느릿느릿 입을 열었다.

"…뭔가 주긴 했는데."

"얘네도 USB야."

대신 대답한 여난이 그럴 줄 알았다는 듯 큭큭 웃었다. 네가 어떻게 아느냐는 세형의 질문에는 "국이 것까지 내가 쓰니까 알지." 하며 의기양양한 표정을 지었다. 재원은 한 김 식어 넘어간 대화의 흐름을 경청하는 척하며 다시 매화에게로 시선을 흘렸다.

매화는 픽 웃기도 하고, 성의 없는 대답을 던지기도 하며 제 자리를 지키고 있었다. 화제의 중심에서 빠져나온 덕에 편안하다는 태도였다.

혹시 사람 많은 자리가 불편한가. 낯을 가리는 성격은 아닐 것 같았는데. 상념에 빠진 재원을 향해 세형이 불쑥 물었다.

"근데 명제, 영민이랑 알아?"

그대로 굳어 버린 재원이 천천히 두 눈을 깜빡였다. …누구? 표정에서 말이 읽혔는지 고마운 부연 설명이 따라왔다.

"수학과 다니는 영민이. 김영민."

"응? 으음…."

"몰라? 걔는 너 안다던데."

"음…."

끙끙대는 재원을 바라보던 여난이 쯧쯧, 혀를 차며 끼어들었다.

"명재 원래 그래. 만인의 절친인데 지만 몰라."

"아냐, 내가 무슨…."

"중학교 땐 어땠는지 알아? 복도에서 누굴 만나서 한참이나 얘기하길래, 친구야? 그랬더니 모르는 애래. 그런 일이 한두 번이 아니었어."

여럿이 모여 있을 때 마음의 거리를 빠르게 좁히는 효율적인 대화법 중 하나는 소위 '까이는' 표적을 하나 만드는 것이다. 재원에게 익숙한 역할이기도 했다. 언제나처럼 적당히 웃으며 상황을 마무리하려던 재원이 고개를 기울이다 멈칫했다. 슬쩍 건너와 있던 매화의 시선이 엮인 탓이었다.

눈이 마주치자 잠시 놀란 듯 입을 다문 매화가 곧 자연스레 고개를 돌렸다. 그러고는 아무 일도 없었다는 듯 그새 또 바뀐 화제에 적당히 말을 얹었다. 아주 짧은 순간이었지만, 재원은 매화가 보인 표정을 곱씹을 수밖에 없었다. 색 옅은 눈동자를 천천히 굴려 가며 흘려 낸 눈길, 가만히 다문 입술에 맺힌 말을 구태여 발굴해 옮겨 보자면 대충 다음과 같을 듯싶었다.

'그럴 줄 알았어.'

재원은 때로 자신이 인식하는 거리와 타인이 인식하는 거리의 간극을 느낄 때가 있었다. 재원이 적당한 영역을 설정해 놓으면, 타인은 아주 당연하다는 듯이 그가 가늠한 선을 흙발로 넘어 들어오는 식이었다.

아마도 자신의 선은 꽤나 흐리고 범박해 보이는 모양이라고 재원은 생각했다. 예민한 기질은 없는 탓에 특별히 불쾌하거나 못마땅하지는 않았다. 사람은 들리는 말보다 보이는 표정을 믿는 법이다. 재원은 말로써 영역을 재설정하는 대신 미소로 당면한 순간만을 넘기곤 했다. 무탈히 지나간 침범들 속에서 재원의 대처는 수면을 치는 고래처럼 자연스럽게 배려와 기만을 오갔다.

그 과정에서 알게 된 사실이 있었다. 사람이 누군가를 향해 특별한 감정을 드러낼 때는, 대체로 상대가 이걸 받아 줄 사람인지 아닌지 적당히 가늠한 후라는 것이다. 재원을 두고 서슴없이 '절친'이라 칭하는 이들이나, 장난인 척 조심스레 우리 사귀어 볼래? 묻는 이들이 그랬다. 평소와 다른 접근에 놀라 아주 잠시 초점이 맞춰질 때면, 상대의 눈에서 순도 높은 설렘과 기대를 읽을 수 있었다. 관계의 재정립 시도 앞에 별수 없이 긴장하면서도, 상대가 거절할 거라고는 거의 우려하지 않는 눈. 그리하여 정성껏 감춰 두었던 애정을 마음껏 담아 비추는 시선. 이를 테면- 겨울바람이 할퀴고 간 손에 핸드크림을 무더기로 쏟아 주고서 가만히 맞춰 오던 눈동자 같은.

재원의 의아함은 그로부터 비롯되었다. 술기운이 있었다 해도, 그렇게 분명한 마음을 담고 사람을 바라봤을 때는 '그래도 된다'는 판단이 선행되지 않았을까 했다. 졸업식 뒤풀이 자리에서야 어차피 다시 볼 일 없다고 생각했을지도 모르지. 하지만 같은 대학에다 같은 과에 다니게 됐다는 걸 알면서도 선명한 호의를 던졌을 때는- 당연히 어떤 신호가 아니었겠는가 하고.

그러나 알코올에 잠식된 새벽을 지나 새로운 날이 시작되면 매화는 야속하리만치 깨끗하게 지난밤을 지운 듯 굴었다. 아스팔트 요철 사이에 서려 있던 살얼음이 흔적 없이 사라지고 봄꽃의 새순이 돋기 시작하는 동안 반복된 비슷한 기대와 익숙한 실망은 어느새 재원에게 해결을 봐야 할 과제로 자리 잡고 있었다.

그게 문제였다.

"너는 진짜… 문제가 있어."

간단히 평한 여난이 혀를 찼다.

"이 정도면 길을 못 외우는 게 아니라 애초에 입력을 못하는 거 아니야? 어떻게 문구점 갔다가 학교로 못 돌아올 수가 있어."

"아니, 거기 출입구가 여러 개라 헷갈린다니까…."

학교 후문 바로 앞에 위치한 대형 문구점은 언덕을 타고 지은 2층 건물이었다. 학교 가는 길에 있는 출입문은 건물 2층이었고, 1층으로 내려가 계산을 마친 뒤 밖으로 나가면 학교와 면한 도로의 반대편으로 나가게 되어 있는 구조였다.

수업에서 쓰는 제도용 도구를 취급하는 점포이기에 건공과 학생이라면 누구나 자주 들르는 곳이지만, 신입생 시절 꼭 한 번은 함정에 빠지는 대표 루트이기도 했다. 그러나 과제가 줄줄이 쌓이고 첫 중간고사가 다가온 시기까지도 1층 트랩에 걸려 길을 잃는 불쌍한 어린양은 재원이 유일했다.

"내 말 좀 들어 볼래? 나도 분명히 기억은 하고 있었어. 들어왔던 길로 나가려면 일단 2층으로 다시 올라가야 된다고."

"응, 응. 그러셨겠지."

"근데 계산 마치기 직전에 갑자기 생각이 난 거야. 매화가 커터 잘 안 든다고 했던 게."

"…어, 그래."

"그때 마침 계산대 옆에 새로 입고됐다는 커터나이프가 걸려 있었는데, 날이 까만색이라 되게 멋있고…."

"어…."

"그래서 매화한테 이걸 줘야겠다 싶어서 샀어. 샀으니까 이제 나가는 일만 남았잖아? 그리고 눈앞에 바로 출입문이 보이잖아. 그러니까 나온 거지."

"으…응?"

무성의하게 대답하던 여난의 표정이 점점 미묘해졌다. 한쪽 눈썹을 가라앉힌 채 시선을 멀리 던진 그가 곧 뺨을 긁으며 되물었다.

"요약하면, 양매화 생각하느라 정신이 팔려서 전공 지각했다는 거고?"

"……."

"문제야, 문제…."

고개를 절레절레 저은 여난이 출력물을 팔락 넘겼다. 언뜻 봐도 어지러울 만큼 빼곡한 글자와 숫자 사이로 요령 좋게 빈자리를 파고든 징길한 글씨들이 흘리갔다. 시각, 사각, 날카로운 펜촉으로 색색의 흔적을 이어가던 그는 시선을 출력물에 고정한 채 지나가는 말처럼 중얼거렸다.

"근데 그건 어떻게 기억을 했네."

나도 공부하는 시늉이라도 해야 하나. 분철한 전공서 한 권만 달랑 든 가방을 내려다보며 고민하던 재원이 한 박자 늦게 고개를 들었다.

"응?"

"문구점에서 길을 잃지 않으려면 2층으로 올라가서 나와야 된다, 그건 용케 기억해 두고 있었다고."

"나 그렇게까지 바보로 보여…?"

대답 없이 다시 펜을 놀리기 시작한 여난을 보며 습관적으로 미소 짓던 재원이 멈칫했다. '일단 2층으로 다시 올라가야 한다는 걸 기억해.' 그 말을 해 준 게 누구였는지 떠오른 탓이었다.

'여긴 몇 번을 와도 구조를 모르겠어.'

전공 과제를 받고 세형과 은하, 승아까지 함께 문구점에 간 날이었다. 얼기설기 쌓아 올린 물건들로 아슬아슬한 균형을 이룬 내부를 둘러보던 재원이 무심코 중얼거렸다. 오랜 역사를 반증하는 어수선한 진열이 어지러워 한 말이었지만, 매화의 귀에는 출입문에 대한 불만으로 들린 모양이었다. 폼보드 여러 장을 옆구리에 끼운 매화가 잠시 고민하더니 재원의 어깨를 툭툭 쳤다.

'계산대 오른쪽에 계단이 있잖아.'

'응?'

'계산 마치면 계단부터 찾아서 올라가. 일단 2층으로 가야 된다는 것만 기억하면 들어왔던 문으로 나갈 수 있어.'

의아하게 두 눈을 깜빡이던 재원은 곧 매화가 '학교로 돌아가는 길'을 알려 주고 있다는 사실을 깨닫고 웃음을 터뜨렸다. 매화의 표정이 지나치게 진지하고 비장했기 때문이다. 마치 재원을 이 문구점에서 무사히 탈출시키는 것이 대단한 사명이라도 되는 것처럼.

그 뒤로 문구점에 갈 때면 별수 없이 떠올랐다. 사람이 지날 때마다 구석구석 쌓인 세월의 더께에서 피어오르는 먼지, 부드러운 톤으로 단호하게 속삭이던 길잡이의 말, 진열장 안쪽에 고인 쾨쾨한 공기를 뚫고 누군가 매화야, 부르던 목소리. 그에 자연스레 응, 하며 돌아서던 매화의 둥근 머리꼭지와 흰 목덜미까지.

결과적으로 문구점에 갈 때면 조건 반사처럼 매화를 떠올리게 되었는데, 그러다 매화에게 커터나이프가 필요하다는 사실까지 생각이 났고- 거기에 집중하다 보니 무심코 눈앞의 출구로 나왔다가 또 길을 잃었다는 게 진짜 전말이었다.

"근데 그 양매화는 어디다 두고 여기 와서 뭉개고 있어?"

시험 기간이면 어디든 도서관 좌석이 꽉 차 버리는 통에 정문 근처 카페는 본의 아니게 예약에서 낙오된 학생들의 공부방이 되곤 했다. 여난은 주로 세형의 자취방을 도서관 대용으로 썼지만, 오늘은 조별 과제를 하러 간 달국을 기다리느라 카페에 있는 모양이었다.

"매화? 아…. 제작실 가 있는 것 같은데."

"과제 하러?"

"응. 발표 있어서."

"넌 없어? 같은 반인데."

"여난, 혹시 나 귀찮아…?"

꼬치꼬치 이어지는 추궁의 속뜻을 묻자 고개를 든 여난이 씩 웃어 보였다.

"귀찮은 건 아닌데…. 나는 공부하느라 불나고 누구는 과제 하느라 불나는데 어디의 명 모 씨는 혼자만 세상 통달한 듯 여유로워 보이는 게 좀 눈꼴시렵다고 해야 할까?"

"아니, 매화는 제작 맡았고 나는 발표 맡아서 그런 거야…."

"알겠는데, 왜 여기 와서 붙어 있는 거냐고. 평소엔 금붕어똥마냥 양매화 뒤꽁무니만 쫓아다니더니."

왜…. 들은 말을 곱씹던 재원이 미간을 짚으며 비통한 표정을 지었다.

"정말로 왜인지 듣고 싶어? 좀 자세하게 설명해도 될까?"

"…아니, 괜찮아. 있고 싶으면 있어라, 그래."

간단히 정리한 여난이 다시 출력물 위로 코를 박았다. 덕분에 재원은 관성적으로 핸드폰을 만지작대야 했다. 혹시나 하는 마음으로 화면을 켜 봤지만 매화로부터 온 연락은 없었다.

"……."

수업이 끝나자마자 쏙 일어선 매화를 붙들고 어디 가느냐고 물었을 때, 매화가 어이없다는 듯 '과제 준비해야지.'라고 한 것까지는 괜찮았다. 문제는 그 직후였다.

'모형 만들게? 같이 가.'

고민 없이 던진 말에 매화는 잠시 머뭇거렸다. 그러고는 살짝 고개를 기울이며 조심스레 물었다.

'네가 왜?'

아마 모형 담당도 아니면서 뭐 하러 따라오느냐는 말이었겠지만, 재원에게는 조금 다르게 들렸다. -너와 내가 그렇게 아무 목적 없이 어울려 다닐 사이야?

"너 왜 기침해?"

한 챕터를 끝냈는지 펜을 딸깍 내려놓은 여난이 물었다. 재원은 그제야 제가 콜록대고 있었음을 깨닫고 아, 탄식했다.

"건조해서 그런가 본데."

"감기는 아니지? 중간고사를 앞둔 난이한테 옮기면 가만 두지 않을 거야."

"오랜 우정에 걸맞는 진심 어린 걱정, 정말 고맙습니다…."

교정에 핀 벚꽃나무는 벌써부터 분홍빛 꽃잎을 쏟아 내고 있었다. 호백하고 차가운 계절과 시푸르고 뜨거운 계절 사이, 고작 두어 달을 할당받은 봄은 차례가 돌아올 때마다 제 애매함이 서럽다는 듯 안간힘을 짜내 갖가지 꽃을 만개시키곤 했다. 하루라도 더 일찍 해를 보려는 갖춘꽃들의 조바심은 온 세상 물기를 집어삼켜 바짝 말려 놓았다. 덕분에 환절기면 종종 마른기침을 뱉는 것이 재원의 일상이었다.

"어, 국이 끝났나 보다."

제 핸드폰을 집어든 여난이 중얼거렸다. 자연스레 일어설 채비를 하는 여난을 두고 재원도 주섬주섬 짐을 챙겼다.

"넌 어쩔래? 국이랑 나는 세형이네로 갈 건데."

"오늘도 세형이 의사는 없어?"

"국이가 치킨 쏘기로 함."

"하긴, 치킨이면 됐지…."

양 주머니에 손을 꽂은 채 느릿느릿 걷고 있자니 벚꽃잎이 살랑살랑 귓전을 스쳤다. 고개를 들자 흐드러지게 핀 벚나무가 시야를 연분홍빛으로 물들였다. 걸음을 멈춘 재원이 가만히 숨을 들이쉬었다.

"뭐 해?"

덩달아 멈춰 선 여난이 물었다. 재원은 으응, 하며 다시 걷기 시작했다.

"향기 날까 해서."

"엉?"

"근데 아무 향 안 나네."

머리 위를 가리키며 덧붙이자 여난이 아아, 고개를 끄덕였다.

"벚꽃은 원래 향 안 나지 않나?"

"어? 아니야. 나 어릴 때 벚꽃 구경 갔을 때는 향기 났는데."

확신에 차 주장하는 재원을 두고 여난은 그런가, 하며 고개만 갸웃거렸다. 그러거나 말거나 크게 중요하지 않다는 모양새였다.

초등학교 저학년 즈음으로 기억한다. 가족끼리 간 여행지에서 난분분하는 꽃잎에 휩싸인 적이 있었다. 몇 가지 얄궂은 우연이 만들어 낸 결과였다. 사람이 너무 많았고, 잡상인이 흔드는 풍선에 정신이 팔렸고, 첫째 누나와 둘째 누나가 사소한 일로 싸웠다. 덕분에 잠시 부모님의 시야에서 벗어나게 된 어린 재원의 머리 위로 초봄의 미련이 가득 담긴 바람이 들이닥쳤다.

화르르 쏟아진 꽃잎이 눈앞을 덮고, 그윽한 향이 숨에 섞여 들었다. 뽐내는 기색이라고는 없어 구태여 찾아내야 그 자리에 있을 듯한 향이었다. 혼이 빠져 버릴 듯한 풍경 속에서 재원은 오랫

동안 짧은 호흡에 묻은 향의 궤적을 찾아 두리번거렸다. 동생이 사라진 걸 깨달은 재인이 인파를 헤집고 헐레벌떡 달려와 야! 하며 어깨를 돌려 세울 때까지.

"그래서, 너도 세형이네로 갈 거야?"

정문을 통과한 여난이 다시 물었다.

"너도 갈 거면 한 마리 더 시켜야 돼. 빨리 말해."

"음- 아니야. 난…."

재원의 시선이 서서히 언덕 위쪽으로 향했다. 운동장을 오른쪽에 끼고 쭉 올라가면 공대 건물이다. 매화는 2층 복도 끝에 위치한 제작실에 있을 것이다.

"나는 매화한테 갈래."

말은 의식하지 못한 사이 가볍게 흘러 나왔다. 매화에게 가는가, 아닌가의 선택지가 있다면 일단은 매화에게 가고 싶었다. 그럴 줄 알았다는 듯 손을 흔드는 여난과 헤어진 재원은 누가 이끌기라도 한 것처럼 언덕 쪽으로 한 발을 디뎠다.

물론 마음이 마냥 편하지는 않았다. 괜히 매점에 들러 주전부리를 산 것은 그런 이유였다. 정규 강의가 모두 끝난 시간이라 복도는 고요했지만, 살짝 열린 제작실 문 사이로는 여전히 형광등 불빛이 새어 나오고 있었다. 터벅터벅 걸어 가까이 간 재원이 문틈새로 슬쩍 고개를 들이밀었다.

"근데 이거 말인데."

동시에 명랑한 목소리가 안쪽에서부터 터져 나와 괜히 가슴이 뜨끔했다. 눈을 가늘게 뜨고 보니 창문 쪽 책상에 매화와 동기 두 명이 앉아 있었다.

"구조 차이에 대한 발표니까 징크 표현까지는 안 해도 되지 않을까?"

"근데 진규 형이 이 교수님 이런 디테일 있으면 점수 잘 주신다고 하던데."

"그래도 오늘 내로 끝내려면…."

매화는 의논하는 두 명 사이에서 오도카니 말이 없었다. 작은 뒤통수만 보였지만 뭔가에 골몰하는 기색이 역력했다. 이내 손을 슬쩍 들어 올린 매화가 조심스레 입을 열었다.

"마감 표현까지 하려면 재료 부족할 것 같은데."

"아."

열띤 토론을 이어가던 동기 둘이 멈칫했다.

"문구점 몇 시까지 하더라?"

"지금 가야겠는데…. 우리가 다녀올게. 나가는 김에 간식도 사오고."

매화가 고개를 끄덕이자 두 명이 자리에서 일어났다. 여차하면 가장 어색한 형태로 맞닥뜨리게 될 것 같았다. 재원은 얼른 문을 마저 열고 지금 막 도착했다는 표정을 지었다. 척척 걸어오던 동기들이 그런 재원을 발견하고 반가운 얼굴을 했다.

"어, 명재. 도와주러 왔어?"

그 말에 그때까지 가만히 앉아 있던 매화가 뭐에 찔린 사람처럼 돌아보았다. 어찌나 놀란 눈을 하고 보는지 재원까지 심장이 벌렁거렸다.

"아직 있나 해서 들러 봤지."

"잘됐다. 우리 문구점 들렀다가 토스트 사 올 건데, 너는 뭐?"

"나 매화랑 같은 걸로."

"오키-"

동기들이 쌩하니 나가 버리자 넓은 제작실에는 매화와 재원만이 남았다. 매화는 그때까지도 아무 말 없이 재원의 얼굴만 쳐다보고 있었다. 어쩐지 죄 지은 기분에 재원이 슬금슬금 걸음을 옮겼다.

"어…. 매화야, 사탕 먹을래?"

"……."

"아니면 레몬젤리…."

"왜 왔어?"

덤덤하게 묻는 말에 막대사탕을 꺼내던 손이 멈칫했다. 대답을 기다리지 않고 고개를 돌린 매화는 다시 모형을 매만지기 시작했다. 종종걸음으로 그 곁에 간 재원이 옆자리 의자를 빼서 앉았다.

"나 괜히 왔어?"

"……."

"안 오는 게 나았나?"

풀 죽은 시늉을 하자 애써 시선을 돌린 매화의 눈가가 짧게 경련했다. 조심히 돌아보는 다갈색 눈동자는 언제나 그렇듯 맥락 없이 복잡해 보였다. 재원은 막대사탕 하나를 쥐어 살살 흔들며 입꼬리를 끌어 올렸다.

"그게 아니라…."

끈질기게 쫓아드는 눈을 다시 피해 버린 매화가 기어들어가는 목소리로 중얼거렸다.

“여기 먼지 많으니까….”

“응?”

“너 아까도 기침하고….”

“…….”

재원이 천천히 두 눈을 껌뻑였다. 매화는 제 머리를 흐트러뜨리며 입을 다물어 버렸다. 싸구려 형광등 불빛을 받은 귀가 살짝 붉게 물들어 있었다.

“지각했는데 기침까지 하니까, 컨디션 안 좋은가 했어.”

“…….”

“괜찮으면 상관없어. 있어도….”

느린 마음 같은 침묵이 흘렀다. 안절부절못하던 매화가 다시 모형을 만지작대기 시작했다. 재원은 입을 다문 채 가만 지켜만 보고 있었다. 어쩐지 그러면 듣고 싶은 말이 더 나올 것 같았다.

“…너 감기 잘 걸리잖아.”

예상대로 끙끙이 섞인 고요함을 견디지 못한 매화가 내려놓듯 말했다. 재원은 씩 웃고 고개를 저었다.

“아닌데. 감기 잘 안 걸려.”

“거짓말하지 마. 졸업식 때도….”

“그때는 진-짜 어쩌다 걸렸던 거고, 오늘 기침한 건 건조해서 그랬지.”

커터나이프를 집어 들던 매화가 멈칫했다. 재원은 턱을 괸 채 다음 말을 기다렸다. 아무렇지 않은 얼굴로 모형을 훑어보던 매화는 이내 평안하게 중얼거렸다.

"…그럼 다행이고."

"……."

아, 역시 이 애는….

"사탕이나 줘 봐."

날 좋아하는 것 같은데.

"무슨 맛?"

"아무거나."

"음, 그럼 오늘은 딸기."

재원이 딸기맛 사탕을 집어 껍질을 벗기는 동안 매화는 덜 자른 폼보드 끄트머리에 커터나이프를 가져다 대었다. 잔뜩 힘을 주고 그어 내리다가 영 마땅치 않은지 캡을 뽑아 칼심을 끼운다. 재원은 끙끙대며 칼심 한 칸을 자르려 드는 매화의 입에 사탕을 물려주고서 빈손을 내밀었다.

"줘 봐."

"내가 할 수 있어."

"그럼, 그럼. 우리 매화가 할 수 있지. 아는데, 줘 봐."

어린애 달래는 듯한 말투에, 매화는 눈을 살짝 흘기면서도 순순히 커터나이프를 내밀었다. 재원은 매화의 칼을 내려 두고서 제 가방을 열었다.

"아까 준다는 걸 깜빡했네."

재원이 내민 새 커터나이프를 얼결에 받아 든 매화가 의아한 표정을 지었다. 재원은 자신만만한 미소를 띠며 말을 이었다.

"칼 잘 안 들어서 힘들다며."

"어, 근데 이걸 왜…."

"아까 필름지 사러 갔는데 있더라고. 신상인데 완전 잘 썰린다고 추천했어, 아저씨가."

뭐라 더 말하려는 듯 입술을 달싹이던 매화는 이내 소리 없는 한숨을 뱉었다. 더 따져 봐야 소용없다는 사실을 경험적으로 깨달은 듯했다.

"어때? 잘돼?"

"기다려 봐, 좀…."

조심스레 칼날을 빼낸 매화가 철자를 대고 날을 깊이 눌렀다. 사각, 날끝이 코팅된 면을 가르고 칼판에 닿는 소리가 시원스러웠다. 오, 성의 없는 탄성을 뱉은 재원이 손끝으로 박수 치는 시늉을 했다.

"잘 드네. 역시 실습은 장비발이라니까."

"…그러네."

사각, 사각, 철자를 누른 매화의 손끝을 따라 재료가 깨끗하게 잘려 나갔다. 재원은 턱을 괸 채 벽이 될 판이 모양을 갖추는 과정을 지켜보았다.

매화는 특별히 손재주가 뛰어나다고 말할 수는 없었지만, 세심하고 끈기가 있어 항상 모난 데 없이 반듯한 모형을 만들곤 했다. 화려하지는 못할지언정 오차 없는 도면을 그렸고, 여러 번 어긋나고 망칠지언정 계획대로 파낼 때까지 포기하지 않았다. 그 결과 매화의 손에서 나오는 모형은 늘 소박하고 고요하면서도 정갈한 모양을 하고 있었다.

나중에 이 애가 집을 짓는다면, 그 집도 꼭 이렇게 생겼을 것 같다. 재원은 철골과 콘크리트 표현이 전부인 단순한 모형을 바라보며 느린 상념에 잠겼다.

"……."

그 바람에 매화의 시선이 온 것을 뒤늦게 눈치챘다. 눈을 맞추자 매화가 조심스레 물었다.

"어디 이상한 데 있어?"

"응?"

"심각하게 보길래."

"아냐, 아냐. 잘 만들었다고 생각하던 중이었어."

얼른 손사래를 치며 부정했지만 매화에게는 찜찜함을 남긴 모양이었다. 인쇄한 도면을 집어 든 매화가 미간을 좁힌 채 모형을 노려보았다.

"H빔 형태 따기가 어려워서…."

"여기? 예쁘게 잘된 것 같은데."

"은하네는 조적조 하는데 아예 3층 주택을 완벽하게 만들었대. 우리 조만 모형이 너무 초라하지 않을까?"

덤덤하게 묻고 있지만 걱정스러운 기색이 고스란히 묻어났다. 재원은 제작실 문 앞에서 들었던 동기들의 대화를 떠올리고 눈을 접어 웃었다.

"아니야. 어쨌든 주제에 충실한 게 제일 중요하잖아."

"그런가?"

"응. 설령 교수님이 디테일을 보신다 해도 난 우리 조가 제일 완벽한 것 같은데?"

사실 다른 조가 어떻게 만들었는지는 보지도 못했다. 재원의 역할은 설계와 발표였기 때문이다. 마음 같아서는 매화와 같은 역할을 맡고 싶었지만, 먼저 모형 제작을 하겠다고 손을 든 동기 둘이 마지막 한 자리에 매화를 쏙 끼워 넣는 바람에 기회를 놓치고 말았다.

"성준이가 그렇게 말하니까 그런가 싶어서…."

"성준이?"

무심코 되묻다가 아차 싶었다. 매화가 또 그럼 그렇지, 하는 얼굴을 했기 때문이다.

"…어, 성준이가 그랬구나. 응."

"……."

"……."

"명재원 너는 참 사람 이름을 못 외우더라."

그러는 너는 참 모르는 이름이 없고. 턱을 괸 손에 뺨을 깊이 묻은 재원이 씩 웃었다.

"얼굴 보면 안다니까."

문득 묻고 싶어졌다. 너, 나를 늘 '명재원'이라고 부르는 걸 알고 있느냐고.

"어련하실까…."

달그락, 한숨 쉰 매화의 뺨 아래로 딸기 사탕이 둥글게 솟아올랐다. 재원은 턱을 괴고 있던 팔을 작업대 위로 쭉 뻗고 옆머리를 대며 엎드렸다. 매화는 재원의 손끝에 닿은 칼판을 슬쩍 옆으로 밀며 못마땅한 표정을 지었다.

"거기 먼지구덩이야."

"있잖아, 매화야."

말끝을 겹치듯 묻자 매화가 손을 멈췄다.

“나 아까 또 문구점에서 길 잃어버렸다.”

“…….”

“그래서 지각했어.”

늦은 시간 학교는 이명이 일 정도로 고요했다. 덕분에 딸기 향료를 코팅한 설탕 덩어리가 고른 잇새를 스치는 소리가 선명하게 들렸다. 달각, 매화는 사탕을 반대쪽 뺨으로 보내며 두 눈을 가늘게 떴다.

“다음부턴….”

“응?”

“차라리 전화를 해.”

사각, 칼판에 파고드는 날의 진동이 재원의 귓가로 바로 전해졌다.

“어디가 어딘지 모르겠을 땐 누구한테든 전화를 하라고. 고등학교 땐 자주 그랬잖아.”

“…….”

매화는 때로 정말 아무렇지 않게 혼자만 알던 재원의 모습을 흘려 말하곤 했다. 내역을 캐물어 난처한 얼굴을 볼지, 아무것도 못 들은 척 넘어갈지 결정하는 것은 재원의 몫이었다. 재원은 늘 그랬듯 후자를 택하기로 했다.

“그럼 앞으로 매화가 전화 받아 주면 지각 안 하겠네.”

“…꼭 나한테 하라는 뜻은 아니었는데.”

“아니었어? 매정해라.”

풀 죽은 시늉을 하고 말하자 매화가 입술을 살짝 달싹였다. 너무 짓궂게 굴면 또 훌쩍 도망치겠지. 고개를 살짝 든 재원이 웃으며 화제를 돌렸다.

"참. 주말에 애들끼리 모여서 시험공부한다던데, 너도 갈래?"

마침 좋은 떡밥도 있었다. 월요일에 예정된 물리 시험을 대비한 스터디 모임 일정이 거의 통보 식으로 떨어진 차였다. -우리 모일 거니까 너도 와. 재원을 향한 초대는 언제나 그런 식이었고, 재원 역시 별스럽게 생각하지 않았다. 다시 손을 멈춘 매화가 미심쩍은 표정으로 물었다.

"시험공부를 왜 모여서 해?"

"도서관 자리 잡기 힘들어서 스카 회의실 하나 빌린대."

"그렇게 모여 봤자 놀기나 할 것 같은데…. 난 됐어. 기숙사에서 혼자 할래."

왼손을 책상 안쪽으로 뻗은 매화가 도면을 잡아 펼쳤다. 여전히 결과물이 마음에 쏙 들지는 않는 모양이었다.

"그러지 말고 와. 형준이가 작년 기출 문제도 얻어 온댔어. 물리는 매년 비슷하게 나온대."

미간을 좁힌 채 도면을 들여다보던 매화가 다시 사탕을 반대쪽 뺨으로 옮겼다.

"그래…?"

"그렇다니까."

"음…."

여난이 몸에 밴 습관대로 최상위권 성적을 향해 공부하는 유형이라면, 매화는 일정 선의 목표를 정해 두고 노력하는 유형이었다. 기숙사 방 유지를 위한 최소한의 커트라인만 넘기면 자잘한 성적 순위에는 크게 스트레스 받지 않는 듯했다. 그러니 손쉽게 점수를 올릴 방법이 있으면 알고 싶을 것이다.

"갈 거야? 그럼 형준이한테 말해 둘게."

"아…. 음…. 그래."

애매하게 대답한 매화가 모형을 내려 두고 턱을 괴었다. 그러고는 엄지와 검지로 입에 문 막대를 잡아 쏙 뽑아냈다.

"……."

배회하던 분홍빛 사탕이 얼마 지나지 않아 부드러워 보이는 입술 새로 다시 자취를 감췄다. 사탕의 마땅한 자리를 찾는 것처럼 한동안 우물대던 매화가 한쪽 눈을 살짝 찌푸렸다.

"너무 달아, 이거."

그래서 마뜩잖다는 뜻이겠지만, 재원은 다른 맛을 먹겠느냐고 묻거나 찡그린 표정을 놀리는 대신 입을 꾹 다물었다. 매화의 손끝에서부터 피어난 달짝지근한 향이 어느새 호흡에 섞인 탓이었다. 입을 여는 순간 끈적끈적한 숨이 흐를 것만 같았다. 이 고요하고 적막한 공간에서 다디단 숨은 너무나 빠르게 퍼질 터였다. 매화를 놀라게 하고 싶지 않았다.

제작을 맡은 동기들의 고집대로 이런저런 장식까지 붙여 완성한 모형을 사물함에 넣었을 땐 어느새 밤 9시를 향해 갈 무렵이었다. 자물쇠를 걸기 직전, 초고층 건물 토대 모형이니 담당 교수의 이름을 적은 명패를 만들어 붙이면 어떠냐는 아부성 아이디어도 나왔지만 다행히 매화 선에서 반려되었다.

"우린 도서관 갈 건데 같이 갈래?"

공대 건물을 나서며 동기들이 물었다. 매화가 기숙사에 간다는 건 다들 알고 있으니 사실상 재원을 향한 권유였다. 졸린 눈을 한 매화를 두고 재원이 미소 지으며 되물었다.

"지금 도서관에 가? 설마 밤새우려고?"

"아니, 조금만 하다 나올 거야. 얘네 집에서 자면 돼."

"집?"

"정문 앞에서 자취하잖아."

"아아, 맞다. 그랬지."

머릿속에 없던 정보에 적당히 맞장구치는 일은 전혀 어렵지 않았다. 고개를 끄덕인 재원이 잠시 고민하는 시늉을 하다 고개를 저었다.

"난 집에 갈래. 공부할 것도 안 가져왔고."

"언젠 갖고 다녔던 것처럼 말하네."

"뼈 때리지 말고."

동기들이 웃으며 도서관을 향해 멀어져가자 어슴푸레한 가로등 아래 둘만 남았다. 슬쩍 쌀쌀해진 기온에 목을 움츠린 재원이 매화를 내려다보며 속삭였다. -가자.

"넌 정문에서 버스 타지 않아?"

"후문에도 버스 있어."

배차 간격이 다소 길고 조금 멀리 돌긴 하지만 상관없지 싶었다. 매화가 먼저 후문 방향에 위치한 기숙사를 향해 걸음을 옮겼다. 타박, 타박, 한낮의 소란을 덮은 어둠 속으로 두 명분 발소리가 낙막하게 울렸다. 재원은 잠시 그 고요한 소음을 즐기다 자연스레 입을 열었다.

"오늘 벚꽃이 엄청 피었더라."

"그래?"

"응. 이번 주가 피크인 것 같은데, 시험 끝나면 진짜 다 떨어지고 없겠어."

"선배들 말이 진짜였네…."

매화가 허탈하게 중얼거렸다. '벚꽃의 꽃말은 중간고사니라-' 개총에서 과대가 술잔을 돌리며 주문처럼 되뇌던 말이 아득하게 떠올랐다.

"형준이가 그러는데 일반물리는 기출에서 많이 나온대. 근데 수학은 매년 달라서 예상이 어렵다고 그러네."

"수학만? 왜 하필…."

"물리는 실험 과목도 있어서 아무래도 기출 범위를 벗어나기 힘든가 봐. 수학은 출제 양식이 좀 자유로우니까."

가로등이 간간이 길을 비추고 있었지만, 인적 없는 학교는 어둡다 못해 캄캄했고 순간순간 발밑이 보이지 않았다. 그럼에도 매화는 늘 가던 길을 능숙하게 짚어 걸음을 옮기고 있었다.

"난리 났네. 기출대로 나와도 풀까 말깐데."

매화가 픽 웃으며 말했다. 말은 그렇게 하지만 크게 걱정하는 기색은 전혀 없었다.

"그래도 기출 한 번도 못 보는 것보단 나을 테니까 꼭 나와."

"알았어."

잡담하는 사이 어느새 기숙사로 향하는 마지막 갈림길 앞이었다. 발을 멈춘 매화가 재원을 올려다보았다.

"그럼 잘 가, 명재원."

여기서 찢어지자는 뜻인 듯싶었다. 무심코 그래, 대답하려던 재원이 고개를 골똘히 기울였다. 딱 잘라 표현하기는 어렵지만 묘하게 아쉬운 기분이 들었다. 이렇게 칼같이 헤어질 필요는 없지 않나. 이왕 여기까지 왔으면….

"매화야."

부르자 돌아서려던 매화가 멈췄다. 이미 밤은 깊었고, 핑계거리는 부실했다. 잠시 고민하던 재원이 어색한 미소로 말을 이었다.

"데려다줄까? 기숙사까지."

"……."

"……."

"…뭐? 됐어."

한 뜸을 들이고서야 돌아온 냉랭한 거절에 재원이 고개를 푹 숙였다. 그렇지? 아무래도 이건 오버였어.

"그래, 그럼 잘 가."

웃으며 손을 흔들었지만 매화는 웃지 않았다. 하고픈 말을 입에 문 얼굴로 한참 머뭇대다 응, 하며 돌아섰을 뿐이었다. 이 또한 재원에게는 익숙한 모습이었다. 매화의 선은 비교적 가늠하기 쉬운 지점에 그어져 있었고, 알면서도 슬쩍 밟을 때마다 가차 없는 배타가 돌아오곤 했다. 아차 하며 물러서면 제가 더 놀란 얼굴로 망설이는 매화를 볼 수 있었다. 후회보다는 걱정으로 느껴졌다. -너무 심했나. 기분 상했으면 어쩌지. 뭐 그런 종류의.

하지만 매화는 결국 언제나 말없이 돌아서는 것을 택했다. 그렇다 해도 어쩔 수 없다는 듯이. 때문에 재원 역시 반대쪽 길로 스쳐 나아갈 수밖에 없었다.

'어렵네….'

저벅, 한 사람분으로 줄어든 발소리에 묵은 고민이 섞였다. 그렇게도 분명하게 나를 좋아하면서, 이렇게도 박정한 선을 그어놓은 이유가 뭘까.

문득 매화가 늘 쌀쌀히 되뇌는 '명재원'이 맴돈다. 상대가 내게 허락한 거리를 가늠하는 가장 간편한 방법은 호칭이기에.

재원을 '명재'라 부르는 이들이 서슴없이 재원에게 어깨를 붙이고 달라붙는 것과 마찬가지였다. 재원에게 이미 형성된 인간관계의 틈을 비집고 새로 악수를 청해 오는 이들은 대체로 재원과 친구가 되고 싶다는 표시로 그를 '명재'라 불렀고, 재원이 별말 없이 받아들이는 것을 허가의 신호로 삼았다.

정작 재원은 타인이 자신을 어떻게 부르든 크게 신경 써 본 적이 없었다. 변화되는 호칭에 숨은 의도나 마음을 일일이 헤아리기엔 부르는 입도, 뻗어 오는 손도 어딜 가나 너무 많았다. 누군가 어제와는 다르게 자신을 불렀다 한들 눈치채지 못했을 것이다.

역설적이게도, 그렇기에 처음부터 조금도 변하지 않는 매화의 호칭이 어느 순간부터 마음에 걸렸다. 매화가 한 글자씩 또박또박 '명재원'이라고 부를 때마다, '명재'로서 희석된 이름이 불현듯 선명해지는 감각이 재원을 어지럽게 했다. 더없이 분명하며 확신에 찬 매화의 선을 의식할 때면- 어쩌면 저 애만은 알고 있는 게 아닐까, 의심이 들었다. 모호하고 미온한 나의 선, 수없이 많은 침범으로 강처럼 묽게 퍼진 경계의 시작과 끝을 누구보다 확실히 보고 있는 게 아닐까 하고.

"……."

버스에 올라탄 재원이 핸드폰을 쥐었다.

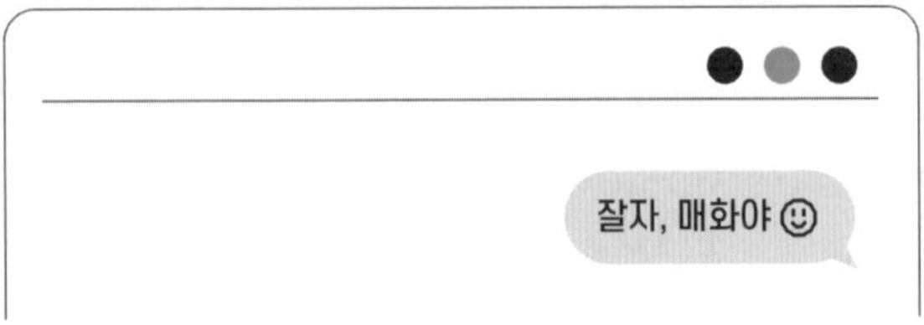

간단한 메시지에 웃는 이모티콘 하나를 붙여 전송하자 금방 읽음 표시가 떴다. 답장은 한참이나 오지 않았다. 포기하고 창밖으로 시선을 돌린 뒤에야 손안에서 진동이 울렸다.

재원은 불현듯 웃어 버렸다. 예상에서 빗나가는 법이 없는 매화의 반응은 늘 예기치 못한 지점에서 재원을 즐겁게 했다. 올라간 입꼬리를 문지르며 고개를 숙이자 티셔츠 소매 끄트머리에 붙은 필름지 쪼가리가 보였다. 제작실을 나서기 전 열심히 털긴 했지만, 학생들의 서툰 목공과 공예의 부산물이 초 단위로 쌓이는 공간에 발을 들인 이상 감수해야만 하는 일이었다.

떼어 낸 필름지를 구겨 주머니에 넣은 재원이 창가에 머리를 기대었다. 매화도 지금쯤 옷에 들러붙은 고된 하루의 흔적을 떼어 내고 있을까. 먼지 쌓인 창문 틈으로 깜깜한 바람이 낮 동안 달궈진 땅을 식히는 모습이 보였다. 인적 끊긴 대학가는 만개한 벚꽃도 낮의 소란도 모르는 일이라는 듯 강 같은 침묵에 잠겨 있었다.

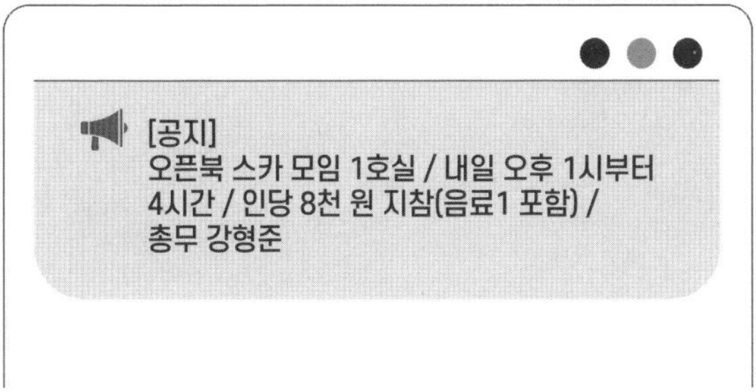

새로 등록된 단톡방 공지 알림에 정오가 되도록 침대에서 뒹굴던 재원이 아, 하며 상체를 일으켰다. 그러고 보니 매화도 갈 거라고 말해야 하는데. 끝없이 이어지는 채팅 목록을 뒤적여 형준의 아이디를 찾던 손이 멈칫했다. 미처 확인하지 못한 채팅들 가운데에 매화의 이름이 있었다.

주말 잘 보내

액정화면을 한참이나 뚫어져라 바라보던 재원이 으음, 하며 벌러덩 돌아누웠다. 만나자거나 놀자고 할 때마다 온갖 핑계를 붙여 빠져나간 적은 많았지만, 오겠다고 한 번 말하면 오는 편이었는데.

메시지를 보낸 시간을 보니 오전 8시였다. 토요일 아침 이른 시간에 무슨 생각을 하다가 '역시 안 되겠다'는 결론을 냈을지 궁금한 나머지 손이 근질근질했다.

그래^^ 좋은 주말보내!

물론 정작 적어 보낸 건 마음과는 전혀 다른 문장이었다. 재원은 미소 띤 입술로 한숨을 내쉬고 자리에서 일어났다. 거실로 나가 보니 파자마 차림의 재인이 과자 한 봉지를 쥐고 소파에 늘어져 있었다.

"이제야 일어나셨어?"

막냇동생의 부석부석한 꼴을 본 그녀가 습관처럼 타박했다. 재원은 미소 지으며 냉장고 문을 열었다.

"다들 어디 가고 누나 혼자야?"

"엄마아빠는 고모들이랑, 언니는 친구들이랑 꽃구경 간대."

"누나는?"

"혼자만 집에 있을 땐 이유가 있겠지? 캐묻지 않는 게 매너라는 걸 알 때가 됐어."

생수병을 꺼내 든 재원이 낮은 웃음을 흘렸다. 컵에 따라 꼴깍대며 넘기고 있으니 재인이 고개를 쭉 빼고 물었다.

"너 오늘 한가해?"

"음…. 누나가 시킬 일이 뭔지에 따라 한가할 수도 있고 아닐 수도 있어."

"엄마 올 때 고기 사 온다니까 구울 준비해 놔. 난이도 오라고 하고."

"여난은 안 올 것 같은데. 시험공부하러 친구 집 갔어."

어제 세형의 자취방으로 갔으니 주말까진 달국도 끼워 눌러 붙어 있겠거니 싶었다. 두 눈을 동그랗게 뜬 재인이 의아하게 물었다.

"넌 공부 안 해?"

"…이상하다. 이 기시감 뭐지?"

"그러고 보니 집에서 책 보는 꼴을 못 봤네. 하긴 하는 거지?"

"하지, 그럼. 내일 스터디 모임도 가기로 했어."

"더 불안하다. 이 시기에 모여 봤자 공부가 돼? 벚꽃도 흐드러지겠다, 괜히 다 같이 싱숭생숭하기나 하지."

매화에게서 들었던 것과 비슷한 말에 재원이 음, 하며 고개를 갸웃했다. 확실히 꽃에는 그런 효과가 있다. 이유도 모르고 마음이 간지러워지지. 봄이란 그런 계절이었다. 식물들이 벌들을 향해 제발 나 좀 봐 달라며 만개하는 통에 관계도 없는 사람의 마음마저 흔들거리는.

"선배들한테 기출 얻어 온 친구가 있어서 그렇게 마냥 풀어진 분위기는 아닐…."

장학금을 향해 정진하는 형준의 모습을 떠올리던 재원의 시선이 테이블 위 한 지점에 멎었다. 반쯤 쓴 핸드크림 하나가 오도카니 앉아 있었다. 지난 겨울 밤, 매화가 쏟아 놓고 간 것들 중 하나였다. 어쩔 도리가 없어 몽땅 집에 가져온 뒤로 가족들이 하나씩 꺼내 쓰고 있는.

알록달록한 핑크색 포장지에 'cherry blossom'이라고 적혀 있었다. 집어 들어 코끝에 대니 반쯤 열린 뚜껑 사이로 묘하게 달콤한 향이 풍겼다.

"그거 향 좋더라."

새로운 과자 한 봉을 뜯으며 재인이 넌지시 말했다. 재원은 대답 없이 고개를 기울였다. 벚꽃이 이런 향이었나? 어릴 때 맡았던 거랑은 전혀 다른 것 같은데.

"왜? 쓰면 안 되는 거야?"

동생이 말이 없자 재인의 목소리에 근심이 묻어났다. 재원은 얼른 아니, 하며 고개를 저었다.

"써도 돼. 그냥 벚꽃 향이 원래 이런 향인가, 하고 있었어."

"벚꽃 향?"

"왜, 우리 어릴 때 가족들 다 같이 벚꽃놀이 간 적 있었잖아. 기차 타고 되게 멀리까지."

"응? 그랬나…?"

"그때 바람이 불어서 내 머리 위로 벚꽃이 우르르 쏟아졌거든. 되게 은은한 향기가 확 풍겼던 게 아직도 기억이 나는데…. 어제 벚꽃나무 아래로 지나갈 때는 아무 향도 안 나더라고."

"엉? 당연하지. 벚꽃은 원래 향 안 나잖아."

단호히 자르는 말에 재원이 입을 다물었다. 여난도 분명 같은 말을 했었다. 벚꽃은 원래 향이 없다고. 조금 억울한 마음이 밀려들어 얼른 핸드크림을 들어 보였다.

"근데 이건 왜 벚꽃 향이야?"

"벚꽃 향이란 건 말이지. 벚꽃에 향이 있다면 이런 느낌일 거다- 하고 만드는 거야. 음료수나 화장품이나 다 그래."

"……."

"그나저나 우리가 어릴 때 기차 타고 벚꽃 축제를 갔다고? 그런 적이 있었나?"

골똘한 생각에 빠진 재인을 두고 재원은 홀로 배신감에 휩싸였다. 아니, 세상천지에 널린 게 향기 나는 꽃인데 뭐 하러 없는 향기까지 만들어서 꽃 이름을 붙여 놓고 그래? 핸드크림을 내려놓고 괜히 옆머리를 벅벅 긁었다. 재인은 이미 흥미를 잃은 얼굴로 새로 뜯은 과자를 음미하고 있었다.

"벚꽃 축제? 옛날에 한 번씩 다녔지."

고모들이 챙겨 준 채소와 버섯에 부모님이 귀갓길에 사 온 꽃등심으로 저녁상은 더없이 푸짐하게 차려졌다. 익숙하게 불판을 세팅하고 집게를 든 재원이 첫 고기를 올리자마자 꺼낸 말에 어머니는 허무한 미소를 지었다.

"이래서 어릴 때 고생해서 데리고 다녀 봤자 보람이 없어. 기억도 못하고."

"난 기억한다니까. 기차 타고 간 적도 있었잖아."

재원이 곰살맞게 대답하자 이번에는 어머니가 고개를 갸웃했다. -기차?

"벚꽃놀이를 기차까지 타고 갔었나? 언제?"

"그거 봐. 내 기억에만 없는 게 아니야."

"기차 타고 가서 하루 자고 왔잖아. 나 초등학교 1학년인가 2학년인가 그쯤이었는데…. 누나들 싸우다가 나 잃어버렸던 것도 기억나고."

그제야 어머니가 아아, 하며 손뼉을 탁 쳤다.

"그때? 전남 광양 갔던 거 말하는 건가?"

지명까지야 기억이 안 나지만 대충 맞겠지 싶었다. 재원이 고개를 끄덕이자 어머니가 다시 떠올려도 섬뜩하다는 얼굴로 가슴을 쓸어내렸다.

"어휴, 그때는 정말…. 사람 그렇게 많은 데서 애가 없어졌으니 큰일났다 싶었지. 어른들 다 흩어져서 목이 터져라 부르고 방송하고 난리도 아니었어."

"그랬나? 난 누나가 금방 찾으러 왔던 줄만 알았는데."

"한 삼십 분 그랬지. 그런데 재인이가 널 데려온 거야. 어떻게 찾았느냐고 했더니, 오던 길 되짚어 가 보니까 저 멀리 어른들 머리 사이로 자동차 풍선 하나가 둥둥 떠 가더래. 얼른 가서 붙잡아 보니 재원이였다고. 십년감수했지 뭐야. 그 뒤로 어디 가면 일단 풍선부터 사서 네 손목에 달아 뒀잖아."

"맞아, 그건 나도 기억난다."

막 구운 고기 한 점을 입에 넣은 재인이 득의양양한 표정을 지었다.

"재 진짜 웃겼던 게 뭔지 알아? 지나가는 사람한테 말 걸고 있더라. 안녕하세요, 저는 명재원인데요- 그러고 있었어."

"내가?"

"내 생각에는 재 나름대로 자기가 미아라는 걸 알리려고 한 것 같거든? 안녕하세요, 저는 명재원인데요. 엄마아빠를 잃어버렸어요. 그렇게 말해야 된다고 배웠을 거 아니야. 근데 애가 너무 해맑은 얼굴로 자기소개를 하니까 어른들이 다 아이고, 그래, 안녕, 인사 잘하고 착하네- 이러고 가는 거야. 뒷말을 안 듣고."

"못산다, 못살아."

어머니가 그제야 웃음을 터뜨렸다. 가족들의 즐거운 수다 소재가 된 것은 기뻤지만, 정작 궁금했던 점은 따로 있기에 재원은 얼른 고기 몇 점을 더 집어 작은누나의 접시에 밀어 줌으로써 화제 전환을 꾀했다.

"하여튼, 그게 벚꽃 축제였잖아. 근데…."

"아, 그거 벚꽃 아니었어."

뜻밖의 말에 재인과 재원이 함께 두 눈을 둥글게 떴다.

"매화였지. 너희 고모가 그때 광양 살았잖아. 놀러간 김에 근처에서 매화 축제 한다길래 들렀던 거야."

"…매화?"

"광양이 매화로 유명하거든. 재원이 너 잃어버렸을 때면 틀림없어."

다시금 되살아났다. 들이친 바람에 기다렸다는 듯 휘날리던 하야 꽃잎들. 한 올 한 올에 묻은 은은한 향이 머리 위로 우르르 쏟아져 마음을 앗아갔던 순간이.

“헷갈릴 만하지. 매화랑 벚꽃이랑 비슷하게 생겼잖아.”

웃으며 손을 내저은 어머니가 재인의 입에 고기쌈을 하나 넣어 주었다. 재원은 그제야 정신을 차리고 웃음 지었다.

“아들 입은 입 아닌가아?”

“입이라고 여겼으니 그 덩치가 되도록 먹여 키웠겠지?”

“그건 그러네….”

화기애애한 대화가 이어지는 식탁 앞에서도 한번 떠올린 장면은 쉬이 뇌리를 떠나지 않았다. 봄이면 간혹 맴돌던 향. 만개한 봄꽃 사이를 지날 때마다 희미하게 떠오르던 폭풍 같던 순간이… 매화 향이었구나.

달각, 식기 부딪히는 소리와 가족들의 다정한 대화가 이어지는 식탁 위에서 재원은 오래도록 과거에 머물러 있었다. 매화. 태어났을 때부터 당연히 알고 있었던 것 같은 단어가 갑자기 외국어나 수학 공식처럼 낯설게 들렸다.

일요일 오후가 되어 도착한 스터디 카페 모임실에는 과에서 내로라하는 모범생들만 빼곡히 모여 있었다. 나란히 앉아 있던 은하와 승아가 먼저 재원을 발견하고 손을 흔들어 보였다. 재원은 적당히 익숙한 면면들을 향해 눈인사를 하며 안으로 들어섰다.

“명재 왔어? 용케 안 헤매고 왔네.”

오늘의 주인공인 형준이 거드름을 피우며 말했다. 재원은 웃으며 형준의 옆자리에 털썩 앉았다.

"아, 형준 형님께서 좋은 거 알려 주신다기에 지도 앱 켜고 찾아왔죠."

"기특하구나. 어깨부터 주물러 보거라."

"예, 예."

빈약한 어깨를 꽉 쥐어 힘껏 주무르자 형준이 죽는 소리를 냈다. 웃음이 터진 모임실에서 희미한 진동음이 들렸다. 재원은 곧 소리의 출처가 제 주머니인 것을 깨닫고 자리에서 일어났다.

"잠깐만."

모임실을 나와 핸드폰을 들어 보니 매화의 이름이 떠 있었다. 놀란 재원이 얼른 목을 가다듬었다.

"여보세요?"

반갑게 받았지만 매화는 잠시 말이 없었다. 잘못 걸었나? 재원은 액정화면을 한 번 내려다보고는 다시 핸드폰을 귀에 붙였다.

"여보세요? 매화야?"

- …어.

느릿하게 대답한 매화가 큼, 헛기침을 했다. 재원은 그제야 웃으며 부드러운 목소리를 냈다.

"걸어 놓고 왜 말이 없어."

- 그게….

"응, 그게?"

- 명재원, 너 지금 어디야?

나? 지금? 어리둥절해진 재원이 주위를 두리번거렸다. 어쩐지 매화가 어딘가에서 자신을 보고 있는 게 아닐까 싶어졌기 때문이다. 침묵이 길어지자 매화가 곧 조심스레 말을 이었다.

- 카페는 잘 찾아갔어?

"어? 아아, 나 여기-"

- 정문 앞 정류장에서 오른쪽 보면 2층에 노란 간판 카레집 있잖아. 그 간판 있는 골목으로 들어가면 바로 다음 건물 3층이야.

"……."

- 이해됐어? 지금 뭐 보이는데?

"아, 음…."

머리를 긁적이던 재원이 벽에 기댄 채 천천히 쭈그려 앉았다. …그러니까, 안 나오겠다고 해 놓고서 뒤늦게 걱정이 된 모양이었다. 동행이 없는 명재원이 스터디 카페라는 낯선 장소까지 어떻게 찾아갈지.

"나 지금… 응, 정류장이야."

- 아직도? 한 시까지 모인다며.

"그러니까 말이야. 재원이는 큰일이 났네. 지각했다고 형준이가 기출 안 보여 주면 어쩌지?"

- 하여튼…. 빨리 노란 간판부터 찾아.

고개를 뒤로 젖혀 벽에 뒤통수를 기댄 재원이 눈을 감았다. 얼기설기 엮인 상가 건물들 사이, 정류장에서 내리면 가장 먼저 보이는 노란 카레집 간판이 어렴풋이 떠오르는 것도 같았다.

"찾았어, 매화야."

- 그 골목으로 들어가.

"응, 가고 있어."

- 들어가서 보이는 바로 다음 건물에 3층. 오픈북 스터디 카페

간판 보여?

"음…. 보이나? 잠시만."

상상 속에서 걸음을 옮기며 재원은 진한 아쉬움을 느꼈다. 평소처럼 한참 헤매다 올 걸. 그럼 매화에게 지금 이 순간- 발밑이 어떤 모양인지 설명하기 위한 통화를 더 길게 할 수 있었을 텐데.

- 찾았어?

애석하게도 오늘의 명재원은 너무 빠릿빠릿했다.

"찾았어, 찾았어. 와, 살았다."

그래도 좋은 핑계가 되지 않을까? 고마우니까 밥이라도 사겠다든가. 즐거운 계획이 막 고개를 들려던 그때, 짧고 가차 없는 대답이 돌아왔다.

- 그래, 들어가. 끊는다.

"엥?"

뭐라 말할 틈도 없이 전화는 정말로 끊겼다. 재원은 황당한 얼굴로 한동안 핸드폰을 노려보다 자리에서 일어났다. 어쩌면 이렇게 칼 같을 수가. 고개를 젓다 말고 허무한 웃음이 샜다.

모임실로 돌아가 보니 형준이 이미 화이트보드 앞에 서 있었다. 재원은 형준의 자리에 놓인 남은 출력물을 집으며 물었다.

"형준아, 이거 한 장씩 더 챙겨 가도 돼?"

"왜? 복습하게?"

"매화 갖다주려고. 오늘 같이 오려 했는데 매화가 과제 때문에 못 왔거든."

적당한 거짓말은 훌륭한 대화의 소양 중 하나다. 형준은 아아, 하며 고개를 끄덕였다.

"그래. 매화도 오면 좋았을 텐데."
"어? 매화 온다고?"
멀리 앉은 은하가 고개를 빼고 끼어들었다. 재원은 얼른 고개를 저었다.
"그냥 프린트만 챙겨다 주게."
"매화 기숙사에 있는 거 아니야? 지금이라도 오라고 하지."
"그러게. 전화해 볼까?"
"…아니!"
입을 열자마자 예기치 못하게 짧고 단호한 부정이 튀어 나갔다. 멈칫한 은하와 승아를 향해 재원이 어색한 미소를 지어 보였다.
"과제 많아서 못 온다고 했어. 전화하면 방해되지 않을까?"
그제야 은하가 그런가, 하며 핸드폰을 내려놓았다. 재원은 미소를 매단 그대로 제 자리를 찾아 앉았다. 필기구를 꺼내고 있으려니 뒤늦게 의문이 들었다. 뭘 그렇게 딱 잘라 말했지. 애들이 오라고 하면 매화도 마음 바꿔 나왔을지도 모르는데.
"……."
동시에 깨달았다. 그게 싫었던 거구나. 내 초대에는 응하지 않은 매화가 다른 손은 쉽게 잡을까 봐.
귓전에서 볼펜 꽁무니를 누르자 딸각, 소리가 머릿속까지 파고들었다. 동기들은 아직 매화에 대한 이야기를 하고 있었다.
"기숙사 좋은가? 나도 다음 학기에는 신청해 볼까 봐."
"매화한테 물어본 적 있는데 우리 기숙사 괜찮대. 근데 룸메 운이 중요하지 않을까?"
"그치. 룸메가 방 더럽게 쓰거나 코 골면 큰일이잖아."

얼마 지나지 않아 형준이 문제 풀이를 시작했다. 귀에 들리는 말을 적당히 받아쓰면서도 신경은 온통 의식을 스친 이름을 향해 있었다. 매화.

"그거 벚꽃 아니었어. 매화였지."

가라앉은 상념 바닥에서부터 선선한 바람이 불어왔다. 해는 밝고 바람은 시원하던 봄날이었다. 전국 인파가 다 몰린 게 아닐까 싶을 만큼 우글우글하던 사람들, 어머니를 졸라 손에 쥔 자동차 풍선과 흙 내음. 어깨를 스쳐가던 어른들의 손, 들뜬 숨과 기대와 약간의 짜증이 섞여 있던 말들, 솜사탕 기계에서 풍기던 달짝지근한 냄새, 그리고 돌풍….

와르르 쏟아진 새하얀 꽃잎에서 흘러나온 향기. 뽐내거나 외치는 기색 없이 봉오리 깊이만큼 고여 있던 향이 한꺼번에 숨을 타고 몰려들 때의 아찔한 감각. 그 후로 재원은 봄꽃이 만발할 때면 늘 봄 향기에 파묻히던 순간을 떠올렸었다.

"자, 물리 1번부터 시작할게요. 이건 거의 매년 출제되는 문제라고 봐도 무방한데 숫자까지 거의 똑같이 나온다고 하니까 그냥 보너스 점수라고 생각하시고 틀리면 바보라고 보면 되는…."

"형준이 말투 뭐야? 인강 듣는 줄 알았네."

"나 지금 고3 때로 돌아갔나 했다. 수능 트라우마 올라올 뻔했잖아."

과외 아르바이트를 열심히 한 덕분인지 문제 풀이를 시작한 형준의 기세가 심상치 않았다. 재원은 웃으며 1번 문제 옆에 '매년 출제됨'이라고 적었다. 프린트 두 장을 꽉 채운 문제를 풀이하는 동안 모임실 안은 동기들의 질문과 형준의 설명만이 오갔다.

마지막 20번 문제가 끝나자 그때까지 열심히 펜을 놀리던 동기들이 저마다 죽는 소리를 내며 책상에 엎어졌다.

"아, 빡세다…. 분명 고등학교 때 다 외웠던 건데 왜 하나도 기억이 안 나냐?"

"내가 근의공식 까먹은 경영과 친구를 놀릴 때가 아니었다…."

그러자 제일 힘이 빠져 있어야 할 형준이 화이트보드를 탕, 두드리며 외쳤다.

"일어나라, 이 나약한 공학도들아. 2학기 가면 이 정도로 끝날 것 같아?"

"형준이 왜 갑자기 이상한 병이 들었지?"

"인강 강사로 전직한 거 아니야?"

"시끄러워. 고작 한 과목으로 넉다운될 때야? 멀쩡히 앉아 있는 명재를 본받으란 말이야."

그러자 모든 이목이 여유롭게 펜을 돌리고 있던 재원에게 쏠렸다. 재원은 습관적인 미소를 매단 채 눈을 둥글게 떴다. …응? 나?

"선생님, 명재는 수능 물리 1등급인데요."

옆자리에 앉아 있던 동기가 불쑥 손을 들고 내뱉었다. 예기치 못한 폭로에 깜짝 놀란 재원이 헉, 소리를 냈다.

"너 그거 어떻게 알아?"

"김세형이 그러던데?"

"김세형은 또 어떻게 알지…?"

"너네 같은 학교 나왔다며. 수능 치고 나면 누가 몇 등급 받았는지 대충 다 소문나잖아."

그랬나? 남이 성적을 어떻게 받았든 관심 가져 본 적이 없어 몰랐다. 재원은 쏟아지는 흥미 어린 시선에 머쓱한 웃음으로 답하며 괜히 더 열심히 필기하는 시늉을 했다. 불행히도 쉬는 시간을 틈탄 관심은 쉬이 식을 것 같지 않았다. 건너편 테이블에 앉은 동기까지 정치부 기자 같은 얼굴로 질문을 던져 왔다.

"그렇게 성적이 좋았으면 입결 더 높은 데로 넣어 볼 수도 있지 않았습니까?"

"아닙니다-. 물리만 그렇게 나온 거고, 그것도 운이었어. 찍은 게 어쩌다 다 맞아서."

물리 과목을 원래 잘했던 건 사실이지만, 그렇게까지 고득점을 받은 건 처음이었다. 여난은 인생 한 번뿐인 점수를 수능에서 찍어 버리는 놈이 어디 있느냐며 어이없어 했었다.

"운으로 물리를 1등급 띄우는 남자…."

"그것도 다 머리발인가? 명재 보면 은근 공부 안 하는 것 같은데 어떻게든 중간은 가더라."

"은근이 아니라 거의 안 하지. 오늘 스터디 나온 것도 의외 아냐? 도서관 가는 꼴도 한 번을 못 봤는데."

한마디씩 떠오르던 장난 어린 말들에 어느새 아슬아슬한 질시가 섞여 들기 시작했다. 어깨만 으쓱이는 재원을 두고 은하가 입을 열었다.

"그만하고 이제 수학으로 넘어가자. 모임실 사용 시간 별로 안 길어."

"어어, 그래."

프로의 자세로 벌떡 일어선 형준이 다시 화이트보드 앞으로 향했다. 재원은 은하를 향해 웃으며 눈인사를 건넸다. 세상에는 유난히 사람과 사람 사이의 선 모양을 예민하게 알아채는 사람들이 있다. 재원의 생각에는 은하도 그 중 하나였다.

"그럼 수학 시작할게요. 여기도 1번은 꽤 자주 출제됐다고 하니까 별표 하시고…."

조용해진 모임실 안으로 다시 형준의 또렷한 목소리가 울렸다. 재원은 턱을 괸 채 성의껏 펜을 놀렸다.

기출 문제 프린트와 명강의를 준비해 온 형준을 향한 포상으로 식권 한 장씩이 책정되고 나서야 모임은 끝났다. 은근히 뒤풀이를 원하는 동기들이 있었지만 중간고사 후로 미루자는 승아의 한마디에 간단하게 정리되었다. 정류장으로 향하는 사람, 도서관으로 가는 사람, 기숙사로 돌아가는 사람 등으로 갈라지는 와중에 재원만이 우두커니 선 채 핸드폰을 들여다보고 있었다.

"집에 안 가?"

모임실 정산을 마치고 가장 나중에 나온 형준이 물었다. 한 손에는 담뱃갑을 든 채였다. 재원은 아, 하며 슬그머니 오른손을 내밀었다.

"고민 중이었어. 매화 만나고 갈지."

"매화? 프린트 주게? 일단 한 개비에 천 원이야."

"헉, 완전 폭리네."

재원은 악당처럼 웃는 형준을 향해 마주 웃으며 인적 없는 골목으로 걸어 들어갔다. 자주 피우지는 않지만, 피운다면 남의 눈이 닿지 않는 곳으로 숨는 편이었다.

“그나저나 오늘 고생했네. 목 안 아파?”

형준이 내민 라이터로 불을 댕긴 재원이 물었다. 형준은 어깨를 으쓱이며 씩 웃었다.

“뭐 이 정도로. 나 강의가 체질인가 봐. 진짜 인강 강사로 진로 노려 볼까.”

“넌 성공할 것 같아.”

“그냥 하는 소리가 아니고… 선배들이 요즘 졸업 후에 취업 막막하다고 하잖아. 친척들은 나 공대 들어갔다니까 무슨 취업 프리패스 받은 줄 아는데 현실은 전혀 아니고.”

연기 한 모금을 들이쉰 재원이 살짝 고개를 기울였다. 1학년 1학기, 첫 중간고사가 시작되기도 전에 이런 걱정을 들을 줄은 몰랐다.

“되게 일찍부터 미래를 고민하는구나, 형준아….”

“내가 좀 그래. 하루 단위로 계획이 착착 실행돼야 안심이 돼서.”

고개를 돌려 연기를 내뱉은 재원이 곰곰이 생각에 잠겼다. 졸업 후의 삶이라. 아직까지는 한 번도 진지하게 생각해 본 적이 없었다.

“다음 학기부터 자격증 스터디 만든다는 애들 있어서 거기도 이름 넣어 놨어.”

“자격증?”

“어. 같이 할래? 매화한테도 얘기해 봐.”

웃으며 말한 형준이 불씨를 튕겨 꺼뜨렸다. 재원은 글쎄, 하며 마지막 한 모금을 빨아들였다. 원래 피우던 담배는 아니라 뒷맛이 조금 비리게 느껴졌다.

"매화도 공부 열심히 하잖아. 관심 있을 것 같은데."

재차 권하는 말에도 마음이 영 내키지 않았다. 재원은 결국 으음, 하며 대충 화제를 넘겼다.

"아무튼 오늘 고마워. 기출 문제 힘들게 모았을 텐데 다 공유해 주고."

"그거야 선배들도 같이 보라고 준 건데, 뭐. 사지선다 시험이야 어차피 절대평가고."

"상대평가였으면 감췄을 거다?"

"그게 또 말이 그렇게 되나…."

사람 좋게 웃는 형준에게 작별 인사를 건네고 골목을 빠져나왔다. 곧바로 맞이한 갈림길은 정확히 학교 정문과 정류장으로 나뉘어 있었다. 고민하던 재원이 정문 쪽으로 방향을 틀며 핸드폰을 꺼내 들었다. 신호가 간 지 얼마 지나지 않아 반가운 목소리가 들려왔다.

- 여보세요. 명재원, 왜?

뻔히 상대가 뜨는 통화인데, 굳이 이름을 불러 되뇌는 것도 매화답다 싶다. 재원은 낮게 웃으며 가방을 고쳐 메었다.

"매화야, 기숙사야?"

- 응.

"공부하고 있었어?"

- 어.

"잠깐 나올 수 있어? 줄 거 있는데."

묻자 망설이는 기색이 느껴졌다. 혹시나 거절부터 나올까 얼른 설명을 덧붙였다.

"기출 프린트 형준이가 한 부씩 더 챙겨 줬어. 너 갖다주래."

- …아.

"내가 풀이도 다 적어 놨어. 형준이 강의 잘하더라. 인강 강사 오디션 볼까 생각 중이라던데."

실없는 농담을 흘리자 헛웃음이 돌아왔다. 어이없는 미소를 띤 얼굴이 눈앞에 그려지는 듯했다.

- 너 어딘데?

"나 이제 정문 앞."

- 무작정 걷지 말고 언덕부터 찾아 올라와. 공대 건물 앞으로 갈게.

전공 수업을 듣는 건물은 정문과 후문의 딱 중간 지점에 있었다. 아무래도 재원이 자력으로 기숙사까지 찾아올 수는 없다고 판단한 모양이었다. 혹은 외부인 금지 규칙이 신경 쓰였을지도 모른다. 만나기만 한다면야 아무래도 상관없었다. 재원은 눈을 한껏 접어 웃으며 응, 속삭였다.

매화는 연하늘색 후드 티에 회색 트레이닝 바지 차림이었다. 기숙사에서 공부하던 차림 그대로 급히 나온 듯싶었다. 먼저 도착해 있던 재원이 손을 흔들자 매화의 눈썹이 미묘하게 일그러졌다.

"나보다 빨리 와 있을 줄은 몰랐는데…."

"뭐? 나를 너무 과소평가하는 거 아니야?"

재원이 웃자 낮은 한숨을 흘린다. 맨들맨들한 뺨이 살짝 부풀었다 가라앉았다. 재원은 무심코 그 뺨을 향해 올라가려던 손을 애써 내려 가방을 열었다.

"자, 이거."

풀이를 정리해 놓은 프린트를 꺼내 내밀자 매화의 두 눈이 휘둥그레졌다. 깨끗한 필기가 빼곡히 적힌 문제지를 받게 될 거라고는 전혀 기대하지 않았다는 얼굴이었다. 프린트를 뚫어져라 바라보던 매화가 의구심 가득한 표정으로 물었다.

"이걸 나 주면 너는?"

"난 쓰면서 공부 다 해서 괜찮아."

"괜찮긴 뭐가 괜찮아…. 잠깐 이리 와. 복사해서 가져갈게."

"어? 아니, 난 정말…."

그거 두 번 안 볼 것 같은데. 재차 말하려던 재원이 멈칫했다. 매화가 이미 아무것도 안 들린다는 듯 학과 건물을 향해 돌진 중이었기 때문이다. 재원은 그 뒤를 슬렁슬렁 따라가다 입구에 닿아서야 입을 열었다.

"근데 매화야, 일요일인데 복사실 안 하지 않을까?"

"……."

그걸 왜 이제 말해? 홱 돌아본 두 눈에 의심 어린 원망이 가득했다. 재원은 킥킥 웃으며 매화의 팔을 잡아끌었다.

"문구점 가자. 거긴 일요일도 여니까."

"…그래."

주말 낮이지만 학교에는 사람이 꽤 있었다. 학교에 핀 벚꽃을 구경하러 들어온 외부인부터 시험공부를 하러 나온 학생들, 캠퍼스 투어를 온 중고등학생까지 목적도, 차림도 다양했다.

멀찍이 등산복을 입은 중년 일행이 인도를 가득 차지하고 올라오는 모양이 보였다. 먼저 피해야겠는데. 차가 다니는지 확인한 재원의 별 생각 없이 매화의 어깨를 감싸 끌어당겼다.

"이리로 가자."

한 품에 알맞게 들어온 매화가 쉽게 끌려왔다. 차도에 잠깐 내려선 사이 등산복 일행이 와글대며 스쳐 지나갔다. 다시 인도로 올라가려 걸음을 옮기는데 갑자기 팔이 무거워졌다. 내려다보니 매화가 우뚝 멈춰 선 채 굳어 있었다.

"……."

"……."

내리깐 시선이 흐리게 흔들렸다. 팔과 손이 닿은 몸은 온통 딱딱한데 목덜미가 유난히 벌겠다. 영문을 몰라 눈만 끔벅이던 재원이 곧 아, 하며 숨을 들이켰다.

"미안, 일단 피해야겠다 싶어서…."

그리고 돌풍이 불었다.

인도와 차도에 떨어져 있던 자그마한 꽃잎들이 기다렸다는 듯 눈앞으로 날아올랐다. 매화가 두 눈을 찡그리는 것이 보였다. 얼마 되지 않는 숨의 간격 사이로 꽃잎 섞인 바람이 파고들고, 재원은 조건반사처럼 어린 날 쏟아진 향을 떠올렸다.

"그거 벚꽃 아니었어."

미숙하고 무구했던 시절, 나쁜 기억이라곤 한 번도 쌓인 적 없이- 백지 같던 의식에 파도처럼 덮쳐든 향기로운 순간.

바람이 잦아들자 꽃잎이 가라앉고 익숙한 얼굴이 보였다. 실눈을 뜬 매화가 마른기침을 했다.

"무슨 바람이…."

"매화였지."

향에는 기억이 스민다. 재원은 순간적으로 깨달았다. 오래도록 간직해 온 어린 날의 기억 한구석에 이 순간이 새롭게 깃들었음을.

"괜찮아? 눈에 들어갔어?"

"괜찮아."

말은 그렇게 하면서도 매화는 연신 한쪽 눈을 찡그린 채 손으로 비비고 있었다. 재원은 그런 매화의 손목을 잡아 쥐며 얼굴을 가까이 했다.

"봐봐."

차분히 청하자 매화가 결국 손을 내렸다. 흰자위가 살짝 빨갛게 물들어 있었다. 눈가를 손으로 감싸듯 덮고 가만히 들여다보는데 다색 눈동자가 차차 시선을 맞춰 왔다.

"……."

바짝 가까워진 시야에 가득 담긴 눈은 언제나처럼 속을 알 수 없는 빛을 하고 있었다. 술에 취했던 밤과는 전혀 다른, 또렷하고도 유심한 시선이었다. 낮에 만나는 매화는 늘 이랬다. 한 번도 밤처럼 애정 어린 눈을 보여 주지 않았다.

"뭐 들어간 건 안 보이는데, 아직 따가워?"

"……."

"……."

"…아니."

깜, 빡. 느리게 덮였다 열린 눈꺼풀 선을 타고 희미한 물기가 맺혔다. 재원은 다행이다, 하며 검지를 구부려 매화의 눈가를 쓸어 내었다. 말없이 그런 재원을 바라보던 매화가 가만히 중얼거렸다.

"너 담배 냄새 나."

뜻밖에 튀어 나온 힐난 아닌 힐난에 화들짝 놀란 재원이 제 오른손을 내려다보았다. 그러고 보니 아직 냄새가 배 있겠구나 싶었다.

"아, 아까 형준이가 피울 때 같이 있었더니…."

"그랬어?"

"형준이 정말 큰일이야. 스무 살에 벌써부터 헤비 스모커의 길을 가고 말이야."

한 개비만 깔끔하게 피우고 사라진 형준이 들으면 억울하겠지만 어쩔 수 없었다. 넉살 좋게 얼버무린 재원이 매화를 재촉해 걸음을 옮겼다.

"그나저나 기숙사에서 공부 잘돼? 룸메 신경 쓰이진 않아?"

"룸메 요즘 야작실에서 사느라 잘 안 들어와. 그리고 도서관이나 스터디 가도 옆에 사람 있는 건 비슷하잖아."

"그런가…."

"근데 혼자 공부하는 건 한계가 있으니까…. 기출 문제 얻어다 줘서 고마워. 도움 많이 될 것 같아."

"……."

"이왕 후문까지 가는 거, 저녁 사 줄 테니 먹고 가. 용돈 얼마 안 남아서 비싼 건 무리긴 한데."

우리는 언제쯤 더 분명해질 수 있을까? 문득 떠오른 의문은 다행히 입술까지 닿지 않았다. 재원은 응, 대답하고서 매화가 남긴 발자국을 따라 걸음을 옮겼다.

문구점부터 들른 매화가 문을 열자마자 1층으로 향했다. 카운터 옆 복사기에서 복사를 진행하는 동안 재원은 괜히 신상품 매대를 뒤적거렸다. 가지각색의 재료와 익숙한 도구들이 물리 법칙을 완전히 무시한 모양으로 복잡하게 진열되어 있었다.

"뭐 필요한 거 있어?"

복사기 앞에서 고개만 돌린 매화가 넌지시 물었다. 재원은 얼른 쥐고 있던 목공용 풀을 내려놓고 고개를 저었다.

"응? 아니."

"필요한 거 있으면 가져와. 같이 계산하게."

무심하게 툭 던지는 말이 든든하기 짝이 없었다. 재원은 한 손을 가슴에 얹은 채 감격에 겨운 시늉을 했다.

"우리 매화, 오늘 왜 이렇게 인심을 쓰지? 나 모르게 복권 당첨됐어?"

"커터 사다 줬잖아. 그거 갚아야지."

"……."

아, 그런 계산이. 들뜬 마음이 순식간에 식어 내리는 감각에 재원의 입꼬리가 축 처졌다.

"매화야…. 난 정말 마음에서 우러난 선물이었어. 네가 칼이 잘 안 든다고 해서…."

"…알아. 누가 뭐래?"

"근데 우리 매화는 이토록 차갑게 기브 앤 테이크를 실행하려

하고, 나 정말 서러워서….”

“됐어, 그냥 가져오지 마.”

진절머리 내는 모습이 귀엽다고 말하면 더 짜증 내겠지. 제도용 지우개 하나를 집어 든 재원이 실실 웃으며 카운터로 향했다.

“재원이는 이거요, 아빠.”

“죽을래, 진짜….”

말은 그렇게 하면서도 지우개를 받아 같이요, 하며 내민다. 문구점 사장님의 훈훈한 미소를 뒤로 하고 1층 출구로 나오자 슬슬 해가 저물고 있었다. 어두워진 골목은 여전히 낯설기만 했다. 평소의 재원이라면 당장 미아가 될 조건이지만 지금은 든든한 동반자가 있었다.

“밥은 뭐 먹을래? 최대 돈가스까지야.”

체크카드를 꼭 쥔 매화가 비장한 얼굴로 물었다. 재원은 눈썹을 팔 자로 가라앉힌 채 갸륵한 목소리를 냈다.

“나는 김밥이면 돼.”

“…돈가스 먹자. 그 정돈 사 줄 수 있어.”

“아하하.”

어둠이 내려앉기 시작한 좁은 골목길을 따라 매화가 자신 있는 걸음을 옮겼다. 재원은 그 뒤를 졸래졸래 따라붙으며 콧노래를 불렀다. 아직 해가 지면 쌀쌀한 시기였다. 매화는 어느새 어깨를 조금 움츠린 채 걷고 있었다. 도톰한 후드 위로 드러난 목덜미가 차가워 보였다.

“발표 준비는 잘돼 가?”

창백한 뒷목을 힐끔대느라 정신이 팔린 사이 매화가 불쑥 질문을 던졌다. 응? 재원은 반사적으로 되물으며 토끼눈을 했다.

"발표지 다 만들었느냐고."

"어? 아. 내일 하기로 했는데."

"내일? 모레부터 시험인데…?"

화요일 오전은 물리 시험, 오후는 건축설계 수업의 중간고사 대체 발표가 예정되어 있었다. 발표 준비를 맡은 동기와의 약속은 월요일 1시였다.

"그래서 오늘 공부했잖아."

"……."

돌아본 매화는 기가 차다는 얼굴이었다. 아마 여난이 여기 있었다면 똑같은 표정을 지었을 것이다. 미소를 띠면서도 아차 싶었다. 낮에 스터디 카페에서 쏟아졌던 관심 어린 질타들을 떠올린 재원이 뭐라 변명하려 입을 연 순간, 매화가 소르르 긴 숨을 뱉으며 다시 고개를 돌렸다.

"그래, 뭐."

"……."

"너 알아서 하는 거지…."

그걸로 끝이었다. 재원은 말을 잣기 위해 숨을 들이쉰 상태 그대로 굳은 채 우뚝 멈춰 섰다.

"……."

매화는 늘 그랬다. 타인에게 지나치게 참견하지 않았다. 상대의 결정이나 방식을 진심으로 질타하는 모습도 본 적이 없다. 무슨 말을 듣고 어떤 면을 보든 너는 그렇구나, 흘려보내는 무심함의 이면에는 모래사장에 스며든 포말처럼 자작한 다정함이 깔려 있었다.

사람은, 당연하게도 자신을 부정하지 않는 사람 곁에 있고 싶어 한다. 매화를 아는 사람은 누구나 이 애를 자신이 형성한 고리에 끼워 넣는 일을 꺼리지 않았다. 편하게 말을 걸고 제 이름을 말했고- 그러면 매화는 들은 이름을 쉽게 기억했다가 틀린 부분 없이 꺼내 놓았다.

재원이 따라오지 않자 매화가 멈춰 섰다. 돌아본 얼굴에 걸린 의아한 표정은 그 사이 더 짙어진 어둠에 가려 잘 보이지 않았다.

"명재원?"

"어? 응."

"뭐 해? 안 오고."

"뭐 하냐면…."

생각하는 중이었어. 너와 함께 있는 시간이 이토록 편안한 이유를.

"빨리 와. 거기 한 시간 있으면 닫아."

"응."

순순히 대답한 재원이 매화와 어깨를 나란히 했다. 그대로 한참 말없이 걷던 매화는 얼마 지나지 않아 지나가는 말처럼 속삭였다.

"발표 준비 도와줄 거 있으면 말해."

준비라 해 봐야 대단한 건 없었다. 이미 다 만들어진 도면과 작성이 끝난 기획 의도를 출력해 하드보드지 패널에 보기 좋게 배열하면 끝이었다. 그래도 재원은 고개를 끄덕였다.

"응, 꼭 말할게."

그러면 매화가 웃을 것을 알았다. 나란히 선 채 시선이 떨어졌다 싶을 때쯤 아무 소리도 없이, 희미하게 입술 끝을 올리며.

✿

형준의 노력과 희생은 첫 물리 시험에서부터 물거품이 되었다. 상대평가로 진행되는 기말고사의 변별력을 고민하기 귀찮았던 교수가 조교들을 닦달해 완전히 새로운 중간고사 문제를 출제했기 때문이다. 심지어 마지막 문제는 지난 수능에서 악명이 높았던 킬러 문제의 심화 버전이었다.

"아주 대 놓고 틀리라고 그냥, 고사를 어?"

시험을 끝낸 형준이 책상에 머리를 박고 엎드렸다. 재원은 입소리로 저런, 하며 가방을 챙겼다. 슬그머니 일어나려는 순간 죽은 듯 웅크려 있던 형준이 팔목을 덥석 잡아 왔다.

"명재, 솔직히 말해 봐. 만점이지?"

"아니야, 아니야. 만점은 무슨."

"20번도 한 번 맞혔던 문제일 거 아니야."

"그땐 찍어서 맞혔다니까."

"오늘은 풀어서 맞혔고?"

어디까지나 장난이었지만, 팔을 당기는 기세가 심상치 않았다. 슬슬 이쪽에서도 힘을 주어 뿌리쳐야 하나 고민하는데 뒤에서 불쑥, 마른 손이 뻗어 들어왔다.

"왜 그래?"

돌아보니 매화가 심각한 표정을 짓고 있었다.

"왜 사람을 붙들고 안 놔?"

"어, 매화. 안녕."

그 와중에 태평하게 인사한 형준이 배시시 웃었다. 고민하던 재원은 잡힌 손을 보란 듯 내밀며 우는 소리를 했다.

"형준이가 괴롭혀, 매화야."

"아니, 이 자식이 분명 만점 맞았을 거면서 입 닦고 아닌 척…."

"명재원이 시험 잘 봐서 괴롭힌다고?"

"헉, 매화가 이렇게 말하니까 나 진짜 쓰레기 같다."

그제야 손을 놓은 형준이 유쾌한 웃음을 터뜨렸지만 매화는 웃지 않았다. 자칫하면 분위기가 안 좋아질 수도 있을 것 같았다. 재원은 얼른 매화의 어깨를 둘러 안고 자리에서 빠져나왔다.

"시험 잘 봤어, 매화야?"

묻자 긍정도 부정도 아닌 애매한 반응이 돌아왔다. 응, 이라는 것 같기도 하고 웅, 이라는 것 같기도 했다. 아직 신경이 딴 곳에 가 있는 게 틀림없었다.

전공 건물을 빠져나와 벤치에 앉을 때까지도 매화는 잠잠했다. 자판기에서 뽑은 이온음료 두 개를 내려놓자 그제야 시선이 스쳤다.

"괜찮아?"

예상치 못한 걱정의 말은 매화의 입에서 흘러나왔다. 재원은 음료 캔을 입에 댄 채 눈썹만 위로 올려 보였다. -누가? 나?

"진짜 싸운 건 아니지?"

"응?"

"…아, 아니야. 됐어."

급히 입을 다문 매화가 어색하게 눈을 돌렸다. 들은 말을 곱씹은 재원이 뒤늦게 아, 하며 활짝 웃었다.

"형준이랑 싸우는 줄 알았어?"

"……."

"재원이는 애가 아닌데요-."

"…그게 아니라, 사람을 붙잡고서 뭘 계속 따지는 것처럼 그러고 있으니까…. 무슨 문제라도 생겼나 했어."

교실이 시끄러워 대화가 잘 안 들린 것이 화근이었던 모양이다. 붙들고 칭얼대는 모양이 진지하게 화를 내는 것처럼 보인 듯싶었다. 재원은 너무 늦지 않게 형준이 받을 오해를 풀어 주기로 했다.

"나 수능 때 물리를 잘 봤거든. 그거 알고 이번 시험 잘 쳤냐고 물어본 거야."

"아."

탄식하듯 대답한 매화가 음료수 캔을 땄다. 무심한 동작에서 이미 알고 있던 정보라는 기색이 느껴졌다. 어쩐지 이번에는 묻고 싶었다. 쥐고 있던 캔을 내려놓은 재원이 테이블에 턱을 괴었다.

"매화도 알았어?"

"어?"

"원래 같은 학교에서는 누가 시험 잘 보면 다 소문난다던데."

"그런가…?"

멀리 던지는 시선이 정말 골똘해 보여서 조금 우겼다. 느릿하게 흔들리는 속눈썹 결을 따라 먼지 섞인 봄바람이 흘렀다. 따끔, 눈을 감는 순간마다 꽃가루가 파고드는 날씨였다.

"그냥 너한테 관심 있는 애들이 많았던 거겠지."

구부린 손가락으로 눈가를 쓸어 낸 매화가 지나가는 말인 양 중얼거렸다. 교정을 물들인 벚꽃은 하루가 다르게 몸피를 줄이고 있었다. 날마다 꽃잎을 잃고 앙상해지는 벚나무가 안쓰러울 지경이었다.

"나한테?"

"눈에 띄었으니까, 너…."

"내가?"

"…자꾸 말꼬리 잡고 묻지 마."

아, 여기까진가. 재원이 아쉬운 마음을 안고 한숨을 흘렸다. -너한테 관심 있는 애들이 많았던 거겠지. 재원을 향한 자신의 걱정이나 우려를 보편적인 현상으로 묽히려는 의도가 뻔히 보였지만, 안타깝게도 아직은 말할 수 있는 시기가 아니었다. 입에 머금은 음료수가 씁쓸한 뒷맛을 남겼을 즈음, 근처를 지나던 학생들의 말소리가 잠잠한 침묵 속으로 불현듯 끼어들었다.

"주말에 비 온대."

"뭐? 진짜?"

재원의 시선이 저도 모르게 계절의 끝을 향해 감산을 시작한 벚나무로 향했다. 마지막 시험이 다음 주 월요일에 예정되어 있으니, 중간고사와 함께 꽃이 만개한 시절도 끝날 거라는 예측은 올해도 정확히 실현될 모양이었다.

"주말에 비 온대, 매화야."

목소리의 주인들이 충분히 멀어진 후에야 재원이 속삭였다. 매화는 대답 없이 고개를 끄덕였다.

"아쉽지 않아? 꽃구경도 제대로 못해 보고 끝인데."

"제대로 못하긴…. 학교에도 잔뜩 피어 있고, 헤이리 갔을 때도 많이 봤잖아."

"에이, 그건 다르지. 시험을 앞두고 보는 꽃은 꽃이 아니지."

"누가 들으면 시험에 되게 목숨 거는 사람인 줄 알겠네."

"앗, 그 점을 파고드는 건가…."

가슴을 붙들고 정곡이 찔린 시늉을 하자 매화가 낮게 웃었다. 찰랑, 흰 손끝에서 기울어진 알루미늄 캔 속 액체가 흔들리는 소리가 들린 것 같았다.

"꽃구경이라…."

그 감각에 정신이 팔린 탓에- 아주 작고 희미하게 흘러나온 목소리는 뒤늦게 들렸다. 고개를 들었을 땐 매화가 이미 자리에서 일어선 뒤였다.

"들어가자. 곧 수업 시작해."

재원이 느릿하게 응, 하며 몸을 일으켰다. 따끔, 여전히 건조한 공기에 눈이 시렸다.

오후 수업이 시작되자 조별로 앉은 A반 내부에 묘한 긴장감이 흘렀다. 제작실에서 피 튀기는 신경전이 오갔다는 것도 없는 말은 아닌 듯했다. 같은 조 동기가 걱정했던 대로 거의 완벽한 상가 건물 모형을 만들어 낸 반 대표의 조가 가장 먼저 단상으로 나섰다. 모형을 올려 두고 패널을 세운 은하는 자신만만한 태도로 발표를 시작했다.

과제는 여러 가지 건축 공법 중 하나를 선택해 기초 모형을 만들고 적용 방법과 건축 사례를 소개하는 것이었다. 교수는 1학년 1학기인 만큼 대단한 수준의 모형은 기대하지 않는다고 미리 말했지만, 애석하게도 일부 모범생의 귀에는 '너희 같은 허접들이 뭘 어쩌겠느냐만 아무튼 할 수 있는 만큼 해 봐라'라는 도발로 들린 모양이었다.

"소위 벽돌집이라는 이 형태는 최근 들어 기피되는 경향이 강하지만 지진이 적은 한국에서는 그 강점을 충분히 발휘할 수 있는 구조로…."

슬쩍 돌아보니 매화는 잔뜩 긴장한 모습이었다. 조적조 벽체 표현에 적벽돌 도색까지 되어 있는 작품을 보니 절로 기가 죽은 듯했다.

"매화야."

툭, 어깨를 치자 의아한 시선이 돌아왔다. 재원은 제 가슴께를 가리키며 씩 웃었다.

"내가 잘할게. 걱정하지 마."

"……."

어안이 벙벙한 얼굴로 눈을 껌뻑이던 매화가 말없이 고개를 돌렸다. 첫 발표가 교수의 칭찬과 동기들의 박수 속에 끝나고, 이어 재원이 패널과 모형을 들고 일어섰다.

"안녕하십니까, 발표자 A반 명재원입니다."

쾌활하게 인사하고 고개를 꾸벅 숙이자 의례적인 박수가 나왔다. 여전히 조마조마한 표정을 짓고 있는 매화에게 살짝 눈짓한 재원이 마이크를 쥐고 목을 가다듬었다.

"저희 조가 제작한 모형은 보통 초고층 건물에 사용되는 SRC 구조입니다. SRC란 철골에 콘크리트를 타설해 만든 기둥에 철근을 보강재로 사용한 공법으로서…."

발표는 대본 없이도 술술 이어졌다. 직사각형 바닥을 반으로 나누어 한쪽은 1층, 다른 한쪽은 2층까지 쌓은 모형을 두 손으로 돌려가며 패널 흐름에 맞춰 설명을 이어가는 동안 교수는 조용히 고개를 끄덕이고 있었다.

"모형을 아주 깨끗하게 잘 떴네요. 보 표현까지 잘했고."

첫 페이지 발표가 끝나자마자 기다렸다는 듯 칭찬의 말이 나왔다. 재원은 저도 모르게 매화의 얼굴부터 찾았다. 매화는 눈에 띄게 안도한 표정으로 긴 한숨을 내쉬고 있었다.

"그런데…."

신나게 다음 페이지로 넘어가려던 재원이 멈칫 굳었다. 팔짱을 낀 교수가 두 눈을 가늘게 뜬 채 모형을 뚫어져라 바라보고 있었다.

"발표자가 말했듯이 SRC는 주로 초고층 건물에 사용되는 공법이죠. 이는 즉 상업 건물이에요. 공법이 사용되는 건물 특성을 고려했다면 폼보드를 좀 더 차가운 색으로 썼어도 좋았을 것 같은데."

모형의 사소한 디테일에 높은 점수를 주는 교수라던 동기의 말이 뇌리를 스쳤다. 슬쩍 바라본 매화는 눈을 둥글게 뜬 채 잔뜩 굳어 있었다. 재료 구매는 다 같이 했지만, 푸른빛이 도는 흰색 폼보드와 옅은 미색 폼보드 중 후자를 고른 사람은 매화였다.

"어, 그러니까…."

일단 미소부터 띤 재원이 필사적으로 머리를 굴리기 시작했다. 예상치 못한 질문이 떨어졌을 때는 우선 맥락을 파악해야 한다. SRC는 초고층 건물, 초고층 건물은 상업 건물, 그러니까 폼보드도 창백한 색을 골랐어야 한다….

"…조원들이 함께 발표를 준비하는 과정에서, 최근 10년 사이 초고층 건물 건축 사례를 찾아봤습니다."

여기서 반박할 수 있는 것은 중간의 명제뿐이었다. 확신한 재원이 자신감 넘치는 말투로 답변을 이었다.

"물론 상업 건물 비율이 높지만, 주상 복합에 적용된 사례 역시 많았습니다. 이 경우 주거용 플로어를 고층으로 올려 각 세대의 조망권을 확보하면서 아래층은 입주민 편의를 위한 대형 쇼핑몰이나 마트 등으로 채우는데요. 수영장 등의 체육 시설이나 영화관 같은 복합 문화 시설까지 개설된 경우도 제법 있었습니다."

유려하게 이어지는 설명에 교수가 계속해 보라는 듯 고개를 끄덕였다.

"즉 건물 자체가 이 건물에 거주하는 사람을 위해 돌아가는 것처럼 보였습니다. 주택을 지을 때 집주인만을 위한 정원을 짓는 것처럼요. 지하 마트에서 지상으로 올라갈 때, 입주민만 진입 가능한 성큰 가든을 따로 운영하는 주상 복합도 있습니다. 그렇게 토대부터 꼭대기까지 이곳에 사는 사람을 위하는 건물이라면, 그건 집과 다를 바가 없다고 생각했습니다. 그러니 따뜻한 색을 넣어 올리면 좋겠다는 생각으로 미색 폼보드를 골랐습니다."

전공생으로 가득 찬 강의실이 잠시 침묵으로 휩싸였다. 얼마 지나지 않아 음, 목을 울린 교수가 한 손을 들어 올리며 말했다.

"이해했습니다. 발표 이어가세요."

"네, 교수님."

씩씩하게 대답한 재원이 패널을 넘겼다. 멀찍이 조원 하나가 엄지를 힘껏 치켜들어 보였다. 남은 내용은 적용 사례를 소개하는 정도였으므로 이렇다 할 질문거리 없이 금방 끝났다. 재원이 끝인사를 마치자 교수는 웃으며 고개를 끄덕였다.

"발표 잘했습니다. 들어가도 좋아요."

"감사합니다!"

허리를 꾸벅 숙여 인사한 재원이 자리로 향했다. 의자에 앉자마자 뒷자리의 동기가 어깨를 퍽, 소리가 나도록 내리쳤다.

"명재, 진짜 천재야?"

"들켰네, 비밀이었는데."

"와- 깜짝 놀랐네. 질문 뭐 나올지 예상한 거야? 어떻게 그렇게 대답이 술술 나와."

"그만 띄워 줘도 돼. 다 발표 준비하면서 조사한 거였잖아."

재원은 끝나지 않는 성찬을 뒤로 하고 매화를 향해 몸을 기울였다. 그제야 못 이긴 척 시선을 맞춘 매화가 입 모양으로 뭐, 하고 물었다.

"나 잘했지?"

"……."

"별로였어?"

"…잘했어."

재촉하고 나서야 원하는 말을 돌려준 매화가 연필로 책상을 툭툭 쳤다.

"앞에 봐, 이제."

어느새 다음 조가 단상에서 발표를 준비하고 있었다. 재원은 매화 흉내를 내듯 연필을 꼭 쥔 채 정면으로 눈을 돌렸다.

모든 조의 발표가 끝나고 채점을 마친 교수가 단상으로 올라왔다. 그는 정리한 채점표를 내려놓고, 안경을 고쳐 쓰고는 학생들을 향해 물었다.

"그러고 보니 여러분, 시험 일정은 다 끝났나요?"

탄식인지 야유인지 모를 소리들이 무질서하게 튀어나왔다. 그로써 대충 학생들이 아직 시험기간 중이라는 정보를 입력한 교수가 다시 한번 음, 하며 목을 가다듬었다.

"아무튼 중간고사 중에 발표 준비하느라 다들 고생 많았습니다. 아직 남은 시험이 있다니 오늘 수업은 여기서 조금 일찍 마치도록 할게요."

이번에는 환호가 터졌다. 벌써부터 가방을 쥐고 일어나려는 녀석도 있었다. 그러나 마이크를 쥔 교수의 부연 설명이 마저 이어졌다.

"단, 추가 과제가 하나 있습니다."

"안 돼!"

"추가요? 여기서요?"

마구잡이로 튀어 오르는 항의에도 연륜 깊은 교수는 눈썹 하나

까딱하지 않았다. 대신 학생들이 제출한 발표용 패널을 하나씩 들어 차례대로 세울 뿐이었다. 혹시 성적순 배열인가, 눈에 불을 켜고 보던 모범생 무리는 곧 단순히 발표순 배열인 것을 깨닫고 놀란 가슴을 쓸어내렸다.

"여러분, 오늘 발표 다들 아주 잘했습니다. 모두 기대 이상이었어요. 다들 각자 조사한 공법이 어떤 식으로 건물에 적용되는지, 그 건물이 어떻게 올라가는지 배웠겠지요? 이게 바로 건물을 만드는 방법이며, 건축 공학입니다."

교수가 패널을 하나씩 가리키며 설명했다.

"우리는 건물을 만드는 방법을 공부하는 사람들이죠. 하지만 건축의 공학적 분야만큼이나 중요한 게 사회적 분야입니다. 건물을 올리는 방법을 공부했으니, 이번에는 어떤 건물을 어디에 올릴지 고민하는 시간을 가져 보도록 하죠. 그러기 위해 제일 좋은 방법은 역시…."

마커를 집어 든 그가 단상 뒤 화이트보드에 크게 '이름' 두 글자를 썼다.

"건물의 이름을 짓는 거겠죠. 이름에는 많은 것이 들어갑니다. 건물이 세워진 위치, 역할, 혹은 시공에 쓰인 돈의 출처."

마지막 조항에서 학생들의 나직한 웃음이 터졌다. 교수는 이번에도 전혀 신경 쓰지 않고 '이름' 글자 아래에 밑줄을 그었다.

"또한 구분하기 위한 것이죠. 같은 지역, 같은 구획 안에 완전히 똑같이 생긴 건물 두 개가 있다고 가정해 보세요. 이름이 없으면 내가 원하는 건물을 찾아가기 힘들겠죠?"

학생들이 고개를 끄덕이며 과제를 받아 적기 시작했다. 재원도 노트 끄트머리에 끼적끼적 펜을 놀렸다.

"오늘 각자 조사해 온 공법으로 지을 건물 하나를 상상하세요. 용도가 무엇인가, 누가 지었는가, 어디에 위치했는가. 충분히 고민한 뒤에 건물 이름을 짓고, 그렇게 이름 붙인 이유를 A4 한 장 분량으로 작성해 제출하면 됩니다. 기간은 이번 학기 기말고사 전까지로 하겠습니다."

비교적 넉넉한 과제 기간에 학생들 사이에서 안도의 한숨이 번졌다. 그 와중에 용감한 동기 하나가 불쑥 손을 들고 물었다.

"기말 대체 과제인 건가요?"

"아닙니다. 아무리 그래도 기말은 시험을 봐야겠죠?"

"예, 제가 생각해도 꿈이 너무 컸습니다."

이번에는 교수도 조금 웃었다. 마이크를 내려놓은 그가 원래 목소리로 나직하게 덧붙였다.

"건물이나 사람이나 마찬가지입니다. 이름이 있고, 매일 만나는 사람이 있고, 드나드는 이들이 바라는 것이 있죠. 심화 과정으로 갈수록 여러분은 공학적 분야에 더 집중하게 될 테니, 아직 부담이 덜한 시기에 이런 고민을 해 보는 것도 좋은 경험이 될 겁니다."

건물의 이름이라. 턱을 괸 재원이 단상에 있는 매화의 모형을 뚫어져라 바라보았다. 철골 주변을 콘크리트로 메우고 철근까지 넣은 SRC 구조는 서울 중심부 마천루를 이루는 건물이나 주상복합 등이 채택하는 방식이었다.

그럼 이름을 짓는다고 해 봐야 건설사 브랜드명에 건물의 용도를 갖다 붙이는 경우밖에 없지 않을까. 고민하는 재원을 두고 매화가 먼저 자리에서 일어났다.

"어디 가?"

무심코 묻자 가방을 챙겨 들던 매화가 간단히 대답했다.

"기숙사. 수업 끝났잖아."

"공부하러? 실험 일지 쓸 거면 같이 하자."

"……."

재원은 이제 매화의 표정을 대충 읽어 낼 수 있었다. 그걸 뭐 하러 같이 해? 묻고 싶은 얼굴이었다. 이럴 때의 매화는 우는 소리를 하면 붙잡을 수 있다는 사실도 알고 있었다.

"혼자 도서관 가기 외로워. 같이 가자."

"……."

"추가 과제도 어떻게 해야 되는지 모르겠고 막막하고…."

눈을 피한 채 고민하던 매화가 한숨을 푹 쉬었다. 그러고는 옆머리를 긁적이며 중얼거렸다.

"어차피 열람실에 자리도 없을 텐데…."

"그럼 자리 있으면 같이 해. 응? 없으면 깔끔하게 보내 줄게."

조르며 억지를 부리면 끝까지 거절하는 일도 없었다. 결국 한숨을 푹 내쉰 매화가 가자, 가…. 하며 걸음을 옮겼다.

당연하지만 열람실은 시험 기간에 늘 그랬듯 가득 차 있었다. 매화는 거 보란 듯이 두 눈을 가늘게 떴다. 자리 예약 시스템이 열려 있는 모니터 앞에서 재원은 한참이나 고개를 갸우뚱거렸다.

"이상하다. 기적적으로 두 자리가 딱 비어 있을 줄 알았는데."

"뭐라는 건지…."

"나 그런 일이 많거든. 맛집 같은 데 가도 왠지 내가 방문한 순간에만 잠깐 줄이 없다든가."

"어쨌든 지금은 줄이 있네. 됐지? 기숙사 간다."

돌아서는 매화를 향해 이번에는 무슨 핑계를 댈지 고민하던 순간이었다. 온통 빨갛게 차 있던 좌석 한구석이 반짝, 파란색으로 바뀌었다. 얼른 고개를 돌려 보니 안쪽 창가 자리 두 개가 막 열린 참이었다.

"어!"

빠르게 한 자리를 잡은 재원이 매화를 끌어당겼다. 매화도 엉겁결에 그 옆자리를 누르고는 어안이 벙벙한 얼굴을 했다. 재원은 그런 매화를 내려다보며 자신만만한 미소를 지었다.

"내가 말했지?"

"……."

"앞으로도 나를 잘 끼고 다녀 봐. 필요한 순간에 빛을 발할 거라니까."

"헛소리 그만하고 들어가기나 해."

매화가 가볍게 발길질하는 시늉을 했다. 앞서거니 뒤서거니 열람실로 향하는데 멀찍이 매점 쪽에서 걸어오는 익숙한 얼굴들이 보였다.

"어라."

세형이 먼저 재원과 매화를 눈치채고 손을 흔들었다. 그 뒤에 있던 여난과 달국도 가벼운 눈인사를 건네 왔다.

"명재랑 매화네. 도서관에서 뭐 해?"

"글쎄, 보통 도서관에서 뭘 하지? 공부?"

"열람실 자리 없지?"

묻는 말에는 향후 일정에 합류하겠느냐는 권유가 들어 있었다. 언제나 그랬듯 세형이나 달국의 자취방 중 하나로 몰려가 공부할 모양이었다. 난처해진 재원이 매화의 눈치를 살폈다. 매화는 그러고 싶으려나, 고민하는데 뜻밖에도 매화가 먼저 고개를 저었다.

"우린 자리 잡았어."

"뭐? 자리가 있었어?"

"명재원이 앞에 서니까 딱 두 자리 생겨서."

"명재가? 뭐 저런 행운아가 다 있냐."

부러웠는지 세형의 목소리가 한껏 높아졌다. 재원은 어깨를 으쓱이며 그러게, 했다. 그때 재원과 매화를 번갈아 보던 여난이 씩 웃으며 물었다.

"그냥 같이 가지? 우리 저녁에 피자 먹을 건데."

안 갈 건 알지만 찔러나 보겠다는 속내가 역력했다. 재원은 의례적인 미소를 지으며 손을 내저었다.

"모처럼 열람실 티켓팅 성공했는데 구경이라도 해 봐야지."

"저런, 덕분에 순수하게 공부하려던 어린양이 갈 곳을 잃겠군…."

"여난 왜 또 삐뚤어졌어?"

"조별 과제 팀원 뽑기 망했대."

"안 망한 적이 있기는 한가?"

"경영과에 무슨 일이 일어나고 있나요…."

한마디씩 덧붙이는 말에 휘둘리다 보면 또 어영부영 끌려갈 게 분명했다. 일일이 받아치면서도 난처하게 웃는 재원을 보며 이번에도 먼저 나선 것은 매화였다.

"우린 그만 들어간다. 입실 늦으면 자리 취소돼."

"칫, 그걸 노린 거였는데…."

"여난 인성 괜찮냐?"

"시험 기간이 무섭네."

말은 그렇게 하면서도 살랑살랑 손을 흔들어 인사한 여난이 세형과 달국을 양쪽에 끼고 멀어져 갔다. 재원은 어깨를 으쓱이고서 매화를 내려다보며 물었다.

"우리도 갈까?"

"…그래."

열람실 안은 역시나 꽉 차 있었다. 간간이 사람 대신 가방이 지키는 책상도 있었지만 대체로는 자리 주인이 묵묵히 앉아 책을 들여다보는 중이었다. 발소리를 죽여 찾아간 자리는 창가에 일자로 나란히 붙은 좌석이었다.

"완전 명당인데?"

상체를 숙인 재원이 매화의 귓전에 대고 속삭였다. 매화는 얼른 어깨를 움츠리더니 희미하게 인상을 썼다.

"…속닥대지 마."

그러고는 먼저 자리를 잡고 짐을 풀었다. 재원은 대놓고 서운한 마음을 드러내며 매화의 왼쪽 자리에 앉았다.

"매화야, 자꾸 나 속상하게 하지 마…."

"뭔 소리야, 또."

실기 수업에서 정리한 실험 일지와 재원이 가져다준 프린트를 차례로 꺼낸 매화가 연두색 샤프를 쥐었다. 조금의 지체 없이 바로 공부에 매진하겠다는 태도였다. 재원도 별수 없이 가방을 뒤적여 실험 일지를 꺼냈다.

"아, 맞다."

낮은 목소리로 탄식하자 매화가 또 뭐, 하듯 눈을 가늘게 떴다.

"컴활 필기 말인데, 무조건 1단원에서 다 나온다는 거 들었어?"

"누가 그래?"

"부과대 누나가. 2단원 이후로 아무리 봐 봤자 소용없으니까 첫 장만 죽어라 파랬어. 범위가 좁은 대신에 엄청 세세하게 낸대."

"흐음…."

매화가 반신반의하는 기색으로 샤프를 놀려 노트에 '컴활 1단원'이라고 적었다. 아는 정보를 다 털어놓으니 더 이상 말 걸 핑계가 없어진 재원도 펜을 쥐었다.

사각, 사각, 샤프심이 종이를 긁는 백색 소음 속에서 프린트 넘어가는 소리가 빗물처럼 섞였다. 창밖을 가득 채운 하늘은 맑았고, 짙푸른 나뭇잎이 액자처럼 풍경을 감싸고 있었다.

햇빛은 밝고, 춥지도 덥지도 않은 기온에 바람이 불면 상쾌한… 연중 이런 날이 얼마나 될까 싶을 만큼 좋은 날씨였다. 눈으로나마 창밖의 공기를 느끼고 있는데 갑자기 오른쪽에서 툭, 연두색 샤프 꼭지가 신호를 보냈다.

깜짝 놀라 돌아보니 매화가 의미심장한 눈을 하고 있었다. 딴짓한다고 혼내려는 건가. 실없는 생각을 하며 입 모양으로 왜? 묻자 형준에게 받은 수하 프린트가 밀려왔다

"여기 y″가 아니라 y‴ 아냐?"

방정식 문제에 옮겨 쓴 풀이를 짚으며 묻는 말에 재원이 미간을 좁혔다. 한참 들여다본 후에야 매화의 지적이 맞는다는 사실을 알 수 있었다. 그러네, 머쓱하게 웃자 매화가 한숨 쉬며 왼손을 내밀었다.

"……?"

무심코 오른손을 내밀어 맞잡자 화들짝 놀란 매화가 아니, 하며 손을 쳐냈다.

"네 프린트 달라고. 거기 쓴 것도 수정해야 될 거 아니야."

"…아."

얼얼한 손으로 시무룩하게 가방을 뒤적이던 재원의 등줄기로 이내 식은땀이 흘러내렸다. 매화에게 복사해 준 뒤로는 챙겨 다니지를 않았던 것이다. 그때까지도 손을 내밀고 기다리던 매화가 답답한 듯 재촉했다.

"뭐 해? 빨리 줘."

"그… 안 가져온 것 같은데."

"……."

"…헤헤."

귀여운 척으로 얼버무리려 해 봤지만 소용없었다. 매화는 조용히 손을 거두더니 보일 듯 말 듯 고개를 저었다.

"하여간…."

한심해하거나 질책하는 기색은 아니었다. 그러거나 말거나 별 관심 없다는 표정에 가까웠다. 그러면서도 파란색 펜을 꺼내 문제 번호를 체크하고 잘못된 식을 고쳐 주었다.

"노트에 적어 가, 그럼."

"응. 아니, 네."

시키는 대로 노트에 받아 적은 후에야 매화는 만족한 듯 프린트를 거둬 갔다. 턱을 괸 재원이 느릿한 웃음을 흘렸다.

이 애는, 가끔씩 내게 일어난 문제를 해결해 주고서 숙제를 마친 아이처럼 뿌듯한 표정을 짓는다는 사실을 알고 있을까.

다시 사각, 사각, 샤프심이 노트를 긁는 소리가 귓전을 채웠다. 아직 해가 높은 시간인 탓에 사람이 가득 들어찬 열람실 안은 적당한 훈기가 돌았다. 시험에 지친 학생들이 하나둘씩 책상에 엎드리기 시작한 것도 당연한 수순이었다.

재원의 사정도 크게 다르지 않았다. 방심한 순간 긴 하품이 흘러 나왔다. 그러나 매화를 열람실로 끌고 오다시피 해 놓고 옆에서 졸 수는 없는 일이었다. 커피라도 사 올까, 고민하며 돌아본 순간 꾸벅, 고개가 떨어지던 매화와 눈이 마주쳤다.

"……."

웃음이 샌 것은 불가항력이었다. 눈을 둥글게 뜬 매화의 뺨이 붉게 물들었다. 머리를 푸르르 털며 잠을 쫓으려는 모습이 물에서 막 빠져나온 강아지 같았다. 재원은 괜찮다는 듯 책상을 툭툭 두드렸다.

"어제 늦게 잤어?"

"…아니, 일찍 잤는데…."

"잠깐 졸아. 10분 있다 깨워 줄게."

손목시계를 가리키며 속삭이자 단정한 얼굴에 치열한 갈등이 맴돌았다. 한참 후에야 꾸물대며 책상에 엎드린 매화가 기어들어

가는 목소리로 중얼거렸다.

"그럼 10분만…."

"응, 꼭 깨울게."

다짐하듯 대답한 뒤에야 두 눈이 스르르 감겼다. 세밀한 속눈썹이 하얀 뺨 위로 부드러운 그림자를 그렸다. 재원은 되도록 소리를 내지 않게 조심하면서 실험 일지를 한 장 넘겼다. 꼼꼼히 적힌 실험 기록을 훑어 정리하는데 노트 끄트머리에 기록한 숙제가 눈에 들어왔다.

과제로 만든 건물 이름 짓기

정확히는 '과제로 조사한 건축 공법을 이용해 만들어질 건물의 이름 짓기'겠지만 빠짐없이 쓰기는 귀찮았던 모양이다. 재원의 시선이 자연스레 매화에게로 향했다. 그새 깊이 잠들었는지 고른 숨소리가 들렸다.

핸드폰을 쥐고 사진 앱을 열었다. 여러 방향에서 찍어 놓은 모형 사진을 하나씩 넘기고 있자니 매화가 조금 뒤척이는 기색이 느껴졌다. 교차한 팔을 움츠리며 끌어안는 모양이 한기를 느끼는 듯싶었다. 재원은 망설임 없이 재킷을 벗어 매화의 어깨 위로 살포시 내려놓았다.

핸드폰에 저장된 모형 사진은 아직 난잡한 장식이 붙기 전의 모습이었다. 새하얀 보드를 깨끗하게 잘라 오차 없이 맞춰 올린 건물의 토대. 사각, 귓전에 달라붙던 정갈한 칼질 소리를 떠올리자 조용히 집중하던 옆모습이 선명히 되살아났다.

매화는 어떤 이름을 붙일까. 자기 손으로 하나하나 다지고 쌓은 건물에게.

'나는….'

재원은 아무래도 다른 이름을 떠올릴 수 없었다.

"어, 명재."

그때 숨죽여 부르는 소리가 이름에 갇힌 의식을 파고들었다. 돌아보니 두툼한 가방을 멘 민수가 서 있었다.

"여기서 공부하고 있었어? 옆엔 누구…."

고개를 기울여 매화를 살피던 민수의 입이 살짝 둥글게 모였다. 그 입에서 매화의 이름이 나오기 직전, 재원은 손가락을 입가에 대며 쉿, 소리를 냈다.

"부르지 마."

단호한 말에 민수가 얼른 합, 소리가 나도록 입을 다물었다. 재원은 씩 웃으며 작별 인사하는 시늉을 했다.

"시험공부 힘내고, 살아서 만나."

"얼른 꺼지라 이거야…? 그래, 알았다…."

매화를 아는 사람은 누구나 이 애를 자신의 선에 편입시키고 싶어 하고….

"어, 잘 가. 사랑해."

참 봄 같은 그 이름을 입에 올리는 것을 꺼리지 않는다.

"걔? 매화잖아. 양매화."

한 번 들으면 잊기도 힘든 이름을 되뇔 때마다 재원은 이제 그 어린 날을 떠올렸다. 난분분하는 꽃잎에 덜컥 둘러싸여 헤매던 시간. 손에 쥔 자동차 풍선이 작고 가벼운 몸을 어디로든 날려 보내 줄 것만 같던 감각 속, 불현듯 파고들어 숨에 섞여 버린 봄의 향기를.

"또한 이름이란 구분하기 위한 것이죠."

내려다본 자리에는 매화가 여전히 평화롭게 잠들어 있었다. 재원은 숨을 죽인 채 오래도록 그 얼굴을 바라보았다. 10분이 진작 지났다는 것은 알고 있었지만, 지금 이 순간의 평화롭고 간지러운 고요를 깨뜨리고 싶지 않았다.

열람실 이용 시간이 끝났다는 문자가 온 것은 저녁 6시를 막 지났을 무렵이었다. 20분이 꼬박 지나고서 깨웠다는 이유로 말 한마디 걸지 않고 공부에 집중하던 매화는 재원이 핸드폰 화면을 보여 준 뒤에야 펜을 놓고 나갈 채비를 했다.

"아, 공부 많이 했다. 그치?"

재원이 열람실을 나서며 물었지만 매화는 대답이 없었다. 조용히 출구를 향해 걸음을 빨리할 뿐이었다.

"엥?"

방심한 사이 성큼성큼 멀어진 매화를 재원이 거의 달리다시피 따라잡았다. 그러거나 말거나 매화는 여전히 앞만 보고 걷는 중이었다.

"매화야, 매화야."

"……."

"바쁜 일 있어? 어딜 그렇게 급하게 가."

"…아."

그제야 매화가 우뚝 멈춰 섰다. 그러고는 재원을 한 번 돌아보더니 마른 입술을 축인다.

"저기, 명재원."

"응?"

"너 안 바쁘면…."

"나? 나는 안 바쁘지. 바쁠 일 없지."

뒷말은 들을 것도 없이 덥석 대답하자 매화는 또다시 고민에 빠진 얼굴이었다. 대체 무슨 말을 하려고 이러나, 빤히 바라보고 있자 얼마 지나지 않아 살짝 잠긴 목소리가 돌아왔다.

"기숙사 잠깐 들렀다 갈래?"

"응? 기숙사? 왜?"

"……."

다시 입을 꼭 다물어 버린 매화가 눈동자를 데구루루 굴렸다. …어, 불길한 예감이 드는데. 아니나 다를까, 열린 입술 새로 가장 우려하던 말이 튀어나왔다.

"아니다. 됐어. 그냥 나중에-"

"가자, 가자. 기숙사 가자. 가면 되지. 당장 가자."

말을 다다다 뱉어 내고 매화의 어깨를 둘러 안았다. 매화는 도서관 문을 나서자마자 씩씩하게 직진하려는 재원을 온 힘을 다해 멈춰 세웠다.

"그쪽 아니야…."

"아차."

간신히 방향을 틀자 매화가 슬그머니 품에서 빠져나갔다. 어깨가 닿을 듯 말 듯한 거리를 두고 나란히 걷는 동안 매화는 다시 말이 없었다. 걸음이 여전히 빠른 것이, 어쩐지 초조해하는 것처럼 보이기도 했다. 혹시 무슨 일이 있나. 걱정스러운 마음에 재원이 조심스레 물었다.

"매화야, 혹시 공부 별로 못 했어?"

"……."

"나 있어서 많이 방해됐어?"

"어? 뭐?"

한 박자 늦게 고개를 든 매화의 얼굴에 당황한 기색이 역력했다. 역시 방해됐나? 찔끔한 마음에 방어적인 미소를 짓는데 매화가 결연하게 말했다.

"지금 그런 얘기 할 때가 아냐."

"그, 그래? 그럼 무슨 얘기 할 때야?"

"어두워지잖아."

"……?"

도대체 무슨 맥락으로 흐르는 대화인지 알 수가 없었다. 매화야, 혹시 취했어? 혀끝에 맺힌 짓궂은 질문은 필사적으로 삼켰다. 행여나 벌컥 화를 내고 가 버리면 곤란했다.

"…아, 그냥 빨리 좀 따라와."

고민하는 사이 걸음이 느려졌는지 매화가 다시 재촉했다. 재원은 결국 모든 잡념을 버리고 매화에게 달라붙다시피 쫓아들었다.

걷는 동안 하늘을 보니 과연 해가 슬슬 질 기미가 보였다. 아직 여름보다는 겨울에 가까운 날짜였으니 당연한 일이었다. 그래도 완전히 어두워지려면 아직 멀었는데. 뺨을 긁적이며 부지런히 걷다 보니 어느새 남자 기숙사 앞이었다.

"방에 뭐 좋은 거 있어? 그게 해 지면 사라져?"

여기까지 와서 쫓아내진 않겠지 싶어 농담도 나왔다. 과연 매화는 슬쩍 눈을 흘기면서도 목적지를 향한 걸음을 멈추지 않았다.

"거기 아냐. 이쪽으로 와."

습관적으로 기숙사 정문을 향하던 재원이 대번에 멈춰 섰다. 매화는 기숙사 건물 두 채가 면한 벽 사이, 길이라기엔 궁색한 좁은 통로로 들어서고 있었다.

도대체 뭔지 궁금했지만 묻지 않고 따라가기로 했다. 통로는 점점 좁아져 마지막에는 거의 어깨를 벽과 같은 방향으로 돌린 채 나아가야 했다. 눈앞으로 피어오르는 먼지를 흩어 가며 간신히 몸을 빼냈을 때, 먼저 목적지에 도착한 매화와 눈이 마주쳤다.

"……."

흩어진 시선을 따라 고개를 들었다. 얼마 지나지 않아 주위 풍경을 인식할 수 있었다. 직선이 아닌 부지에 직선으로 된 건물을 올리느라 애매하게 남은 땅이었다. 완만한 삼각을 그리는 넓은 공간에 벚나무가 빼곡히 심겨 있었다.

"…우와, 이게 뭐야?"

터져 나온 감탄사를 여과 없이 뱉으며 묻자 매화가 어깨를 으쓱였다.

"나도 몰라. 복도 끝 창문에서 뭐가 보이길래 한 번 와 봤던 게 다야."

"뭐? 그럼 아무도 이런 데가 있는 걸 몰라?"

"기숙사 방에서 보이는 방향이 아니니까. 누가 관리하는 것도 아닌 것 같고."

"와, 말도 안 돼…."

사람이 오가지 않는 공간에서 벚꽃은 실컷 만개하고 자유로이 추락하는 중이었다. 발밑에 물결 같은 꽃잎이 넘실거렸고 머리 위로는 구름 같은 꽃봉오리가 가득했다. 넋을 놓고 올려다보고 있던 재원이 퍼뜩 정신을 차리고 물었다.

"이거 보여 주려고 서두른 거였어?"

"……."

매화가 입을 꾹 다물었다. 시선은 멀리 보낸 채 미동조차 없었다. 재원도 이번에는 포기하지 않고 매화를 바라보았다. 한참이 지나서야 한숨을 내쉰 매화가 뒷머리를 긁적였다.

"꽃구경 제대로 못해서 아쉬웠다며."

"……."

"그래서, 그냥…. 이런 거라도 보라고."

당연하지만 사람이 오가지 않는 건물 뒤편에는 가로등 하나 없었다. 해가 지면 달이 뜨더라도 아무것도 보이지 않을 것이다. 재원은 그만 아하하, 웃고 말았다.

"…왜 웃어?"

"아냐, 아냐. 좋아서."

"……."

"보고 싶던 거 보니까 좋아서 웃었어. 와, 나 이제 소원 풀었네."

급히 변명했지만 매화는 여전히 마뜩잖은 기색이었다. 아무래도 괜한 일을 했다는 후회로 가득해 보였다. 결국 제 얼굴을 문지른 매화가 돌아설 태세를 했다.

"난 간다. 실컷 보고 가라."

"어? 뭐라고? 나 혼자 두고 간다고? 잠깐만!"

화들짝 놀란 재원이 달려들다시피 매화를 붙들었다. 뒤에서 안고 잡아당기자 매화는 질색을 하면서도 질질 끌려왔다.

"가지 마. 매화가 가 버리면 재원이는 집에 못 가요."

"하…."

"사람을 이런 데다 유기하는 법이 어디 있어? 데려왔으면 데려다도 줘야지. 그게 도리지."

온갖 헛소리를 주절댄 뒤에야 마침내 매화가 제 자리에 멈췄다. 재원은 마른 어깨를 한 품 가득 끌어안은 그대로 매화의 머리에 턱을 얹었다.

"사람 머리를 받침대로 쓰지 마…."

"아, 좋다. 꽃향기 나는 것 같아."

지당한 항의는 듣지 못한 척 깊은 숨을 들이쉬었다. 당연히 꽃향기는 나지 않았다. 대신 낮의 햇빛을 가득 머금은 풀잎의 청미한 향이 폐부 깊은 곳까지 스며들었다.

"있잖아, 매화야."

"또 뭐."

"건물 이름 짓는 과제, 뭐라고 지을 거야?"

"그거? 글쎄…. 시간 좀 있으니까 시험 끝나고 생각하려 했는데."

"흐음."

이름에는 많은 것이 들어갑니다. 건물이 세워진 위치, 역할, 혹은 시공에 쓰인 돈의 출처….

"넌 뭐라고 지을 건데?"

또한 구분하기 위한 것이죠.

가만히 벌어진 재원의 입술 새로 늦봄의 마른 공기가 파고들었다.

"비밀."

간단히 대답하자 매화에게서 어이없는 웃음이 터졌다. 별수 없는 일이었다. 지금은 네 이름밖에 떠오르는 게 없다고 말할 수도 없으니까.

"근데 매화야, 아까 왜 그렇게 서둘렀어? 어차피 내일도 시험 있는데, 내일 와도 됐잖아."

품에 가둔 매화의 어깨가 멈칫 굳었다. 거기까지는 미처 생각지 못한 것 같았다. 한참 망설인 후에야 또 한숨을 푹 내쉰 매화가 기어들어가는 목소리로 입을 열었다.

"열람실 이용 시간 끝나도 아직 밝겠거니 했는데… 정신 차려 보니 해 지려고 하길래."

"……."

"그래서 별생각 없이 그랬어."

사위는 빠르게 어두워졌다. 조금만 더 꾸물대다간 왔던 길도 못 찾는 게 아닐까 싶을 정도였다. 슬슬 초조한 기색을 보이는 매화 곁에서 재원은 한참 동안 들은 말을 되뇌고 있었다. -열람실 이용 시간이 끝나도 밝을 줄 알았어.

…그러니까, 꽃구경을 못해서 아쉽다는 말을 했을 때부터 여길

보여 주려 다짐하고 있던 거구나.

재원이 매화의 어깨 위로 고개를 푹 떨어뜨렸다. 푸흐흐, 차마 붙잡지 못한 웃음이 샜다. 움찔, 몸을 굳힌 매화가 못마땅한 목소리로 물었다.

"또 왜 웃어? 내가 뭐랬다고."

"뭐라고 하긴…."

날 좋아한다고 했잖아.

"아무 말 안 했지."

하지만 모르는 척할 거야. 얄밉고도 치사하니까. 너는 이렇게 날 좋아하면서, 나는 널 좋아하면 안 된다는 듯이 구는 게.

"…하여간 이상해."

중얼거린 매화가 재원의 팔을 탁탁 두드렸다.

"그만 놔. 슬슬 나가야 돼."

"어, 가자. 가자."

왔던 통로를 찾아 다시 나갈 때는 핸드폰 불빛으로 발밑을 비춰야 했다. 기숙사 정문 쪽으로 돌아온 둘은 한동안 옷에 묻은 먼지를 열심히 털었다.

"아, 재밌었다. 무슨 여행 다녀온 것 같아."

"여기서 저기인데 무슨 여행이야."

"다녀오는 과정이 동화 같잖아. 아니야?"

"별게 다 동화다…."

방까지 들어가지 않는다 해도, 기숙사 근처를 기웃대다 사감에게 걸리면 좋을 게 없었다. 아쉬운 마음을 안고 떠날 채비를 하는 재원을 두고 매화가 조심스레 물었다.

"여기서 나가는 길은 알겠어?"

"……."

모르겠다고 하면 데려다줄 셈일까? 재원이 부드럽게 입꼬리를 끌어 올렸다.

"알아, 알아. 자주 와 봤잖아."

"파랑관도 맨날 못 찾으면서…."

"…그, 알아. 진짜야."

"전화해. 길 못 찾겠으면."

매화가 한 손을 귀에 대고 통화하는 시늉을 했다. 아, 또 여기까지구나. 재원은 미소 띤 그대로 고개를 끄덕였다. 꽃구경이 하고 싶다는 말은 놓치지 않지만, 돌아가는 길을 못 찾을까 걱정하지만, 함께 있는 시간을 늘리기 위해 데려다주지는 않는- 딱 이 선까지.

"응."

눈을 접으며 대답한 재원이 손을 흔들었다.

"내일 봐, 매화야."

"…어."

"잘 자."

해가 지고 있지만 아직은 이른 시간이었다. 그래도 그렇게 말하고 싶었다. 어쩌면 치졸한 욕심이겠지. 나로서 너의 오늘 하루가 마무리되기를 바라는.

후문 방향으로 천천히 걸어가던 재원이 불현듯 발을 멈췄다. 돌아본 자리엔 아직 매화가 멀거니 서 있었다. 들어가라는 뜻으로 손을 휘젓자 멈칫하다 몸을 돌린다. 어떤 얼굴을 하고 있을지 알고 싶었지만, 이미 깊은 어둠이 내린 뒤였다.

깊은 잠 사이사이로 희미하고 향긋한 꿈이 섞여 들었다. 한참을 잠겨 있다 기분 좋게 눈을 떴을 때, 가장 먼저 보인 것은 비구름이 몰려들어 흐려진 창이었다.

"막내, 일어났어? 누나 계란 한 개만 부쳐 줄래?"

거실로 나오니 두유 한 팩을 입에 물고 있던 재인이 화색을 띠었다. 재원은 어이없다는 듯 웃으며 냉장고 문을 열었다.

"나한테 시키려고 여태 기다린 거야?"

"그러니까. 정말 우리 막내 없으면 뭐 먹고 살지 모르겠어. 참, 오늘 비 온다니까 우산 챙겨 가."

마지막에 덧붙인 말로 누나로서의 도리는 다 했다는 듯 재인이 뿌듯한 표정을 지었다. 재원은 고개를 설레설레 저으며 계란 두 개를 꺼냈다.

"주말에 온다더니 빨리 오네."

손을 움직이며 무심코 중얼거리자 재인이 응? 하며 고개를 빼 들었다.

"누구 와?"

"아니, 비 말이야. 주말에 온다고 했는데."

"그래?"

아마 학교에 만개한 온갖 봄꽃은 오늘을 넘기지 못하겠지. 아쉬운 한편으로 은근한 기쁨도 느꼈다. 매화가 보여 준 꽃도 오늘이면 다 떨어질 테고, 그럼… 그곳에 다른 사람이 갈 일은 없을 테니까.

그 정도는 욕심내도 되는 거 아닐까? 재원은 능숙하게 프라이팬을 돌리며 생각에 잠겨 들었다.

안타깝게도 간만에 찾아온 봄비는 안개처럼 흐리고 가벼웠다. 정문을 지나 언덕을 오르는 동안 지나친 벚나무들은 간만에 스민 습기에 기분 좋게 반짝일 뿐, 아직 한가득 남은 꽃잎들을 포기할 기미는 보이지 않았다.

우산을 든 채 으음, 목 울리는 소리를 내던 재원의 손안에서 핸드폰이 짧게 울렸다. 들어 올려 보니 반 단톡 공지가 새로 등록되어 있었다.

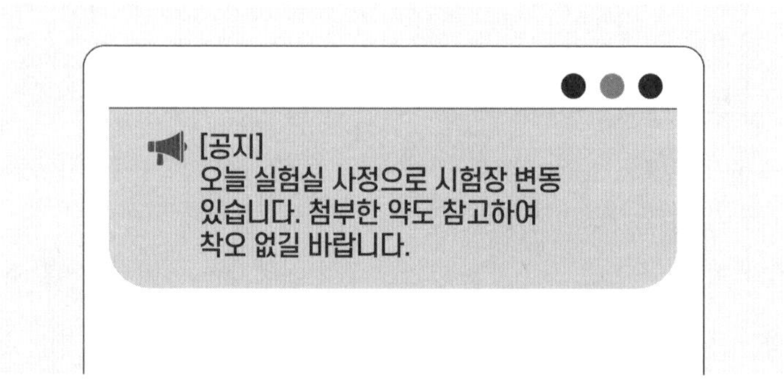

"어? 이게 어딘데?"

생전 들어 본 적 없는 건물 이름과 지나치게 간단한 약도에 절로 탄식이 나왔다. 두 손으로 핸드폰을 쥐고 작은 액정을 뚫어져라 들여다보는데 갑자기 화면이 전환되고 '양매화' 세 글자가 떴다.

"……."

전화를 받으면서도 설마 싶었다.

"여보세요?"

- …….

"매화야?"

- 명재원, 어디야?

차분하면서도 온화한 목소리. 무심한 걱정이 담긴 질문에 재원이 천천히 고개를 뒤로 젖혔다. 눈을 감으면 어쩐지 더 잘 들릴 것만 같은 기분이 들었다.

"나 정문 쪽이야."

- 반 공지 봤어? 시험장 바뀐 거.

"응, 봤어."

- 찾아올 수 있겠어? 아니면 그냥 공대 앞에서 만나서….

"매화야."

부르자 부드럽게 이어지던 말이 끊겼다. 매화. 재원은 괜히 입 안에서 그 이름을 한 번 더 굴려 보았다.

이제는, 누군가 눈앞에서 이 이름을 부르려고 하면 눈치챌 수 있을 것 같다. 입술을 살짝 붙였다 떼며 '매', 개화하듯 터뜨리며 '화'…. 누구나 그 싱그러운 봄꽃을 먼저 떠올리는 이름.

- …뭐야, 갑자기.

이제 네 이름을 부를 때마다 나를 휘감아 올리던 그 향이 떠오른다고 하면, 너는 어떤 표정을 지을까. 가만히 입술을 연 재원이 아무렇지 않은 목소리로 물었다.

"약도 보니까 후문 근처던데, 넌 기숙사에서 바로 가는 게 빠른 거 아니야?”

- 너 약도도 볼 줄 알아?

“…후문이라는 글자만 알아봤어.”

침울한 대답에 매화가 흠, 헛기침을 했다. 말이 좀 심했다고 느낀 것 같았다. 재원은 양손에 핸드폰과 우산을 각각 고쳐 쥐며 다시 걸음을 옮겼다.

“그냥 말로 해 줘. 그럼 찾아갈 수 있을 것 같아.”

- 너 어디… 아, 정문이랬지.

“응, 그러니까 그냥….”

천천히 설명해 줘. 너한테 어떻게 가면 되는지.

- 알았어. 우선….

매화가 나직하게 속삭이는 말을 따라 이어진 길에 고인 얕은 웅덩이는 마치 친절한 길잡이가 파 놓은 이정표처럼 보였다. 저벅, 저벅, 걸음을 옮기는 내내 어린 날에서 시작된 봄의 기억이 하나둘 떠올랐다. 그러자 그날로 돌아간 듯 은은한 향기가 감돌고, 가만히 마주쳐 오던 갈색 눈동자가 눈앞인 듯 되살아났다.

“…….”

재원은 다시 소리 없이 중얼거렸다. -매화야. 봄 향기에 휘감긴 기억은 어느 겨울밤의 시선이었다. 빨간 목도리를 두르고 서 있던 창백한 얼굴. 술에 취해 제어가 풀린 애정을 커다란 눈동자에 한가득 담고서 마주쳐 오던….

- 명재원, 듣고 있어?

“응, 그럼.”

재원은 두 눈을 깊이 감았다 뜨며 한숨 쉬었다. 어쩌면 이제 나는 봄꽃이 흩날리는 계절마다- 쌀쌀한 겨울 숨을 물고 서 있던 너를 떠올리게 될까.

"듣고 있어."

아, 그렇다면 내게 돌아오는 모든 봄이 빠짐없이 향기롭겠지.

"매화야."

수분을 잔뜩 빨아들인 나뭇잎이 기분 좋은 습기를 풍겼다. 재원은 피부에 올올이 와 닿는 공기를 훑어 내며 길고 느린 걸음을 옮겼다.

"이따 봐."

얼마 지나지 않아 그래, 잠잠한 대답이 돌아왔다. 머리 위 우산 너머로 사락, 꽃잎 스치는 소리가 들렸다. 귓전을 울리는 것은 아마도 심장 박동인 것 같았다. 재원은 콧노래를 부르며 언덕을 오르기 시작했다. 가슴을 가득 채운 봄꽃의 잔해가 걸음마다 사박사박 날아올랐다.

夏 여름

"키스할래?"

등을 돌린 채로만 입을 열 수 있는 순간이 있다. 능숙한 무표정으로도 감출 수 없는 유일한 감정이 혀끝을 밀어 올릴 때다.

여난은 무릎을 끌어안은 채 제 손끝의 움직임에 집중하려 애썼다. 벽시계조차 없는 작은 방은 외부의 소음이 비껴가는 순간마다 숨 막히리만치 완벽한 적막으로 둘러싸이곤 했다. 시간이 한없이 길어지는 감각 속에서 귓가에 닿는 거라곤 미세한 숨결이 흐르는 소리뿐이었다. 고개를 비스듬히 기울인 그대로 천천히 눈을 감았다. 달국은 늘 느리고 긴 숨을 쉬었다. 잠잠하고 느긋한 호흡이 일정한 속도로 목덜미를 간질이다 뚝 끊기는 순간, 마침내 그가 예상했던 그대로의 대답을 내놓기 위해 입을 열었음을 알았다.

"이제 안 해, 그런 거."

여난은 때로 이런 순간이 신비롭다고 생각했다. 눈이 마주치거나 손이 스치지 않아도 숨 모양이 보였다. 말을 꺼내기 전부터 확신할 수 있었다. 안 된다고 하겠지. 이제 그런 거 안 할 거라고. 어떤 표정을 짓고 있을지도 훤히 보였다. 수백 번 마주치고 수천 번 곱씹은 얼굴이니까.

쓸쓸함이 빠져나간 자리에 같은 질량으로 차오른 안도감이 목 아래를 찰랑찰랑 간질였다. 그것은 어른에게 감춘 잘못을 고백한 뒤의 탈력감과 닮아 있었다. 곧 잊을 수 있는 장난인 척 슬그머니 예민한 부분을 건드리고, 예상했던 그대로 퉁명스레 거절당하고… 그로써 여전히 그가 자신이 알던 달국이라는 사실을 확인하면 그때까지 속을 뒤집던 멀미 같은 불안이 조금이나마 견딜 만해졌다.

"…키스 안 할 거면 아이스크림 먹을까?"

씩 웃으며 눈을 마주칠 수도 있었다. 그러면 달국이 어쩔 수 없다는 듯 한숨 쉬며 화제 전환에 협조해 주리라는 것도 알았다.

"아까 편의점 갔을 때 싱귤탱귤 없었다며."

"그렇다니까-. 세형이 집의 유일한 존재의의인데…."

앉은 채 침대 위로 머리만 늘어뜨린 여난이 히, 웃었다. 달국은 웃지 않았다. 늘 그랬듯이.

기말고사가 가까워지자 구름이 끼는 날이 늘어났다. 한 번씩 스콜 같은 소나기가 쏟아지기도 했다. 대자보 자리에는 저지대에 위치한 강의동을 오갈 때 침수를 조심하라는 경고문이 붙었다. 명재원 조난당하지 않게 금지 구역 정해 줘야겠네. 여난은 핸드폰 카메라로 대자보를 찍으며 실없는 생각을 했다.

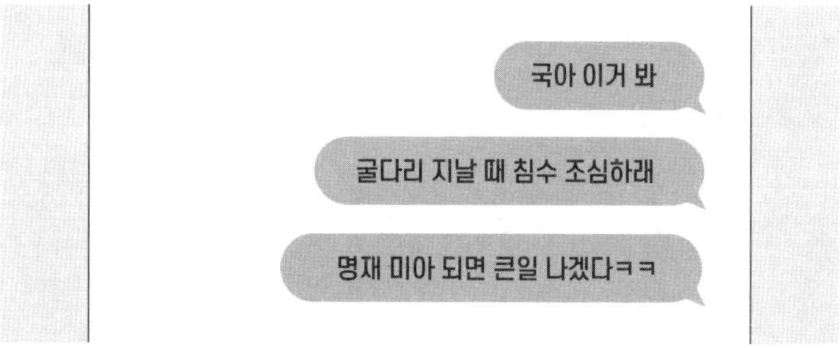

전송 아이콘을 누른 엄지가 끈적대며 떨어졌다. 한참 동안 액정화면을 내려다보며 서 있었지만 확인 표시는 뜨지 않았다.

수업 중이겠지. 애써 들어 올린 시선은 자연스레 조형관 방향으로 향했다. 그러면 답장이 오기라도 할 것처럼 뚫어져라 바라보았지만 당연하게도 손안의 핸드폰이 울리는 일은 없었다.

실기 수업이 대부분인 과 특성상 달국의 손은 늘 물감과 흙, 돌가루와 목재 부스러기 따위에 오염되어 있었다. 간단한 자음 몇 개만 찍은 답장이 도착할 때면 붓이나 헤라를 입에 문 채 그나마 깨끗한 엄지로 핸드폰 화면을 누르는 달국의 모습이 선명히 그려지곤 했다.

그조차 여의치 않을 때도 많을 터였다. 갑갑함을 못 참고 전화했더니 수화기 너머가 굉음으로 가득했던 적도 있었다. 대체 뭘 하고 있는 거냐 물으니 선배들이 철근 자르는 중이라 그렇다는 대답이 돌아왔었다.

그래, 오늘도 철근을 자르나 보지. 마스크 쓰고 용접하느라 핸드폰 볼 틈이 없겠지. 조소과인 줄 알았더니 기계공작과였던 모양이지만 그거야 내 알 바 아니지. 줄줄이 이어지던 허튼 생각은 결국 울컥대는 충동으로 돌아왔다. 여난은 본래 목적이던 학생 식당에서 미대 방향으로 발걸음을 돌리며 빠르게 메시지를 보냈다.

난이는 학식팟 빠진다

오늘 또 비 올 듯 침수구역 조심

찍어 놓은 대자보까지 재원의 번호로 전송하고 핸드폰을 주머니에 넣었다. 예술대학은 경영대와 도서관의 중간 지점 저지대에 위치해 있었다. 소음과 분진이 많이 발생하는 야외 작업장을 기숙사와 주민 거주 지역에서 최대한 멀리 두려다 보니 자연스레 정해진 배치라고 했다.

때문에 조형관으로 가는 길은 유난히 그늘이 많았고 웅덩이도 오래 남았다. 불규칙하게 팬 인도에 지뢰처럼 고인 흙탕물을 피해 종종걸음을 걷는 내내 숨이 막힐 듯한 습기가 피부를 휘감았다.

먹구름의 기세가 심상치 않았다. 우산을 가져오긴 했지만 한이라도 서린 듯이 폭력적으로 쏟아지는 소나기를 막아 내기는 역부족일 터였다. 가슴이 뻐근하리만치 조급해졌다.

정문에 도착해 문을 밀치자마자 등 뒤에서 후드득, 빗줄기가 떨어졌다. 나이스 타이밍, 속으로 되뇌며 미소를 지었을 때였다. 쿵, 소리에 돌아보니 계단 앞에 선 경은이 여난을 올려다보고 있었다.

"……."

그녀는 허리를 굽히고 고개만 든 채 눈을 둥글게 뜬 모양새였다. 발밑에는 찰흙이 가득 담긴 플라스틱 통이 놓여 있었다. 뻔질나게 드나드는 동안 제 동기처럼 안면을 튼 경은의 간절한 시선에 여난은 저도 모르게 웃으며 손을 흔들었다.

"와, 안녕. 전 이만 가 볼게요."

"어딜 가! 도와주고 가라!"

당장 도망갈 태세를 했지만 문 밖은 이미 물바다였다. 나이스 타이밍이 아니었네. 여난은 결국 미소 띤 얼굴로 털레털레 경은에게 향했다.

"엘리베이터는 어쩌고 이러고 계시는지?"

"고장 났어…. 기계실이 침수됐대."

"헉…."

"2층까지만 옮기면 되는데, 이거 20kg밖에 안 되는데…."

"도대체 어떻게 그 단위에 밖에, 라는 조사가 붙지? 조소과 다니면 전두엽에도 근육이 생겨요?"

"너는 가끔 보면 쌍욕을 해도 신박하게 하더라."

말은 그렇게 해도 정말 외면할 수도 없었다. 가방을 고쳐 멘 여난이 어디 보자, 하며 몸을 숙였다. 철제 손잡이를 쥐고 흔들어 보니 용을 쓰면 대충 2층까지는 옮길 수 있을 것 같았다. 막 힘을 주려는데 경은이 별안간 정색을 했다.

"뭐야? 진짜 들어 주게? 야, 됐어."

"엥?"

"놀린 거지, 이걸 정말 너더러 들라고 하겠어? 하지 마, 옷 더러워져."

그러고는 여난의 손에서 도로 통을 빼앗으려 들었다. 그쯤 되니 이깟 걸 못 해 줄 건 뭐 있나 싶어 어리둥절해졌다. 괜히 손잡이를 놓지 않고 버티자 경은이 여난의 손등을 살짝 내리쳤다.

"하지 말라니까. 너 이런 거 시킨 줄 알면 달국이 화내."

"…어? 국이요?"

"저번에 네가 우리 과실 와서 놀다가 도윤이 뭐 도와줬다며. 도윤이가 달국한테 그 얘기했다가 완전 혼쭐났잖아. 여난이 네 심부름해 주러 오는 앤 줄 아냐고."

"……."

그런 일이 있었나? 골똘히 머리를 굴려 봤지만, 뭘 도와줬는지를 떠나 '도윤이'가 누구인지도 기억나지 않았다.

"왜 자꾸 여기 와서 친목질을 해?"

달국이 이상한 이야기를 했던 적은 있었다. 지난달이었나, 기껏 과제가 끝날 때까지 기다려 줬더니 오자마자 벌컥 성질을 낸 날이 있었다.

…아. 자연스레 그 앞의 일을 떠올린 여난이 짧게 탄식했다. 기다리다 지루해져 마실 거라도 사러 가려던 참이었을 것이다. 누군가 혹시 매점 갈 거면 지우개 하나만 사다 줄 수 있느냐고 물었고, 어려운 부탁도 아니었기에 들어줬었다. 그게 '도윤이'였던 모양이다.

매점 가는 길에 지우개 하나 사다 주는 게 친목질이야? 이제야 앞뒤 맥락을 알게 된 여난이 피식 웃었다.

"누나가 이해하세요. 아직 애기라 그럼."

"아니, 뭐. 이해해. 나도 내 친구 놀러 왔는데 과 애들이 심부름 시켰다고 하면 좀 기분 나쁠 것 같거든."

"…그래요?"

"그렇지 않아? 넌 너네 과 애들이 달국이한테 뭐든 일 시켰다고 들으면 화 안 나겠어?"

"……."

입을 다문 것은 순간 욕이 튀어 나갈 뻔해서였다. 화가 안 나겠냐고? 그럴 리가, 상상만 해도 당장 멱살부터 붙잡고 싶어진다.

"뭐어…. 그쵸…."

"그러니까 손은 놓으세요. 이거 요령도 좀 있어야 돼서 안 해 보던 애들은 못 들어."

"아니, 이왕 잡았고… 그래도 누나보다는 제가 힘이…."

"뭐 해?"

울림통이 크고 분명한 목소리가 뒷목을 잡아챘다. 깜짝 놀라 고개를 들자마자 싸늘한 눈빛이 쏟아졌다. 검은 반소매 티셔츠에 청바지, 흙투성이 앞치마 차림의 달국이 냉랭한 표정으로 버티고서 있었다.

"…어, 국아."

"……."

달국의 시선이 자연스레 경은에게로 옮겨 갔다. 경은은 억울하다는 듯 두 손을 번쩍 들고 열변을 토했다.

"들어 달라고 안 했어. 괜찮다고 가던 길 가라 했는데 굳이 들어 주겠대서 말리는 중이었어."

"네? 뭐?"

물론 결과적으로는 그런 모양이 되었지만, 그렇게 말하면 너무 오해의 소지가 크잖아. 식겁한 여난이 다급히 손을 휘저었다.

"아니, 그게, 누나가 처음에 장난을…."

"……."

"그리고 이거, 그렇게 안 무겁다고 해서, 그…."

두서없이 주워섬기다 보니 어쩐지 억울한 마음도 들었다. 근데 내가 이걸 왜 변명하고 있지. 빈정이 상한 여난이 입을 딱 다물자 달국이 한숨을 푹 내쉬었다.

"놔 봐."

그러고는 경은과 여난 사이로 끼어들어 통의 손잡이를 쥐었다. 상체를 세우고 무릎을 굽히는가 싶더니 한 손으로 훌쩍 들어 올린다. 굵은 팔이 살짝 부풀었다 가라앉으며 축축한 흙냄새가 났다.

"2층이요?"

"어어."

"이걸 왜 1층에서 미리 쳐 놨어요? 2층에서 트렌기 쓰지."

"내게 엘리베이터가 고장 난 걸 까먹지 않을 지능이 있었으면 그렇게 했겠다만…."

자조적인 농담에도 달국은 웃지 않았다. 한 번 더 한숨을 쉬고는 묵묵히 계단을 오를 뿐이었다. 핏줄 선 손으로 움켜쥔 플라스틱 통이 걸음마다 묵직하게 흔들렸다. 경은이 절이라도 할 기세로 손을 비비며 그 뒤를 따랐다.

"국아, 내가 네 의자 닦아 놓을게…."

"됐으니까 이거나 받아요."

계단참을 지나 사라진 두 사람의 목소리가 머리 위에서 들려왔다. 그때까지도 1층에 혼자 남아 있던 여난이 천천히 문 밖을 바라보았다. 여전히 폭우가 쏟아지고 있었다.

"여난."

저벅, 얼마 지나지 않아 계단참까지 돌아온 달국이 예의 그 낮고 분명한 목소리로 불렀다. 똑똑히 들었으면서도 여난은 일부러 한 박자 늦게 고개를 돌렸다. 흐린 낮, 건물 안은 어두웠고 창 없는 곳에 선 달국의 얼굴은 잘 보이지 않았다.

"뭐 해, 거기서."

달국이 한탄하듯 물었다. 져 주겠다는 신호였다. 여난은 씩 웃으며 옆머리를 긁적였다.

"아니, 가려는데 비가 너무 많이 오길래."

"우산 없어?"

"…없지."

가방에 넣어 둔 3단 우산은 어차피 저 폭우에서 자신을 지켜 주지 못한다. 그러니 없는 셈 쳐도 상관없을 것이다. 달국은 언제나 그랬듯 여난의 얄팍한 거짓을 구태여 벗기려 들지 않았다.

"올라와. 나 한 시간 내로 끝나."

"응."

저벅, 첫 계단에 발을 올리자 눅눅한 습기 너머로 익숙한 체향이 풍겼다. 달국은 한 손을 난간에 짚은 채 다른 한 손을 살짝 내밀고 있었다. 그 손이 가진 체온과 달군 흙의 냄새, 마주 잡을 때 빈틈없이 맞닿는 지문의 모양까지 여난은 똑똑히 그려 낼 수 있었다.

"과제 많다지 않았어? 한 시간 내로 돼?"

그러다 보면 문득, 끌어안고 싶어졌다.

"오늘은 그 이상 하고 싶어도 못해. 어차피 석고는 내일 깨야 되니까."

"석고를 깨? 왜?"

"틀이니까 깨야지."

"……."

대답을 들어 봤자 알지도 못하는 이야기를 굳이 물은 것은, 어쩔 수 없는 어색함이 남아 있어서였을 것이다. 움직이지 않는 여난을 향해 돌아선 달국이 그때까지 내밀고 있던 손을 살짝 흔들었다. 안 올 거냐고 묻는 몸짓이었다.

"국아."

부름은 의식하지 못한 틈을 타고 입술 새로 흘러나왔다. 달국의 얼굴은 여전히 잘 보이지 않았고, 비구름에 먹힌 여름은 온종일 들끓는 밤 같았다.

"나 그 노래 듣고 싶어."

"무슨 노래?"

"네가 좋아하는 노래."

가만히 내려다보던 달국이 내밀고 있던 손을 까딱까딱 움직였다.

"일단 올라와."

과제가 한참인 시기라 과실은 오히려 텅 비어 있었다. 다들 한시도 실습실을 떠날 수가 없는 모양이었다. 달국은 다 죽어 가는 소리를 내는 선풍기를 소파 방향으로 돌려 두고 앞치마 주머니에서 핸드폰을 꺼냈다.

기온이 아주 높지는 않았지만, 그치지 않는 비에 체감온도와 불쾌지수는 끝없이 치솟고 있었다. 가까이서 보니 달국도 관자놀이가 땀으로 반들반들했다. 소파에 쪼그려 앉은 여난은 그가 제 핸드폰에 유선 이어폰을 꽂아 내미는 모양을 빤히 보고만 있었다. 달국은 이번엔 또 뭐, 하는 표정으로 눈을 가늘게 떴다.

"같이 듣자."

"……."

"……."

"좀 나와 봐, 그럼."

과제 중이었다거나, 동기들이 기다린다거나, 왜 또 투정이냐는 등의… 온갖 지당한 항의는 이번에도 달국의 숨에 묻지 않았다. 여난은 시키는 대로 꾸물꾸물 엉덩이를 밀어 달국이 앉을 자리를 만들었다.

"자."

건네받은 이어폰 한쪽을 귀에 꽂았다. 달국은 보통 서로 붙은 쪽 귀에 꽂아야 할 이어폰을 반대로 내밀었기에 음악을 들으려면 바투 앉아야 했다. 여난은 자연스레 가까워진 어깨에 옆머리를 기대고 눈을 감았다.

잔잔한 기타 연주에 피아노 반주가 섞여 들고, 얼마 지나지 않아 존 레논의 나직한 목소리가 축축하게 비어 버린 귓바퀴에 휘감겼다.

이 노래가 그렇게 좋아? 물었을 때 달국은 아니, 라고 대답했었다. 근데 왜 맨날 이것만 들어? 물었을 땐 골똘한 표정을 지었다. 본인도 이유를 생각해 본 적이 없는 것 같았다. 그렇게 잊고 있었을 즈음, 어느 날엔가는 뜬금없이 그랬다. -그 노래가, 강요하지 않아서.

'강요?'

달국은 말수가 많은 편은 아니었지만, 그런 만큼 어쩌다 입을 열 때면 더없이 분명하게 속내를 꺼내 놓는 사람이었다. 그럼에도 그날은 유독 말끝을 흐리고 단어를 골랐다.

띄엄띄엄 이어지는 말을 주워 담아 차곡차곡 쌓아 보니 대충 맥락을 알 것 같았다. -그냥 자기 마음을 말하는 노래라서. 그저 환희를 읊조리는 곡이라서. 사랑해서 괴롭다고 원망하지도, 내 마음과 네 마음의 무게를 비교하지도, 서로의 속에 같은 마음이 있을 것을 의심하지도 않는 시라서.

그 뒤로 가사를 곱씹을 때마다 묘한 기분이 들었다.

아, 내 생애 첫 사랑.

존 레논은 처음부터 끝까지 자신의 마음을 채운 사랑을 말하며 단 한 번도 '당신은 어떤가요?'라고 묻지 않는다.

확신했던 거겠지. 내 눈이 뜨이게 하고, 내 마음이 열리게 한 이 사랑이 당신에게도 똑같이 자리 잡고 있으리라고. 우리의 육체는 다르게 생겼을지언정 한 겹 살점 아래 심장은 똑같은 모양을 하고 있다고. 그러니 어떤 불안도 갈망도 확인 절차도 필요하지 않다고.

우리의 세계에서는 모든 것이 선명해져요….

여난이 천천히 눈을 떴다. 2분 47초에 불과한 노래는 너무나 빠르게 끝을 맞았다. 달국은 이어폰 한 쪽을 여난에게 마저 꽂아주고 자리에서 일어섰다.

"조금만 있어. 금방 끝내고 올게."

"응."

온순하게 대답하자 따뜻하다 못해 뜨거운 손이 머리를 한 번 쓰다듬고 떨어져 나갔다. 탁, 과실 문이 닫히는 소리를 듣자마자 여난은 스르르 몸을 미끄러뜨렸다. 모로 누운 채 머릿속을 파고드는 사랑 고백을 곱씹었다. 아, 내 생애 첫 사랑.

모든 것은 우리 안에서 선명해져요. 바람도, 나무도, 구름도, 하늘도.

우르릉, 하늘이 통째로 깨지는 듯한 굉음에 눈이 번쩍 뜨였다. 비가 그새 더 거세졌는지 창을 두들기는 빗소리가 이어폰을 뚫고 들어왔다. 과실은 밤처럼 캄캄했고 어둠에 익은 눈으로도 사위를 분간할 수 없었다. 여난은 급한 대로 달국의 핸드폰 액정 불빛으로 발밑을 비췄다.

"아이고…."

앉은 것도 누운 것도 아닌 자세로 졸았던 탓에 온몸이 뻐근했다. 간신히 벽을 더듬어 전등 스위치를 누르자 새파란 형광등 불빛이 머리 위로 쏟아졌다. 따끔대는 눈을 여러 번 깜빡이며 광량에 적응하고 나서야 시간을 확인할 수 있었다. 저녁 6시. 해가 지기에는 한참 이른 시간이었다.

한 시간이면 끝난다더니 여태 뭐 하는 거야. 어두운 복도로 나오자 멀찍이 불 켜진 실습실이 보였다. 늘 뻔뻔한 태도로 드나들고는 있지만 기껏해야 과실까지였지, 실습실까지 들어가 본 적은 없었다. 조형관이 타인의 집이라고 쳤을 때, 과실은 거실이고 실습실은 안방이었다. 초대를 받아 발을 들였다 해도 함부로 문을 열 수는 없는.

하지만 집주인도 이미 열려 있는 문 앞을 슬쩍 기웃대는 것까지는 책잡지 않겠지. 복도는 어차피 빗소리로 가득 차 있었지만 여난은 의식적으로 까치발을 들었다. 가까이 다가가자 활짝 열린 문 너머로 뭔가를 치대는 소리가 들렸다. 벽에 붙어 선 채 고개를 빼꼼 내밀어 보니 달국을 비롯한 조소과 학생 몇몇이 쪼그려 앉아 뭔가를 휘젓는 중이었다.

그들의 중심에는 흙으로 빚은 토르소가 매달려 있었다. 목과

왼팔, 오른 다리가 없었고 오른팔은 팔꿈치까지, 왼 다리는 무릎까지만 있었다. 오른팔은 정면과 측면의 중간쯤을 향해 뻗었고 왼 다리는 무릎이 바깥을 향하도록 선 채였다. 허리가 일자로 꼿꼿이 서 있었기에 여난은 그것이 발레 자세의 한 종류이리라 짐작했다.

그때 달국이 커다란 붓을 들고 일어섰다. 붓에는 흰 석고가 묻어 있었다. 그는 토르소의 매끈한 표면에 부드럽게, 그러나 과감하게 석고를 펴 바르기 시작했다.

여난은 그제야 '틀이니까 깨야지'라는 말의 뜻을 이해할 수 있었다. 흙으로 빚은 형태에 석고를 발라 굳히고, 굳은 석고를 떼어 내 그 안에 주물을 붓는다. 그 다음 석고를 깨면 원하는 주물로 형태가 잡힌 조각이 완성되는 것이다.

작업은 한동안 말없이 계속되었다. 석고를 개고 바르는 작업 자체가 고되다 보니 다들 입까지 움직일 기력은 없는 듯했다. 가장 큰 문제는 실습실 안이 끔찍하게 덥다는 것이었다. 이런 습기 속에서 저런 섬세한 작업을 해도 되는지 우려스러울 정도였다. 쉴 새 없이 손을 움직이는 달국의 목덜미가 온통 땀에 젖어 있었다.

"하, 시발…. 못해 먹겠다…."

먼저 입을 연 것은 경은이었다. 붓을 내린 그녀가 풀썩 주저앉더니 목에 건 수건으로 얼굴을 문질렀다. 그러고는 제 얼굴을 닦은 수건을 내려다보며 토할 것 같은 얼굴을 했다.

"이게 걸레야, 수건이야…."

"언니 아까 그걸로 데스크에 떨어진 경화제 닦지 않았어요?"

"진짜야? 나 응급실 가야 돼?"

농담 같았지만 누구도 웃지 않았다. 삶솥에 갇혀도 이 정도는 아닐 것 같았다. 가만히 서 있어도 푹푹 찌는데 무거운 재료를 이고 지고 움직여야 하는 이들이야 오죽할까 싶었다. 멍하니 구경하기도 미안한 기분에 여난이 뺨을 긁적였다. 뭐 시원한 거라도 사다 줘야 하나. 달국의 핸드폰만 주고 다녀와야겠다 싶어 에헴, 헛기침을 했을 때였다.

"어? 여난."

다시 붓을 집어 들기 위해 몸을 돌리던 경은이 명쾌하게 호명했다. 여난은 남의 안방을 들여다보다 들킨 느낌에 깜짝 놀라 어색한 미소를 지었다.

"그게, 국이 핸드폰 주려다가…."

"일어났어?"

단순하게 물은 달국이 제 목에 걸고 있던 수건을 멀리 내팽개쳤다. 쥐고 있던 붓을 놓고는 앞치마도 벗는다. 응? 의아하게 바라보는 여난을 두고 그가 경은에게 통보했다.

"전 가 볼게요."

"어, 그래. 도와줘서 고마워."

경은도 아무 유감없이 손을 흔들었다. 그때까지 석고를 개고 있던 학생들도 잘 가라는 인사를 건넸다. 뭐야? 작업하다 말고 이렇게 갑자기 나와도 되는 거야? 영문을 모르는 여난을 향해 성큼성큼 다가온 달국이 짧게 말했다.

"가자."

그가 손등으로 턱 아래를 훑어 내자 굵은 땀방울이 후드득 떨어졌다. 텁텁한 석고 가루 냄새와 비린 땀 냄새가 습기를 가득 담고 묵직하게 퍼졌다.

실습실을 나선 달국은 과실이 아닌 반대쪽 복도로 향했다. 여난은 그의 목적지를 눈치채고 묵묵히 따라 걸었다. 화장실로 들어선 그가 세면대에서 얼굴을 씻기 시작했다. 커다란 손에 찬물을 가득 받아 흙과 땀을 씻어 내는 몸짓이 익숙해 보였다.

"작업 중간에 나와도 돼?"

핸드 타월 몇 장을 뽑아 수건 대신 건넨 여난이 물었다. 달국은 받아 든 타월로 젖은 얼굴을 꾹꾹 누르며 대답했다.

"내 작업 아니야."

"도와주고 있던 건 아는데…."

"원래 진작 가려고 했어. 애들이 너 자니까 일어날 때까지만 캐스팅 좀 같이 해 달래서 있었던 거지."

"……."

잠든 사이 과실에 누군가 다녀갔던 모양이다. 불이 꺼져 있었던 것도 그 때문인 듯싶었다. 나를 푹 재우고서 공짜 도우미를 쓰려 했었군. 누군지 모를 동기의 괘씸한 속내를 파악한 여난이 미간을 찌푸렸다.

"내가 괜히 바쁠 때 와 가지고 너만 노동했네."

미안한 마음에 중얼거리자 달국이 멈칫했다. 그는 다 쓴 타월을 휴지통에 버리며 덤덤하게 말을 이었다.

"반대야. 네가 왔으니까 그나마 네 핑계 대고 집에 가는 거지."

"…그래?"

"계속 비가 오는 바람에 작업 밀려서 다들 제정신이 아니거든."

"너는 안 밀렸잖아."

"난 원래 빨리 하는 편이니까."

조소과 내에서는 석고를 바르거나 흙을 개는 등의 단순 작업을 품앗이하는 문화가 있는 모양이지만, 본래 작업 속도가 빠르고 손이 야무진 달국이 그 혜택을 보는 일은 거의 없었다. 달국은 물기가 사라진 손 구석구석 남은 석고 가루를 살피며 재차 뇌까렸다.

"네가 내 상황을 나쁘게 만든 적은 없어."

여난은 대답 없이 어깨만 으쓱였다. 달국도 유별난 반응을 원해서 한 말은 아닐 것이다. 예상대로 그는 손을 툭툭 털자마자 화장실 밖으로 나섰다.

"근데 국아."

"왜."

"넌 우산 있어?"

"있어."

1층 현관 우산 꽂이에는 온갖 우산들이 두서없이 꽂혀 있었다. 달국은 개중 제일 크고 튼튼해 보이는 검은 우산 하나를 쑥 뽑아 들었다. 학과 이름이 새겨진 골프우산이었다. 투박하면서도 권위적인 모양이 학생보단 교수에게 어울릴 듯싶었다.

"…네 거 맞아, 그거?"

"여기 제일 윗줄에 있는 건 아무나 써도 되는 우산이야."

"진짜?"

"응, 주인 없는 우산 모아 둔 거라."

근데 그런 걸 보통 '나한테 있는 우산'이라고 하나. 픽 웃은 여난이 달국 곁으로 달라붙었다. 그러자 우산을 펴려던 달국이 손을 멈추더니 무언가 결심한 듯 숨을 크게 들이쉬었다.
"미리 말해 두는데…."
"어?"
"나 땀 엄청 많이 흘렸어."
"근데?"
말뜻을 몰라 되묻자 달국이 미묘한 표정을 지었다. 그제야 여난이 아, 하며 헛웃음을 터뜨렸다.
"내가 너 땀 냄새 난다고 뭐라 할까 봐?"
"……."
"별 걱정을 다 하네, 진짜…."
팔이 밀착되도록 찰싹 달라붙자 달국의 몸줄기가 굳는 것이 느껴졌다. 그러나 그는 곧 말없이 우산을 펴고 먼저 조형관 밖으로 나섰다. 와르르, 튼튼한 우산 위로 여전히 분을 삭이지 못한 빗줄기가 내리쳤다.
"너 가방 젖어도 돼?"
"아차."
달국의 지적에 여난이 재빨리 어깨에 걸었던 가방을 몸 앞으로 가져와 끌어안았다. 그새 표면이 축축해져 있었다. 달국은 쯧, 가볍게 혀를 차고는 한 손으로 여난의 어깨를 감아 제 쪽으로 끌어당겼다.
"……."
가까워진 품에서 식지 않은 체향이 물씬 풍겼다. 비를 흠뻑 맞은 나무 향과 비슷했다.
"…국아, 나 갑자기 생각난 건데,"

"뭐."

"사랑 노래에 그런 가사 많잖아. 비가 오면 내가 네 우산이 되어 주겠다, 뭐 그런…."

"또 뭔 소리를 하려고 이래." .

"그런 가사 쓰는 사람들은 이런 폭우를 겪은 적이 없을 거야. 확실해. 도저히 우산 하나로 어떻게 해 볼 비가 아니잖아."

지나는 차에 걸려 멈춰 선 김에 발끝을 들어 보였다. 바지 밑단이 무릎까지 푹 젖어 있었다.

"…그러네."

"그치?"

찜찜한 감정을 희석시키고 싶을 땐 무의미한 잡담을 나누는 게 제일이다. 이번 건 꽤 괜찮았어, 만족한 여난이 다른 시시콜콜한 화제를 꺼내려던 순간이었다. 어깨를 덮고 있던 달국의 손이 귓바퀴를 스치더니 머리칼을 슬쩍 흐트러뜨리고는 제자리로 돌아갔다.

"그래도 머리는 막아 주잖아."

"……."

"그거라도 해 주고 싶었나 보지."

불현듯 아득해질 때가 있었다. 맞잡은 손의 온도가 너무나 선명히 그려질 때, 따뜻하다 못해 뜨거운 체향에 숨이 막힐 때, 존 레논의 〈Oh my love〉를 강요하지 않는 사랑 노래라서 듣는다고 할 때, 계산하거나 의심할 필요 없는 마음을 아주 깊은 곳에 담아 두었음을 그런 식으로… 이야기할 때.

"여난."

꿈에서도 선명히 들리는 목소리로 이름을 부를 때….

"무슨 생각해? 멍하니."

고개를 들어 올린 여난이 씩 웃었다.

"역시 오늘은 파전인가, 그런 생각?"

"파전 맛있지…."

"세형이네 집에 가서 해 먹을까?"

"세형이네를 어떻게 가. 꼴이 이런데."

오피스텔로 가자는 이야기였다. 하긴, 입은 게 몽땅 흙먼지와 땀에 절었는데 남의 집에서 수습하기는 힘들 터였다. 편한 대로 하라는 뜻으로 어깨를 으쓱였다. 달국은 마침 멀리서 달려오는 택시를 향해 손을 흔들었다.

샤워를 마치고 나오니 달국이 이미 젖은 바닥을 닦고 에어컨을 틀어 둔 상태였다. 하루 종일 물속에 잠긴 듯 습기에 절어 있던 숨이 그나마 편안해졌다. 자연스레 침대에 파고든 여난을 두고 달국이 말없이 욕실로 들어섰다.

탁, 문이 닫히고 물소리가 들렸다. 작업실에 다녀온 달국은 오래 씻는 편이었기에 편히 기다릴 셈으로 핸드폰을 집어 들었다. 확인하지 못한 사이 재원에게서 메시지가 와 있었다.

명명재

우리학교 저지대가 어딘데?ㅠ

그 외의 재밌는 소식은 없었다. 픽 웃은 여난이 답장을 보냈다.

일단 미대 근처는 쳐다도 보지마

이내 핸드폰이 길게 울렸다. 세형에게서 온 전화였다. 상체를 일으켜 엎드린 여난이 명랑한 목소리로 전화를 받았다.

"웅, 자기야."

- 악! 이 새끼 또!

"흐흐, 왜? 무슨 일?"

- 무슨 일은. 금요일이고 비도 오는데 파전에 막걸리 먹어야 할 거 아니야. 양매화랑 명재도 있어.

"지당한 말이긴 한데, 우리 세형이는 시험을 안 보나? 1학기 성적 포기했어?"

- …시험 아직 일주일은 남았는데 왜!

살짝만 찔러도 세상 호들갑은 다 떨며 반응해 주니 재미가 붙을 수밖에 없었다. 만나서 노닥대고 싶은 마음도 있기는 하지만, 시원한 방에서 보송하게 씻은 마당에 다시 저 빗속으로 나갈 엄두는 나지 않았다.

"오늘은 너네끼리 해. 나 이미 국이 집 와서."

- 진짜? 좋겠다. 에어컨도 틀어 줌?

"그치, 그치. 지금 추워서 이불 뒤집어쓰고 있잖아."

- 역시 부자는 다르네….

한동안 이어진 이런저런 잡담을 받아 주다 보니 점차 주변이 고요해졌다. 고개를 들어 둘러보고 나서야 창을 두드리던 비가 그쳤음을 알았다. 여난은 핸드폰을 쥐고 꾸물꾸물 기어 복층 계단으로 향했다.

엉덩이를 밀어 계단에 걸터앉은 채 1층의 넓은 창을 바라보았다. 탁 트인 창밖은 흐린 구름으로 가득 차 있었다. 실컷 비를 쏟아냈지만 아직도 개운하지 않다는 듯 새카만 모양이었다.

"……."

창 하나를 두고 먹구름 낀 세상을 바라볼 때마다 선명히 떠오르는 기억이 있다.

턱을 괸 여난의 눈동자가 미동 없이 흐려졌다. 그때부터 세어보자면 함께 맞는 다섯 번째 여름이었다. 20년 인생 중 5년, 1/4, 25%…. 길다면 길고 짧다면 짧은 시간으로 느껴졌다.

열여섯의 초여름, 반에서 다 같이 수목원에 간 적이 있었다. 아마 체험 학습이었던 것 같다. 당연하지만 놀이공원도 아쿠아리움도 아닌 수목원에 흥미와 기대를 느끼는 남중생은 한 명도 없었다.

'아, 씨- 근처에 피방도 없네.'

오죽하면 중간에 샐 만한 곳이 없나 검색하는 녀석이 있을 정도였다. 피시방으로 도망치고 싶은 마음은 없지만, 수목원에도 별 흥미가 없기는 마찬가지였기에 여난은 괜히 옆사람을 찌르는 도피를 택했다.

'꾸기, 뭐 해?'

버스 옆자리에 앉은 달국의 옆구리를 쿡 누르며 묻자 그가 두 눈을 둥글게 떴다. '꾸기?' 그렇게 되묻고 싶은 얼굴이었다.

'날씨 예보 보는데.'

핀잔 대신 묻는 말에 성실하게 답한 달국의 핸드폰 화면에는 정말로 날씨 앱이 켜져 있었다.

'날씨 왜?'

'비 올 것 같아서.'

'비?'

여름의 초입이라 습도가 높긴 했지만 비가 오겠구나 싶은 날씨는 아니었다. 버스 창에 닿는 햇살도 따뜻해 보였다.

'그냥 감이야.'

흥미롭게 바라보는 시선이 부담스러웠는지 달국이 핸드폰을 주머니에 넣었다. 여난은 그래애, 하며 달국의 어깨에 고개를 푹 기대었다. 달국은 언제나처럼 까만 티셔츠 위에 하복 셔츠를 걸쳐 입은 차림이었다. 웬일로 이어폰은 꽂고 있지 않았다.

'자유롭게 관람하다 3시까지 중앙 광장으로 모여. 알겠지?'

버스를 타고 한 시간 반 가량 달려 도착한 수목원은 한눈에도 규모가 심상치 않았다. 팔팔한 중학생들을 넓은 공간에 풀어 두고 지치게 만든 뒤 편하게 돌아가겠다는 담임의 계산이 훤히 보였다.

하복을 입기 시작한 시기였지만 지대가 높은 지역이라 크게 덥지는 않았다. 다만 달국의 말을 의식한 탓인지 군데군데 드리워진 먹구름이 비의 전조처럼 보였다.

'진짜 올 것 같은데?'

어느새 곁으로 다가온 달국을 향해 중얼거리자 달국도 같은 방향으로 시선을 돌렸다. 찌푸린 미간에 희미한 짜증이 맺혀 있었다.

'우산 없는데….'

'걱정 마, 걱정 마. 우산 같은 거 아무도 안 가져왔을 테니 혼자 비 맞을 일은 없어.'

'이런 날씨에 비 내리면 습해서 죽어.'

뭘 죽기까지야. 여난의 멀뚱한 시선에 달국이 들으란 듯 한숨을 쉬었다. 여난은 그제야 달국의 관자놀이에 스멀스멀 맺히기 시작한 땀방울을 눈치챘다. 더위를 타나 보구나. 안쓰러운 마음에 성의 없이 손부채를 부쳐 주자 달국이 헛웃음을 지었다.

'대충 보는 척만 하고 어디 들어가 있자. 광장 쪽에 카페 있대.'

거긴 시원하겠지. 합리적인 해결책에 달국이 고개를 끄덕였다. 여난은 수목원 팸플릿을 뒤적이며 재차 물었다.

'바로 옆에 기념품 가게도 있네. 씨앗이나 묘목 같은 거 판다는데 관심 있어?'

'…글쎄.'

'글쎄? 당장 없다고 할 줄 알았는데.'

'집에 정원 비슷한 게 있기는 해. 내 마음대로 뭘 심어도 되는지는 모르겠지만.'

'아.'

간단히 납득하고 팸플릿을 집어넣었다. 수목원은 온갖 나무와 수풀을 구경하며 코스대로 걷다 보면 크고 작은 온실을 통과하고, 광장을 거칠 때 기념품 가게와 카페에 들르게 되어 있는 구조였다. 대충 가까이 앉았던 인원끼리 모여 돌아다니다 보니 어느새 일단 사진부터 찍는 그룹과 대충 푯말만 훑어보고 지나가는 그룹으로 나뉘어 있었다. 물론 후자는 여난과 달국뿐이었다.

누가 더 웃긴 사진을 찍는지 경쟁이 붙은 녀석들은 푯말에 적힌 식물 이름이 욕과 비슷할 때 가장 행복해 보였다. 몇 번인가 대신 사진을 찍어 주던 여난은 곧 유려한 미소를 띤 채 건네받은 핸드폰을 멀리 던질 태세를 취했다.

'악! 여난 님! 제 폰 지난달에 바꾼 거예요!'

'그럼 좀 더 소중히 여겨. 나한테 막 넘기지 말고.'

'잘못했습니다, 돌려주세요….'

우는 시늉을 하는 녀석에게 핸드폰을 돌려준 여난이 진지한 고민에 빠졌다. 그냥 둘만 먼저 갈까. 그러나 전학생인 달국 입장에서는 무리에서 떨어지는 게 좋지 않을 수도 있겠다는 생각이 들었다.

그래도 물어나 볼까. 고민 끝에 입을 떼려던 찰나, 교복 바지 주머니에 넣어 둔 핸드폰이 길게 진동했다.

'…….'

우습게도 어쩐지 예감이 좋지 않았다. 내키지 않는 마음을 애써 누르고 꺼내 보니 아니나 다를까, 엄마에게서 온 전화였다.

'여보세요.'

눈짓으로 영문을 묻는 달국에게 슬쩍 웃어 보이고 걸음을 옮겼다. 가족과의 통화는 좋은 내용이든 나쁜 내용이든 누군가에게 들려 주기 껄끄러웠다. 인적이 없는 길을 골라 천천히 걷는 내내 전화 너머에서 들려온 목소리는 지극히 평범하고 다정한 우려만을 늘어놓았다. 밥은 잘 먹고 있는지, 아픈 데는 없는지, 학교생활은 괜찮은지, 필요한 건 없는지, 용돈은 충분한지….

'응, 그럼. 다 괜찮지.'

괜찮다는 말을 관성적으로 중얼대다 보면, 사실 나는 괜찮지 않았던 게 아닌가 의심이 들 때가 있다. 조금씩 갑갑해지는 가슴을 한 손으로 쓸어내리며 애써 밝은 목소리를 냈다. 하염없이 걷다 보니 통화 시간은 어느새 10분을 넘어가고 있었다.

'…아, 엄마. 나 체험 학습 와 있어. 친구들 기다리는데.'

- 어머, 그러니? 엄마가 그런 줄도 모르고 한참 잡아 뒀네.

'아니야. 이제 가면 돼요.'

- 점심은 먹은 거 맞지?

'먹었어, 먹었어.'

카페에 도착하면 빵으로 대충 때울 셈이었지만, 그런 말까지 할 필요는 없지 싶었다. 체험학습에서 쓸 용돈을 보내 주겠다는 말에 알겠다고 대답한 뒤에야 전화를 끊을 수 있었다.

'하….'

장거리 달리기라도 한 사람처럼 기운이 쭉 빠져나갔다. -안 되겠다. 전학생 입장이고 뭐고 당장 달국이 끌고 시원한 카페에 가야겠어. 핸드폰을 주머니에 넣고 왔던 길을 돌아가려던 여난이 멈칫했다. 정신을 차려 보니 왔던 길이 세 갈래로 나뉘어 있었다.

…어디서 왔더라? 습관적인 미소를 띤 뺨에 난처한 땀방울이 흘러내렸다. 온통 단단한 흙이라 발자국도 남아 있지 않았다. 여난은 괜히 길 너머를 기웃거리며 열심히 머리를 굴렸다. 여기가, 그러니까, 어디쯤이려나….

꽤나 깊은 곳으로 들어온 모양인지 지나는 사람도 보이지 않았다. 별수 없이 SOS를 보내기로 했다. 달국에게 전화를 걸자 기다렸다는 듯 무뚝뚝한 목소리가 들려왔다.

- 어디야.

길을 잃었을 것을 다 안다는 듯한 말투였다. 여난은 저도 모르게 으아, 하며 우는 소리를 냈다. 어쩌다 내가 이런 명재원 같은 짓을.

'큰일났다, 국아. 나 여기 어딘지 모르겠는데?'

- 멀리 간다 했다. 얼마나 걸어간 거야?

'어…. 음…. 그러게….'

- 근처에 지도 없어? 아니면 이정표 같은 거라도.

'이정표….'

그제야 정신을 차리고 둘러보니 마침 커다란 푯말이 보였다. '유리온실까지 100m'라고 적혀 있었다.

'온실까지 100m래.'

- 온실?

'어. 여기서 만나는 게 나을 것 같은데, 그치.'

- 무슨 온실? 주변에 뭐….

말끝이 지직대는가 싶더니 전화가 뚝 끊겼다. 놀라 액정화면을 보니 핸드폰 전원이 꺼지는 중이었다. 뭐야? 왜 이래? 꺼진 기기를 다시 켜 보려 용을 썼으나 배터리 표시가 새빨갛게 물든 창이 떠오를 뿐이었다.

'…….'

배터리가… 충분하지는 않았지. 통화도 좀 오래 했지. 그렇다고 이렇게 한 번에 꺼져 버린다고? 어이가 없는 나머지 화도 나지 않았다.

한참이나 멍하니 서 있던 여난이 비척비척 걸음을 옮겼다. 일단 온실로 가자. 그럼 누구든 만나겠지. 선생님이나 달국에게 전화를 걸어 달라 하면 해결될 일이다.

불운이란 때로 벽 뒤에 숨어 눈치만 보는 어린애들 같다. 하나가 튀어 나가면 나머지도 우르르 밀려 나온다. 갑갑한 통화에서 촉발된 핸드폰 방전에 이어 한두 방울씩 내리기 시작한 비가 그랬다. 투둑, 굵은 빗방울이 이마를 때렸을 때 여난은 그만 웃어 버렸다. 아, 오늘 진짜 날이 아닌가 보네.

'씨….'

급한 대로 가방을 벗어 머리에 얹고 걸음을 빨리했다. 다행히 부슬비 수준이었지만, 흙바닥을 달리는 동안 적당히 찜찜해지도록 몸을 적시기에는 충분했다.

유난히 긴 100m를 달려 간신히 도착한 유리온실은 생각했던 것과는 전혀 다른 모습이었다. 길고 앙상한 나무들에 둘러싸인 작은 돔이 유난히 어둡고 을씨년스러워 보였다. 내부는커녕 주위에도 사람 그림자 한 점 보이지 않았다. 들어가도 되는 거 맞나? 고민할 새도 없이 빗줄기가 굵어지는 것이 느껴졌다. 여난은 결국 무거운 문을 밀고 온실 안으로 들어섰다.

'실례합니다아….'

조심히 중얼거리고 안쪽을 살폈다. 운영을 하긴 하는 모양인지 곳곳에 식물등이 설치되어 있었다. 온갖 화려한 색을 입은 열대 꽃들이 저마다의 자리에서 양껏 우거져 있는 온실이었다.

'…….'

문을 닫고 숨을 들이쉬자 후텁지근한 공기가 폐부까지 밀려들었다. 원래도 높은 온도와 습도를 유지하는 온실인데 비까지 내리니 숫제 물에 잠겨 있는 듯했다. 입구 쪽에 마련된 작은 벤치에 앉은 여난이 젖은 머리를 쓸어 넘겼다. 몸에 달라붙은 하복 셔츠 앞섶을 쥐어 팔랑팔랑 흔들어 봤지만 조금도 시원해지지 않았다.

'더워….'

목덜미를 적신 것이 땀인지 비인지 분간할 수가 없었다. 사람은 공기 중 습도가 얼마나 되면 숨을 쉬기 어려워질까? 여난은 아무리 전원 버튼을 눌러 봐도 응답 없는 핸드폰을 쥔 채 실없는 생각을 했다.

달국의 마지막 말이 떠오른 것은 그때였다.

'무슨 온실?'

그러고 보니 온실이 여러 개였지…. 등줄기가 서늘해졌지만 어차피 비가 그치기 전까지는 꼼짝할 수 없었다.

걔도 어디 들어가서 비 그치기를 기다리겠지. 체념한 여난이 멍하니 온실 밖을 바라보았다. 빗물을 빨아들인 풀숲이 생생하게 빛나고 있었다. 온실 벽을 타고 오른 덩굴도 유난히 탐스러워 보였다.

온실을 채운 꽃 중에는 눈에 익은 것도 제법 있었다. 엄마가 한동안 집에서 키우던 꽃과 비슷한 것도 보였다. 다시 무용한 걱정이 들었다. 이렇게 덥고 습한 공간을 좋아하는 꽃에게 에어컨을 잔뜩 틀어 놓은 가정집은 힘겨운 환경 아닐까. 매일이 춥고 목마르지 않을까. 지금 내게 이 더위가 힘든 것처럼.

'…….'

툭, 뺨을 타고 흘러내린 땀 한 방울이 바닥으로 떨어졌다. 여난은 손등으로 턱 아래를 쓸어 내며 고개를 뒤로 젖혔다. 비는 그칠 기미가 없었고, 입구를 틀어막은 먼 나라의 오색찬란한 풀꽃들은 사람 속도 모르고 즐거워 보였다.

'하….'

기력 없이 눈을 감았다. 얇은 눈꺼풀 너머로 연보랏빛 조명의 잔해가 어룽거렸다. 이러다 영영 여기에 갇혀 살게 되는 건 아닐까. 혼자 있을 때마다 불현듯 고개를 드는 쓸쓸하고 처량한 상상에는 가슴 속 깊이 묻어 두었던 외로운 순간을 거침없이 퍼 올리는 힘이 있었다.

어린 시절, 하굣길에 쏟아지는 소나기는 꼭 심보 고약한 시험 같다- 고 생각했었다. 그다지 온화하지도 자비롭지도 않은 신이 한 손에 비구름을 쥐고 꽉 짜내며 아이들에게 묻는 것이다. 너에게는 갑작스러운 비에서 널 지키러 달려와 줄 누군가가 있니?

나이가 한 자릿수였던 시절에는 학교 현관 차양 아래 선 채 교문을 뚫어져라 바라보며 그런 상상을 했다. 우산을 쓴 채 두리번대며 아이를 찾는 어른 중 누군가가 마법처럼 엄마나 아빠로 바뀌지 않을까? 그 기대를 버리지 못해 보호자를 찾은 아이들이 몽땅 떠나고 혼자 남을 때까지 자리를 지키곤 했다.

잊고 있었다. 비라는 건 원래 사람을 고립시키는 거였지.

천천히 눈을 뜬 여난이 고개를 떨어뜨렸다. 스니커즈 앞축을 툭툭 부딪쳐 젖은 흙을 털어내고 상체를 숙였다. 생각해 보면 우습다. 비 좀 맞는 게 뭐 대수라고 이런 데서 꼼짝 못 한단 말인가.

나가자, 나가. 중앙 광장까지만 찾아가면 어떻게든 되겠지. 굳게 마음먹고 씩씩하게 일어섰을 때였다.

덜컹, 투박한 문이 거칠게 밀리는 소리가 좁은 온실 안을 울렸다.

점점 더 짙어진 먹구름에 온실 안은 늦은 오후처럼 어두웠다. 엉거주춤 선 채 고개를 쭉 빼고 보니 반투명한 문 너머로 선명한 사람의 형체가 보였다. 순간 어린 시절 소나기 쏟아지던 하굣길로 돌아간 듯했다. 눈을 다시 뜨고 보면 내가 기다리던 사람이 그곳에 서 있지 않을까, 허튼 기대로 벅차오르는 마음을 작은 손으로 짓누르고 하염없이 기다리던.

다시 한 번 덜컹, 흔들린 문이 천천히 옆으로 열렸다. 쏴아아, 빗소리와 함께 문틈으로 청량한 바람이 훅 들이쳤다. 갑작스러운 한기에 놀라 딸꾹질이 새어 나왔다.

'…….'

돌이켜 생각하면 말도 안 되는 일이었다. 어쩌면 온실이 너무 더워서 바깥 공기가 차게 느껴졌던 건지도 모른다. 잠깐 물 밖으로 얼굴을 내민 것처럼 숨이 트였다. 마침내 뭍을 밟은 사람처럼 긴 호흡을 하자 밝아진 시야에 익숙한 얼굴이 보였다. 온몸이 흠뻑 젖은 달국이 미간을 한껏 찌푸리고 서 있었다.

눈이 마주치자 한숨을 푹 내쉰다. 여난은 성큼성큼 걸어오는 그를 피해 저도 모르게 뒷걸음질쳤다.

'어… 어떻게 왔어?'

'…찮아?'

'어?'

'괜찮냐고.'

내가 물어야 할 말 아닌가? 어이가 없어 입을 떡 벌린 여난을 두고 달국이 젖은 머리를 툭툭 털었다.

'핸드폰은 왜 꺼졌어.'

'응? 어…. 배터리가 나갔더라고…?'

'비 안 맞았어?'

'나는 안 맞았…지만 우리 국이가 아주 생쥐 꼴이 됐네…?'

'그런 건 됐어.'

간단히 대답한 달국이 하복 셔츠를 벗었다. 검은 티셔츠는 다행히 교복만큼 젖지는 않은 것 같았다.

'애들은 다 카페로 들어갔어. 비 그칠 때까지 거기 있을 모양이더라.'

그나저나 이렇게 비를 많이 맞아서 괜찮을까. 감기 걸리면 안 되는데…. 여난은 얼른 온실 문을 도로 닫았다. 처음으로 내부가 더워서 다행이라는 생각이 들었다.

'근데 여긴 어떻게 찾았어? 온실 여러 개잖아.'

'지도 봤지. 네가 걸어간 방향에 있는 온실은 열대 꽃 온실 하나던데.'

'똑똑하기도 하지….'

유리온실이라는 게 열대 꽃 온실을 말하는 거였구나. 다시 찾아온 침묵 속에서 달국이 검은 티셔츠 앞섶을 쥐고 흔들었다. 별 효과는 없을 터였다. 오직 꽃의 기호에 맞춰 지어 놓은 온실은 한참 자라나는 청소년에게는 지나치게 덥고 습했다.

'쬐.'

'어?'

'왜 또 보냐고.'

쓸데없는 생각을 하는 사이 빤히 바라본 모양이었다. 퉁명스레 묻는 말에 괜히 심술이 났다.

'좀 보면 안 돼?'

'안 된다고 안 했어. 왜 보는지 물어봤지.'

'…….'

'대답하기 싫으면 말고.'

후우, 숨을 길게 내쉰 달국이 벤치에 털썩 앉았다. 여난도 슬그머니 그 옆에 앉아 창으로 고개를 돌렸다.

희끄무레한 창에 비친 바깥세상은 여전히 빗소리로 가득했다. 부실한 벤치에 나란히 앉아 내다보고 있으려니 작은 연못에 가라앉아 수면을 올려다보는 개구리 두 마리가 된 기분이었다. 개구리라니. 스스로 떠올린 생각에 어이가 없어 여난은 이를 드러내고 씩 웃었다.

'많이 더워? 나 좀 달라붙어도 돼?'

달국이 말없이 자세를 한 번 고쳐 앉았다. 여난은 그의 어깨로 옆머리를 푹 파묻듯 기대었다. 젖은 팔이 밀착되자 뜨거운 체온이 스며들었다. 놀란 듯 손끝을 움츠린 달국이 의아하게 물었다.

'너 왜 이렇게 몸이 차?'

'네가 너무 뜨거운 것 같은데….'

달국과 닿을 때면, 체온보다 3도쯤 높은 물에 손을 담갔을 때와 비슷한 느낌이 들었다. 기분 좋게 따스한 것 같기도 하고, 어쩐지 화상을 입을 것 같아 무섭기도 했다. 고개를 길게 늘어뜨린 여난이 달국의 팔에 제 팔을 얽었다. 얼마 지나지 않아 손바닥이 맞닿고 손가락 사이사이가 스쳤다.

깍지 낀 손을 달국의 허벅지에 올려 둔 채 눈을 감자 어디선가 꽃향기가 났다. 온실의 주인인 열대 꽃들이 그제야 불청객을 눈치채기라도 한 것 같았다. 돔을 두드리는 빗소리와 코끝이 찡하도록 스미는 꽃 내음 속에서 여난이 느릿하게 중얼거렸다.

'이걸 왜 이렇게 구석에 지었을까?'

'뭐?'

'꽃은 관람객들이 제일 좋아할 만한 거잖아. 종류도 많고, 이렇게 풍성하게 피었는데…. 길을 잘못 들기 전에는 찾기도 힘든 데다 처박아 놓은 게 이상해서.'

마치 아무도 찾아오지 않았으면 하는 것처럼, 앙상한 나무 사이에 숨겨 놓은 화원. 한번 입에 담은 호기심이 차츰차츰 커지는 동안에도 달국은 대답이 없었다. 그래서 여난은 문득 깨달았다. 나는 이 애가… 한 번도 '내가 어떻게 알아?'라고 되묻지 않아서 좋은 것 같다고.

'…하나 보지.'

눅눅한 침묵에 잠깐 정신이 딴 데로 흘렀던 것 같다.

'응?'

눈을 뜬 여난이 고개를 빼꼼 들어 올렸다. 달국도 그를 가만히 내려다보고 있었다.

'여기 주인이 이 온실을 제일 좋아하나 보지.'

까맣고 매끄러운 시선을 마주할 때면, 물에 젖은 풀잎 향이 느껴지곤 했다.

'그래서 감춰 뒀다고?'

'어.'

'좋아하는데 왜 감춰?'

'좋아하니까 감추는 거지.'

'…….'

'아무나 들여다보는 게 싫으니까.'

그 마음을 십분 이해한다는 듯, 짙은 눈동자에 흐린 음영이 배었다. 뭐라 말해야 할지 알 수 없었기에 여난은 침묵을 택했다.

사실 묻고 싶은 말은 많았다. 날 찾겠다고 이 비를 다 맞고 달려온 거야? 애들한테는 뭐라고 말했어? 돌아가면 어떻게 설명할 셈이야? 한마디도 꺼내지 못했기에 달국의 모든 수고와 정성을 아주 당연하게 받아먹는 모양이 되었지만, 정작 달국은 평온한 표정을 짓고 있었다. 너를 찾겠다고 이 비를 다 맞고 달려왔으며, 애들에게 뭐라고 할지는 생각도 하지 않았고, 돌아간 후의 일 같은 건… 아무래도 상관없다는 듯이.

창밖은 여전히 비가 내리고… 비밀스레 만개한 먼 나라의 꽃이 유독 거만해 보이던 한낮이었다.

눈을 떠 자리에 앉은 뒤에도 한동안 멍했다. 4년 전의 기억이 방금 전인 듯 생생해 현실 감각이 쉬이 돌아오지 않았다. 한참 동안 부석부석한 얼굴을 쓸어 올리던 여난은 습관적으로 핸드폰을 쥔 뒤에야 두 눈을 번쩍 떴다. 오전 11시가 넘은 시간이었다.

"국아?"

비척대며 계단을 내려와 봤지만 집은 텅 비어 있었다. 뒷머리를 긁적이다 다시 핸드폰을 보니 두 시간 전 도착한 메시지가 보였다.

이거 봐라? 눈썹을 삐뚜름하게 찌푸린 여난이 당장 전화를 걸었다. 한참 신호가 간 뒤에야 무성의한 대답이 돌아왔다.

- 어.

"왜 깨우지도 않고 나가?"

이상한 일이었다. 분명 장난으로 따질 셈이었는데, 막상 묻고 보니 정말로 화가 올라왔다. 잠시 말이 없던 달국이 한숨을 내쉬며 대답했다.

- 너 오늘 오전 수업 없잖아.

"없어도 같이 나가야지."

- 수업도 없는데 꼭두새벽부터 학교 와서 뭐 하게.

"아무튼 깨웠어야지. 혼자 가는 건 아니지."

하, 느릿한 헛웃음이 들렸다. 이런 투정을 부릴 줄 알고 있었다는 듯 여유로운 태도였다.

- 그래, 알았어.

"뭘 알았는데."

- 내가 잘못했다고.

"……."

- …….

"…알면 됐어."

달국은 여난이 없는 불만을 지어내 억지를 부려도 한 번을 따지고 드는 법이 없었다. 그래, 네가 그렇다면 그런 거지. 그럴 때마다 여난은 열여섯에 본 유리온실과 존 레논의 목소리를 떠올렸다. 정작 온실 안에서 그 노래를 들은 적은 없는데도.

"근데 너도 오늘 오전 수업 없잖아."

- 헬퍼 하러 왔어. 뭐가 잘못됐는지 틀 망가진 게 한둘이 아니라 난리 났더라고.

"그래…?"

- 아까 구급차도 왔다 갔어. 이번 과제에 유독 사고가 많네.

"어? 구급차? 왜?"

깜짝 놀라 절로 목소리가 높아졌다. 날카로운 큰소리에 달국이 숨 삼키는 소리를 냈다.

- 용접하다가 손 놓쳐서 살짝 데었다는데… 별일은 아냐.

"구급차까지 불렀다면서 그게 어떻게 별일이 아냐? 괜찮은 거 맞아? 너무 위험…."

- 여난.

차분히 부르는 목소리는 언제나처럼 잠잠하기만 했다. 그제야 흥분을 가라앉힌 여난이 마른 입술을 축였다.

- 난 다친 적 없어.

"……."

걱정하지 말라는 말을 어렵게도 한다. 여난은 입술을 삐죽 내밀며 등받이에 몸을 기대었다.

"…그래서 지금은 뭐 하는데?"

- 본뜬 거 살릴 수 있는 만큼 살리고… 캐스팅 전부 다시 하고 그래야지.

"네 과제는 무사해? 그냥 남들 과제만 도와주는 거야?"

- 응. 내 건 무사해.

그나마 다행이라고 해야 하는 건가. 그러나 과제에 치여 몇 주째 학교에서 살다시피 한 달국이 동기들을 도와주겠다고 아침부터 학교에 가 있는 상황이 못마땅한 건 어쩔 수 없었다.

"몇 시까지 할 건데?"

- 글쎄….

"…글쎄?"

- 지금은 잘 모르겠네. 오후에 상황을 좀 봐야 할 것 같아서.

때로 그런 불안에 휩싸일 때가 있었다.

"아…. 그래?"

어쩌면, 너는 원래 그런 사람인 게 아닐까? 상대가 원하는 것을 기민하게 알아채고 미리 내어주는 사람. 그래서 그저 내게… 네 곁이 필요하다는 사실을 우연히 알아 버렸을 뿐이라면.

"알았어, 고생해. 바쁘신 분을 제가 괜히 붙잡고 있었네요."

- 또 왜 그러….

"왜 그러긴? 반성하는 건데. 나도 과제해야 돼서 바쁜데 잘됐네, 응. 수고해!"

대답이 나올 틈도 없이 전화를 끊어 버리고 핸드폰을 멀리 밀었다. 욕실로 달려가는 내내 차마 뱉지는 못한 욕설이 입안을 찌르듯이 맴돌았다. 짙은 후회가 밀려들었다. 내가 왜 그랬지. 그냥 너만 생고생하는 게 싫다고 말했으면 되는 걸.

"여난 왜 저래?"

"조원이 잠수 탔나?"

"또? 그쯤 되면 경영에서는 잠수 안 타는 사람이 문제일지도 모르겠다."

한번 삐딱선을 탄 마음은 쉬이 레일에 안착하지 못했다. 애먼 펜을 짤각대다 결국 테이블에 엎드려 버린 여난을 두고 세형과 재원이 진지한 토론을 이어갔다. 공대나 미대와 달리 경영대는 1학년 1학기에 들어야 하는 선택교양이 많은 편이었다. 그런 만큼 타 과의 폭탄을 마주칠 확률도 높았다. 그런 사정을 알 리 없는 공대생들은 여난의 험난한 조별 과제 분투기를 들을 때마다 눈을 반짝이며 즐거워했다.

"이번에는 뭔데? 사촌누나의 친구의 증조할머니가 돌아가셔서 자료 조사 못한 사람 얘기까진 들었어."

"인류애 대박이다. 그 정도 건너가면 미국 대통령도 나오겠는데."

"조용히 해, 이것들아…."

기어코 으르렁대고 나서야 둘이 동시에 입을 다물었다. 여난은 한숨을 내쉬고 고개를 들어 올렸다.

"조별 과제 아니야. 그냥 과제가 하기 싫어."

"웬일이래? 여난이 과제 싫다는 소리를 다 하고."

"처음부터 끝까지 영어로 써야 해서…."

"…싫을 만하네, 응."

세형은 빠르게 시선을 외면하고는 물이라도 주겠다며 냉장고를 뒤적였다. 그때 침대에 기대앉은 채 핸드폰을 만지던 재원이 툭 던지듯 말했다.

"달국한테 도와달라 하지, 왜."

"달국 영어 잘해?"

여난이 입을 떼기도 전에 반갑게 되물은 사람은 세형이었다. 재원은 고개를 갸웃 기울이며 쉽게 대답했다.

"하는 거 본 적은 없는데, 외국 살았다고 했으니 잘하지 않을까?"

"외국 어디? 외국이라고 다 영어권은 아니잖아."

"글쎄…? 그것까진 모르는데."

"못해."

간단히 내뱉자 시선이 모였다. 여난은 펜을 쥐고 씩 웃었다.

"영어 한 마디도 못해, 국이."

"진짜?"

"엉."

거짓말을 하는 마음이 편하지는 않았다. 그래도 달국의 유용한 면이 하나 더 발견되는 것보다는 나았다.

"근데 오늘 달국은 언제 오…."

세형이 늦은 의문을 입에 올린 것과 동시에 덜컹, 현관문 열리는 소리가 들렸다. 무심코 돌아보니 샛노란 우비를 입은 매화가 물을 뚝뚝 흘리며 서 있었다. 텅 비어 버린 눈동자에는 억울한 기색이 가득했다. 나는 절대 자의로 이 유치원복 같은 색의 우비를 산 게 아니다, 편의점에 남은 게 이것뿐이었다- 정도의.

"매화, 병아리야?"

푸핫, 웃음을 터뜨린 재원이 신나게 현관으로 달려갔다. 매화는 야무지게 여며 놓은 우비 단추를 하나씩 뜯으며 못마땅한 얼굴을 했다.

"매점에… 비닐우산이랑 평범한 우비가 다 팔리고 없었어…."

"그랬어, 그랬구나. 그래서 이렇게 귀여-"

"저리 가. 비 많이 맞았어."

현관에 놓인 신발들에 물이 튀지 않게 조심스레 우비를 벗은 매화가 집 안으로 들어섰다. 여난은 테이블에 턱을 괸 채 살랑살랑 손을 흔들었다.

"매화, 안녕-."

"어, 안녕…."

마주 인사하던 매화의 시선이 문득 욕실 문을 향했다. 닫힌 문을 뚫어져라 보더니 현관을 향해 눈을 돌린다. 신발 수를 헤아리는 것 같았다. 주인만 기다린 강아지처럼 그 곁을 알짱대던 재원이 부드럽게 물었다.

"왜?"

"아…. 달국이 욕실 쓰고 있나 해서. 비 좀 맞아서 씻고 싶어."

"응? 아냐. 달국 지금 없어."

여난이 소리 없이 탄식했다. 이 멤버가 모여 있으니 당연히 달국도 있을 거라 생각한 모양이었다.

"국이 조소과 장마 참사에 차출돼서 실습실에 갇혀 있어."

"…그래?"

묻지 않은 말을 주절주절 늘어놓자 간단한 되물음이 돌아왔다. 정말이지 달국의 현재 거취 따위에는 한 톨의 관심도 없다는 표정이었다. 달국을 아는 이 중 그에게 개인적인 호기심을 갖지 않는 사람은 흔치 않았다. 여난은 능청스레 덧붙였다.

"그래서 외로워하고 있었더니 매화가 나타났네. 난이랑 놀아주려고."

"네 앞에 쌓인 그거 과제 같은데?"

"오늘도 가차 없다, 매화…."

맥없이 중얼거린 여난이 도로 테이블에 엎드렸다. 매화가 픽 웃으며 욕실로 향했다. 젖은 손이 문고리를 잡기 직전, 핸드폰을 들여다보던 세형이 별안간 목소리를 높였다.

"니들 저녁 먹고 갈 거지? 뭐 시킬까?"

말로는 뭘 먹을지 묻고 있지만, 속뜻은 먹고 나면 전부 집에 가라는 축객령이었다. 다시 고개를 든 여난이 테이블에 팔꿈치를 괴고 꽃받침을 만들었다.

"난이는 자고 갈 건데용."

"악! 안 돼! 집에 가!"

"하루만 재워 주라. 응?"

달국이 언제 돌아올지 모르는 오피스텔에서 혼자 기다리고 싶은 마음은 추호도 없었다. 여난이 비굴하게 빌며 세형의 다리에 매달렸다. 세형은 진저리를 치면서도 미심쩍은 눈으로 물었다.

"치킨 네가 쏠 거야?"

"응, 응. 난이가 쏘지."

"근데 뭘 그리 어렵게 말하니, 친구야. 우리 집은 니들 전용 펜션 같은 거라니까."

관대한 허가에 여난이 큭큭 웃었다. 세형은 이럴 때가 아니지, 하며 자리에서 벌떡 일어났다. 성큼성큼 걸어 막 욕실로 입성하려던 매화를 낚아챈 그가 비장하게 선언했다.

"공짜 치킨에는 역시 맥주가 있어야 맞지 싶다."

"뭐야? 왜 이래?"

"이왕 젖은 사람이 같이 가자. 양매화, 따라와."

"왜 또 나를…."

말려 볼 틈도 없이 매화를 현관까지 끌고 간 세형이 커다란 우산을 꺼내 들고 달려 나갔다. 탕, 경쾌한 문소리와 함께 두 명이 사라지고 방은 순식간에 고요해졌다. 씁쓸한 표정을 지은 재원이 긴 한숨을 쉬며 중얼거렸다.

"또 뺏겼네…."

주인에게 버림받은 노란 우비만 바라보는 뒷모습이 처량하기 짝이 없었다. 남일 같지 않아 입안이 썼다. 소리 없이 혀를 찬 여난이 핸드폰을 집어 들었다.

"아이스크림이라도 사 오라고 할까?"

"안 돼. 매화 손 시려."

"아…. 진짜 염병…."

진심으로 질색하는 반응에 재원이 낮게 웃었다. 그러고는 침대에 기대앉으며 지나가는 말처럼 물었다.

"그나저나 싸웠어?"

순간 질문의 주어를 몰라 손이 멈칫했다. 재원은 부드럽게 미소 띤 얼굴로 여난의 손끝을 바라보고 있었다.

"뭐가?"

"달국이랑 싸워서 기분 안 좋은 거 아니야?"

"……."

이 녀석은 대체 눈치가 있는 건지 없는 건지 아직도 모르겠어. 눈을 가늘게 뜬 여난이 고개를 휘휘 저었다.

"싸우긴, 그냥…."

"그냥?"

"그냥 내가 혼자 성질냈어."

걔는 잘못한 게 없지. 늘 그랬듯이. 느릿느릿 뇌까린 말에 재원이 고개를 갸웃했다.

"왜 성질냈는데?"

"…그러게, 내가 왜 그랬을까? 난 쓰레기인가 봐."

"그래, 그래. 안 물어볼게."

고개를 돌린 채 꿍얼대고 있자니 타박, 타박, 발소리가 들렸다. 이어 냉장고 문이 여닫히더니 테이블에 뭔가 툭, 부딪혔다.

"……."

눈만 힐끔 돌려 보니 멜론 맛 아이스크림이었다. 픽 웃은 여난이 아이스크림을 집어 들며 냉랭하게 말했다.

"달달이 취급 안 한다고 했다."

"그러지 말고 잡숴 봐. 근심과 걱정을 싹 없애 준다니까."

"누가 보면 집주인인 줄 알겠어. 세형이 걸로 웬 생색?"

실컷 타박한 뒤에야 껍질을 벗기고 각진 아이스크림을 입에 물었다. 멜론 향을 입힌 단맛이 입안으로 물컹 밀려들었다. 차갑고 찐득한 감각에 골이 다 울렸다.

"여난."

인상 쓰는 여난을 부드럽게 부른 재원이 덧붙였다.

"너무 복잡하게 생각하지 마."

시선은 여전히 핸드폰에 고정한 채였다. 여난은 달갑지 않은 단맛을 한입 더 베어 물며 통명스레 되물었다.

"뭘?"

"뭐든."

"……."

말은 쉽지. 여난이 막대를 쥔 손을 멀리 둔 채 테이블에 옆머리를 붙였다. 잇자국이 남은 연두색 아이스크림 표면이 몽글몽글 녹아내리기 시작했다. 혀가 스친 점막마다 달착지근한 향이 남았다.

문득 존 레논의 노래가 듣고 싶었다. 시작부터 끝까지 덤덤히 읊조리듯 이어지는 멜로디를 기억해 내려 애쓰며 여난은 비가 시작된 지점을 떠올렸다.

"키스할래?"

괜한 말을 했어. 후회는 녹다 만 아이스크림처럼 찜찜한 단맛이었다. 그러지 말 걸 그랬어. 혼자 되뇌어 봤자 아무 소용없다는 것도 알고 있었다.

문득 잠이 깼을 땐 아침 여섯 시였다. 중간에 깼다기에도 일찍 어났다기에도 애매한 시간이었다. 벽에 붙어 자는 세형을 깨우지 않게 조심스레 몸을 일으킨 여난이 꾸물꾸물 침대에 기대앉았다. 무릎을 끌어안고 멍하니 바라본 창밖은 검은 구름에 잠겨 있었다.

쨍한 해를 본 게 언제였더라. 장마는 지긋지긋하고 끈질겼고, 달국은 연락이 없었다. 고민하던 여난이 달국의 번호를 누르고 핸드폰을 귀에 가져갔다. 아마 자고 있겠지. 부재중 기록이나 남겨 둘 셈으로 건 전화였지만 의외로 신호음이 얼마 가지 않아 잠긴 목소리가 들려왔다.

- …여보세요.

"어…."

설마 받을 줄은 몰랐는데. 여난이 허둥지둥 슬리퍼를 꿰어 신고 현관문을 열었다. 다행히 구름만 끼었지 비는 오지 않았다.

"미안, 깨웠어?"

- 깨우려고 건 거 아니야?

"…아냐. 일어나면 보겠지 한 건데."

여난이 머쓱하게 변명하며 쪼그려 앉았다. 나는 왜 유독 이 애한테만 허튼짓을 할까. 무릎에 턱을 괸 채 우물쭈물 할 말을 짜냈다.

"어디야? 집?"

- 음…. 응.

"어제 몇 시에 들어왔어?"

- 늦지 않게 들어왔어.

짧게 끊기는 대답 하나하나에 잠기운이 그득해서 점점 더 미안해졌다. 뭐라 말해야 할지 고민하는데 수화기 너머에서 먹먹한 목소리가 깊이 울렸다.

- 여난.

"…어?"

- 넌 일찍 일어난 거야, 못 잔 거야?

"나? 나 일찍 일어난 거지. 어제 맥주 마시고 완전 꿀잠…."

주절주절 말을 잇던 여난이 입을 힘껏 다물었다. 이런 이야기를 하고 싶었던 게 아니다. 턱을 매만지다 흰 이마를 쓸어 올렸다.

"너무 복잡하게 생각하지 마."

눈치가 빠른 건지 없는 건지 알 수 없는 오랜 친구의 조언이 혀끝을 밀어 올렸다.

"저기, 국아."

- 응.

"그냥 나는… 네가 고생하는 게 싫었어."

-넌 너희 과 동기들이 달국이한테 심부름시키면 기분 좋겠어?

경은의 질문에 덧붙이지 못한 대답이 있었다. 사실 나는 조소과 사람들도 못마땅할 때가 많다고. 달국의 잠잠한 성정이나 착실한 습관을 편리하게 생각하는 게 아닐까 의심한다고. 그럼에도 그냥… 그 애를 곤란하게 만들고 싶지 않아서 태연한 척을 했다고.

"나는 사람들이…."

- …….

"너를 당연하게 여기는 게 싫어."

그러면 억울해져. 나는 단 한 번도 당연하게 여기지 않았는데. 잘못 쥐는 순간 손에서 빠져나갈지 모른다는 생각에 덜컥 불안해져 잠들지 못하는 밤도 많았는데.

- 알아.

달국이 싱겁게 대답했다.

- 여난.

"…어."

- 더 자. 잠 모자란 채로 돌아다니지 말고.

"응…."

잠시 눅눅한 침묵이 이어졌다. 핸드폰을 고쳐 쥐고, 헛기침을 하고, 괜히 머리칼을 매만진 뒤에야 다시 입을 열 수 있었다.

"오늘도 일찍 나가?"

- …….

"…오전에 잠깐 들를까?"

- 아니.

대답하는 어조가 하도 단조로워 순간 잘못 들은 줄 알았다. 눈을 둥글게 뜬 여난이 멈칫했다. 지금 '아니'라고 한 거 맞나?

- 일찍 나갈 거야.

혼란이 가시기도 전에 가벼운 확인 사살이 돌아왔다.

"아…. 응."

- 더 자. 전화할게.

"…응."

통화는 싱겁게 끊겼다. 여난은 화면이 꺼진 핸드폰을 한참 들여다본 후에야 미적미적 일어났다. 어쩐지 오늘도 그리 유쾌하지 않은 하루가 될 것 같았다.

오전 수업을 듣고, 공강 시간에 도서관에 가서 교양 과제를 마치고, 오후 수업을 듣는 내내 핸드폰을 힐끔거렸지만 달국은 또 연락이 없었다. 설마 아직도 붙잡혀 있나. 걱정스러운 마음에 미간을 좁히고 고민하는데 누군가 교재를 툭툭 두드렸다.

"여난, 안녕."

고개를 들어 보니 2학년 과대표였다. 여난은 미소 띤 얼굴로 고개를 까딱 숙여 보였다.

"안녕하세요, 누나."

"오늘 바빠? 시험기간 전에 1, 2학년끼리 모임 한번 하려는데."

"오늘요?"

"생맥집 갈 거야. 일정 없으면 같이 가자."

"음…."

고민하다 우선 고개를 끄덕였다. 술자리에 끼고 싶은 기분은 아니었지만, 달리 할 일이 없는 것도 사실이었다.

"그럴까요? 근데 저 일찍 일어나야 할 수도 있는데."

"괜찮아, 괜찮아."

"그럼 갈게요."

친구는 없는 것보단 있는 게 낫다. 모난 돌로 보이기보단 두루두루 호감을 얻는 편이 좋다. 혼자 있는 시간이 불편한 건 아니지만, 구태여 혼자가 되고 싶은 것도 아니다. 누군가의 초대에 응하는 이유는 그뿐이었다.

"진짜? 잘됐다."

과대표가 웃으며 여난의 어깨를 툭 두드렸다. 잘됐다고? 묘한 표현에 고개를 기울이는 여난을 두고 그녀는 다음 책상으로 넘어가 버렸다.

"……."

관성적으로 확인한 핸드폰 화면은 여전히 잠잠했다. 고개를 뒤로 젖힌 여난이 두 눈을 꾹 감았다.

정문에서 멀지 않은 먹자골목 지하에 위치한 생맥주 전문점은 요즘 같은 시기에는 가장 만만한 모임 장소였다. 덥고 눅눅한 날씨를 완벽하게 피할 수 있었고, 냄새가 배지 않으면서 열량 높은 안주 메뉴가 가득했기 때문이다.

"다음 주면 본격적인 시험 기간이죠? 즐길 수 있는 건 오늘뿐입니다!"

자리에 앉자마자 인당 한 잔씩 배급된 맥주는 표면이 찰랑이도록 가득 채워져 있었다. 제 잔을 들어 올린 과대표가 경쾌하게 외치자 웃음과 박수 소리가 한꺼번에 터졌다. 시험 기간이든 아니든 마실 놈은 다 마시면서. 픽 웃은 여난도 제 잔을 쥐었다.

"오, 여난이다."

"그러게, 여난이네. 웬일로 과 모임에 다 왔어?"

앉을 자리를 찾아 돌아다니던 선배들이 덥석 얼굴부터 들이밀며 물었다. 여난은 씩 웃으며 능청스레 대답했다.

"그렇게 말씀하시면 섭하죠. 저만큼 과 생활에 진심인 사람이 또 어딨다고."

"웃기시네. 네가 맨날 수업만 듣고 홀랑 사라진 게 어디 하루 이틀이야?"

"저를 찾는 사람이 너무 많은 걸 어쩌겠어요. 인기인의 숙명이에요."

가슴에 손을 얹고 갸륵한 표정을 짓자, 사방에서 가벼운 핀잔이 돌아왔다. 시간이 뜰 때면 공대나 미대에 가 있을 때가 많았던 탓에 경영과 내에서의 소소한 모임이나 술자리는 자주 참여하지 않았었다. 재원이나 달국과 있는 것이 더 편하기도 했지만, 과 내의 사사로운 자리가 정말 거북한 이유는 따로 있었다.

"근데 너 저기, 공대 다니는 친구 있잖아."

바로 그 명재원과 달국이 자연스레 화제에 오르기 때문이었다. 오늘도 역시나 잔을 채우기 무섭게 용건이 나오자 절로 쓴웃음이 났다.

"그 키 큰 애. 엄청 잘생기고…."

"저한테 그런 친구가 있다고요? 몰랐네."

"그러지 말고 들어 봐. 희진이가 걔랑 자리 한 번만 만들어 달라고, 그렇게만 해 주면 이번 학기 너 점심은 책임진대."

"정말 혹하는 조건이긴 한데 걔는 임자 있어요."

"뭐?!"

이야기에 귀를 기울이던 동기들이 동시에 비명처럼 외쳤다. 여기저기서 빈 술잔을 내리치는 소리도 들렸다. 여난은 잔뜩 울리는 귀를 붙든 채 어이없는 한숨을 뱉었다.

"반응들이 왜 이래…?"

"저번엔 없다고 했잖아!"

"그땐 없었지. 이젠 생긴 걸 어째?"

"아- 하긴 그런 애를 누가 가만 두겠어. 잠깐이라도 없었던 게 이상한 거지…."

아무래도 기회만 노리고 있었던 듯한 동기 하나가 힘없이 테이블에 쓰러졌다. 여난이 혀를 쯧쯧 차며 그녀의 술잔을 채워 주었다.

"포기해, 윤희야. 남의 거 탐내면 체해."

"포기 못해…. 넌 그 애인 알아? 예뻐?"

"…명재 애인?"

말을 듣자마자 샛노란 우비를 뒤집어쓰고 뚱하니 서 있던 매화의 모습이 떠올랐다. 저도 모르게 풋, 웃음을 터뜨린 여난이 킥킥대며 입가를 쓸었다.

"아, 그럼. 엄청 귀엽지."

"귀여운 스타일이야? 왠지 그런 타입 사귈 거 같더라…."

하여간 껍데기가 지나치게 멀쩡한 친구는 인생에 득 될 게 없다. 슬슬 화제를 돌릴 방법을 강구하려 머리를 굴리는데 그때까지 죽는 시늉을 하던 윤희가 별안간 벌떡 일어나 앉았다.

"그럼 걔는? 머리 이렇게 곱슬곱슬한 친구!"

"……."

아마 대번에 표정이 굳었을 것이다. 딱딱해진 뺨을 의식한 여난이 애써 입꼬리를 끌어 올렸다.

"글쎄…."

"걔도 공대 다녀? 무슨 과야?"

"……."

시작된 지 얼마 안 됐다고는 해도 술잔이 두어 잔씩은 돈 뒤였다. 맨정신일 때와 비교하면 다들 자제력이 약해져 있었다. 입을 다문 여난의 건너편에 앉아 있던 다른 동기가 갑자기 손을 들고 아는 척 끼어든 것만 봐도 그랬다.

"아냐, 걔는 미대랬어."

"미대? 예술한다고? 나 아티스트 사랑하잖아."

"조소과였나? 여난, 맞지? 응?"

아, 큰일이다. 기분이 가라앉는다. 사람들 사이에 섞여 들기 위해 힘겹게 끌어올린 리듬이 불안정하게 흔들리기 시작했다. 보이지 않게 한숨을 내쉰 여난이 다시 한번 억지로 미소 지었다.

"맞는데, 걔는 안 돼."

"왜? 걔도 임자 있어?"

"……."

대답하기 싫을 땐 적당히 얼버무려 넘기는 게 최선이다. 여난은 별안간 반대편에 앉은 동기의 어깨를 덥석 쥐었다.

"그러지 말고 가까이서 찾아, 가까이서. 여기, 용진이 어때?"

"뭐?"

"그래, 용진이 잘생겼잖아. 왜 멀리 돌려고 해."

"용진이 잘생겼지만… 과 CC는 좀 그렇지…."

어물어물 말끝을 흐리면서도 더없이 분명하게 잘라 낸 윤희가 맥주 잔을 입가로 가져갔다. 기대감이 떠오른 얼굴로 대화에 귀 기울이던 용진이 눈물 흘리는 시늉을 했다.

"선배들이 개총 때부터 강조하고 또 강조하던 말 잊었어? 과 CC는 하는 거 아니라고."

"그거야 각자 하기 나름…."

"에이, 그러지 말고 네 친구랑 한 번만 자리 만들어 주라. 헤어지면 두 번 볼 일 없어야 부담 없이 만날 거 아냐. 응? 남친 사귀고 싶어…."

간절히 비는 말에 테이블 여기저기서 호응하는 반응이 터지기 시작했다. -그래, 자리 한 번 만들어 줘. 서로 돕고 사는 거지…. 서로서로 술잔을 다시 채우며 고조되던 분위기는 그러나 얼마 가지 않아 깨끗하게 소강되었다. 여난이 싸늘한 무표정을 지은 채 침묵하고 있었기 때문이다.

"어… 난아?"

살얼음판 위를 걷는 듯한 고요 속에서 애먼 용진이 용감하게 입을 열었다. 여난은 그제야 훅, 입김을 불어 제 앞머리를 날려 올렸다.

헤어지면 두 번 볼 일 없는 애니까, 부담 없이 만나 볼 수 있으니까 소개해 달라고?

"뒤탈 없이 한번 찍어 먹어 보고 싶다, 이거야?"

덤덤하고 냉랭한 질문에, 여난에게 향해 있던 모든 얼굴들이 한순간 창백해졌다.

"이건 걔가 우스워서 하는 말인가, 아니면 내가 우스워서 하는 말인가? 잘 모르겠네."

여난은 조금도 성나거나 격양된 기색 없이 매몰차게 쏘아붙였고, 동기들은 하나같이 당황한 얼굴로 입을 벌리고 있었다. 날 선 정적이 한참 흐른 후에야 여난이 고개를 숙이고 제 이마를 문질렀다.

"미안, 나 먼저 갈게."

"어어…."

애석한 사과를 건네고 몸을 일으키자 그때까지 멍하니 굳어 있던 윤희가 얼른 따라 일어섰다. 출구에 다다라서야 돌아보니 그녀는 두 손을 모아 쥔 채 겸연쩍은 얼굴을 하고 있었다.

"…난아, 미안."

"……."

"내가 실수했어. 근데 진짜로… 진지하게 얘기한 거 아니라서 그랬어."

"알아."

"너나 네 친구 우습게 봤던 거 아니야. 화 풀어, 응?"

윤희가 장난스레 손바닥을 맞댄 채 싹싹 비는 시늉을 했다. 여난은 느릿한 미소를 띠며 고개를 저었다.

"아니야, 나도 오버했어. 하도 비슷한 얘기를 듣다 보니까 술김에 짜증 내 버렸네."

"아, 그치. 그럴 수 있지."

"일단 오늘은 갈게. 나 신경 쓰지 말고 놀다 가."

웃으며 손을 흔들자 그제야 윤희도 안도한 표정을 지었다. 무슨 일이 있었는지 모르는 동기들이 왜 벌써 가느냐며 붙잡으려 들었지만, 어렵지 않게 빠져나올 수 있었다.

계단을 올라 1층 문밖으로 나서자마자 후더분한 공기가 훅 끼쳐 들었다. 해가 긴 계절이라 사위는 아직 밝았다. 터덜터덜 걸어 골목을 빠져나오며 여난은 허무하게 오간 사과의 말을 생각했다. 미안未安하다, 마음이 편안치 아니하다….

그 정도로는 분이 풀리지 않는다고 말하면 다들 어이없어할까. 멈춰 선 여난이 제 머리를 마구 흐트러뜨렸다. 내가….

내가 그 애의 머리끝부터 발끝까지를, 숨 쉬는 모든 순간을 귀하고 아깝게 여기는 마음을 누구에게 무슨 말로 설명할 수 있을까?

"……."

멈춰 있던 걸음이 자연스레 학교 정문으로 향했다. 주변은 삼삼오오 모여 다니는 학생들로 저마다 분주했다. 불쾌지수 높은 날씨에 짜증스레 찌푸린 면면들을 지나고, 파랑관을 지나고, 도서관을 지나 마침내 조형관으로 이어지는 길을 밟았다.

울퉁불퉁 팬 인도 곳곳에 흙탕물이 고여 있었다. 철벅, 스니커즈 밑창에 묻은 물기가 빛바랜 보도블록에 묽은 발자국을 그렸다. 달국에게 전화를 걸어야겠다는 생각이 들었다. 자연스럽게 핸드폰을 쥐고 번호를 입력했다.

건조한 신호음이 오랫동안 이어졌다. 미대 건물이 보이기 시작할 때까지 전화는 연결되지 않았다. 한참 후에야 달갑지 않은 목소리가 흘러나왔다.

-고객님이 전화를 받을 수 없어….

피부에 닿는 공기 한 올 한 올이 끈적거렸다. 더워. 정말이지, 더워 죽겠어. 눈을 꽉 감았다 뜬 여난이 걸음을 빨리했다.

건물 앞에 다다르기 직전, 뭔가를 자르고 부수는 소리가 들려왔다. 고개를 쑥 빼고 보니 야외 작업장에 모여 있는 미대생들이 보였다. 저런 요란한 작업을 하는 건 조소과뿐이다. 확신하고 재빨리 발길을 틀었다.

"어라? 여난."

가까이 다가가자 이번에도 먼저 그를 발견한 경은이 손을 흔들었다. 한 손에는 무시무시한 두께의 망치를 든 채였다. …사람 머리도 한 방에 깨겠는데. 여난은 오싹한 생각을 하며 활짝 웃었다.

"뭐 해요, 누나?"

"비 그친 틈에 작업하지. 그나저나 웬일이야?"

"저 잠깐 국이 보러…."

"달국? 오늘 학교 안 왔는데?"

"……."

듣자마자 뒤통수가 싸해졌다. …학교에 안 왔다고? 말을 잊은 여난이 두 눈만 깜빡이고 있자 경은은 제가 더 의아한 얼굴을 했다.

"어제 왠지 컨디션 안 좋아 보이길래 일찍 들어가라고 했거든. 말 안 듣고 기어코 본 다 뜨고 가더니 오늘 안 나왔더라고."

"……."

"그래서 몸이 안 좋은가 싶었어. 안 그래도 애들 하나둘씩 병나는 시기라서."

여름의 변덕스러움을 좋아하지 않는다.

"…아."

계절이 태양에게 길을 열어 줄 때면 유난히 약한 피부를 다쳤고, 구름을 쥐어짜며 즐거워할 때면 숨이 막혔다.

"그러… 음. 그랬구나. 전화해 봐야겠네요."

"어엉. 안부 전해 줘."

갑작스러운 비를 쏟아 내는 하늘 아래 설 때면- 시험받는 기분에 씁쓸해하던 어린 날이 떠올랐다.

언제부터였더라. 여름이 싫다는 생각을 하지 않고 살았던 건….
아니, 그건 너무나 확실하지. 열여섯, 너를 만나고 처음 시작된 장마 아래서였지.

"……."

바닥을 딛는 걸음은 어느새 조급한 달음박질이 되어 있었다.

낮은 길을 달려가며 여난은 딱 한 해 전의 여름을 떠올렸다. 아프다는 말에 대번에 달려온 달국에게서 풍기던 습윤한 공기, 따뜻한 피의 흐름이 밀어낸 땀방울을 훔쳐 내다 마주쳤던 농후한 시선….

더위도 습한 공기도 싫지만, 공격적인 햇빛도 무자비한 빗줄기도 싫지만, 그 모든 힘겨운 순간마다 아무 일도 아니라는 듯 불친절한 대기를 뚫고 달려온 네가 있어서- 단 한 번도 여름이 싫다고 말할 수가 없었는데.

"하아…."

정문에 닿자마자 무릎을 쥐고 헐떡였다. 대학가의 가게들은 하나같이 시끄러운 음악을 뿜어내고 있었다. 귀에 거슬리는 멜로디를 훑어내고 다시 상체를 일으켰다. 달국을 찾아내야 했다. 찾아내서 해야 할 말이 있었다.

- 그 노래 듣고 싶어.

네가 좋아하는 노래, 존 레논이 그저 자기 사랑에 취해 부르는 그 짧은 노래 말이야. 이상하게 나는 그 곡이 도통 외워지지를 않아. 그렇게 단순한 가사에 그토록 단순한 멜로디인데도, 방심하면 머릿속에서 흐려져 버려.

"전화 받지, 좀…."

그럴 때면 네가 멀어지는 것만 같고, 네가 멀어지면… 온 세상이 무너지는 게 아닐까 싶어 무서웠어.

"……."

궂은 날씨에 아쉬울 것 없다는 듯 도도하게 달려가는 택시를 간신히 멈춰 세웠을 땐 이미 온몸이 땀으로 흠뻑 젖어 있었다. 다급히 주소를 말하며 핸드폰을 꼭 쥐었다. 다시 한번 걸어 보았지만 이번에도 연결되지 않았다.

오피스텔 앞에 도착해서야 뒤늦은 의문이 들었다. 근데, 집에 있는 건 맞나? 혹시 다른 일로 바쁜 건 아닐까? 물론 그런 거라면 미리 말을 해 줬겠지만.

소심해진 마음을 안고 슬그머니 뒷걸음질을 쳤다. 어둠이 내리기 시작한 시간, 눈대중으로 창을 헤아려 올려다본 달국의 방은 불이 꺼져 있었다.

고민하다 우선은 올라가 보기로 했다. 자연스레 비밀번호를 입력하고 엘리베이터 버튼을 누르려다 멈칫했다. 엘리베이터가 꼭 대기 층에 멈춰 있었다.

기다리지 못할 것도 없건만 조바심이 났다. 여난은 결국 돌아서서 계단을 오르기 시작했다. 탕, 탕, 건조한 비상계단을 울리는 발소리가 꼭 심장 소리처럼 들렸다. 숨이 차오르고 혀끝에 단내가 돌았다.

"헉…."

무진히 애를 썼지만, 마지막 한 칸을 남기고 기어코 숨이 끝나 버렸다. 손잡이를 붙든 채 한참이나 헐떡이던 여난이 아이고, 하며 힘 빠진 발을 끌어 올렸다. 머리보다는 손으로 기억하는 현관 비밀번호를 누르자 삐리릭, 도어록 열리는 소리가 적막한 복도에 경쾌하게 울렸다.

"……."

조심히 머리부터 들이미니 센서등 불빛이 툭 내리꾀었다. 아무렇게나 벗어 놓은 운동화 한 켤레가 먼저 눈에 들어왔다. 소리 나지 않게 문을 닫은 여난이 제 신발을 벗으며 안쪽을 살폈다. 어슴푸레한 현관 불빛에 비친 1층은 텅 비어 있었다.

집에 없나? 덜컥 불안해진 뺨으로 시원하고 건조한 에어컨 바람이 흘러들었다. 가방을 내려놓고 계단 위쪽을 올려다보았다. 계단에 발끝을 디디고 한 칸씩 오르는 내내 가슴이 두근거렸다. 마침내 복층 바닥을 짚고 고개를 내밀자 두꺼운 매트리스 위로 불룩 솟은 형체가 보였다.

하…. 안도감에 긴 숨을 내쉰 것도 잠시, 어둠에 익은 시야에 물병과 빈 봉투가 들어왔다. 무릎으로 기어가서 보니 종합비타민이었다. 손에 쥔 것을 한참이나 노려보던 여난이 매트리스에 손을 짚었다. 벽을 보고 모로 누운 달국의 이마에 손등을 대자 델 듯이 뜨거운 체온이 고스란히 전해져 왔다.

"이런 씨…."

그럼 그렇지 하는 마음 반, 당황스러운 마음 반에 더해 약간의 배신감이 밀려왔다. 아프면 아프다고 연락을 해 줘야 할 거 아니야. 뜨끈한 이마를 매만지며 입술을 물어뜯는데 움찔, 손 아래서 눈꺼풀이 움직이는 기색이 느껴졌다.

"…뭐야."

푹 잠긴 목소리에 놀랄 틈도 없이 절절 끓는 손이 손목을 감듯이 쥐어 왔다. 여난의 손을 잡아 내린 달국이 천천히 고개를 돌렸다. 탁하게 흐려진 눈동자에 붉은 열감이 배어 있었다.

그러고 보니 아침에 통화할 때도 목소리가 안 좋았지. 자다 깨서 그런 줄만 알았는데. 눈살을 찌푸린 여난이 달국의 어깨를 툭 내리쳤다.

"너야말로 뭐야? 언제부터 이러고 있었어?"

"아…. 여난."

"병원은 다녀왔어? 학교도 안 갔다며."

"자다 보니까…."

"내내 잤다고? 밥은? 설마 한 끼도 안 먹었어?"

나한테는 밥 가지고 그렇게 잔소리를 하던 게. 쏘아붙이는 말에도 달국은 대답이 없었다. 느릿느릿 눈을 깜빡이다 도로 감아 버릴 뿐이었다. 여난은 아예 엉덩이를 붙이고 앉아 달국의 어깨를 흔들기 시작했다.

"국아, 그러지 말고 잠깐 일어나. 뭐라도 먹고 또 자."

"졸려…."

"알았으니까 일어나 보라고. 응?"

두 손으로 팔을 잡아 끌어당기자 그제야 달국이 상체를 일으켰다. 새까만 곱슬머리가 부스스하게 흩어진 얼굴이 잠기운으로 가득했다. 여난은 벽을 더듬어 불을 켜고 핸드폰을 꺼내 쥐었다. 죽이라도 배달시킬 셈으로 앱을 뒤지는데 잠잠하던 달국이 별안간 날카로운 목소리를 냈다.

"넌 꼴이 왜 그래?"

"…어?"

여난이 손을 멈추고 고개를 들었다. 그제야 확확한 빰이 느껴졌다. 새빨개진 얼굴에 땀이 송골송골 맺혀 있었다.

"아…. 밖이 더워서."

"아무리 덥다고 이렇게까지 땀을 흘려? 너 안 그러잖아."
"뛰어와서 그러…."
"뭐 한다고 뛰어오는데? 왜 갑자기 안 하던 짓을 해."
푹 잠긴 목소리로 조곤조곤 따져 묻던 달국이 콜록, 마른기침을 했다. 여난은 그제야 조금 정신을 차리고 아랫입술을 꾹 물었다. 한번 묻어 둔 화가 다시금 치밀어 올랐다.
"…으면 됐잖아."
"뭐?"
머릿속으로는 경종이 울렸다. 그만, 성질 죽여. 지금 이깟 걸로 큰소리 낼 때가 아니야.
"그러게 전화했으면 됐잖아!"
그러나 달국 앞에서 여난의 합리적 판단이나 이성적 자제심이 빛을 보는 경우는 많지 않았다. 결국 왈칵 소리부터 지른 여난이 고개를 홱 쳐들었다.
"너는 왜 말도 없이 숨어서 끙끙 앓다가 사람 놀라게 만드는데? 지금 따지고 싶은 게 누군데!"
"…여난."
"아프다고 연락했어야지, 그랬으면 시간 낭비 안 하고 진작 왔을 거 아니야! 그랬으면…!"
수업이 끝나자마자 왔으면 해가 지기 전에 도착했을 것이다. 그 별것도 아닌 차이가 이상하리만치 억울했다.
어두운 데서 혼자 앓게 두고 싶지 않았는데. 울컥 치민 감정에 코끝이 시큰하게 아팠다. 이마를 짚은 여난이 시선을 피하자 달국이 슬쩍 상체를 낮추어 거리를 좁혔다.

"여난, 너…."

훅 가까워진 피부에서 희미한 열기가 풍겼다. 꿀꺽, 마른침을 삼키는데 헛웃음 섞인 목소리가 들렸다.

"술 마셨어?"

대답하지 못하자 허, 어이없는 한숨을 내쉰 달국이 여난의 젖은 머리칼을 쓸어 넘겼다. 그대로 목덜미를 감싸 매만지다 제 품으로 끌어당긴다. 순순히 눈앞의 어깨에 이마를 묻자 예민해진 귓가에 부드러운 피부가 스쳤다. 감이 틀리지 않았다면 입술 같았다.

"……."

스으으…. 마른 목에 코를 박고 긴 숨을 들이쉰 달국이 픽 웃었다.

"술 냄새."

"…얼마 안 마셨어."

"마시긴 마셨네. 잘 놀다 와선 왜 화를 내."

"……."

밤중에 자다 깬 어린애를 달래는 듯한 말투였다. -잘 놀긴…. 씁쓸하게 중얼거린 여난이 천천히 몸을 떼어 냈다.

"언제부터 이랬어?"

여전히 뜨거운 이마를 짚으며 묻자 달국이 음, 목 울리는 소리를 냈다. 가만히 눈을 감는 모양이 그 와중에 편안해 보였다.

"오전에는 그냥 근육통만 좀 있었어. 하루 쉬면 낫겠거니 했지."

"몸살 오려고 그런 거네. 이걸 비타민으로 때우려고 했어? 약은?"

"됐어, 이 정도로 뭘 약까지…."

"기다려. 약국 닫기 전에 나갔다 올게."

무턱대고 일어나려다 다시 팔이 붙들렸다. 여난의 팔목을 꽉 눌러 쥔 달국이 눈을 가늘게 뜬 채 물었다.

“지금 몇 신데?”

“지금? 한 7시 됐나….”

무심코 붙잡힌 팔에 채워 놓은 손목시계를 내려다보았다. 시계는 이제 막 오후 8시를 지나고 있었다. 열띤 한숨을 뱉은 달국이 미미하게 고개를 저었다.

“이 근처 약국들 8시면 닫아. 나가지 마.”

“…편의점 가서 사 올게, 그럼.”

“편의점이면 언제 가도 상관없잖아. 일단 씻고 옷 갈아입어. 땀범벅을 해가지고 에어컨 바람 맞고…. 너까지 감기 걸리겠어.”

말을 마친 달국이 매트리스를 짚고 몸을 일으켰다. 그제야 땀에 젖은 티셔츠가 단단한 등에 달라붙은 모양이 보였다. 방을 이렇게 춥게 해 놓고 자면서도 땀을 흘렸구나. 걱정스러운 마음에 여난이 다급히 입을 열었다.

“너도 땀 많이 흘렸는데, 국아.”

“난 괜찮아. 옷만 갈아입으면 될….”

“차라리 같이 씻….”

어영부영 뱉어 낸 말이 허공에서 부딪혔다. 다음 순간 동시에 입을 다물고 시선을 피한 것은 당연한 수순이었다. 같이 씻지 못할 것도 없는데, 그럴 만큼은 이미 다 봤는데, 왜 이렇게 감당 못 할 사고를 친 것만 같은 기분이 들까. 손으로 제 입을 틀어막은 여난이 어색한 웃음을 흘렸다.

“그, 그럼 일단 내가… 빠르게 씻고 나올게…?”

“…….”

달국이 대답하지 않자 더욱 등줄기가 서늘해졌다. 여난은 후다닥 1층으로 내려가 갈아입을 옷을 챙겨 들고 욕실로 향했다. 세면대 앞에 서서 거울을 보자마자 절로 우는 소리가 나왔다. 양 뺨이 어찌나 벌겋게 익었는지 건드리면 터질 것 같았다.

"미치겠네…."

뭘 어째야 할지 모르겠어. 찬물을 틀어 얼굴에 끼얹어 봐도 정신이 돌아오지 않았다. 한참이나 세면대를 붙들고 서 있었지만 눈앞이 캄캄하기는 마찬가지였다.

아무렇게나 집어 온 티셔츠를 꿰어 입고 보니 달국의 옷이었다. 헐렁한 티셔츠에 파자마 바지를 입고 문을 열자 소파에 앉아 있던 달국과 눈이 마주쳤다. 달국도 옷을 갈아입었는지 흰 셔츠 차림이었다. 의아해진 여난이 어색함도 잊고 고개를 갸웃했다.

"웬 셔츠? 어디 나가?"

"네가 들고 들어간 게 마지막 티셔츠였어."

"…아."

그러고 보니 빨래 돌린 게 언제였더라. 다용도실 앞 빨래 바구니가 꽉 들어차 있었다. 벗은 옷까지 넣고 다용도실로 들어간 여난이 세탁기 문을 열었다. 급한 대로 집에서 입는 옷만 골라내 하나씩 넣는데 등 뒤로 발소리가 들렸다.

"뭐 해?"

"뭐 하긴, 입을 거 없다며."

"그걸 왜 네가 하냐고. 나와."

"아, 좀. 누가 하면 어때."

괜히 더 손 가게 하지 말고 저리 가. 간단히 쫓아내고 분류한 옷가지를 전부 넣은 뒤 전원 버튼을 눌렀다. 건조기 먼지 통 상태까지 확인한 뒤에야 밖으로 나오니 달국이 뚱한 얼굴로 서 있었다. 왜, 뭐가 불만인데. 표정으로 묻자 불만스런 대답이 돌아왔다.

"내일이면 클리닝 서비스 오잖아."

"국아, 빨래 몇 개 골라서 세탁기에 넣고 버튼 누른다고 내가 어디 닳는 게 아니거든…."

요리에는 취미가 없지만 집안일 자체는 익숙했다. 특히 아버지와 살 때는 집을 빈틈없이 깔끔하게 써야 했기에 정리하는 버릇이 몸에 밸 수밖에 없었다. 신발은 가지런히, 모든 물건은 테이블 각에 맞춰서, 책장은 먼지 없이 깨끗하게…. 머리에 박아 넣고 빠짐없이 수행하지 않으면 별안간 폭발하는 분노를 고스란히 맞아야 했으므로 자연히 습관으로 굳었다.

달국은 한 번도 아버지와의 일을 구체적으로 묻지 않았지만, 얼굴에 생긴 멍을 감추지도 못하고 찾아오는 꼴을 볼 때마다 짐작은 했을 것이다. 상처 난 입술을 어설프게 가린 채 눈을 맞출 때면 검은 눈동자가 풍랑을 만난 돛배처럼 요동치는 모양을 고스란히 볼 수 있었다. 분노와 당혹감, 슬픔과 설움이 차례차례 훑고 지나간 자리에 마침내 차오른 무력감은 소용돌이의 눈처럼 섬뜩하고 고요했다.

아마 평생 말할 수 없겠지. 우리가 어리고 아무 힘도 없던 시절, 네가 상처받는 순간이 내게 얼마나 큰 위안이었는지.

"…하여튼 애기야, 애기."

가볍게 타박하고 거실로 향하던 여난이 멈칫했다. 소파 테이블에 죽 봉투가 올려져 있었다. 배달시킨 죽이 샤워하는 사이 도착한 모양이었다.

"어라, 이거 언제 왔어?"

"한 5분 됐나…."

"타이밍 좋네. 빨리 먹어. 먹고 약 먹고 푹 자."

"알았어."

성의 없이 대답하며 봉투를 연 달국의 손이 허공에서 멈췄다. 딱 1인분만 들어 있는 내용물을 확인한 탓이었다.

"네 건?"

"웬 내 거? 난 저녁 먹고 왔잖아."

"퍽이나 제대로 된 걸 먹었겠다. 술이나 몇 잔 홀짝대다 말았을 거면서."

"……."

말을 마친 달국이 자리에서 일어났다. 그러고는 주방 찬장에서 작은 그릇과 수저를 꺼내 돌아왔다. 아니, 난 괜찮다니까…. 정말 조금도 배고프지 않았던 여난이 거듭 사양했지만 기어코 그릇 가득 담긴 전복죽이 눈앞으로 밀려왔다. 여난은 별수 없이 숟가락을 들며 다 죽어 가는 목소리로 중얼거렸다.

"내 새끼 빨리 나으라고 가진 돈 다 털어 특 전복으로 시킨 건데…. 내 입으로 들어갈 게 아닌데에…."

"헛소리 그만하고 먹어."

단호한 말에 억지로 한입 떠서 입에 물었지만 여전히 배는 고프지 않았다. 대화가 끊겼기에 두 사람분의 식기가 달각대는 소리만이 적막한 거실에 건조하게 울려 퍼졌다. 달국은 아직 열감이 남은 얼굴로 묵묵히 죽을 비우고 있었다. 역시 약을 사 와야 할 것 같은데. 언제쯤 나갔다 오면 좋을지 고민하는 와중에 별안간 달국이 왼손으로 태블릿PC를 두드렸다.

"…뭐 해?"

"아, 스케치한 거."

테이블에 세워 놓은 태블릿PC에는 스케치 세 점이 나란히 떠올라 있었다. 그래서 이게 뭔데, 눈으로 묻자 달국이 예사롭게 대답했다.

"과제야. 다음 주 월요일까지 제출이라."

"흐음…."

몸 아픈 와중에 굳이 그런 걸 들여다보고 있어. 타박하려던 마음을 고쳐먹고 옆으로 붙어 앉았다. 잘하면 밥에서 도망칠 좋은 핑계가 되어 줄 것 같았다. 달국의 어깨에 뺨을 올린 채 화면을 바라보던 여난의 시선이 천천히 굳어졌다.

달국의 스케치는 다 비슷비슷하게 생긴 돔 모양 형체를 담고 있었다. 여난은 곧 그것이 돔의 정면과 측면, 후면을 각각 그린 그림이라는 것을 깨달았다.

"……."

돔의 정체가 무엇인지도 어렵지 않게 알 수 있었다. 앙상하고 키 큰 나무들 사이에 숨겨져 있던 작은 유리온실. 열여섯의 여름에 나란히 갇혀 있었던 그 장소였다.

"이거 혹시…."

무심코 말을 꺼냈지만 달국은 반응이 없었다. 화면을 들여다보며 그림 각도를 이리저리 조정할 뿐이었다. 고민하던 여난이 숟가락을 놓고 무릎을 끌어안았다.

"…왜 스케치를 이렇게 여러 각도에서 그리는 거야?"

아예 화제를 바꾸어 묻자 달국은 살짝 웃은 것 같았다. 그럴 줄 알았다는 듯이.

"대리석 조각을 만든다고 생각하고 스케치하라는 거니까."

"대리석? 그걸로 조각할 수 있어?"

"난 아직 못 해 봤는데 졸작 중에는 꽤 있더라. 조각용으로 쓰는 대리석은 무른 편이라 만지기 쉽대."

"요즘도 그런 걸 하는구나. 르네상스 시대에나 가능했던 건 줄 알았어."

"르네상스…."

들은 말을 되뇐 달국이 바람 빠지듯 미소 지었다. …웃네. 무릎에 턱을 괸 여난이 달국 쪽으로 고개를 기울였다.

"…왜 이걸 돌로 깎고 싶었어?"

웃는 얼굴을 보니 물어볼 용기도 생겼다. 거실에는 다시 쌀쌀한 침묵이 감돌았다. 달국은 잠시 입을 다물고 화면을 빤히 바라보았다. 여난이 뜬금없는 질문을 던질 때마다 으레 그랬듯이.

"대리석은 내구도가 그렇게 강한 돌이 아니어서…."

한참 후에야 나직하게 흘러나온 목소리는 여전히 눅눅하게 잠겨 있었다.

"그게 골칫거리래. 야외에 두면 비나 매연, 먼지 때문에 차차 부식된다고."

"……."

"그 얘기를 들으니까 생각이 났어."

빗속에 잠겨 있던 그 작은 온실. 아마도 너무나 소중해서 함부로 못 찾을 곳에 꽁꽁 숨겨 두었을 비밀스러운 화원. 갑작스레 쏟아진 비를 고스란히 맞고 먹구름 아래 앉아 있던 우리의 어린 날이.

"그러니까 작게 만들 거야."

때로 달국의 목소리에 귀를 기울일 때면….

"두 손으로 들 수 있을 정도로 작게 만들어서… 아주 깊은 서랍 속에 두면."

영원을 꿈꾸던 순간이 떠올랐다.

"언제까지고 그 모습 그대로 있겠지."

바래거나 부식되지 않고, 부러지거나 깨지지 않고, 일부러 꺼내어 부수지 않는 이상 언제까지고 처음 같은 모습 그대로 영원히.

달국이 이야기하는 마음은 보통 그런 곳에 있었다. 2분 47초짜리 짧은 사랑 노래에, 비를 뚫고 달리다 흙탕물에 젖어 버린 운동화 밑창에, 물에 잠긴 듯 숨이 갑갑하던 순간마다 전화 한 통이면 만날 수 있었던 청량한 뭍에, 풋내 나는 첫사랑이 희미한 발자국을 찍고 지나간 유리온실에….

"…국아."

내가 너를 얼마나 귀하게 여기는지, 너의 모든 순간이 얼마나 아까운지 누구에게 무슨 말로 설명할 수 있을까.

"그…."

아마도 불가능하겠지. 애착이 싹튼 자리에 함께 자라 버린 불안을 들키고 싶지 않아서 여기까지 왔는데.

"……."

말을 멈추고 입꼬리를 끌어 올렸다. 그것만으로도 달국은 또 알아차린 듯했다. 이쯤에서 도망칠 셈이라는 걸.

"…아, 더 늦기 전에 너 약 사와야겠다."

벌떡 일어난 여난이 가방을 뒤적여 핸드폰을 꺼냈다. 그러자 소파에 등을 기댄 달국이 담담하게 입을 열었다.

"여난."

"어… 어?"

"약 안 먹어도 되니까 그냥 있어."

"……."

"나가지 마."

고개를 뒤로 떨어뜨린 채 시선조차 맞추지 않고 읊조리듯 건네는 말에 가슴 속 어딘가가 바스락거렸다. 여난은 핸드폰을 꽉 쥔 채 애써 밝은 목소리를 냈다.

"어휴, 누가 애기 아니랄까 봐 저렇게 약 싫다고 떼를 써요."

"……."

"금방 올게. 잠깐만 있어."

한 번 더 붙잡히면 정말로 못 나갈 것 같았다. 핸드폰을 챙겨 넣고 일단 신발에 발을 꿰었다. 안쪽에서 다시 목소리가 들린 듯싶었지만 무시하고 현관문을 열었다.

복도로 나서자마자 축축하고 무더운 공기가 전신을 감쌌다. 엘리베이터 앞에 선 여난은 두 손으로 얼굴을 감싸고 긴 탄식을 쏟아 냈다. 아….

"영원이 있다고 생각해?"

그런 건 묻지 말 걸 그랬지. 후회하지 않은 적이 없었다. 하지만 시간을 돌이킨다 한들 다른 선택을 할 수 있을까. 너만 있으면 아무 모자란 게 없을 것 같았던, 그래서 너 하나가 너무 거대했던 십 대의 그 위태로운 날을- 무책임한 약속과 비현실적인 다짐 없이 견딜 수 있었을까.

띵, 속없이 경쾌한 엘리베이터 도착음이 신경에 거슬렸다. 비척비척 올라타 들여다본 거울에 붉게 물든 눈이 비쳤다. 간신히 눈물까지는 참을 수 있었지만 그게 다였다.

가까운 편의점에 들어가자마자 감기약을 종류별로 넣고 음료수와 간식도 몇 가지 골랐다. 계산을 마치고 나가려다 멈칫했던 건 아직 눈가가 따끔거려서였다. 고민하던 여난은 창에 붙은 테이블에 봉투를 내려놓고 스툴을 끌어다 앉았다.

음료수 캔을 꺼내 눈두덩을 문지르며 고민에 빠졌다. 그냥….

'…세형이네로 가 버릴까.'

허튼 생각은 다행히 금방 사그라들었다. 아픈 애를 두고 가긴 어딜 가. 음료수를 다시 봉투에 넣고 몸을 일으키려던 때였다.

창밖에 놓인 파라솔이 살살 흔들리는가 싶더니, 별안간 굵은 비가 와르르 쏟아지기 시작했다. 입을 떡 벌린 여난이 질린 얼굴로 밤하늘을 노려보았다. 망할 놈의 장마. 용케 하루 잠잠하다 싶었지.

쯧, 혀를 차고 자리에서 일어났다. 편의점 유리문 바로 앞에 판매용 비닐우산이 진열되어 있었다. 시선을 위로 올린 여난이 깊은 고민에 빠졌다. …그냥 뛰어갈까. 골목 하나만 지나면 오피스텔인데.

달국의 현관에 이미 서너 개는 쌓여 있는 비닐우산을 노려보며 궁리하는데 주머니에 넣어 둔 핸드폰이 길게 울렸다. 굳이 보지 않아도 누가 건 전화인지 알 수 있었다.

"…여보세요."

- 여난.

전화로 들으니 목이 부어 잠겨 있는 목소리가 유독 생생했다. 여난은 얼른 어… 하며 입가를 매만졌다.

- 사거리 쪽 편의점이야?

"…응."

- 알았어. 거기 있어.

"……."

오지 말라는 말이 차마 나오지 않았다. 달국도 들을 생각이 없는 듯했다. 뚝 끊겨 버린 전화를 한참 들여다보다 맥없이 테이블에 엎드렸다.

"아…."

난 대체 뭘 하는 걸까…. 자책해 봐야 일은 벌어졌고, 비는 그칠 기미가 없었다. 가만히 앉아 있는 것도 성에 안 찼기에 결국 자리에서 일어나 유리문을 밀었다.

문을 닫고 차양 아래 서자마자 섬광 같은 번개가 하늘을 가로질렀다. 얼마 지나지 않아 뭔가가 깨지는 듯한 천둥소리가 울렸다.

어깨를 잔뜩 움츠린 여난이 유리문에 등을 기댔다. 번개가 쳤으니 천둥이 오리란 걸 알았는데도 여지없이 놀라는 스스로가 싫었다.

어린 시절, 책에서 읽은 적이 있다. 천둥은 번개가 치면서 가열된 공기가 팽창하는 소리라고. 어려운 문장을 사전까지 찾아 가며 기어코 이해해 버린 후- 번개가 치고 천둥이 울릴 때마다 여난은 늘 대기가 비명을 지르는 것 같다는 생각을 했다.

그 뒤로는 늘 번개가 싫었다.

다시 번쩍, 검게 젖은 하늘을 가르는 빛줄기가 시야를 어지럽혔다. 눈을 깜빡여 가혹한 빛의 잔해를 털어 내는 의식 속으로 열다섯의 8월이 섞여 들었다. 달국을 만나기 전 지나간 마지막 여름이었다. 느직한 장마를 가르는 번개를 바라보던 담임이 마침 생각났다는 듯 칠판에 긴 문장을 적었다.

'화엄경에 나오는 구절이야.'

아이들에게 좋은 가르침을 주겠다는 사명감으로 반짝이는 글씨는 다음과 같았다.

나는 벼락에 맞아도 멍들지 않는 허공과 같다.

오, 하며 탄성을 지르는 아이도 있었고 들은 말을 노트에 베껴 쓰는 아이도 있었다. 별 관심 없는 얼굴로 수업이 끝나기만을 기다리는 아이도 있었다. 여난은 홀로 어린이용 지구과학 서적을 뒤적이던 어린 날을 떠올렸다. -번개가 치면 주변 온도는 순간적으로 3만 도까지 상승합니다. 갑작스럽게 달궈진 공기가 폭발적으로 팽창하면서 울리는 소리가 바로 천둥입니다. 때문에 번개보다 늦게 발생하는 것이죠….

번개가 치면 허공은 비명을 지른다. 멍들지 않았다고 해서 그 고통을 없던 일이라 치부할 수 있나. 비가 그치면 흔적조차 없어진다 해서- 다친 채 외면당한 허공의 고독을 의연하다 칭찬해도 되는 걸까.

"……."

한 번 더 번개가 쳤다. 어쩌면 누군들 다 똑같을지 모르지. 모두가 타인의 내면에 내리치는 번개를 목격하고 천둥을 들어도, 눈을 깜빡이면 더 이상 보이지 않고 들리지 않으니 이제 괜찮은 거라고 믿으면서… 그렇게 사는지도.

하지만 그렇기에 더욱 더….

"여난."

그 찰나의 비명을 외면하지 않고 달려오는 누군가를 사랑하게 되는 것 아닐까….

우르릉, 입을 열자마자 밀려드는 천둥에 말끝이 먹혔다. 소리에 놀라 고개를 드는 바람에 아무런 대비도 못한 채 눈이 마주쳤다.

"……."

쏟아져 나온 가게 안의 불빛이 검고 커다란 우산을 들고 선 달국의 얼굴을 비췄다. 굳은 눈을 보며 여난은 입엣말로 망했다, 하고 중얼거렸다. 어쩐지 전부 들켰을 거라는 확신이 들었다. 여기까지 오는 동안 터질 듯한 불안에 짓눌렸던 것도, 견디다 못해 도망칠까 생각했던 것도.

"…아."

여난이 얼른 손을 흔들며 웃음 지었다. 달국은 잠시 망설였지만 이내 표정을 풀고 차양 아래로 들어왔다.

"왜 나와 있어?"

"그게, 일없이 앉아 있으려니 눈치 보여서…?"

"…이리 와."

까딱이는 손을 바라보다 천천히 걸음을 옮겼다. 달국은 하루 전 그랬던 것처럼 여난의 어깨를 감아 제게 붙이고 우산을 기울였다.

달라붙은 품은 아직도 체온이 높았다. 그 와중에 약을 사러 나오기를 잘했다는 생각이 들었다. 여난은 손에 쥔 편의점 봉투가 젖지 않게 가슴에 대고 꽉 눌렀다.

"…편의점을 아예 털어 왔어?"

종류별로 늘어놓은 감기약을 훑어보며 달국은 황당한 표정을 감추지 않았다. 액상 감기약과 알약, 진통제에 어린이용 해열제까지 있었다. 여난이 입을 삐죽이며 테이블을 탁탁 내리쳤다.

"뭐 어때? 먹고 남은 건 상비약으로 두면 되지."

"다 좋은데 이건 뭐야? '우리 아이 열날 때는 내려라시럽'…?"

"애기라서 쓴 약은 못 먹을까 봐 사 왔는데 문제 있어?"

뻔뻔한 대답에 시럽 병을 쥔 달국이 픽 웃었다. 병을 내려놓은 그가 알약으로 된 종합감기약을 뜯어 한 알을 입에 넣었다. 여난은 꿀꺽 소리와 함께 굵은 목울대가 움직이는 모양을 확인하고서야 남은 약을 주섬주섬 끌어 모아 찬장에 넣었다.

"됐어, 이제 올라가서 자."

단호한 명령에 거실로 향하던 달국이 주춤했다. 시선은 테이블에 올려둔 태블릿PC에 박혀 있었다. 그 속내를 알아차린 여난이 미간을 잔뜩 찌푸렸다.

"설마 과제 끝내고 자겠다는 거 아니지?"

"잘 자던 사람 다 깨운 게 누군데 지금…."

"하더라도 누워서 해. 침대에서 하라고. 빨리."

커다란 등을 떠밀어 기어코 복층 위로 올려 보냈다. 달국은 한숨을 쉬면서도 얌전히 매트리스에 몸을 눕혔다. 태블릿PC를 챙겨 따라온 여난이 그 옆으로 달라붙어 몸을 밀었다.

"…너 여기서 자려고?"

당연하지만 침대는 장신의 남자 둘이 눕기에는 좁았다. 그러거나 말거나 태연하게 파고든 여난이 엉, 하며 태블릿PC를 건넸다. 결국 벽에 붙다시피 자리를 옮긴 달국이 낮은 한숨을 쉬었다.

"감기 옮으면 어쩌려고."

"이제 와서 걱정해 봤자…? 이미 마주 앉아 밥 먹고 한 우산 아래서 끌어안고 다 했는데."

"…그것도 그러네."

실소한 그가 포기했다는 듯 태블릿PC를 놓고 엎드렸다. 여난도 어깨를 맞대고 엎드린 채 화면을 바라보았다. 그새 조금 더 세밀해진 스케치가 눈앞을 아른거렸다.

"무겁겠다."

무심코 뱉은 말에 달국이 돌아보지 않은 채 되물었다. -뭐가?

"두 손으로 들 정도의 크기라 해도, 돌이니까 무겁지 않아?"

"글쎄…. 나도 아직 만져 본 적 없어서."

무거우려나. 달국이 허공에 두 손을 들고 골똘한 표정을 지었다. 경험에 근거해 대략적인 무게를 추측해 보는 듯했다. 그 모습이 너무나 진지해 보여서 미묘한 기분이 들었다. 여난은 여러 번 입술을 달싹이다 저도 모르게 물었다.

"언제 만들 거야?"

도로 펜을 쥐던 달국이 가만히 멈췄다. 빤히 돌아보는 시선을 이제 와 피할 방법은 없었다. 많은 말을 담은 검은 눈동자가 묵묵히 깜빡였다.

"글쎄…."

"……."

모든 계절을 함께 보냈음에도 유독 여름이 선연한 것은 어째서일까.

"언제쯤 만들 수 있으려나."

더위에 지쳐 헐떡이던 어린 날, 피가 끓고 있던 피부의 감촉이 아직도 생생해서일까.

"…왜 당장 안 하고? 대리석 비싸서?"

여난이 씩 웃으며 묻자 달국도 조금 웃었다. 사각, 태블릿 펜이 액정필름을 긁는 소리가 귓전을 파고들었다.

"안 사 봤으니 모르지. 비싼지 아닌지."

"뭐야, 구체적인 계획이 있는 것도 아니었네…."

맥이 풀린 여난이 고개를 반대로 돌린 채 푹 엎드렸다. 천장이 낮은 복층, 좁은 침대에 굳이 함께 구겨져 있을 때면 다시는 아침이 오지 않을 것만 같은 착각에 둘러싸일 때가 있었다. 그래도 좋을 텐데. 문은 열리지 않고, 비는 그치지 않고, 너만 남은 세상에서 불안한 건 무엇도 없겠지….

"국아."

말은 의식하지 못한 사이 흘러나왔다. 달국이 무덤덤하게 왜, 하고 되물었다. 여난은 시트 끝자락을 꽉 쥔 채 여러 번 눈을 깜빡이다 긴 숨을 들이쉬었다.

"그거…."

"응."

"…만들지 마."

사각, 펜이 움직이던 소리가 한순간 멈췄다. 여난은 제가 뱉은 소리에 스스로 놀라 하아, 헛숨을 뱉었다. 움켜쥔 주먹이 조금 떨렸다. 등을 돌린 채로만 뱉을 수 있는 진심, 내가 갖지 못한 영원이 그깟 돌조각에 깃드는 꼴은 보고 싶지 않다는 저급한 마음만은 들키지 말았으면 해서.

"……."

경직된 공기 속, 달국의 숨 모양이 보였다. 어떤 대답을 위해 입을 여는지 빤히 알 것 같았다. 그러겠다고 하겠지. 네가 원하지 않는다면 만들지 않겠다고. 다급히 팔꿈치를 짚고 몸을 일으킨 여난이 활짝 웃으며 명랑한 목소리를 냈다.

"아니, 우리 꾸기 이러다 미켈란젤로의 환생 소리 듣는 거 아닌가 해서-."

뭐라 말을 하려던 달국이 그대로 굳었다. 여난은 모르는 척 태블릿PC를 가리키며 주절대기 시작했다.

"그렇잖아. 이런 대작이 나오면 순식간에 천재 작가로 이름 날릴 거 아니야. 우리 꾸기가 바빠지면 나는 누구랑 밥 먹냐고."

"……."

"맨날 학식 혼밥할 내가 불쌍하지도 않아? 안 그래도 오늘 사고 쳐서 원래 없던 친구까지 떨어지게 생겼는데…."

"사고라니?"

태블릿PC와 펜을 멀리 밀어 놓은 달국이 모로 누우며 물었다.

상대의 뻔한 기만보다는 사소한 안위가 더 중요하다는 투였다. 억지 미소를 띤 여난의 입술 끝이 조금 떨렸다.

"…아니, 그냥 술 먹다가 좀 싸웠어."

"싸워? 왜?"

"별건 아닌데, 그럴 일이 좀 있었어…."

누운 채 여난을 빤히 올려다보던 달국이 손을 뻗었다. 가는 턱을 쥐어 얼굴을 살피는 손짓은 능숙하고도 조심스러웠다.

"누가 속상하게 했는데?"

가만히 묻는 눈은 밤하늘을 비춘 강을 한 모금 떠 올린 것 같은 모양을 하고 있었다. 상처가 남은 얼굴을 감추고 만나러 가던 밤마다 마주했던 그 눈이었다.

"……."

그런 밤이 있었다. 얄팍한 거짓말을 벗겨 내지 말자는 암묵적인 약속에 기대어 간신히 평온을 되찾을 수 있었던. 나는 네가 아니고, 너는 내가 아니기에 가능했던 찰나의 평온. 현실을 벗어난 안식처는 그러나 해가 뜨면 형체를 잃고, 거짓의 속살을 잡아 벌리지 못한 지난 밤은 걸음을 옮기는 순간마다 느닷없이 서러워졌다.

"…네가."

짓궂게 뱉은 말에 달국은 웃지 않았다. 내가? 되묻듯 눈을 가늘게 뜰 뿐이었다. 여난은 그제야 고개를 설레설레 저었다.

"국아."

너를 만나기 전의 여름은 늘 얄궂은 불운과 악의적인 시험으로 가득해서….

"그거… 완성하면 꼭 보여 줘."

나는 매번 계절의 변덕에 휩쓸려 표류하는 기분이었어.

"어떤 모습일지 알고 싶어."

너라는 표착지를 만난 것만으로도 세상을 다 가진 듯한 순간이 분명 있었는데, 어쩌다 영원까지 바라 버렸을까.

"……."

희미한 밤이 스며들기 시작한 방은 어슴푸레한 공허에 휩싸여 있었다. 마주친 시선 속에서 침묵은 여전히도 지지부진했다.

"…알았어."

예상했던 그대로의 대답에 마음이 아팠다.

1층의 불을 끄고 돌아왔을 때, 달국은 벽을 보고 모로 누워 있었다. 의식적으로 발소리를 죽인 여난이 매트리스에 무릎을 대고 상체를 앞으로 기울였다. 귀를 기울이자 고른 숨소리가 들렸다. 그새 깊은 잠에 빠진 듯했다.

남은 자리에 꾸물꾸물 누워 낮은 천장을 올려다보았다. 잠이 오기엔 이른 시간이었지만, 종일 감정이 날뛰었던 탓인지 금방 피로가 몰려왔다.

바로 누운 채 두 눈을 끔벅대고 있자니 차츰차츰 깊은 지하로 가라앉는 기분이 들었다. 잠깐이지만 꿈도 꾼 것 같았다. 의식의 표면에서 자맥질한 지 얼마나 지났을까, 희미한 기침 소리가 물수제비처럼 던져졌다.

"…음…."

불현듯 깨어난 의식에 잠시 어리둥절했다. 눈을 여러 번 깜빡이던 여난이 누운 채 주위를 두리번거렸다. 얼마 지나지 않아 한 번 더 콜록, 다친 목이 거친 숨을 토해 내는 소리가 들렸다. 여난은 그제야 달국을 향해 시선을 돌렸다.

"국아."

"……."

"자?"

바로 누운 채 고개만 기울여 살핀 달국은 여전히 처음 누웠을 때 모습 그대로 미동조차 없었다. 서운한 마음 반, 걱정스러운 마음 반에 여난은 결국 팔꿈치를 눌러 상체를 일으켰다. 우직하게 솟은 어깨를 짚어 얼굴을 쏙 내밀자 어두운 공기 틈으로 희미한 시선이 흔들리는 모양이 보였다.

"…뭐야."

깊이 잠긴 목소리가 빗소리에 섞여 먹먹하게 들려왔다. 미간을 가득 좁힌 여난이 달국의 이마에 손을 대었다.

"너 아직 열나는데…. 약 한 번 더 먹고 자는 게 낫지 않을까?"

"……."

"일어나 봐, 국아. 응?"

"됐어…."

불쑥 올라온 달국의 손이 제 어깨를 짚은 여난의 손을 넓게 덮었다. 그대로 손가락만 움직여 토닥이더니 미끄러지듯 팔목을 쥐었다.

"됐으니까, 자."

도로 눕히려고 미는 손은 열에 들떠 힘이 없었다. 어찌나 미약하게 청하는지 오히려 거절하기 어려웠다. 결국 시키는 대로 다시 달국의 등을 보고 누운 여난이 시무룩하게 고개를 떨어뜨렸다.

우르릉, 하늘이 몇 갈래로 찢어지는 듯한 천둥소리가 울린 것은 그때였다. 동시에 창을 때리는 빗줄기도 폭발적으로 거세졌다. 깜짝 놀라 무심코 움켜쥔 달국의 셔츠 자락이 마른 손아귀에서 맥없이 우그러졌다.

"……."

허술하게 지은 오피스텔 건물 하나쯤은 쉽게 날려 버릴 듯한 비였다. 한번 힘이 들어간 손이 좀처럼 풀리지 않았다. 동아줄이라도 되는 듯이 그러쥔 얇은 셔츠 아래로 식은땀의 흔적이 남은 짙은 피부가 드러났다.

"하아…."

머리 위에서 한숨이 울렸다. 달국이 돌아눕는 기색이 몸으로 느껴졌기에 여난은 제가 어느새 두 눈을 꾹 감고 있었던 것을 알았다.

"여난, 손 놔 봐."

목소리는 깊이 긁혀 있었지만 피가 멈추도록 강하게 쥔 주먹을 쓰다듬는 손은 부드럽기 짝이 없었다. 천천히 눈을 뜨자 손도 놓을 수 있었다. 시선을 올리려 했지만 달국이 먼저 여난의 뒤통수를 덮어 제 품으로 눌러 놓았다.

"그냥 비야."

"……."

"지나갈 거야."

세상에 남은 게 서로밖에 없는 것처럼 팔을 얽은 채 옹송그리고 있을 때면 떠오른다. 드러난 피부에 소리 없이 스미는 안개비처럼 시작되던 감정. 유리온실에 갇힌 채 이 비가 영영 끝나지 않아

도 좋겠다는 생각에 잠겨 있던 열여섯의 여름.

맞댄 살갗의 온도가 뜨겁게 느껴질 때면 되살아난다. 땀을 내며 달려온 달국을 옷장에 숨겨 두고 키득대던 열아홉의 어느 날. 허튼 장난을 꾸미는 어린아이들처럼 어둡고 좁은 공간에 머리를 감춘 채 우리는 아마도 같은 생각을 했을 것이다.

"국아."

불러도 달국은 대답이 없었다. 여난은 참았던 숨을 내쉬며 눈앞의 품에 이마를 묻었다. 쿵, 쿵, 귀를 파고드는 울림이 달국의 심장 소리인지 제 관자놀이의 맥박인지 구분할 수가 없었다.

"그 노래 듣고 싶어."

잠긴 목소리로 본심을 속삭인 뒤에야 달국이 뇌까리듯 되물었다. -무슨 노래.

"…네가 좋아하는 노래."

잠시 말이 없던 달국은 이내 한 손을 위로 뻗었다. 잠시 부스럭대는가 싶더니 곧 핸드폰을 찾아 쥔다. 다른 손으로는 여전히 여난의 머리를 감싸 안은 채였다.

"좋아하는 노래 아니라니까…."

말은 그렇게 하면서도 얼마 지나지 않아 익숙한 듯 낯선 멜로디가 흘러나왔다. 기타와 피아노로 이루어진 단출한 세션에 느릿느릿하게 흘러드는 노랫소리. 다시 눈을 감은 여난이 달국의 등으로 손을 감았다.

모든 것은 우리 안에서 선명해져요. 슬픔도, 꿈도, 삶도, 사랑도.

-강요하지 않는 노래라서 좋아. 상대의 대답을 묻지도, 결정을 재촉하지도 않는 노래라서. 그것은 달국이 자신의 감정을 말하는

방법이었다. 나는 내 마음도 네 마음도 의심하지 않아. 나는….

오래 전부터 우리가 숨어들었던 구름 아래 작은 정원을 박제할 준비가 되어 있었어.

손끝을 움츠린 여난이 아랫입술을 악물었다. 아, 하지만 그토록 담대하고 너그러운 애정은 내게 너무 어려워. 나는 할 수만 있다면 일 분 일 초마다 네게 묻고 싶었어. 네 저울 위에 살고 싶었어.

"이제 그만 자."

초조해진 마음을 읽기라도 한 것처럼 커다란 손이 머리를 쓰다듬었다. 쓸데없는 고민 같은 건 하지 마. 말을 멈추고 도피하는 게 편하다면 얼마든지 그렇게 해. 아무 말 없이도 느껴지는 위로는 코끝이 시리도록 달콤했다.

우르르…. 창을 때리는 빗소리가 선잠을 깨웠을 때는 조금 더 새벽이 깊어진 뒤였다. 잔잔히 반복되던 음악이 언제부터 끊겨 있었는지는 알 수 없었다. 아마 핸드폰 배터리가 방전되었으리라 짐작했을 뿐이다.

따끔거리는 눈을 천천히 깜빡이며 시야를 밝혔다. 깊은 밤이라 해도 도시의 주택가는 완전히 어둡지 않았다. 조급함을 지우고 집중하면 새벽빛에 묻힌 궤적을 읽을 수 있었다.

그림자 속 짙은 눈동자에 걸린 희뿌연 안광을 발견했기에 달국이 깨어 있음을 알았다. 자신이 깨어난 것을 그가 알았다는 것도 알았다. 입을 열지 않았던 것은 달국 역시 침묵하고 있었기 때문이다.

어두운 공기에 묻힌 혀끝에 맺힌 말은 듣지 않아도 짐작할 수 있었다. 모든 형체가 불분명한 시간, 뚜렷한 것은 교차되는 시선뿐이었다.

아주 오랜 침묵이 지난 뒤에야 달국이 손을 뻗어 왔다. 여난은 뜨거운 손이 목덜미를 스쳐 뒤통수를 감싸 쥘 때까지도 이 모든 게 꿈이 아닐까 생각했다. 온순하게 기다린 것은, 이 순간 달국의 손끝에 담긴 갈등과 그 결말마저도 짐작한 탓이었다.

열에 달뜬 호흡이 뺨에 닿았다. 스르르 가까워진 코끝이 살그머니 스쳤다. 턱을 살짝 들어 올리기만 해도 입술이 닿을 거리였다. 그러나 여난이 그렇게 하지 않았기에 숨은 섞이지 못하고 각자의 혀끝을 맴돌았다.

"……."

비는 언제까지고 그치지 않을 것처럼 내리고 있었다. 여난은 지상을 때리는 빗줄기의 파열음에 맞추어 천천히 눈을 감았다. 해가 뜨면 신기루처럼 사라질 도피처는 새카맣고 차가운 빛을 하고 있었다.

침잠하는 새벽은 어수룩한 애정을 훔쳐보고 있던 이국의 꽃향기를 물씬 풍겼다. 구석진 곳에 감춰 둔 작은 온실에는 번개가 일으킨 비명조차 닿지 못할 것이다. 그 사실만이 고립된 새벽을 감싸는 유일한 위안이었다.

秋 가을

“…지금 뭐라고?”

매화는 부디 잘못 들었기를 바라며 되물었지만, 재원은 애석하게도 정말 제 말이 제대로 들리지 않았다고 여긴 것 같았다. 그는 아예 핸드폰에 도착한 문자까지 보여 주며 재차 강조했다.

“나 면허 학원 등록했어!”

장문의 메시지에는 설명한 그대로의 내용이 조금 더 정중한 어투로 장황하게 적혀 있었다. 매화는 눈앞이 아득해지는 감각에 저도 모르게 미간을 짚었다. 통상적으로 스무 살의 나이에 이야기하는 ‘면허’라 함은 운전면허의 준말인 경우가 많다. 그러니까, 대충, 운전대를 잡겠다는 이야기였다.

매사 단순하고 낙천적인 재원의 기질은 장점으로 작용할 때가 많았지만, 때로 '어떻게든 되겠지' 하며 벌이는 일의 규모가 생각 외로 크다는 것이 문제였다. 매화는 두 눈에 힘을 주며 엄숙하게 물었다.

"너 학교 안에서도 여태 헤매면서 무슨 운전을 한다는 거야?"

그러자 재원이 제 가슴에 손을 얹으며 마음 아픈 표정을 지어 보였다.

"매화야, 혹시 현대 문물 중에 내비게이션이라는 게 있다는 거 알아…?"

"있으면 뭐 하는데? 지도 볼 줄을 알아야 길도 찾을 거 아니야."

"바닥을 치는 신뢰도 정말 어쩌지…. 나 잘할 수 있어. 연습도 열심히 할게."

"그게 말이, 말로는 쉬운…."

항의를 제대로 잇지 못한 것은 고개를 내린 재원이 매화의 뺨에 쪽, 소리가 나도록 입 맞춘 탓이었다. 그대로 코끝이 스칠 듯 가까운 거리에서 보내는 애교 섞인 시선에 매화가 멈칫하며 입을 다물었다.

"……."

입술 근처로 따뜻한 숨이 끼쳤다. 다시 한 번 쪽, 간지러운 소리가 나더니 부드러운 입술이 반대쪽 뺨에 닿았다. 등줄기부터 양 뺨까지 소름이 솟으며 몸이 굳었다. 뒤늦게 몸을 빼내려 해 봤지만 이미 허리가 붙들린 뒤였다.

"…며, 명재원."

놀라 더듬은 말이 제 귀에도 멍청하게 들렸다. 매화는 애써 재원의 팔을 밀어내며 뒷걸음질 쳤다.

"하지 마, 곧…."

학교 가야 하는데. 끊긴 말은 재원이 마침내 입을 맞춰 오면서 발화되지 못했다. 허리를 끌어안은 단단한 팔에 붙잡혀 비틀대는 사이 어물쩍 두 발이 떠올랐다. 경험상 천장에 머리가 부딪히지 않는다는 사실을 충분히 알면서도 매화는 본능적으로 눈앞의 목을 끌어안고 고개를 숙였다.

귓전에 닿은 입술이 킥킥 웃는 소리가 들렸다. 이런 순간을 노리고 매번 사람을 짐짝처럼 들어 올리는 게 틀림없었다. 괜히 속이 꼬인 매화가 재원의 뒷머리를 잡아당겼다. 살살 쥐고 시늉만 한 거였지만 재원은 으악, 하며 죽는 소리를 냈다.

"명재원…. 진짜 하지 마. 금방 나가야 되잖아."

"으음-."

"또 지각하면 안 돼. 이 교수님 결석보다 지각을 더 싫어하신다고 부과대 형이…."

"알아, 알아. 근데 택시 탈 거면 아직 시간 있잖아."

"……."

그러지 말아야지 하면서도 또 눈이 마주쳤다. 재원은 간식을 약속받은 강아지 같은 얼굴로 매화의 가슴께에 턱을 얹고 있었다.

다시금 속이 뒤집혔다. 이런 표정으로 쳐다보면 꼼짝 못하는 걸 알면서, 한 번을 봐주지 않는 것이 얄밉고 원망스럽다.

"…얼마나 할 건데."

그래도 냉정하게 굴어야지. 딱 잘라 거절해야지. 다짐과는 다르게 이번에도 약한 소리부터 입 밖으로 흘러나왔다. 기다렸다는 듯 활짝 웃은 재원이 차근차근 걸음을 옮겨 침대로 향했다.

"얼마나 할까?"

"내가 물어본 거잖아…."

"매화는 어디까지 하고 싶어?"

묻자마자 쪽, 다시금 입을 맞춘다. 허리를 감싼 손은 이미 티셔츠 안쪽 맨살을 타고 오르고 있었다. 침대에 눕혀져 고개를 젖히며 매화는 익숙한 탈력감을 느꼈다. 이렇게 될 줄 알았어. 무익하고도 부질없는 소회였지만 달리 설명할 방법이 없었다.

자취방에 드나들기 시작했을 때부터 예견된 미래였다. 애인을 사귀어 보는 건 처음이지만, 막 연애를 시작한 차에 타인의 눈도, 귀도, 참견도 없는 둘만의 공간이 생긴다는 사실이 무엇을 의미하는지 모를 정도로 어리숙하지는 않았다.

좋게 말하면 망설임이 없고 나쁘게 말하면 뒤가 없는 재원의 성정은 서로의 체온이 익숙해지는 과정에서도 유감없이 빛을 발했다. 가볍게 입술을 맞대는 접촉으로 시작된 키스가 달뜬 숨을 섞어 가며 몸줄기에 맺힌 흥분감의 근원을 찾는 과정으로 발전하기까지는 몇 주 걸리지 않았다.

재원은 한번 불이 붙을 때마다 진저리가 쳐지도록 집요하게 살갗 아래의 모든 것을 확인하려 들었다. 매화가 생전 처음 겪어 보는 감각을 견디다 못해 나가떨어질 때면 아쉽다는 듯 입맛을 다시다가도, 아주 약간의 빌미를 포착하는 순간 금세 다시 눈을 반짝이며 달려들곤 했다.

"으응…."

기도까지 닿을 듯 깊숙이 파고든 혀가 입천장 안쪽 부드러운 곳을 쿡 찔렀다. 매화가 간지러움을 참지 못하고 숨을 들이쉬자 젖은 살덩이가 한껏 달라붙은 채 미끄러졌다. 뒤섞인 혀를 살짝 긁고 빨아들이는 감각에 목덜미가 찌릿찌릿했다.

"명재… 아!"

옷 속을 훑던 손이 목덜미까지 올라오고 나서야 정신이 들었다. 자연스레 티셔츠를 벗겨 내려는 움직임에 놀란 매화가 버둥대며 온몸을 움츠렸다.

"학교 가야 된다니까…!"

그제야 손을 멈춘 재원이 아쉬운 미소를 지었다.

"학교 가야 돼?"

"…가야지, 그럼."

"으으음…."

고개를 푹 떨어뜨린 그가 매화의 허리를 끌어안고 매달렸다. 붙들린 자리가 따끈따끈 달아올랐다. 무겁고 뜨끈한 몸이 온몸을 덮어 누르고 있으니 막 건조기에서 꺼낸 겨울이불에 덮인 기분이었다. 매화는 두 눈을 질끈 감은 채 이를 악물었다. 여기서 휘둘리면 끝이야…. 마음을 단단히 먹고 눈앞의 갈색 머리칼을 얽어쥐었다.

"그믄흐릇드…."

"아, 아. 그만할게요. 잘못했어요."

낮은 웃음을 터뜨린 재원이 한 번 더 입을 맞춰 왔다. 그러고서야 몸을 일으키는 그를 보며 매화는 안도의 한숨을 내쉬었다.

"택시 바로 부를까?"

먼저 옷매무새를 정돈한 재원이 제 가방과 매화의 가방을 차례로 집어 어깨에 걸었다. 흐트러진 머리를 탁탁 털고 똑바로 선 그의 뺨에 살짝 불긋한 기운이 남아 있었다.

"…어."

매화는 익숙하게 핸드폰을 만지는 재원을 뒤로 하고 현관 거울 앞에 섰다. 제 얼굴도 벌겋게 익어 있기는 마찬가지였다. 뺨에 손등을 대자 더운 체온이 느껴졌다. 흠, 헛기침을 하고 신발을 신었다. 정신없이 서로를 만지다 둘뿐인 공간을 뒤로 할 때면 늘 묘한 기분이 들었다. 아쉽기도 하고, 다행스럽기도 했다.

교통량이 늘어나기 시작한 시간, 꽉 막힌 좁은 길을 느릿느릿 달려 정문 앞에 도착하니 강의 시작 5분 전이었다. 전력 질주로 언덕을 올라 간신히 공대 건물에 도착했을 땐 이미 숨이 턱 끝까지 차 있었다. 책상에 쓰러지다시피 엎드린 매화에게 자초지종을 들은 민수가 공감한다는 듯 얄궂은 웃음을 터뜨렸다.

"그럴 때 있어. 차라리 완전 지각일 각이면 포기하는데, 뛰어서 될 일 같으면 뛰어야 되잖아."

"그런 것치고 민수는 지각을 너무 많이 하던데."

재원이 끼어들며 미소 지었다. 민수는 정곡이 찔린 시늉을 하다 별안간 눈을 둥글게 떴다.

"그러고 보니 요즘 둘이 같이 올 때가 많네?"

재원과 매화의 시선이 빠르게 스쳤다. 본인은 별생각 없이 물었겠지만, 듣는 입장에서는 날카로운 질문이었다. 재원은 그렇지, 하며 어깨만 으쓱였다.

"어떻게 앞에서 딱 마주쳐서."

"같이 뛰어왔는데 왜 양매화만 죽어 가?"

"난 별로 안 뛰었어."

능숙하게 술술 뱉는 거짓말에 어이가 없으면서도 안도감이 들었다. 남들이야 친구 사이라고만 알고 있으니 자취방에 가서 잤다고 말해도 별 문제 없겠지만, 재원은 의심받고 말고를 떠나 자취 중이라는 사실 자체를 별로 알리고 싶지 않은 눈치였다. 굳이 학교에서 걸어가기 힘든 거리에 집을 구한 것도 같은 이유인 듯싶었다.

"그나저나 명재, 주말에 뭐 했어? 왜 톡을 한 번도 안 봐."

민수가 핸드폰을 들며 따져 물었다. 잠시 지난 주말을 반추하던 재원이 뒤늦게 어색한 미소를 지었다. 찔끔하기는 매화도 마찬가지였다. 금요일 밤부터 일요일까지 내내 함께 틀어박혀 있었던 것이다.

"…그냥, 쉬다 보니 그렇게 됐네."

"이 자식 요즘 주말이면 절대 연락 안 되더라. 뭐 있는 것 같은데?"

"있긴 뭐가… 어, 교수님 오셨다."

민수가 빠르게 자세를 고쳐 앉았다. 매화도 책을 꺼내며 재원 쪽을 힐끔 살폈다. 고요해진 강의실에서 눈이 마주친 재원이 입 모양으로 왜, 라고 물었다.

"……."

대답 대신 고개를 살짝 젓고 교단 쪽으로 시선을 돌렸다. 뻔뻔하게 거짓말을 하는 재원도, 상황을 틈타 둘러대는 재원도 낯설지만 싫지는 않았다.

그러자 곧 스스로 떠올린 생각이 우스워졌다. 싫지 않다니. 내가 언제 조금이라도 이 애를 싫어해 본 적이나 있던가.

"매화야."

상체를 숙인 재원이 낮게 속삭여 이름을 불렀다. 가까운 귀가 간질간질했다. 돌아보지 않자 긴 손끝이 팔목을 톡 건드렸다.

"……."

이번에도 반응하지 않자 다시 희미한 속삭임이 들렸다. -매화야. 아무래도 만족스러운 반응이 나올 때까지 찔러 댈 태세였다. 얕은 한숨을 내쉰 매화가 들릴 듯 말 듯 작은 소리로 되물었다.

"…왜."

"셔츠 좀."

말 끝내기 무섭게 뻗어 온 손이 매화의 셔츠 깃을 잡아 깊이 여몄다. 흠칫 놀라 돌아본 매화의 뺨이 곧 살구빛으로 달아올랐다. 재원이 가려 놓은 자리가 순간 따끔거린 탓이었다.

"너…."

"어, 출석 부른다."

능청스레 말을 돌린 재원이 책상을 톡톡 두드렸다. -앞에 봐야지. 매화는 눈을 흘기며 셔츠 단추를 끝까지 잠갔다. 어찌나 집요하게 물고 빨아 놨는지, 옷에 가려지는 자리마다 성한 곳이 없었다.

출석 확인을 시작한 지 얼마 되지 않아 재원의 이름이 먼저 불렸다. 네에, 손을 들고 씩씩하게 대답한 재원이 그대로 매화를 향해 입을 벙긋거렸다.

미안.

그러고는 한쪽 눈을 찡긋하며 미소 짓는다. 아, 여기서 웃으면 정말 지는 건데. 머리로는 알았지만 방법이 없었다. 턱을 괸 채 픽, 바람 빠지듯 웃어 버린 매화가 눈을 깊이 감았다 떴다.

재원과 함께 있을 때면 아직도- 순간순간 현실이 낯설어질 때가 있었다.

고등학생 시절 창밖으로 지켜보던 명재원과 지금 옆자리에 앉아 있는 명재원 중 어느 쪽이 더 익숙한가 묻는다면 매화는 서슴없이 전자라고 대답했을 것이다. 세월보다는 인식의 문제였다. 처음으로 눈에 박혀 들었던 재원이 서로의 존재조차 희미할 만큼 먼 곳에서 다른 사람을 향해 웃고 있었으므로.

같은 과에 들어와 본의 아니게 가까워지고, 애매한 언행으로 둘러놓은 마음을 들켜 여기까지 온 뒤에도- 매화는 종종 창 너머 햇빛 아래를 함부로 달리던 재원을 떠올리곤 했다. 밝은 머리칼에 내려앉은 해의 잔해가 번뜩이고, 흩뿌린 땀방울마저 눈부셔 보였던.

절대 닿을 일 없기에 서슴없이 키워 버린 열아홉의 애정은 이제 한계까지 늘어난 물 풍선 같았다. 사소한 말 한마디, 몸짓 하나에 배 속이 출렁일 때마다 매화는 희미한 현기증을 느꼈다.

"매화야."

그런 상황에서 이 금쪽같은 애인은 툭하면 얼굴부터 들이밀고 있는 것이다.

“점심 어떻게 할래? 학식 먹을까?”

“어…. 그래.”

애써 덤덤하게 대답한 매화가 핸드폰을 꺼내 들었다. 세형도 막 오전 수업이 끝났을 터였다. 전화를 걸어 보려는데 재원이 다시 불쑥 끼어들어 물었다.

“뭐 하게?”

“어? 세형이 부르려고.”

“음….”

눈썹을 쓱 올린 그가 한쪽 손에 턱을 괴었다. 고개를 기울이며 살짝 눈을 접어 웃는 얼굴은 뭔가 꿍꿍이가 있다는 표시였다.

“왜?”

“아니, 좀 궁금해서.”

“…또 뭐가.”

“매화는 나랑….”

“양매화! 학식 가자!”

그때 강의실 앞문으로 쏙 달려 들어온 세형의 우렁찬 목소리가 소곤대며 이어지는 말끝을 덮었다. 입을 다문 재원이 어깨를 으쓱였다. 매화는 세형에게 살짝 손짓해 주고는 목소리를 낮춰 물었다.

“너랑 뭐?”

“아냐, 아냐. 나중에.”

재원이 가볍게 얼버무리며 일어섰다. 하릴없이 그 뒤를 따라가면서도 매화는 들은 말을 여러 번 되뇌었다. ‘매화는 나랑….’ 추측하기 어렵지 않은 뒷말이 이미 들은 듯 선명했다.

"근데 너네는 추석 연휴에 뭐 할 거야?"

사람이 몰릴 시간이라 식판을 받는 데만도 한참이 걸렸다. 간신히 확보한 자리에 마주 앉아 이런저런 잡담을 늘어놓던 세형이 불쑥 물었다.

"추석?"

"이번에 5일 연속 쉬잖아. 월요일 공강인 애들은 거의 방학이야. 가을방학."

"공대에서 그런 환상적인 시간표를 가질 수가 있어?"

"없지…. 인문대 다니는 내 친구 얘기야."

세형이 시무룩한 얼굴로 다 불은 면을 뒤적거렸다. 학식에서 제공되는 우동이나 라면은 언제나 딱딱하게 설익거나 눅진하게 퍼져 있거나 둘 중 하나였다.

"아무튼, 할 거 없으면 어디 놀러 가자. 모처럼 쉬는 기간인데 아깝잖아."

"추석 연휴 기간에 여행을…? 어딜 가든 두 배는 줘야 할 텐데, 너 돈 많아?"

"…알아. 내가 꿈이 컸지?"

두 손으로 얼굴을 감싼 세형이 우는 시늉을 했다. 매화는 턱을 긁적이며 슬쩍 재원의 눈치를 살폈다. 재원은 여전히 속을 알 수 없는 미소만 띠고 있었다.

명절 연휴 계획이라니. 매화의 삶과는 언제나 연관이 없던 단어였다. 명절은 뿔뿔이 흩어져 살던 가족이 어쩌다 한 자리에 모이는 날이지, 스스로 뭔가 계획을 세워 실천하는 날이 아니었다. 그마저도 부모님이 비행기 표를 못 구하면 영상통화로 만족해야 했지만.

"명절인데 친척들 안 만나? 어디 놀러 가도 돼?"

그때 물 잔을 들어 올린 재원이 세형을 향해 물었다. 세형은 그 말만을 기다렸다는 듯 엄지를 치켜 올렸다.

"올해는 어른들 다 같이 패키지여행 가신대. 이모가 여행사 다니시는데 직원용 특가 상품권이 나왔다나 뭐라나."

"동생들은?"

"동생들은 다 따라가지. 나만 자유를 얻은 거야."

"그쯤 되면 자유가 아니라 낙오 아니야…?"

하지만 어른과 어린아이가 섞인 여행이라니, 혼자만 참가를 면제 받고 신이 난 세형도 이해가 갔다. 들썩대는 친구를 보며 잠시 고민하던 매화가 천천히 고개를 저었다.

"여행은 못 가. 그럴 돈 없어."

"아- 역시 그렇지…."

다행히 세형도 진심으로 하는 말은 아니었는지 금방 식은 기색이었다. 김이 빠진 세형을 두고 매화는 재원의 옆구리를 쿡 찔렀다.

"너는?"

"응?"

재원이 눈을 둥글게 뜨며 되물었다. 마치 이 대화에 한 번도 참여한 적 없다는 듯한 태도였다.

"넌 친척들 만나? 연휴에."

"나? 아…."

시선을 살짝 위로 피했다가 매끄럽게 미소 짓는 것은 재원이 뭔가를 둘러대거나 애매한 거짓말을 할 때의 습관이었다. 이어 어깨를 으쓱인 그가 거리낌 없이 대답했다.

"아마 그렇지 않을까?"

"아마는 뭐야…."

"집에 물어봐야 돼. 친척들 볼 때도 있고 따로 여행 갈 때도 있고 그래서."

매화가 아, 하며 고개를 끄덕였다. 방학 때 가족들끼리 제주도에 간다고 했던 것도 그렇고(결국 안 갔었지만), 가족 여행을 자주 다니는 집인 듯싶었다.

그럼 혹시 연휴 내내 못 볼 수도 있는 건가.

불쑥 든 생각에 걷잡을 수 없이 침울한 기분이 밀려왔다. 티 내지 않기 위해 묵묵히 불어터진 면을 입에 넣었다. 물렁하게 퍼진 면에서는 소금 맛이 났다.

"그럼 우린 연휴에 뭐 하지?"

서운한 마음을 다스리다 반응이 늦었다. 매화가 뒤늦게 어? 하며 고개를 들자 세형이 단무지를 문 채 웅얼거렸다.

"달국이랑 여난도 각자 일 있대. 명재는 친척들 만나든 가족 여행을 가든 할 테고, 그럼 너랑 나랑 둘이잖아."

"아…. 그러네."

"뭐?"

다급한 반문은 재원 쪽에서 튀어 나왔다. 돌아보니 황당한 미소를 띤 재원이 입술을 달싹이고 있었다.

"명재, 왜?"

"…아니, 음."

망설이던 그가 별안간 씩 웃었다. 그러고는 매화의 어깨를 푹 감싸 끌어당기며 능청스러운 목소리를 냈다.

"쓸쓸하잖아. 재원이 빼고 둘이서만 놀지 마."

"염병할 거면 예고하고 하라고 오백 번째 말했다…."

단단한 팔에 자연스레 기댄 매화가 시선을 슬쩍 위로 올렸다. 묻고 싶은 게 많았지만, 머리 위에서 재원이 청량한 웃음을 터뜨린 통에 세형과의 대화는 완전히 흐지부지되고 말았다.

"아까 뭐였어?"

세형이 먼저 B반 교실로 돌아가고 다시 둘만 남자마자 매화가 넌지시 물었다. 재원은 단지우유에 빨대를 꽂아 매화 쪽으로 넘겨주며 응? 되물었다.

"연휴 얘기할 때."

"아."

"너 무슨 다른 계획 있는 거야? 그런 거면 난 신경 쓰지 말고…."

"아니, 나 진짜 깜짝 놀랐다니까. 거짓말하다가 벌 받는 줄."

재원이 어휴, 하며 머리를 푸르르 털었다. 무슨 말인지 몰라 어리둥절해진 매화를 두고 이번에는 제 우유에 빨대를 꽂는다.

"연휴에 계획 있지. 면허 속성으로 따고 연수도 받고… 그 다음 주에는 여행 가려고."

"…면허를 그렇게 빨리 딸 수 있어?"

모르긴 몰라도 절대 믿고 탈 수 있는 차는 아닐 것 같다. 차게 식은 매화를 보고 재원이 어어, 서운한 소리를 냈다.

"나 필기는 벌써 붙었고 기능 시뮬레이션도 만점 받았어. 진짜야."

"시뮬레이션 만점이 대체 무슨 소용인데…."

"하여튼, 전부 한 번에 통과하면 연수 시간 채우고 여행도 갈 수 있어."

"아까부터 그 여행은 또 뭐… 아, 가족 여행? 네가 운전해야 돼서 급하게 따는 거야?"

재원이 빨대를 문 채 입을 딱 다물었다. 대화가 이상하게 겉돌고 있다는 사실을 눈치챈 얼굴이었다. 매화가 의아하게 바라보자 들으란 듯 한숨을 내쉰 그가 고개를 절레절레 저었다.

"매화야…."

"응…?"

"당연히 같이 가자는 거잖아."

"내가 너희 가족 여행에 왜 껴?"

"…아니, 우리끼리 가자고."

두 눈을 깜빡이던 매화가 꼴깍, 마른침을 삼켰다.

"어…. 여, 연휴는 숙박비가…."

"연휴 말고, 그 다음 주에 말이야. 금요일 오후에 가서 일요일에 오는 일정으로."

"……."

"연휴에는 그냥 놀자. 나 시험 치는 거 구경 와도 되고."

어때? 상체를 살짝 낮추고 얼굴을 붙인 재원이 속삭이듯 물었다. 눈을 반짝이며 입술 끝을 올린 그는 아주 은밀하고 못된 장난을 제안하는 사춘기 소년 같았다. 매화는 저도 모르게 고개를 끄덕일 뻔한 것을 힘주어 참으며 아랫입술을 살짝 물었다.

"어디로 갈지는 아직 안 정했어. 면허 따면 같이 생각해 보자."

태평한 말에 괜히 생각만 많아진 것은 이번에도 매화 혼자였다. 수업이 끝나자마자 또 자연스레 이끌려 재원의 자취방으로 향하는 내내 머리가 복잡했다. 명재원이 면허를 따자마자 직접 차를 몰고 여행을 간다….

"……."

생명의 안위는 둘째 치고, 정말 목적지에 도착할 수 있을지부터 의문이었다.

"매화야, 무슨 생각해?"

재원이 눈앞으로 손을 살살 흔들며 물었다. 매화는 고개를 젓는 대신 재원을 빤히 바라보았다. 시선을 받은 재원이 웃는 얼굴 그대로 고개를 갸웃 기울였다. 말간 얼굴에 색이 옅은 눈동자가 묘한 평정심을 주었다.

…그래, 뭐. 어떻게든 되겠지. 이 녀석은 늘 그랬잖아.

"그런데 면허를 딴다 치고…. 차는?"

"누나 거 빌리면 되지."

"빌려주신대?"

"동생 친구한테도 빌려준 차를 친동생한테 안 빌려주겠어?"

"……."

안 빌려줄 수도 있을 것 같았지만 구태여 입 밖에 내진 않았다. 재원은 웃으며 매화의 어깨를 살짝 두드렸다.

"걱정 마, 걱정 마. 떨어지면 기차 타고 가면 되잖아."

"…차라리 그렇게 되기를 바라게 되네…."

"이상하다, 우리 자기 왜 이렇게 나에 대한 신뢰가 없을까."

매화가 헛웃음을 지었다. 신뢰라니, 그건 최근의 명재원과 가장 거리가 먼 단어다. 특히 두꺼운 현관문을 열고 아무도 방해 못할 공간으로 들어간 뒤에는 더더욱.

"그야 네가 맨날 사람을…."

입을 떼자마자 몇 걸음 떨어진 거리에서 다가오는 행인이 보였다. 얼른 말을 멈춘 매화가 시선을 돌렸다. 자취방이 있는 건물이 점점 가까워지고 있었다.

"사람을?"

행인이 충분히 멀어진 뒤에야 재원이 말꼬리를 잡고 물었다. 매화는 대답하지 않은 채 재원을 훌쩍 앞서 걷기 시작했다.

"매화야, 내가 사람을 어쨌는데?"

"…문이나 열어."

1층 현관에 도착해 늑장을 피우는 재원의 다리를 걷어차는 시늉을 하고서야 문이 열렸다. 재원은 뭐가 그리 신이 나는지 계단을 오르는 내내 종알종알 떠들고 있었다. 주로 연휴에 맞춰 시험 스케줄을 잡는 게 경쟁률이 높아 고생했다는 이야기였다. 묵묵히 듣고만 있던 매화가 곧 의아한 표정을 지었다. 미리 시험 일정을 잡아 놨다면, 이미 정해져 있던 일이라는 건데….

"근데 세형이한테는 왜 가족 여행 간다고 했어?"

멈칫한 재원이 이내 묘한 표정을 지었다. 어깨를 떨어뜨린 채 한쪽 눈썹을 살짝 찡그리고 웃은 것이다. 장난기보다는 체념이 묻은 미소였다.

"왜 그랬겠어, 매화야."

"…왜 그랬는데."

"너랑 둘만 있고 싶어서 그랬지."

"……."

재원이 다른 일정이 있다고 말하지 않았으면 세형은 당장 셋이서 연휴를 알차게 쓸 계획을 세우려 들었을 것이다. 물론 그게 좌절되더라도 얼마든지 다른 친구를 찾아 떠났겠지만…. 뭐라 할 말을 찾지 못하던 매화가 곧 아차, 하며 정신을 차렸다.

"아니, 뭐래? 내 말은, 면허 학원 가야 한다고 말하면 될 걸 왜 가족 여행이니 뭐니 했냐는 거지."

"면허 따는 것도 비밀이니까."

"…그건 또 왜 비밀인데?"

"떨어지면 창피하잖아."

나한테는 안 창피해? 소리 내 묻지 않은 것은 속내를 눈치챘기 때문이다. 아무래도 다른 친구들에게는 아직 면허를 딴다는 사실을 알리고 싶지 않은 것 같았다. 처음 자취를 시작했을 때 그랬던 것처럼.

"매화는 나랑…."

이제 와 모르는 척하기엔 너무 많은 걸 들어 버린 지 오래다. 재원이 때때로 내비치는 속내 중 하나였다.

-너는 나랑 둘만 있고 싶지 않아?

유치하고 결백한 마음이 어떤 겉치레도, 구색도 없이 부딪혀 올 때면 매화는 부지불식간에 작년 여름으로 빨려 들어가는 기분이 들었다. 나를 모르는 소년이 널따란 운동장을 제 집 앞마당처럼 달리며 뿜어내던 에너지. 아무리 훔쳐봐도 눈 마주칠 일 없기에 마음껏 받아먹었던 찬란함의 잔해가 가슴 속 어딘가에 여전히 자리 잡고 있었다.

하지만 나는, 너를 독점하고 싶다는 생각 같은 건….

"……."

예전에도, 지금도 감히 해 본 적이 없는데.

"매화야?"

매화가 고개를 들었다. 하고 싶은 말은 많았다. 열아홉의 재원은 해를 쏟고 도망치는 구름 같은 존재였다. 눈부신 무언가가 그곳에 있다는 사실을 알았을 뿐, 언감생심 손에 쥐고 어떻게 해 볼 수 있는 사람으로 여겨지지는 않았다.

"…아냐, 들어가자."

문을 열라는 뜻으로 손짓하자 재원이 또 예의 그 묘한 표정을 지었다. 비밀번호를 알려 줬는데 왜 직접 누르지 않느냐는 뜻일 테지만 모른 척했다.

도어 록을 풀고 현관에 들어섰다. 문이 닫힌 걸 확인한 매화가 긴 숨을 들이쉬었다가 비장하게 내뱉었다.

"미리 말해 두는데, 오늘은 안 할 거야."

먼저 신발을 벗던 재원이 불안정한 자세로 휘청거렸다. 돌아보는 얼굴에 황당한 웃음이 담겨 있었다.

"…뭘?"

"뭐든 안 해."
"구체적으로 말해 줘야지, 자기야."
두 눈을 가늘게 뜬 매화가 심각한 고민에 빠졌다. 그렇지, 이런 건 구체적으로 말하기는 해야겠지.
"모든 스킨십."
"어? 이렇게까지 확실하고 잔인하다고…?"
입을 쩍 벌린 재원이 선 채로 벽에 기댔다. 매화는 흥, 콧숨을 쉬고서 신발을 벗었다.
"내일 1교시에 내야 하는 과제 있잖아. 오늘은 그거 하려고 온 거고."
"과제 다 끝내고 나면?"
"그래도 안 돼. 늦게 자면 지각하니까."
"12시 전에 꼭 재워 준다고 약속하면?"
"…안 된다고."
"내 눈을 보고 말하면?"
한 손에 턱을 괴어 꽃받침을 만든 재원이 살살 목소리를 낮췄다. 이번에는 매화도 순순히 당해 주지 않았다. 두 손을 들어 시야를 차단한 매화가 쌩하니 방 안쪽으로 들어갔다. 등 뒤에서 나 참, 하며 웃는 소리가 들렸다.
"아무리 그래도 모든 스킨십 금지는 정도가 심한 거 아니야? 손 정도는 잡을 수 있잖아."
익숙하게 테이블을 꺼내 펼치고 있자니 주방 쪽에서 뻔뻔한 투정이 흘러나왔다. 말은 그러면서도 자연스럽게 마실 것을 준비하는 중이었다.

"너는 손도 이상하게 잡잖아."

"이상하게 잡는 게 어떤 거야?"

체격부터 다르다 보니 손 크기도 제법 차이가 나는 편이었다. 재원은 늘 매화의 손을 제 손으로 전부 감싸듯 쥐었다가, 약하게 쥔 주먹 사이로 손끝을 넣어 살금살금 파고들곤 했다. 짧고 단정한 손톱이 손금이 그어진 자리를 찾아 아프지 않은 자국을 남길 때마다 기분이 묘했지만, 그 야릇한 감각이 어디서 기인하는지를 설명하기는 쉽지 않았다.

"하여튼 그런 게 있어…."

결국 얼버무려 버린 매화가 책을 꺼내 테이블에 올려 두었다. 수학 교재에 나온 문제 풀이를 해 가면 되는 과제라 오래 걸릴 일은 아니었다.

재원이 커피 머신을 작동시켰는지 곧 향긋한 커피 향이 방 안을 가득 채웠다. 낮은 콧노래도 들렸다. 재원은 매화를 제 방에 데려올 때마다 들뜬 기분을 굳이 숨기려 들지 않았다.

"우유 좀 넣어 줄까, 매화야?"

"…응."

"설탕은?"

"설탕은 됐어."

커피 취향은 이미 외웠을 법도 한데, 재원은 꼭 원두 향이 매화에게까지 퍼졌을 즈음 고심해 고른 컵을 꺼내며 우유와 설탕 유무를 물었다. 아마 매화를 앉혀 놓고 커피를 내리는 과정 자체가 재미있는 듯했다.

다 좋은데 정작 본인은 커피 마시지도 않으면서 저러고 있는 것이 조금 어이가 없다고 해야 할까, 소꿉장난하는 기분이랄까…. 재원의 컵에 담긴 생수를 심란하게 내려다보던 매화가 교재로 눈을 돌렸다. 재원도 건너편에 앉아 제 교재를 펼쳤다.

"문제 다 해서 30개 맞지?"

"응? 35개일 텐데…."

"…어? 5개는 어디에 붙어 있는 거지…?"

매화가 손을 뻗어 재원의 교재 마지막 장을 팔락, 소리가 나도록 넘겼다. 그제야 남아 있던 문제 5개를 마저 발견한 재원이 배시시 웃었다.

"큰일이다, 너는 진짜…."

"에이, 큰일은 무슨. 찾았으면 됐지."

"알았어…. 공부해, 이제."

한동안 연필심이 사각대며 종이를 긁는 소리만이 고요한 방 안을 채웠다. 재원의 자취방은 학교에서 버스로 네다섯 정거장 거리에 있었는데, 대학가와 상업 지역을 적당히 벗어난 구역이라 주변이 조용한 편이었다.

재원이 입단속을 부탁한 덕에 그가 자취한다는 사실은 아직 여난과 달국, 세형까지만 알고 있었다. 그 외의 동기들에게 이야기할 생각은 전혀 없는 듯했다. 짐 정리가 끝나기 전에야 그랬다 쳐도, 청소가 끝나고 손님 맞을 준비를 마치면 하루가 멀다 하고 사람을 불러들여 노는 게 아닐까 싶었는데 의외였다.

"매화야, 부정적분 문제 풀었어?"

딴 생각에 빠진 머릿속을 두드리는 차분한 목소리에 퍼뜩 고개를 들었다. 연필을 쥔 손으로 턱을 괸 재원이 시선만 내려 교재를 보고 있었다. 골똘한 표정이 낯설어 눈을 피한 매화가 제 교재를 내려다보았다. 재원이 말한 문제는 15번이었다.

"너 벌써 15번 풀고 있어?"

"응? 아니. 그냥 이게 눈에 띄어서 먼저 해 보고 있었는데."

그런 식으로 하면 빼먹는 문제가 나오지 않을까. 의아했지만 굳이 지적하지 않고 15번 문제를 연필로 짚었다. 다소 까다로운 난이도였지만 풀지 못할 정도는 아니었다.

"어디서 막히는데?"

"왜 대괄호 안쪽 식에는 적분상수를 안 더하는 건지 모르겠어."

"더하는 거 맞아. 근데 어차피 여기는 상수잖아. 이렇게만 써놔도 상관없지."

"아하…?"

생략된 식과 풀어 놓은 식을 함께 써서 보여 주자 재원이 납득한 듯 고개를 크게 끄덕였다. 매화는 문득 고3 시절 담임 선생님이 재원을 세워 두고서 안타깝게 외치던 말을 떠올렸다.

"재원아, 넌 진짜 하면 잘할 텐데 대체 왜 안 하는 거니?"

'머리는 좋은데 노력을 안 한다'나 '다 아는 문제인데 집중을 못한다'는 부모나 교사의 진부한 레퍼토리지만, 적어도 재원을 아는 이들은 대부분 그 평가에 동의하는 편이었다. 성적을 위해 그다지 노력하지 않는데도 일정 등수 아래로 떨어진 적이 없는데다 수능은 대박을 쳤으니, 남 일인데도 아깝다는 생각부터 들지 않겠는가. 저렇게 머리가 좋고 운까지 따라 주는 녀석이 정말 마음 잡고 공부를 했다면 어떤 결과가 나왔을까, 하고.

그러나 기질이 단순하고 명쾌하다는 것은, 바꿔 말해 매사에 미련이 없다는 뜻이다. 재원은, 적어도 매화가 아는 선에서는 한 번도 지난 일을 사사건건 따지거나 돌이켜 후회하는 법이 없었다. 때문에 그를 두고 나오는 가정형의 말들은 대체로 그의 눈썹 한 올 흔들지 못했다.

…아마 면허도 기어코 따 오겠지. 당연한 결론에 이른 매화가 끼적끼적 연필을 움직였다. 재원이 말하는 바는 대체로 이루어지는 편이었으므로, 여행도 결국은 가게 될 거란 예감이 들었다.

차를 끌고 여행이라…. 다 같이 할머니 집에 놀러 갔을 때가 떠올랐다. 작은 차에 잔뜩 올라타 구겨져 가느라 힘들기는 했지만 버스나 기차 여행과는 또 다른 재미가 있었던 것 같다.

'금요일에 가서 일요일에 오자고 했지….'

금요일 수업은 오후 2시면 끝난다. 너무 멀지 않은 곳으로 간다면 무리한 일정은 아니었다. 간다면 어디가 좋을까. 재원이 면허 시험에서 떨어질 가능성까지 고려하면 버스나 기차로도 갈 만한 곳이 좋겠다. 그리고 이왕이면….

"…바다."

무심코 중얼거린 말에 혼자 놀란 매화가 얼른 입을 다물었다. 그러나 이미 재원의 두 눈이 번쩍 뜨인 뒤였다.

"바다?"

"……."

"바다 가고 싶다고?"

바다를 가까이서 보고 싶다는 재원의 소망이 두 번이나 좌절된 것이 바로 지난 계절의 일이다. 숙제처럼 남아 버린 바다 여행이 불쑥 떠오른 것도 어쩔 수 없었다.

"아, 저기, 그냥… 어차피 어디 갈 거면 말이야."

"그치, 이왕이면 바다 좋지-. 가자, 가자."

재원이 신이 난 얼굴로 문제 다음 장을 넘겼다. 어느새 진도가 앞서나간 그를 눈치챈 매화가 다급히 연필을 놀리기 시작했다.

"…일단 과제부터 해."

"네에."

방 안은 금세 다시 사각대는 연필 소리로 가득 찼다. 매화는 왼손으로 입가를 가린 채 여러 번 헛기침을 삼켰다. 왜 여전히 이 애 앞에서는 툭하면 바보 같은 짓을 하는 건지 모르겠다. 겸연쩍은 마음에 문제도 눈에 들어오지 않았다.

"…매화야, 혹시 컨디션이 안 좋아?"

매화의 노트를 한참 들여다보던 재원이 조심스레 물었다. 매화는 대답 대신 지우개를 쥐고 지렁이 기어가는 듯한 필기를 북북 지웠다. 도저히 집중이 되지 않아 아무렇게나 옮겨 적었더니 수식이 제멋대로 꼬인 부분이 한둘이 아니었다.

"조금 졸려서…."

"그랬어? 진작 말하지. 잠깐 졸고 마저 해."

재원이 제 등 뒤의 침대를 탁탁 두드렸다. 고개를 저은 매화가 지우개질을 마저 이어갔다.

"됐어, 밤에 잘 거야."

"오늘도 빈틈이 없네, 자기."

능글맞은 말이 놀리는 것처럼 느껴져 살짝 울컥했다. 그러나 곁눈질로 바라본 재원은 편안한 미소를 띠고 있을 뿐이었다.

"매화야, 연휴 때 말인데."

덤덤하게 나온 말에 괜히 교재를 뒤적이던 매화가 멈칫했다. 어, 하며 고개를 들자 재원이 눈을 접어 웃었다.

"여기 와 있을래?"

"…응?"

"굳이 기숙사에 있을 필요 없으면."

매화가 자연스레 방 안을 둘러보았다. 최근 들어 사나흘씩 묵는 경우도 제법 있기는 했지만, 웬만하면 기숙사로 돌아가려 애썼기에 일주일 넘게 지낸 적은 없었다.

"어차피 연휴에는 본가 내려가는 애들 많을 거 아니야. 수업도 없고 룸메도 없는데 기숙사에 혼자 있으려면 좀 무섭지 않겠어?"

"무서울… 건 뭐 있어."

"안 무서워? 난 완전 무서울 것 같은데. 으… 귀신 나오면 어떻게 해?"

재원이 양 손을 교차해 제 어깨를 잡은 채 부르르 떠는 시늉을 했다. 과장된 표정과 동작에 결국 웃어 버린 매화가 연필 끝으로 교재를 툭툭 두드렸다. 그런 매화를 빤히 보던 재원이 뒤늦게 생각난 듯 물었다.

"아, 혹시 할머니 댁 가야 해?"

친척들 만난다거나? 어린애가 대답을 조르는 듯한 말투에 매화가 고개를 저었다. 혼자 서울에 올라온 뒤로는 명절이라고 할머니 집에 간 적은 없었다.

"아니, 할머니가 그때 일을 쉬시는 게 아니라…. 전화만 드리고 있어."

"그럼 어디 갈 데 없는 거지?"

"없기는 한데…."

"여기 와 있어. 본가라고 치고. 응?"

재차 권한 재원이 방바닥을 가볍게 두드렸다. 매화는 옆머리를 긁적이며 괜한 핀잔을 날렸다.

"너무 아무 데나 본가 갖다 붙이는 거 아니야?"

"아무 데라니? 재원이처럼 토끼 같은 와이프가 있는 집이 본가가 아니고 뭐…."

"또, 또 헛소리."

질겁하며 손을 내젓고서야 재원이 웃으며 교재를 덮었다. 과제 같은 건 진작 끝낸 지 오래였을 것이다. 재원은 물리와 수학 과목에 특히 강한 편이었는데, 간혹 매화에게 풀이를 물어보는 것도 대부분은 문제를 끝까지 읽지 않았거나 사소한 숫자 하나를 놓친 경우였다.

"아무튼, 와 있을 거지?"

"…기다려 봐, 좀."

재원의 자취방에서 지내는 것이 단순히 좋은가, 싫은가 묻는다면 싫지는 않다-는 애매한 대답밖에 할 수 없었다. 같은 공간에서 함께 시간을 보내는 건 당연히 기쁘지만, 이번에도 문제는 현실 감각이었다.

한 이불 아래 몸을 붙이고 누워 있으면 유난히 더 선명하게 느껴지는 재원의 체온은 대체로 따뜻하고 물렁해서, 안겨 있을 때마다 시간이 늘어지는 감각에 휩싸이곤 했다. 아주 잠깐만 더, 조금만 더… 내면의 유혹을 이기지 못하고 눈을 감았다 뜨면 하루가 사라져 있기 일쑤였다. 당연히 학기 중에는 악영향이 컸다.

고민에 빠진 매화를 빤히 바라보던 재원이 바닥을 짚고 상체를 앞으로 기울였다. 고개를 틀어 올려다보는 눈동자는 언제나처럼 순진하기 짝이 없었다.

“아니면 내가 기숙사에 가 있을까?”

“…….”

“혼자 두는 거 걱정돼서 그래, 매화야.”

진심 어린 우려의 말에 울컥, 속에서 무언가 치솟는 기분이 들었다. 갑작스레 눈물이 날 것 같아 얼른 마른침을 삼켰다. 혼자 두는 게 걱정된다니. 이제는 부모님도 이런 말은 하지 않는데.

“그게 뭐야, 내가 애야?”

“애여야만 걱정하나? 애인이어도 걱정하지.”

당연하다는 듯 늘어놓는 대답에 그런가, 싶었다. 원래 애인이란 그런 건가. 다른 뿌리에서 자란 타인끼리 서로를 돌보고 보살필 명분을 궁리하는 일상을… 다들 연애라고 부르는 걸까.

“…알았어.”

기어들어가는 목소리로 답하자 재원이 양 눈썹을 까딱 올렸다. 어떤 의미로 내놓은 대답인지 묻는 표정이었다. 매화는 시선을 돌린 채 우물우물 말을 이었다.

“연휴여도 당직 선생님은 계실 거야. 내가 여기 와 있는 게 낫겠지.”

“그래?”

지난 여름방학, 재원이 기숙사에 와 있었을 때도 위험한 순간은 몇 번이나 있었다. 기숙사생이 본인 방에 몰래 친구를 들이는 일은 종종 일어났고 사감 선생님도 '들키지만 마라'는 태도였지만, 그런 만큼 대 놓고 걸렸다간 벌점을 피할 수 없었다.

"그건 다 했어?"

재원이 교재를 가리키며 물었다. 풀이를 맞춰 보자는 뜻인 것 같았다. 매화는 고개를 끄덕이고는 책을 뒤집어 재원 쪽으로 밀었다.

"같이 보자. 이쪽으로 와."

교재를 나란히 둔 재원이 제 옆자리를 가리켰다. 잠시 머뭇대던 매화가 곧 무릎걸음으로 테이블을 빙 돌았다. 그렇게 목적지에 닿기 직전, 불쑥 손을 뻗은 재원이 그대로 매화의 허리를 감아 제 무릎에 앉혔다.

"야…!"

놀라 힘껏 버둥거려 봤지만 별 소용은 없었다. 단단한 팔에 갇혀 꼼짝 못하는 처지만 절실히 깨달을 뿐이었다. 한참을 끙끙대다 결국 포기한 매화가 눈을 가늘게 뜬 채 재원을 노려보았다.

"…오늘 모든 스킨십 금지라고 했지."

"들어 봐, 매화야…."

"그래, 말해. 들어나 본다."

"바닥이 너무 딱딱한 것 같아서 그랬지. 스킨십이 아니라 인간 의자라고 생각해. 재원이 쿠션이라고 보면 돼."

"갈수록 개소리 스킬만 업그레이드되는 것 같은데 기분 탓인가?"

냉랭하게 되묻자 재원이 이잉, 우는 소리를 내며 매화를 힘껏 끌어안았다. 어깨에 이마를 묻은 채 비비적대는 모양이 이제 눈치 볼 생각조차 없어 보였다.

"좀 봐주면 안 돼? 과제하느라 심신이 지쳐서 충전이 필요했단 말이야."

"우리 과제하는 데 한 시간도 안 걸렸거든."

"그럼… 사랑하는 애인을 눈앞에 두고 털끝 하나 못 건드리는 상황이 너무 슬퍼서 더 일찍 한계가 온 것 같아요."

"하여튼 입이, 이 입을…."

빰이라도 꼬집어 줄 셈으로 몸을 돌리자마자 눈이 마주쳤다. 갈색 눈동자가 한껏 반짝이고 있었다. 반사적으로 시선을 피하려던 순간 입술이 맞물리고, 허리를 감은 손에 단단히 힘이 들어가는 것이 느껴졌다.

"……읏."

잇새로 강하게 파고드는 움직임에 밀려 고개가 뒤로 넘어갔다. 재원은 매화가 쓰러지지 않도록 한 손으로 머리를 받쳐 주었다. 의도는 선했으나 결과적으로 매화는 입안을 낱낱이 훑는 재원의 혀를 피해 도망치지도 못하는 처지가 되었다.

밀착된 점막을 문질러 열을 피우는 끈질긴 침입에 혀끝이 금방 척척하게 젖어 들었다. 하아, 매화가 입을 크게 벌려 숨을 틔우자마자 재원이 고개를 꺾어 비스듬히 안을 찔러 왔다. 목젖 바로 근처까지 짓눌렀다가 잇새를 훑으며 빠져나가는 일련의 움직임이 지나치게 적나라했다.

"아, 잠…깐."

입술이 잠깐 떨어진 틈을 타 속삭인 말은 이번에도 끝을 맺지 못했다. 허리를 감고 있던 손이 티셔츠 아래 등줄기를 타고 오른 탓이었다.

"잠깐, 잠…. 명재원…."

커다랗고 따뜻한 손이 몸을 덮어 매만질 때면, 그 손이 닿지 않은 모든 피부에 찬결이 흐르는 듯 느껴졌다. 간지러운 소름이 돋는 것은 분명 그 때문이었다. 오싹한 감각에 양 뺨의 피부가 오돌토돌하게 솟아났다.

이러다 또 어영부영 넘어가게 될 것만 같았다. 고민하던 매화가 재원의 어깨를 아프지 않게 내리쳤다.

"조, 조금만…."

"…응?"

그제야 손을 멈춘 재원이 고개를 들어 올렸다. 예쁘장한 눈가가 그새 붉게 물들어 있었다. 손을 대 보지 않아도 느껴지는 흥분감에 매화가 꿀꺽, 마른침을 삼켰다.

"다리, 좀…."

주저앉느라 밀착된 허벅지 아래로, 모른 척하기엔 너무나 분명하고 흉흉한 살덩이의 존재감이 느껴졌다. 그제야 아차, 중얼거린 재원이 느릿느릿 미소 지었다.

"근데 매화야."

스륵, 날개뼈 사이에서부터 미끄러져 내려온 커다란 손이 아랫배를 스치고 다리 사이에 닿았다. 지그시 누르는 감각에 매화의 어깨가 파득 튀어 올랐다.

"너도 섰는데."

"…읏."

자연스레 청바지 버클을 풀고 파고들어온 손이 속옷 위를 움켜쥐었다. 아, 반사적으로 신음한 매화가 힘없이 상체를 무너뜨렸다. 재원은 잔뜩 웅크린 매화를 달래듯 끌어안아 제 어깨에 기대게 했다.

"잠깐만, 명재…원."

"응, 응. 금방 풀어 줄게."

"아니, 아니…. 잠깐마안…."

얇은 면으로 된 브리프는 따뜻하다 못해 뜨거운 손의 감촉을 조금도 상쇄시켜 주지 않았다. 전부 벗었을 때보다 오히려 더 창피한 기분에 매화는 화급하게 발버둥 쳤다. 이 난감한 사태에서 벗어나려면 한 가지 방법뿐이었다. 마음을 다잡은 매화가 간신히 허리에 힘을 주고 재원의 허벅지를 짚었다.

"……."

빳빳한 청바지 아래로 팽팽하게 부푼 성기가 뚜렷하게 만져졌다. 손끝에 힘을 주자 그제야 멈칫한 재원이 의아한 표정을 지었다.

"…같, 같이 해."

쥐어짜낸 말에는 헛웃음을 뱉는다. 매화는 모르는 척 손을 더듬어 재원의 바지 버클을 풀려 들었다. 힘이 잘 들어가지 않아 끙끙대고 있자니 재원이 하아, 땅이 꺼져라 한숨을 쉬었다.

"못 살겠네…."

탄식한 그가 매화의 무릎오금 아래로 팔을 넣었다. 뭘 하려는 건지 눈치챈 매화가 반사적으로 재원의 목을 끌어안았다. 예상대로 그는 매화를 훌쩍 들어 올리더니 몇 걸음 떨어지지 않은 침대에 내려놓았다.

"아, 근데 명재원…."

"응-?"

"우리 과제, 맞춰 보는 건 어떡…."

간신히 찾아낸 핑계거리를 어렵게 내뱉던 매화가 멈칫했다. 막 티셔츠를 벗은 재원이 부스스하게 흐트러진 머리칼을 흔들며 미소 지었기 때문이다. 탄탄한 어깨를 감싼 결 좋은 피부가 얼마나 매끄러운지, 그 피부 아래 체온은 또 얼마나 따뜻한지 매화는 이제 만져보지 않고도 그려 낼 수 있었다.

"……."

그럴 때면 떠올리곤 했다. 뜨거운 태양 아래, 단 한 번도 그림자를 밟고 걸어 본 적 없다는 듯 환하게 웃던 재원을.

"…아!"

이미 반쯤 젖은 속옷에서 다리 하나를 빼내자마자 재원의 몸이 짓누르듯 덮쳐 왔다. 벌어진 다리 사이로 달라붙듯 자리 잡은 재원이 매화의 것과 제 것을 함께 겹쳐 쥐었다.

"앗, 으…."

흠칫, 허리를 움츠린 매화가 고개를 한껏 꺾어 올렸다. 가장 예민한 피부끼리 맞붙는 감각은 여전히 익숙해질 수가 없었다.

"…읏, 흐으…!"

뜨거운 손이 한껏 조여들 때면 굵은 기둥을 감싼 핏줄의 형태까지 선명해졌다. 재원이 그대로 허리를 밀자 턱, 소리와 함께 매화의 상체가 위로 밀려 올라갔다.

"아, 으응…."

"매화야."

"…흣, 왜, 왜…."

"나 봐봐."

재원의 입술이 눈가에 닿고 나서야 매화는 자신이 어느새 눈을 감고 있었음을 알았다. 숨을 고르고 애써 눈꺼풀을 올리자 코끝이 스칠 거리에 있던 재원이 생긋 웃었다.

"그냥 같이 비비는 게 다인데…."

"……."

"너 이럴 때마다, 꼭… 넣은 것 같아."

말 끝나기 무섭게 재원이 다시 허리를 밀쳤다. 퍽, 소리가 나도록 강한 힘이었다. 누운 채 크게 흔들린 매화가 허망하게 입을 벙긋거렸다.

"읏, 아, 아파…."

"아팠어? 미안해."

쉽게 사과한 재원이 다시금 매화의 눈가에 입 맞췄다. 재원은 흥분감에 휩싸일 때면 힘 조절을 잘 하지 못했다. 정신을 차려 보면 허리며 팔목에 붉은 손자국이 남는 경우도 허다했다.

화를 낼 법도 했지만 매화는 한 번도 그에 대해 따져 물은 적이 없었다. 재원의 이성이 흐려지는 순간이 싫지 않았기 때문이다. 누구의 눈도 귀도 없는 곳, 아무도 방해하지 않는 공간에서 맨 살을 드러낸 재원이 배 속에서부터 끌어 올린 날것 그대로의 욕망을 보일 때- 매화는 마침내 열아홉에 목격한 그 눈부신 소년을 붙잡아 같은 나무 그늘 아래에 앉혀 둔 듯한 안도감을 느꼈다.

"아, 아…. 으응…."

기세가 줄어든 것도 잠시뿐이었다. 다시 허리를 쳐올리기 시작한 재원은 그의 말마따나 '넣은 것처럼' 굴고 있었다. 굵은 허벅지 근육이 발끈대며 둔부를 때릴 때마다 화끈대는 통증이 눈앞을 어찔하게 만들었다. 성기를 문지르는 쾌락과 민감한 살갗을 자극하는 아픔이 뒤섞여 어느 쪽부터 반응해야 할지 혼란스러웠다.

"흑…."

불안하고 어지러워 젖은 숨을 들이쉬는 바람에 가슴이 크게 들썩였다. 그제야 허리 짓을 멈춘 재원이 매화의 머리 양옆에 팔꿈치를 대고 머리를 낮췄다.

"매화야."

"…안."

"울어?"

"안 울어…."

눈물이 찔끔 고이기는 했지만 울지는 않았다. 그래도 재원은 걱정스러운 얼굴로 매화를 살피고 있었다.

"그렇게 아팠어?"

"안 운다니까…."

"금방 싸길래 좋은 줄 알았지."

"…뭐?"

두 눈을 크게 뜬 매화가 벌떡, 상체를 일으켰다. 가슴까지 말려 올라간 티셔츠 아래로 희끄무레한 액체가 방울방울 고여 있었다. …대체 언제 이런 거야. 의식하지도 못한 사이 저지른 짓이 낯설어 얼굴이 화끈 달아올랐다.

"그, 이건…."

"괜찮아, 좋으면 그럴 수 있지."

"아니, 사람 말을…."

"근데 매화야, 그거 알아?"

재원이 매화의 귓가에 대고 목소리를 낮췄다. 누가 듣기라도 할 것처럼 은밀한 태도였다.

"너 내가 박는 시늉할 때마다 금방 느끼는 거."

두 눈을 깜빡이며 들은 말을 곱씹던 매화의 얼굴이 한 순간 확 달아올랐다. 머리 위의 베개를 꽉 움켜쥐자 제 운명을 직감한 재원이 두 손으로 머리를 감쌌다. 퍽, 있는 힘껏 내리쳐 봤지만 재원은 간지럽지도 않다는 얼굴로 웃을 뿐이었다.

"너, 너…!"

"잘못했어요. 얼굴만은 봐주세요-. 애인이 제 얼굴을 얼마나 좋아하는데요-."

"……!"

벌게진 얼굴로 죽을힘을 다해 팔을 휘두르면서도 심란해졌다. 화도 통할 상대한테 내야 의미가 있는 것이다. 응징을 포기하고 씨근대고 있자니 재원이 그새 또 허리를 감고 안겨 들었다. 체념한 매화가 고개를 젓히며 중얼거렸다.

"좀 놔, 나 씻어야겠어…."

"으음…."

말끝을 늘인 재원이 고개를 쏙 들었다. 올려다보는 눈동자가 반짝반짝 빛나고 있었다. 짙은 미련이 남은 시선에 뒤늦게 아, 탄식한 매화가 꾸물꾸물 상체를 일으켰다.

"…앉아 봐. 해 줄게."

"……."

재원이 눈썹을 살짝 올리더니 이내 느린 웃음을 터뜨렸다. -매화가? 말 한마디 없이도 분명하게 전해지는 의문에 매화는 울컥해 침대 시트를 움켜쥐었다.

"싫으면 말든지…."

"아, 아. 잠시만. 잠시만요."

몸을 물려 빠져나가려 들자 재원이 허리를 감은 손에 힘을 주었다. 그대로 매달리는 통에 이러지도 저러지도 못하게 된 매화가 긴 한숨을 쉬었다.

"어쩌라는 거야…."

"음, 잠깐마안. 자기야…."

느적느적 몸을 일으킨 재원이 천천히 매화의 등을 덮어 눌렀다. 아차 하는 사이 한참 넓은 품에 덮여 엎드리게 된 매화가 저도 모르게 헛숨을 들이쉬었다. 이거, 지금….

"명재원, 뭐 하려는…."

뭐라 말하려는 순간 목덜미 깊숙이 입술이 닿았다. 살짝 이를 세워 깨무는 감각이 지나치게 익숙해 순간 관자놀이까지 소름이 끼쳤다. 명재원, 힘없이 부른 이름을 막아서듯 단단한 팔이 목 아래로 들어왔다. 상체를 두른 손이 어깨를 감싸 쥐자 옴짝달싹할 수 없었다.

"…읏."

군더더기 없이 매끈한 근육으로 짜인 재원의 몸은 늘 적당히 높은 체온을 유지하고 있었다. 짓눌릴 때마다 닿는 자리부터 녹아드는 듯한 기분이 드는 것도 다 이 온도 때문이리라. 얄궂은 습관이 예고하는 것은 어느새 길이 들어 버린 쾌락이었다. 심장 박동이 빨라지고 입안에는 신 침이 돌았다. 시트를 더듬어 재원의 팔을 찾아가는 손끝이 가늘게 떨렸다.

"매화야."

귓전에 대고 부르는 이름이 낯설게만 들렸다. 대답하지 못하고 고개를 끄덕이자 쪽, 귓바퀴에 닿은 입술이 은밀한 유혹을 쏟아냈다.

"다리 모아 볼래?"

"……."

한 번 더 쪽, 이번에는 좀 더 깊은 입맞춤이 턱 아래를 파고들었다. 아, 여긴 자국이 남으면 가릴 수 없을 텐데. 다급해진 매화가 천천히 무릎을 밀어 허벅지를 붙였다.

"아…."

등을 누른 무게가 살짝 떠오른다 싶더니, 이내 굵은 살덩이가 다리 사이 연한 살을 헤치듯 파고들었다. 움찔, 무심코 허리를 튕겨 올린 매화가 허둥대며 재원의 팔에 두 손을 얽었다.

회음부를 스쳐 허벅지 앞쪽까지 튀어나온 성기는 당장이라도 파정할 것처럼 위태롭게 부풀어 있었다. 귓가에 닿는 재원의 숨이 조금 가빠진 것 같았다. 그는 매화의 다리 양 옆으로 제 무릎을 붙인 채 천천히 허리를 물렸다. 쓰윽, 사타구니를 낱낱이 긁는 적나라한 소리가 매화의 숨에도 불을 붙였다.

"앗, 흐읏…."

매화가 반사적으로 무릎에 힘을 주었다. 허벅지 뒤쪽까지 긴장감이 오르자 재원이 아, 하며 낮은 웃음을 터뜨렸다.

"매화야…."

"미, 미안…."

"일부러 그래? 나…."

어깨를 감은 팔이 움찔, 굳는 것이 느껴졌다. 이어 젖은 살이 퍽, 소리를 내며 거칠게 부딪혔다. 매화가 입을 크게 벌린 채 바르르 떨었다.

"…죽겠는데."

"앗…!"

다시 슬그머니 물러난 재원이 빠르게 허리를 짓치기 시작했다. 쳐올리는 기세에 밀린 몸은 재원의 팔에 갇혀 어디로도 가지 못했다. 으응, 윽, 신음하며 몸서리치는 매화의 등허리가 밀착한 자리에서부터 새빨갛게 달아올랐다.

"하으, 그만…."

애원하며 고개를 마구 저었지만 재원에게는 들리지 않는 것 같았다. 귓가에 닿은 숨이 속절없이 젖어 들 뿐이었다. 그저 끓어오른 피를 식히기 위한 행위, 본능적으로 쾌락의 선을 더듬어 피부 한 겹 아래의 충동을 끌어내는 데 집중하는 시간이 길어질 때마다 매화는 재원의 속을 가늠할 수밖에 없었다.

"…매화야."

재원이 고개를 꺾어 입맞춤을 청해 왔다. 흔들리는 입술을 간신히 맞물어 단 숨을 삼키며 어느새 익숙해져 버린 체액의 온도를 가늠했다. 자꾸만 엇갈려 스치는 혀를 끌어당겨 흐트러진 호흡에 안착시킬 때마다 허벅지를 스치는 살기둥 표면이 발끈대며 부푸는 것이 느껴졌다.

"윽, 하아…!"

퍽, 온몸이 크게 흔들리더니 다리 사이가 조금씩 젖어 들기 시작했다. 재원이 움직일 때마다 맞붙은 자리가 축축하게 미끄러졌다. 매화는 눈을 바삐 깜빡이며 아, 아, 뒤집힌 목소리를 냈다.

"아, 명재, 원…."

"하아…."

재원이 이를 악무는 소리가 들렸다. 이어 분출된 정액이 다리 사이를 빈틈없이 적시고 허벅지 앞쪽까지 흘러내렸다.

"흐으…."

간지러운 느낌에 어깨를 움츠린 것도 잠시, 굵은 기둥이 회음부를 훑고 올라오다 엉덩이 골 사이를 꾹 누르자 순간 숨이 멎었다.

"……."

놀라 돌아보자마자 눈이 마주쳤다. 눅눅한 열감에 붉게 물든 얼굴이 곧 부드러운 미소를 띠었다.

"미안, 힘들었어?"

그러고는 곧 상체를 낮춰 눈가에 입술을 댄다. 안심하라는 듯한 몸짓이었다. 매화는 두근대는 가슴을 안고 조심히 고개를 저었다.

…이쯤 되면 모르는 척하려야 그럴 수도 없었다. 재원이 원하는 바가 무엇인지.

"매화야, 머리 말려 줄게."

샤워를 하는 내내 떠오르는 온갖 생각에 골이 아플 지경이었지만, 정작 욕실에서 나와 마주한 당사자는 무슨 일 있었느냐는 듯 멀쩡한 얼굴이었다. 또 나만 죽어라 고민했지…. 괜히 속이 삐딱해진 매화가 못 들은 척 주방으로 향했다.

"목말라?"

그새를 못 기다리고 쪼르르 따라온 재원이 냉장고에서 생수 한 병을 꺼냈다. 둘만 있을 때면 재원은 종종 매화를 혼자 찬장 문도 못 여는 사람으로 만들곤 했다. 자연스레 물병을 받아 든 매화가 소리 없는 한숨을 쉬었다. 이런 취급에 날이 갈수록 익숙해지는 스스로가 무서울 지경이었다.

"저기…."

어렵사리 입을 열자 재원이 돌아보지 않은 채로 응, 했다. 매화는 뺨을 긁적이다 온몸을 쥐어짜내듯 용기를 긁어 올렸다.

"너, 그…게 하고 싶은 거야?"

제 몫의 생수 한 병을 더 꺼내던 재원이 손을 멈췄다. 천천히 돌아보는 그는 두 눈을 동그랗게 뜬 채 굳어 있었다.

"…그거?"

말의 속뜻을 짐작하면서도 차마 먼저 내뱉지는 못하는 얼굴에 뒤늦게 아차 싶었다. 이걸 물어봐서 어쩔 건데. 목이 타들어가는 감각에 매화가 생수를 벌컥 들이켰다. 그러나 물 500밀리리터를 거의 다 비울 때까지도 재원의 시선은 떨어질 줄 몰랐다. 결국 상황 회피에 실패한 매화는 차선책으로 아무 말이나 갖다 붙이기 시작했다.

"아니, 머리, 머리 말리고 싶냐고."

"……."

"가자. 내가 말… 말려 줄게."

재원을 지나쳐 거실로 달려간 매화가 테이블에 놓여 있던 드라이어를 집어 들었다. 재원은 잠시 고민하는 기색이었지만, 다행히 별 말 없이 곁으로 다가와 앉았다.

"음, 맞아. 머리 말리고 싶었지."

능청스레 말하는 재원의 얼굴엔 미소까지 걸려 있었다. 매화는 하하… 건조한 웃음을 지으며 재원의 젖은 머리칼을 흩어 놓았다. 부드러운 갈색 머리카락 사이사이로 따뜻한 드라이어 바람이 스칠 때마다 재원의 목덜미에 얕은 소름이 돋는 것이 보였다.

"근데 매화야."

눈을 감은 재원이 온순하게 말했다.

"매화는 그거 하고 싶어?"

하마터면 놓칠 뻔한 드라이어를 재빨리 고쳐 쥐었다. …그럼 그렇지. 얌전히 넘어간다 했다. 창백해진 매화를 가만히 보던 재원이 살짝 웃으며 말을 이었다.

"머리 말리고 싶냐구."

"……."

꿀밤 한 대 때려 줄 수 있으면 참 시원할 텐데. 매화는 말없이 드라이어 출력을 최대로 올리고 재원의 머리칼을 있는 힘껏 흐트러뜨렸다. 재원은 으악, 죽는 소리를 내면서도 청량한 웃음을 터뜨렸다.

"매화야, 근데…."

"…또 뭐!"

벌컥 성을 내자 앉은 채 돌아본 재원이 배시시 웃었다.

"나는 네가 싫어하는 건 안 해."

"……."

"그게 뭐든, 매화가 싫으면 안 해."

그러니까 괜찮지? 재원은 산뜻하게 물었지만, 매화는 전혀 괜찮지 않았다. 네가 싫으면 안 한다니. 그건 결국… 본인은 하고 싶다는 뜻일 테니까.

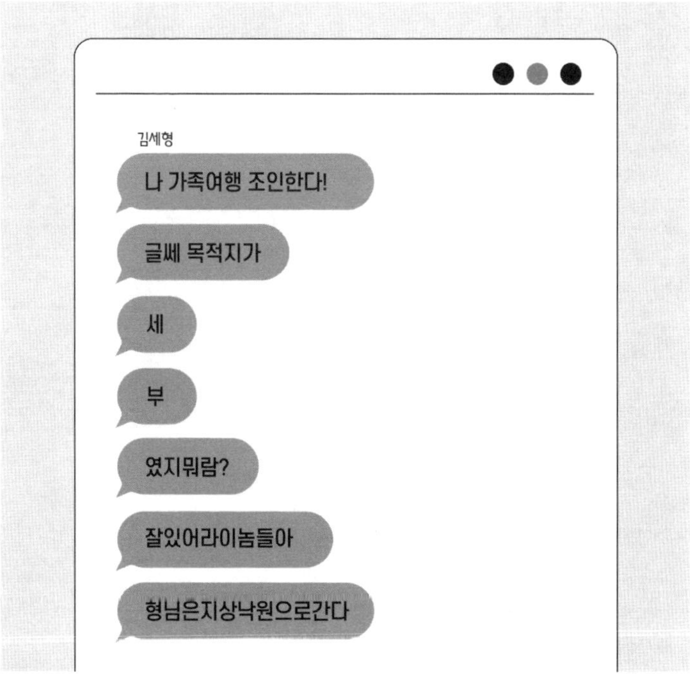

여난

?

뭔 뜬금없는 소린지 모르겠지만
잘 다녀와

달국

세부 요즘 우기아닌가

김세형

하하^^ 너희의 질투심 간지럽지
도 않구나

...........근데 진짜 우기야?

너무 그러지 마

김세형

흑흑 양매화아아ㅏㅏㅏㅏ

세형이 어른들이랑 동생들 챙기려면
제대로 놀지도 못할텐데

비 얘기까지 하는 건 너무하잖아

김세형

......나 울어

여난

항상 생각하는건데

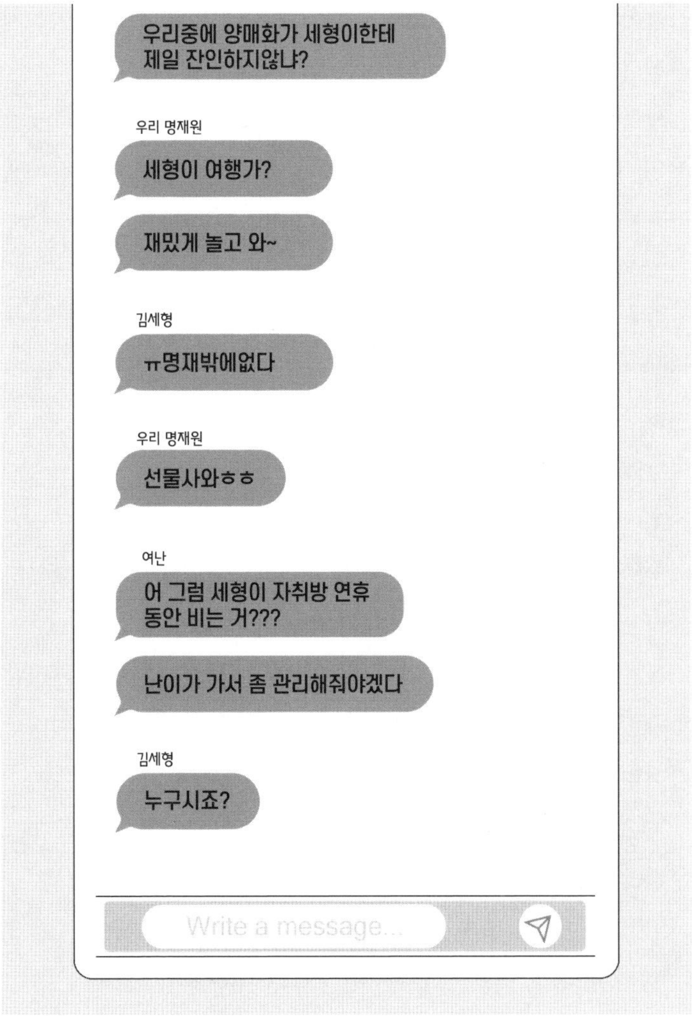

연휴의 시작은 그리 상쾌하지만은 않았다. 거의 3회차가 휴강되는 수업도 있다 보니 과제가 우르르 공고되었던 것이다. 불만

가득한 원성을 내지르던 학생들은 그럼 중간고사 대체 과제로 쳐주겠다는 교수의 말에 쥐 죽은 듯 얌전해졌다.

세형이 과제를 끌어안고 필리핀으로 떠나고, 여난은 연휴 첫날부터 재원의 자취방으로 쳐들어왔다. 양손 가득 전이며 갈비찜 따위를 챙겨 든 채였다.

"이런 걸 다 어디서 났어?"

가지각색의 명절 음식을 하나씩 풀어 보던 재원이 두 눈을 둥글게 뜨고 물었다. 여난은 고요한 미소를 띤 채 어이없는 한숨을 쉬었다.

"이제 지네 집 그릇도 못 알아보네."

"어?"

"어머니가 나 혼자 다 먹으라고 챙겨 주셨는데, 양심에 찔려서 이리로 들고 왔다. 이따 달국이 오면 같이 먹자."

듣자 하니 가을 옷을 챙기러 아버지 집에 갔다가 재원의 가족을 맞닥뜨렸다는 모양이었다. 재원은 아아, 하며 고개를 끄덕이더니 옆머리를 긁적였다.

"혼자 먹으라 하셨으면 진짜 혼자 먹으라는 뜻이었을 텐데…. 우리 엄마 그런 걸로 빈말 안 해."

"그 정도야? 너 진짜 손절 당했어?"

"농담 아니야. 전화하면 누구시냐고 그런다니까."

말은 그렇게 하지만, 바리바리 챙긴 음식은 누가 봐도 1인분은 아니었다. 매화는 찬합을 하나씩 꺼내 정리하는 일을 도우며 여난을 향해 물었다.

"달국은 어디 갔는데?"

"미대생이 어딜 가겠어. 과제하러 갔지."

"…아."

"결국 연휴를 즐기는 건 세형이뿐이네. 나도 해외여행 가고 싶다."

기지개를 한 번 쭉 켠 여난이 아쉽다는 듯 입맛을 다셨다. 여난의 가방에도 연휴라고 출제된 과제가 가득 쌓여 있었다. 대부분 영어로 된 프린트를 하나씩 내려놓던 여난이 어딘가로 시선을 고정했다.

"어라."

그가 긴 손을 쭉 뻗어 테이블 아래서 집어 올린 프린트를 본 매화가 헉, 소리를 냈다. 언제부터 거기 있었는지도 모를 종잇조각에는 운전면허 시험 관련 안내 사항이 빼곡히 적혀 있었다. 재원이 학원에서 받아 온 전단지였다.

"명재, 이거-"

여난이 아직 주방에 있는 재원을 향해 프린트를 들어 보였다. -비밀이야. 재원의 말이 퍼뜩 떠올라 매화는 저도 모르게 입을 열었다.

"내, 내 거…."

"응?"

"내 거야."

머뭇대며 말하자 여난이 매화의 얼굴과 프린트를 한 번 번갈아 보았다. 그러고는 매화의 손에 순순히 넘겨주며 물었다.

"매화, 면허 따게?"

"…그냥 한번 받아나 봤어."

"딸 거면 일찍 따는 게 좋지. 차 있으면 편하니까."

면허를 딴다 한들 당장 차를 살 계획도 그럴 돈도 없지만 일단 고개를 끄덕였다. 여난은 과제를 늘어놓고 지체 없이 펜을 쥐더니 목소리를 조금 낮췄다.

"난 또 명재가 면허 따는 줄 알았네. 안 그럴 것 같더니."

"…응?"

"나 학원 등록할 때 같이 가겠느냐고 물어봤더니 생각 없다 했었거든. 차도 없는데 면허는 따서 뭐 하냐는 식이었는데."

"……."

"그래서 이제 차를 살 예정이라 면허 따나 했지. 그런 거면 무슨 차 살 건지 참견하고 싶었는데."

여난이 전단지를 보자마자 눈을 반짝인 이유를 알게 된 매화가 아아, 하며 고개를 끄덕였다. 확실히 친구가 차를 산다고 하면 참견하고 싶을 것 같다. 재원이 그런 결정을 할 것 같지는 않지만.

"달국은 차 안 뽑아?"

그나마 자차를 가질 가능성이 가장 높아 보이는 인물은 따로 있었다. 여난은 그러게, 하며 말끝을 늘였다.

"당장은 필요 없다고 생각하는 것 같던데. 어차피 학교랑 세형이 집만 왔다갔다하니까."

"의외네…."

"은근히 검소하다니까. 착한 어린이야."

여난이 손에 쥔 펜을 돌리며 킥킥 웃었다. 꼭 조카나 사촌동생을 두고 말하는 듯한 태도였다.

"누가 착한 어린이야?"

정리를 마치고 커피까지 내려 돌아온 재원이 물었다. 여난은 샐쭉 미소 지으며 손을 내밀었다.

“매화가 착한 어린이지. 둘만 있고 싶을 텐데 초대도 해 주고.”

“어? 나?”

“명재 저건 한 번을 오라고 한 적이 없어. 소꿉친구 우정 다 부질없다….”

한탄하는 말에 아하하, 명쾌한 웃음을 터뜨린 재원이 자리에 앉으며 물었다.

“그래서 언제 갈 거야?”

“연휴 내내 여기 눌러 붙어 있을 건데? 국이까지 더블로 신세 질 건데?”

“세형이네 가는 버스 막차가 저녁 8시니까 참고해.”

“진짜 장난쳐? 서울 시내버스가 무슨 8시에 막차야.”

길쭉한 두 명이 머리 위에서 투닥대고 있으니 절로 압박감이 밀려왔다. 매화는 모르는 척 과제를 하나씩 꺼내 테이블에 늘어놓았다. 그러자 여난이 고개를 쭉 빼고 매화의 과제를 살폈다.

“우와, 이게 뭐야. 뭔 소린지 하나도 모르겠다.”

물리 실험 보고서이니 그럴 만도 했다. 매화는 나도 마찬가지라는 뜻으로 여난의 프린트를 턱짓했다.

“뭔 소린지 모르겠는 건 그게 더하지….”

“이건 그래도 번역기 돌리면 알아들을 수는 있어. 너네 거는 그냥 외계어잖아.”

어차피 한눈에 이해 못하면 그게 그거 아닌가. 머리를 긁적이는 매화를 두고 여난이 재원을 향해 말했다.

"아참, 국이 올 때 떡국 사 오라고 할까? 이왕 명절 음식 먹는 거 제대로 먹자."

"…떡국? 그건 설날에 먹는 거 아니야?"

"그래? 추석엔 안 먹어?"

재원과 여난은 그대로 떡국이 설날 한정 음식인가, 명절 공통 음식인가에 대해 토론하기 시작했다. 기어이 떡국이 명절 음식이면 떡만둣국은 뭐냐는 말까지 오가는 걸 보던 매화는 묵묵히 제 실험 보고서에만 집중하기로 했다. 결론이 나면 누구든 알려 주겠지 싶었다.

A 1개

질문자 채택

A. 추석에도 떡국을 먹기도 하지만, 보통은 송편을 먹습니다

궁금증은 초록 창 포털을 통해 해결할 수 있었다.

그러거나 말거나 먹고 싶은 걸 먹자는 여난의 지당한 주장에 결국 달국이 떡만둣국을 포장해 왔다.

작은 테이블에 가득 차린 음식을 사진으로 찍어 단체 채팅방에 올리자 세형이 우는 이모티콘 도배로 화답했다. 이어 전송된 것

김세형

비가..안그친다..

은 스콜이 쏟아지는 창밖을 찍은 사진이었다.

안타까운 마음을 성의껏 표현해 주고 음식을 비웠다. 명절 음식답게 하나같이 기름진 요리뿐이라 금방 배가 불렀지만, 성인 남자 넷이서 먹으니 깨끗하게 해치울 수 있었다.

빈 찬합을 개수대에 담은 재원이 냉장고 앞에서 뭔가 궁리하는 표정을 지었다. 정리를 도우려 가까이 왔던 매화가 왜? 묻자 그는 진심으로 고민된다는 듯 중얼거렸다.

"후식으로 뭘 내줘야 빨리 먹고 집에들 갈까 생각 중이었어."

"야, 들리거든?"

날카롭게 외친 여난이 주방 쪽으로 고개를 쑥 내밀었다.

"다 가져와. 커피도 가져오고, 차도 가져오고, 과일도 내 와."

"역시 찬물이 좋겠지?"

"제발 커피 한 잔만 주라. 속 느끼해서 죽을 것 같아…."

애원하는 말에 재원이 그제야 커피 머신 전원을 켰다. 주문대로 진하게 내린 커피는 그러나 여난의 손까지 들어가지 못했다. 중간에 컵을 가로챈 달국이 단호하게 말렸기 때문이다.

"이 시간에 무슨 커피를 마셔. 또 못 자고 설치려고."

"엥? 이거 한 잔 가지고 뭔…."

"나 오기 전에도 마셨을 거 아냐. 안 마셨어?"

"……."

입을 꾹 다문 여난이 긴 한숨을 쉬었다. 그 모습을 보며 매화는 문득 생각했다. 거짓말을 안 하는구나. 장난으로라도 둘러댈 법한 일인데.

"하…. 원래 느끼한 거 먹으면 커피로 싸악 내려 줘야 되는 건데 그걸 모르네….”

“알았으니까 그만 일어나. 집에 가자.”

간단히 말한 달국이 먼저 자리에서 일어났다. 그제야 여난도 투덜대며 제 가방을 챙겨 들었다. 어차피 정말 여기서 자고 갈 생각이 아니었다는 사실 정도는 서로가 더 잘 알고 있었다. 신발을 신던 여난이 문득 생각났다는 듯 매화를 향해 말했다.

“아, 매화 면허 따면 연락해. 내가 연수해 줄게.”

“…응?”

“뭐?”

뜬금없는 말에 재원과 달국이 동시에 반응했다. 폭탄을 던진 여난은 가뿐하게 손을 흔들며 사라지고, 어처구니없는 표정을 지은 달국이 그 뒤를 따라 나갔다. 덩그러니 남은 것은 재원과 매화뿐이었다.

“매화야, 면허 따려고?”

“…아니….”

순진한 물음에 속이 답답해졌다. 한 손으로 눈을 가린 매화가 긴 한숨을 쉬었다.

자초지종을 들려 주자 재원은 대수롭지 않다는 반응이었다. 혹시 차를 살 계획이 있는 거냐는 물음에는 ‘샀으면 좋겠어?’라고 되물었다. 애매하게 대답했다간 당장 새 차를 뽑아 오는 게 아닌가 싶어 매화는 황급히 고개를 내저었다. 재원이 저지를 수 있는 일에 한계점이 없다는 사실은 이미 잘 알고 있었다.

연휴는 별일 없이 흘러갔다. 재원은 학원과 시험장을 오갈 때를 제외하고는 집에 붙어 있었고, 매화는 연휴 내로 끝내야 하는 과제와 시험 준비에 집중했다. 간혹 몸을 붙이기는 했지만 이전처럼 격한 행위로 이어지지는 않았다. 외출할 때 나누는 입맞춤마저 조심스러웠다.

마치 '이걸로도 충분하다'고 말하고 싶은 듯했다.

"……."

곧 죽어도 '안 해도 괜찮다'고 잘라 말하지 않는 것도 참 재원답다고 생각했다. 씁쓸한 미소를 지은 매화가 핸드폰을 쥐었다. 한 번에 여러 장 올라온 사진들 속 세형은 마침내 날이 갠 세부에서 스노클링을 즐기는 중이었다. 새파란 하늘과 에메랄드빛 바다는 사진으로만 봐도 눈이 부셨다.

명재원한테도 이런 바다를 보여 주면 좋을 텐데.

고민하던 매화가 여행지를 검색하기 시작했다. 국내에도 바다가 맑은 해수욕장은 제법 있었다. 문제는 숙소였다. 재원은 몰라도 매화 자신의 주머니사정은 꽤 빠듯했기에 지나치게 유명하거나 등급이 높은 숙소는 엄두를 낼 수 없었다.

대중교통으로 가야 할 수도 있으니 이왕이면 교통편이 잘 된 곳으로, 바다와 멀지 않으면서 너무 낙후되지도 않은 곳으로…. 한참 검색에 열을 올리는데 현관문 열리는 소리가 들렸다.

"자기야-."

목소리만 들어도 알 것 같았다. 교통편은 별로 신경 쓰지 않아도 되겠다. 예상대로 신이 난 재원이 막 발급한 면허증을 흔들며 들어서고 있었다.

"이거 봐, 운전면허는 곧장 나오더라구?"

받아 든 면허증에는 미소 띤 재원의 얼굴이 조악한 화질로 인쇄되어 있었다. 매화는 별 관심 없는 척 사진을 유심히 살펴보며 헛기침을 했다.

"이건 언제 찍은 거야?"

"뭐가? 사진? 시험장에 있는 즉석사진기계로 찍었는데."

"……."

어이가 없어 한숨 쉬는 매화를 두고 재원이 씩 웃으며 물었다.

"한 장 줄까? 많이 있어."

"…일단 줘 봐."

"하하."

작은 사진에는 카메라를 보고 입꼬리를 자연스레 올린 얼굴이 선명하게 담겨 있었다. 매화는 사진을 잘 챙겨 넣고 재원에게 면허증을 돌려주었다. 재원은 면허증을 지갑에 넣으며 낮은 목소리로 속삭였다.

"나도 갖고 싶다."

"응?"

"나도 매화 사진 갖고 싶어. 한 장 주면 안 돼?"

"……."

네 핸드폰에 내 사진 많잖아. 지당한 반박은 구태여 입에 올리지 않았다. 인화된 사진을 지갑 깊숙이 넣는 것은 핸드폰으로 적당히 찍은 사진을 아무렇게나 넘겨볼 때와는 조금 다른 의미가 있었다. 보통은- 가장 중요한 자리를 이 사진의 주인에게 내어준다는 뜻이리라.

"…민증 사진이긴 한데, 기숙사에 있는 짐 뒤져 보면 어디 있을 거야."
"진짜? 찾아다 주라."
"알았어. 찾아 올게."
쉽게 대답하자 재원이 배시시 웃었다. 없으면 까짓 거, 나도 즉석사진기 하나 찾아 찍어 오면 되겠지. 지갑을 꺼내 사진을 집어넣던 매화가 아, 하며 입을 열었다.
"그보다 숙소 몇 개 찾아봤는데…."
"어? 진짜?"
"아무래도 바다 가까운 데가 좋지? 거리가 비슷하면 가격도 다 비슷비슷했어."
"보자, 보자."
신이 난 재원이 매화의 어깨를 둘러 안았다. 따뜻한 손이 조심스레 팔을 감싸자 익숙한 온기가 피부 아래까지 스몄다. 다정하지만 거리감이 느껴지는 몸짓에 뒤늦게 의문이 들었다. 그나저나….
앞으로도 쭉 이럴 건가?
"명재원."
부르자 재원이 응? 하며 눈썹을 들어 보였다. 매화는 입술을 벙긋대다 이내 다물어 버렸다. 끝까지 하고 싶든 아니든, 스킨십 자체를 자제할 필요는 없지 않아? -를 어떻게 돌려 물어야 할지 감을 잡지 못해서였다.
"…아냐."
재원은 의아한 표정을 지었지만, 더 묻지 않고 어깨만 으쓱여 보였다. 매화는 미리 찾아 놓은 숙소를 하나씩 보여 주며 복잡한 생각을 애써 지웠다.

금요일 수업을 마치고 재원의 자취방 앞에 도착하니 익숙한 경차가 보였다. 뒷유리창에는 손으로 '초보'라고 쓴 A4 용지가 붙어 있었다. 매화는 착잡한 심경으로 우선 트렁크를 열었다.

남자 둘이서 챙긴 2박 3일짜리 짐이라 해 봐야 백팩 하나씩이 다였다. 재원은 벌써부터 숙소 근처 마트에서 장을 볼 계획을 주절대며 신이 나 있었다. 매화는 애초에 숙소까지 무사히 도착할 수 있을지도 의문이라고 생각했지만 입 밖에 내지는 않았다.

"누나가 차 빌려주면서 뭐라고 안 하셨어?"

"응? 흠집이라도 냈다가는 새로 한 대 사 올 각오하라던데."

"……."

분명 달국에게 빌려줄 때는 다치지 않게 조심하라고 하셨던 것 같은데. 얌전히 조수석에 올라탄 매화가 안전벨트부터 찾아 쥐었다. 재원도 운전석에 앉고는 좌석을 한참 뒤로 뺐다.

"둘만 타니까 이 차도 꽤 넓다, 그치."

벨트를 채운 재원이 웃으며 말했다. 그야 성인 다섯에 아이 하나가 탔을 때와는 인구밀도부터 천지차이니 당연한 소리였다. 텅 빈 뒷좌석을 힐끔 건너다본 매화가 머뭇대다 물었다. -저기, 혹시.

"명재원, 이제라도…."

"응?"

"애들 부르고 싶으면 얘기해. 둘만 가는 거 허전하다거나 그러면….”

“…엥?”

시동을 걸려던 재원이 끼긱, 브레이크에 걸린 사람처럼 멈춰 섰다. 돌아보는 얼굴은 황당하기 짝이 없다는 표정을 짓고 있었다.

“또 무슨 소리야, 그건?”

“…말 그대론데.”

“허.”

한숨을 내쉰 재원이 핸들에 옆머리를 살짝 기댔다. 그대로 올려다보는 눈빛이 지나치게 짙었다. 매화는 그만 시선을 피해 버렸다.

“그게, 내 말은….”

“매화야.”

“…어.”

“나는 지금 너 말고 특별히 필요한 게 없는데.”

“…….”

“매화는 있어? 나 말고 필요한 거.”

연갈색 눈동자가 거침없이 따라붙었다. 덕분에 매화는 얼버무릴 기회마저 놓친 채 심중한 고민에 빠져야 했다. 지금 이 순간, 명재원 말고 필요한 것…. 대답은 어렵지 않게 나왔다.

“아니…. 없어.”

그제야 재원이 입 동굴이 생기도록 활짝 웃었다. 만족스러운 미소를 띤 채 몸을 일으킨 그가 콧노래를 부르며 시동을 걸었다. 숙소 주소를 찾아 내비게이션에 입력하니 2시간 30분이 걸릴 거라는 안내가 떴다.

"꽤 오래 운전해야 하네. 너 괜찮겠어?"

"중간에 휴게소 들르면 돼."

철컥, 기어를 바꾼 재원이 차를 출발시켰다. 걱정과 다르게 차는 좁은 골목길을 부드럽게 헤치고 나아가기 시작했다. 기능도 주행도 한 번에 붙었다더니 괜한 자신감은 아니었던 모양이다. 매화는 안전벨트를 움켜쥐고 있던 손에서 천천히 힘을 빼며 창밖으로 시선을 던졌다. 그 모습이 뒤로 눕는 것처럼 보였는지 재원이 타이르듯 말했다.

"피곤하면 좀 자면서 가."

"아… 아냐."

"불안해할 거 없어. 나 운전 괜찮게 하잖아."

분하지만 그것도 맞는 말이었다. 재원은 운전을 제법 잘했다. 막 면허가 나온 사람이라고는 생각할 수 없을 만큼 능숙하고 부드럽게 차를 몰고 있었다.

"시험관이 면허 취소돼서 다시 따는 거냐고 물어보더라니까."

"그건 좋은 말이 아니지 않아…?"

"그만큼 잘한다는 거잖아. 좋게 들으면 좋은 말이지."

유쾌한 웃음 사이로 내비게이션의 안내 음성이 섞여 들었다.

[잠시 후 우회전입니다.]

신이 난 재원이 보란 듯이 핸들을 왼쪽으로 돌렸다.

[경로를 이탈하여 다시 탐색합니다.]

안내 음성은 이런 일 정도는 한두 번이 아니라는 듯, 간지럽지도 않다는 듯 무덤덤한 말투를 유지하고 있었다. 잠시 후 유턴 구간에서 차를 돌리라는 지시와 함께 소요 시간이 5분 늘어난 화면이 떴다.

"……."

나까지 말을 얹을 필요는 없겠지. 모른 척 화면에서 눈을 돌린 매화가 창문을 살짝 열었다. 선선하고 건조한 가을바람이 해를 얹고 스며들었다. 그래, 좀 돌면 어때. 이렇게 도로가 잘 돼 있는데 어디로든 이어지겠지. 마음을 다잡는데 그때까지 고개를 갸웃대던 재원이 불쑥 중얼거렸다.

"이상하다, 가라는 대로 간 것 같은데."

"…우회전하라는데 좌회전했잖아!"

목소리가 높아진 것은 맹세컨대 불가항력이었다. 재원은 놀라거나 당황한 기색도 없이 그래? 하며 어깨를 으쓱일 뿐이었다.

한 시간이면 도착할 예정이었던 첫 휴게소는 결국 출발한 지 두 시간이 지난 후에야 들어설 수 있었다. 시동이 꺼진 것을 확인하자마자 온몸의 진이 빠지는 기분이었다. 매화는 비틀비틀 내려서며 재원의 기색을 살폈다. 아무리 저 녀석이라도 피곤하지 않을까. 그러나 차에서 내리자마자 기지개부터 쭉 켠 재원은 더할 나위 없이 상쾌한 표정을 짓고 있었다.

"우와- 여기 공기 좋다!"

그 말대로 지대가 높은 곳이라 서울보다 공기가 차고 맑게 느껴졌다. 그제야 고개를 든 매화가 허공에 대고 깊은 숨을 들이쉬었다. 맨투맨 티셔츠 차림에는 조금 쌀쌀한 것 같기도 했다.

"추워?"

살짝 어깨를 움츠렸을 뿐인데 곁으로 다가온 재원이 걱정스레 물었다. 매화는 아니, 하며 휴게소 안쪽을 가리켰다.

"뭐 마실래? 잠깐 앉아서 쉬다 가자."

"그럴까? 나는 차 종류가 좋을 것 같…."

말을 잇던 재원의 입가에서 한순간 웃음기가 씻겨 나갔다. 어딘가로 붙박인 그의 시선을 미처 따라가기도 전에 팔이 강하게 붙들리고 몸이 기울어졌다. 중심을 잃고 쓰러지기 직전 단단한 팔이 어깨를 감아 받쳐 왔다. 얼떨결에 재원에게 쓰러지듯 안긴 꼴이 되자마자 끼이익, 브레이크 긁히는 소리가 요란하게 울렸다.

한 걸음만 더 나갔으면 닿았을 거리에 검은 세단이 멈춰 서 있었다. 어안이 벙벙해진 매화가 두 눈을 깜빡이는데 운전석 창문으로 중년의 남자가 얼굴을 내밀었다.

"학생! 차 오는 걸 보고 다녀야지!"

짜증스럽게 고함치는 기세에 매화는 하마터면 죄송합니다, 하며 고개를 숙일 뻔했다. 그러지 못한 것은 재원이 어깨를 붙든 손에 힘을 주어 움직일 수 없게 한 탓이었다. 결국 이러지도 저러지도 못한 채 멀뚱히 바라보는 꼴이 되자 남자는 머쓱해졌는지 괜히 더 큰소리로 지껄이기 시작했다.

"하여튼 요즘 애들은 왜 이리 주위를 안 봐? 누구 인생을 망치려고….”

“남의 인생을 망치는 건 보행자 있거나 말거나 신경도 안 쓰고 과속하는 선생님 같은 분들이겠죠.”

머리 위에서 들려온 냉담한 목소리에 매화는 순간 제 귀를 의심했다. 시선을 올려 보니 재원이 조금의 웃음기도 없는 얼굴로 차분하게 말을 이어가고 있었다.

“저희한테 큰소리칠 입장 아니신 것 같은데, 사과할 마음 없으면 그만 가시죠.”

“뭐? 어린놈이 어디서 싸가지 없이….”

“시시비비 가리셔야겠으면 같이 경찰서로 가고요.”

“뭐가 어째? 말 다했어?”

발끈한 남자가 안전벨트를 풀려 들었다. 그때 차 안쪽에서 날카로운 중년 여자의 목소리가 들렸다.

“어휴, 그만 좀 하라고!”

이어 조수석 창문이 열리더니 여자가 고개를 쏙 내밀고 미안한 표정을 지었다.

“학생들, 미안해요. 우리가 좀 급한 일이 있었어. 어디 다친 덴 없어요?”

“아, 네…. 괜찮….”

또 얼결에 대답하려던 매화가 의식적으로 입을 다물었다. 그때까지도 재원이 굳은 얼굴로 남자를 바라보고 있었기 때문이다. 침묵이 이어지자 남자는 점차 처음의 기세를 잃고 헛기침하며 시선을 피했다.

“아니, 내가 못 본 것도 있지…, 아무튼, 그…,”

"……."

"음, 둘 다 다친 데는 없는 거 맞지? 그럼 됐지…."

그러고는 말끝을 얼버무리고서 갑자기 차를 출발시켜 버렸다. 순식간에 휴게소를 빠져나가 멀리 점이 되어 가는 세단을 멍하니 보던 매화는 그때까지 제 어깨를 꽉 움아매고 있던 재원의 손을 슬쩍 쥐었다.

"…명재원?"

화났나? 조심스레 눈치를 살피고 있자니 그제야 재원이 고개를 숙여 눈을 맞춰 왔다. 차갑게 가라앉아 있던 눈에 언제 그랬느냐는 듯 따사로운 생기가 돌았다. 와, 하며 탄식한 그가 맑고 짧은 웃음을 터뜨렸다.

"큰일 날 뻔했다."

"……."

"깜짝 놀랐네. 괜찮아? 저 아저씨 무섭다, 그치."

겁먹은 시늉을 한 재원이 매화의 양 어깨를 마구 문질렀다. 놀란 것 치고는 아주 침착하게 잘 털던데…. 매화는 아리송한 표정을 지으면서도 우선 고개를 끄덕였다.

"나야 괜찮지. 넌?"

"나? 나도 괜찮아. 그나저나 주차장에서 저렇게 속도를 내네."

"어…. 그러게."

"사고나면 어쩌려고 저러는지, 참."

재원이 흥, 볼멘소리를 하고는 매화의 손을 꽉 쥐었다. 어린 애를 차도에 내보내기 전에 그러듯이 조심스럽고 단호한 손길이었다.

"액땜했다 치자. 우리 여행 어엄청 재밌으려나 보다. 그치."

방금 벌어진 일이 다 착각인가 싶을 만큼 명쾌한 전환이었다. 때문에 매화는 생각했다. 이 애는- 차에 치일 뻔한 게 본인이었으면 처음부터 이렇게 말했을 것 같다. 운전자를 향해 정색하지도, 입바르게 따져 묻지도, 분개한 티를 내며 사람을 노려보지도 않았을 것이다. 그저 시키는 대로 죄송하다고 말하고, 액땜 잘했다며 웃어넘기지 않았을까.

재원이 불쾌해 하는 모습을 처음 보는 건 아니다. 1학기 술자리에서도 본 적이 있었다. 그래서 알게 되었다. 애써 스스로를 억누르지 않는구나. 기분이 나쁘면 나쁘다고 말하는구나. 그렇다면 이 애가 그간 보여 주었던 잔잔한 화락함, 뒤끝 없는 흥미는 모두 마음에서 우러나온 그대로 전한 거였겠구나.

"……."

그런 네가 나를 걱정해서 진심으로 화를 냈다는 사실에 속이 간지러워지는 것은, 정제한 애정을 담아 놓은 내 그릇이 한없이 초라하고 옹색해서일까.

"마실 거 내가 사 올게. 자리 잡고 앉아 있어."

애써 잡생각을 털어낸 매화가 마침 비어 있던 야외 테이블에 재원을 앉히며 말했다. 가방까지 내려놓자 재원이 금세 테이블을 짚고 일어나려 들었다.

"왜? 같이 다녀오…."

"여기 말고 빈자리가 없잖아. 나 올 때까지 지키고 있어."

넓은 어깨를 짓눌러 도로 앉히고 후다닥 돌아섰다. 식당 문 앞에 다다라서야 슬쩍 돌아보니 재원은 정말로 목줄을 건 개처럼 얌전히 앉아 있었다. 온순한 얼굴 위로 덮인 귀가 보이는 듯한 착각이 들었다. 어른한테 정색하고 따져 묻던 그 애는 어디 간 거야. 어이가 없어 김빠진 웃음이 샜다.

프랜차이즈 카페에서 허브티 두 잔과 간식용 빵 두 개를 샀다. 혼자 들기엔 살짝 버거워진 짐을 양손에 나눠 들고 조심조심 걷던 매화가 식당 문 앞에서 잠시 멈춰 섰다. 재원이 테이블 바깥쪽으로 몸을 돌린 채 상체를 낮추고 앉아 있는 모습이 보였기 때문이다.

"……."

그 앞에 선 것은 초등학교 저학년쯤 되어 보이는 여자아이였다. 장난감 하나를 손에 들고서 종알종알 설명을 하고 있었다. 재원은 턱을 괸 채 더없이 진지한 표정으로 아이의 말에 집중하더니, 곧 작은 손에서 장난감을 받아 들고 살펴보기 시작했다.

계속 멀리서 볼 수만도 없는 일이라 매화는 다시 걸음을 옮겼다. 발소리에 돌아본 재원이 살짝 멋쩍은 미소를 지었다.

"왔어?"

"어…. 뭐 해?"

"이거 비눗방울 총인데 비눗방울이 안 나온대."

"……."

글쎄, 그걸 왜 네가 애프터 서비스해 주고 있는 거냐고…. 어이가 없어진 매화가 주변을 둘러보았다. 부모는 어디 가고 아이 혼자 있나 싶어서였다. 그러자 대각선 방향 테이블에 앉아 있던 남녀가 살짝 눈인사를 건네 왔다.

직접 보지는 못했지만 상황이 훤히 그려졌다. 고장 난 장난감을 쥐고 고민하던 아이의 눈에 명재원이 들어왔겠지. 대뜸 달려와 말을 거는 아이를 재원은 다정하게 받아 주었을 것이다. 아이들은 유난히 재원을 좋아했다. 세형의 동생 세미도 처음 만나자마자 재원의 품에 답삭 안겨 세형을 실의에 빠뜨렸었다.

…그러고 보니 세미도 가지고 놀던 비눗방울 장난감 같은데. 테이블에 차와 빵을 내려놓은 매화가 아이 곁에 쪼그려 앉았다.

"내가 한번 봐도 될까?"

매화의 얼굴로 시선을 돌린 아이가 어렵지 않게 고개를 끄덕였다. 매화는 재원의 손에서 장난감 총을 받아 물통을 분리했다. 아니나 다를까, 물통을 끼워 조립하는 총신 부분에 스티커가 그대로 붙어 있었다.

스티커를 제거하고 도로 물통을 끼웠다. 이번에는 방아쇠를 누르자마자 비눗방울이 시원스레 쏟아지기 시작했다. 조마조마한 얼굴로 지켜보던 아이가 우와! 탄성을 지르며 박수 쳤다.

"감사합니다아."

아이가 고개를 꾸벅 숙이며 즐거운 웃음을 터뜨렸다. 대각선 테이블에 앉은 아이의 부모도 연신 목 인사를 해 보였다. 머쓱하게 마주 인사한 매화가 몸을 일으켰다. 건너편 의자를 빼서 앉자 이번에는 재원이 박수를 쳤다.

"대단하다, 자기야. 역시 공대 남자…."

"…넌 공대 남자 아니야?"

"와, 나는 거기 스티커가 붙어 있을 줄은 꿈에도 몰랐네. 어떻게 알았어?"

"세형이네 갔을 때 똑같은 장난감 본 적 있어. 그것도 비눗방울 안 나온대서 분해해 보니까 스티커로 막혀 있더라고."

느릿느릿 대답한 매화가 허브티를 재원 쪽으로 내밀었다. 그새 조금 식었는지 표면이 미지근했다. 그렇구나아, 하며 컵을 집어 든 재원이 코끝을 대고 향을 맡았다. 편안하게 풀어지는 표정을 바라보는 것만으로 같은 향이 느껴지는 것 같았다.

"그나저나 벌써 네 시네. 우리 아직 한 시간 반은 더 가야 하는데…."

허브티 한 모금을 머금은 그가 손목시계를 보며 말했다. 매화도 뒤늦게 걱정스러운 표정을 지었다.

"운전 너무 오래 하는데 괜찮겠어?"

"어? 그건 괜찮아. 도착하면 해 졌을까 봐 그래."

"아직 해가 그렇게까지 짧지는…."

위로의 말을 건네려던 매화가 멈칫했다. 해가 짧은 시기가 아니기는 하지만, 여기까지 오는 동안 그랬던 것처럼 여러 번 헤맨다면 한밤중이 되어서야 도착할지도 모른다. 고민하던 매화는 결국 다른 위로의 말을 찾기로 했다.

"급할 거 없잖아. 바다야 내일 봐도 되는 거고."

"그런가? 그렇긴 하지."

꿀떡같이 대답한 재원이 차 한 모금을 머금었다. 단정한 얼굴에 따뜻한 김이 어렸다. 산 중턱의 공기는 맑고, 바람은 적당히 서늘했으며 주변은 고요했다. 아무 계획 없이 그저 바다와 가까운 숙소 하나만 잡고 가는 일정이었다. 재촉하는 사람은 아무도 없었고, 재원은 이 시간이 영원히 이어지기라도 할 것처럼 여유로워 보였다.

'좋다….'

아니, '좋다'는 말은 이 상황을 표현하기에 지나치게 작은 것 같다. 매화는 미온해진 컵을 두 손으로 만지작거리며 찬찬히 제 속을 돌아보았다. 모든 것이 흡족해서, 이 상태가 끝나지 않기를 바라는 마음을 표현할 만한 단어가 있다면….

"……."

보통은, 행복하다고 말할까.

조심스레 시선을 올리자, 그때까지 말이 없던 재원과 눈이 마주쳤다. 고개를 갸웃한 재원이 테이블에 팔꿈치를 얹고 장난스러운 표정을 지었다.

"몰래 보지 말고 당당하게 봐, 매화야."

그러고는 두 손을 펼쳐 제 얼굴을 받치고는 뻔뻔하게 덧붙이는 것이었다.

"네 거잖아."

매화는 결국 느릿한 웃음을 터뜨렸다.

아예 자정이 넘어서야 숙소에 도착하는 최악의 상황까지 가정했지만, 다행히 남은 여정의 대부분이 직진이었기에 더 이상의 시간 낭비 없이 목적지에 다다를 수 있었다. 정확히 오후 5시 반을 가리키는 시계를 짚은 재원이 의기양양한 미소를 지었다.

숙소는 모래사장에서 도보 2분 거리의 작은 펜션이었다. 전면

창으로 바다가 보이는 풍경이 아름다워 유명해진 곳인데, 그런 만큼 바다가 보이지 않는 방은 제법 저렴하게 예약할 수 있었다.

"어차피 바다는 나가서 보면 되잖아."

재원은 시원스레 말했고, 매화 역시 그 의견이 합리적이라고 생각했다. 펜션에서 나와 2분만 걸으면 온 사방으로 트인 바다를 볼 수 있다. 굳이 숙소에 앉아서 보자고 두 배에 가까운 돈을 지불할 필요는 없지 싶었다.

숙박할 방은 2인용 침대가 가운데에 위치한 게 전부인 아담한 공간이었다. 매화는 문 쪽에 가방을 내려놓고 창가로 다가갔다.

말은 시티뷰라고 하지만 넓은 창 너머로 보이는 것은 삐뚤빼뚤하게 지어진 낮은 상가 건물들이었다. 해수욕장 이용객들을 위해 입구마다 발을 씻을 수 있는 수도를 빼놓은 가게가 많이 보였다. 수영을 하기에는 쌀쌀한 날씨지만, 서핑을 하러 오는 사람은 제법 있는 모양인지 보드복 차림의 관광객이 오가는 모습이 보였다.

"뭐 해?"

한발 늦게 다가온 재원이 매화의 어깨에 턱을 얹었다. 매화는 자연스레 그의 머리를 쓰다듬으며 속삭이듯 대답했다.

"그냥… 바닷가 마을이구나 싶어서."

"으응?"

나른하게 되물은 재원이 매화의 허리를 끌어안았다. 그대로 몸을 밀착시키는가 싶더니 곧 한 걸음 물러선다. 기분 탓으로 돌리려면 그럴 수 있을 만큼 미미한 거리감이었지만, 매화는 저도 모르게 멈칫하며 고개를 들었다.

"아, 서핑하는 사람들인가? 재밌겠다."

뭐라 입을 떼기도 전에 재원이 명랑하게 중얼거렸다. 덕분에 정작 묻고 싶었던 말은 혀끝에서 그 흔적을 감추고 말았다. 매화는 잠시 망설이다 결국 다시 창밖으로 눈을 돌렸다.

"서핑할 줄 알아?"

"아니?"

"…뭔데."

허무한 대답에 김이 빠진 반응이 재밌는지 재원이 큭큭 웃었다. 그러고는 쪽, 소리가 나도록 매화의 뺨에 입을 맞췄다.

"바다 보러 가자, 매화야."

매화는 대답 대신 고개만 끄덕였다. 차라리 다행이다 싶었다. -혹시 나 피해? 어차피 도저히 입 밖으로 낼 용기는 없는 말이었으므로.

밖으로 나오니 먼 하늘이 조금씩 노을빛에 물들고 있었다. 사람의 눈으로는 세상을 가로지르는 바다의 시작과 끝을 가늠할 수 없었다. 재원은 광활하게 펼쳐진 수평선을 따라 한참이나 고개를 꺾다가 두 눈을 한껏 접어 웃었다.

"솔직히 사진으로 보는 거랑 똑같을 줄 알았는데…."

"……."

"직접 보니 전혀 다르네."

사박, 운동화 밑창 아래로 백사장에 곱게 바스라졌다. 들떠 보이는 재원과 가까이서 걸으며 매화가 조심스레 물었다.

"뭐가 다른데?"

매화에게 바다는 익숙한 장소였다. 할머니 집과 가깝기도 했고, 친척들이 한 번씩 데려가 주기도 했기 때문이다. 기억도 나지 않을 만큼 어린 시절, 밀려온 파도가 발목을 간질이는 느낌에 놀라 울음을 터뜨렸던 일은 아직도 할머니가 즐거이 꺼내는 추억 중의 하나였다.

그런 만큼 이제는 별 감흥이 없는 것도 사실이었다. 언제 어느 곳에 있는 바다를 보나 그저 바다구나, 싶었다. 혹여 재원에게도 그렇게 심드렁한 인상을 줄까 봐 그 와중에 걱정스럽기도 했다.

"일단… 짠내가 나네."

먼 곳에서 바람이 불어왔다. 앞머리가 날리며 반듯한 이마를 드러낸 재원이 두 눈을 살짝 감았다 떴다.

"바람도 불고…."

찰박, 밀려든 파도가 백사장을 쓰다듬고 아쉽게 멀어져갔다. 재원은 매화의 손을 쥔 채 천천히 걸음을 옮겼다. 타박, 타박, 결 고운 모래가 발밑에서 부서지는 소리가 아련하게 들렸다.

얼마 지나지 않아 흰 포말이 짙은 자국을 남긴 자리까지 닿았다. 젖은 모래를 가만히 내려다보던 재원이 매화의 손을 살짝 당기며 물었다.

"발 담가 보면 안 되나?"

"뭐? 안 돼."

고민할 틈도 없이 단칼에 거절하자 재원이 시무룩한 표정을 지었다. 매화는 얼른 고개를 내저으며 재차 강조했다.

"이런 날씨에 발 담그면 추워. 백 퍼센트 감기 걸려."

"그런가…."

"봐봐, 신발 벗은 사람 아무도 없잖아. 심지어 서핑하는 사람들도 온몸을 꽁꽁 싸매고 있잖아."

"그렇구나…."

순순히 대답하면서도 표정은 전혀 납득한 것 같지 않았다. 매화는 붙잡은 손을 힘껏 당기며 걸음을 빨리했다. 대충 구경하다 밥이나 먹으러 가는 게 나을 것 같았다.

"……."

냉정하리라는 결심은 또다시 오래 가지 못했다. 재원은 별 말 없이 따라오고 있었지만, 어쩐지 그 걸음걸이가 맥없게 느껴졌다. 결국 얼마 가지 못해 멈춰 선 매화가 한숨을 푹 내쉬었다.

"…신발 벗어 봐."

체념해 뇌까리자 재원이 두 눈을 둥글게 떴다. 응? 되묻는 그에게 매화가 다급히 손을 내저어 보였다.

"바다에 담그라는 거 아니야. 그냥 모래만 밟아."

"아아."

"담그는 건… 내일 낮에 기온 보고 그때 결정하자."

어렵사리 꺼낸 말에 재원이 큭큭 웃었다. 금방 신발을 벗어 한쪽 손에 든 재원이 매화를 재촉했다.

"매화는?"

"나는 됐…. 알았어. 알았으니까 그렇게 쳐다보지 마."

반짝이는 눈빛 공격을 이겨내지 못하고 몸을 굽혔다. 재원이 그랬듯 신발을 벗어 한 손에 쥐고 남은 손을 맞잡았다. 그대로 걸음을 옮기자 부드러운 모래가 발바닥을 간질이기 시작했다. 사박,

사박, 차례로 모래를 밟을 때마다 둘의 발을 적시지 못한 파도가 성을 내듯 바로 곁에서 포말로 부서졌다.

매화는 살짝 앞서 걸으면서 한 번씩 재원을 돌아보았다. 행여나 재원이 다짜고짜 바다로 돌진하면 어쩌나 불안해진 탓이었다. 그러나 재원은 눈을 살짝 내리깐 채 얌전히 매화를 따라오고 있을 뿐이었다. 다행히 모래사장의 감촉 자체가 마음에 든 눈치였다.

"다음엔 너희 할머니 댁이랑 가까운 바다도 가 보고 싶어."

파도는 바다의 업일 뿐이다. 피어오르는 포말 위로 하늘의 업인 노을이 덮였다. 밤을 불러들이는 바람은 이제 진분홍빛으로 물들고 있었다.

"그때 가려던 바다?"

"응."

"거기나 여기나 비슷할 텐데…."

"다르지. 거긴 네가 다니던 바다잖아."

'다니던 바다'라는 표현은 조금 이상하게 들렸다. 근처에 어린 시절 자주 가던 해수욕장이 있긴 하지만, 확신하건대 그곳에는 매화의 발자국 하나 남아 있지 않을 것이다. 해변에는 늘 너무나 많은 비가 오고, 바람이 불고, 파도가 치니까.

"그런 게 왜 보고 싶어?"

묻자 재원이 조금 웃었다.

"그냥, 나는 네가 보고 들었을 것들이… 뭐든 궁금해."

때로 재원이 내보이는 속내는 너무도 직설적인 나머지 담백하게까지 들렸다.

"너는 안 그래?"

얇고 묽은 말소리 한 겹 아래에 묻힌 날것의 욕망에 뒤늦게 어지러워지는 것은 그래서였다.

생각해 보면 아득하다. 너는 어쩌면 그렇게 서슴없이 모든 걸 알고 싶다 말할 수 있을까. 나는 아직도 맞잡은 손의 체온조차 들킬까 두려워 어깨를 움츠릴 때가 많은데.

지금도 눈을 감으면 떠오른다. 같은 공간, 같은 시간 속에서 완전히 다른 방향을 바라보고 있던 시절. 위태로운 10대의 끝자락에 불쑥 발밑을 삼켜 버린 첫사랑.

"난…."

실은 지금도 이 모든 게 현실 같지 않을 때가 많아.

입을 다문 것은 시선을 떨어뜨리자마자 묘한 위화감이 느껴졌기 때문이다. 재원의 발이 모래사장을 밟고 있는 모습일 뿐인데, 어쩐지 안 좋은 예감이 들었다. 굳어 버린 매화를 향해 재원이 고개를 갸웃 기울였다.

"매화야?"

"……."

"왜 그래?"

"…아."

재원의 발이 모래에서 살짝 떨어지자마자 알 것 같았다. 모래가 젖어 있었다. 파도가 닿는 자리였다.

"도망…."

그리고 운명이란 늘 얄궂게 작동하기 마련이다. 말 떨어지기 무섭게 바람을 함뿍 삼킨 파도가 철썩, 요란한 소리를 내며 정강이를 내리쳤다.

"……."

"……."

쏴아아, 얄미운 방문자를 응징하고 만족한 듯 멀어져 가는 파도를 함께 바라보던 재원과 매화는 한참 후에야 허무한 웃음을 터뜨렸다. 바지는 무릎까지 푹 젖었고 발은 젖은 모래가 달라붙어 엉망이었다. 무엇보다 큰 문제는- 너무 차갑다는 거였다.

"아, 추워. 추워. 감기 걸리겠다."

"내가 뭐랬어…."

"빨리 가자. 숙소 가서 씻자. 이러다 내일 나란히 앓아눕겠어."

붙잡은 손에 힘을 준 재원이 다짜고짜 앞서 달리기 시작했다. 매화는 얼른 모래사장에 발을 파묻듯 버티고 선 채 목소리를 높였다.

"그쪽 아니야…!"

펜션 입구에 마련된 수도에서 모래를 대충 털고 방으로 달려 올라갔다. 욕실 문을 열자마자 매화부터 밀어 넣은 재원이 샤워기를 틀고 물 온도를 맞췄다.

"바지 벗어, 매화야."

"…아, 응."

엉겁결에 젖은 바지를 벗자 재원이 가까이 오라는 듯 손짓했다. 엉거주춤 다가가니 무릎에서부터 따뜻한 물이 끼얹어졌다. 남아 있던 약간의 모래와 바닷물이 씻겨 나가고 발이 따뜻해지자 조금 살 것 같았다. 매화는 재원의 손에서 샤워기를 받아 들며 그의 발을 가리켰다.

"너도 벗어."

"난 아예 샤워하려고. 너부터 닦고 먼저 나가도 돼."

간단히 대답한 재원이 셔츠를 벗어 욕실 밖으로 던졌다. 그러고는 안에 입은 티셔츠까지 훌렁 걷어 올렸다. 매화는 샤워기를 움켜쥔 그대로 굳은 채 재원의 등을 뚫어져라 바라보았다.

…굳이 따로 씻는다고?

"……."

갑작스러운 정적에 재원이 의아한 얼굴로 돌아보았다. 매화는 입술을 달싹이다 이내 다물어 버렸다. 헛숨에 부풀었다 가라앉은 어깨가 가늘게 떨렸다. 재원은 그제야 심상치 않은 기색을 느끼고 심각한 표정을 지었다.

"…매화야?"

"왜…."

왜 이 애 앞에서는 매번 이렇게 한심한 모습을 보이게 될까.

"왜 같이 안 씻는데?"

간신히 뱉은 말이 좁은 욕실을 공허하게 울렸다. 재원은 자신의 청력을 의심하는 얼굴을 하고 있었다.

"내가 그때 화내서 그래?"

"어? 뭐? 뭐라고?"

"너 베개로 때려서…."

"매화야. 자기야. 나 지금 이 흐름 전혀 못 따라가겠는데?"

"네가 넣는… 얘기한 걸로 내가 화내가지고, 그 뒤로 너…."

배 속 깊은 곳에서부터 열기가 올라왔다. 귀가 너무 뜨거워서 차마 말을 더 이을 수가 없었다. 고개를 푹 숙여 버린 매화를 보며 재원이 뒤늦게 입을 떡 벌렸다.

"그거 때문에 같이 안 씻는 거냐고? 지금 그 소리야?"

"……."

"아니, 매화야. 나는 낮에 계속 땀을 흘려서…. 일단 자기야, 설마 우는 거 아니지?"

"이깟 걸로 내가 왜 울어. 사람을 뭘로 보는 거야?"

얼굴을 확 치켜든 매화가 급히 쏘아붙였다. 재원은 헛웃음을 지으며 누가 듣기라도 할세라 목소리를 낮췄다.

"이제 그냥 가도 안 아쉽냐고 눈물 글썽이던 분은 어디 가셨…."

"……!"

이번에는 손 닿는 거리에 베개가 없었다. 아쉬운 대로 쥐고 있던 샤워기를 들어 올리자 재원이 물세례를 맞으며 아이고, 탄식했다.

"매화야, 그게 나는…."

한참을 씨근대고 있자니 재원이 슬그머니 물을 끄고 다가왔다. 매화는 시선을 피한 채 마른침을 삼켰다.

"네가 너무 겁먹은 것 같아서 그랬지. 혹시 이건 아니다 싶어서 도망갈까 봐."

"……."

"서운해 할 줄은 상상도 못했네. 미안해."

매화가 입술을 꾹 다물었다. 서운했던 건 사실이지만, 그게 재원이 미안해할 일인가 묻는다면 그건 아닌 것 같다. 결국 또 혼자 안달 낸 것뿐이니까.

"…네가 별생각 없는 거면 됐어."

"아니, 아니. 그게 또 그런 식으로 결론이 나면 곤란해. 어떻게 별 생각이 없었겠어."

"……."

"매화야, 넌…."

재원의 다른 손이 반대쪽 뺨을 마저 감쌌다. 가까워진 입술에서는 여전히 익숙한 향이 났다. 열아홉의 재원을 떠올릴 때마다 가장 먼저 코끝을 감도는 햇빛의 냄새였다.

"네가 나를 얼마나 복잡하게 만드는지 죽어도 모를 거야."

맞물린 입술에 당연한 수순처럼 눈을 감으며 매화는 생각했다. 아, 너는 복잡해지는구나.

나는 단순해지는데. 우리가 손을 잡고 입을 맞출 때, 몸을 붙이고 피부에 맺힌 감각을 거슬러 올라갈 때, 너를 마음껏 좋아하던 열아홉 여름과 너를 좋아하지 않으려 애쓰던 스무 살 봄을 몽땅 잊고서- 그저 네 체온밖에 가늠할 수 없게 되던데.

그렇다면, 어쩌면 나만 이렇게 멍청해지는 걸까. 모두가 상대에게서 구태여 보살피고 돌봐야 할 부분을 찾아내며 영리하게 연애하는 세상에서, 나만 너의 사소한 말 한마디, 손짓 하나에 아직도 일희일비하며 헤매고 있는 걸까….

"흐…."

한 겹씩 벗겨 낸 옷을 멀리 던지고 샤워부스 안으로 들어섰다. 입을 맞춘 채 따뜻한 물줄기 아래에 서자 자연스레 벗은 몸이 뒤엉켰다. 허리를 부드럽게 감싼 손이 늑골을 짚어 오르다 젖꼭지를 눌러 움켰다. 아, 신음하며 휘청이는 매화를 옭아맨 재원이 길게 늘어진 목에 이를 세웠다.

"으… 읏."

중심을 잃고 뒷걸음질 친 매화의 등으로 차가운 욕실 벽이 닿았다. 그러자 재원이 매화의 허리를 양손으로 쥐고 천천히 몸을 숙이기 시작했다.

"…명재원, 뭐 하…."

고개를 비튼 그가 매화의 빗장뼈 사이로 얼굴을 묻었다. 그대로 닿은 자리마다 깊이 핥아 올리다 살짝 잇자국을 내며 서서히 내려간 입술이 곧 배꼽 아래까지 닿았다.

"……."

재원은 이제 바닥에 한쪽 무릎을 대고 앉아 있었다. 그대로 고개를 들어 매화의 명치를 혀끝으로 눌렀다가 잇새로 하복부까지 움키기를 반복했다. 샤워기 물소리 사이로 젖은 피부를 훑은 마찰음이 선명하게 울렸다. 매화는 한 손으로 제 입을 막은 채 두 눈을 꾹 감았다.

"아, 흣…."

닿는 피부마다 빠짐없이 울혈을 내야만 만족할 것 같던 입술이 떨어져 나간 것은 그때였다. 동시에 축축한 점막이 몸속 깊은 곳을 휘감는 느낌이 척추를 타고 올랐다.

"헉…!"

놀란 매화의 몸이 파드득 튀어 올랐다. 눈을 뜨고는 더욱 현실을 믿을 수가 없었다. 재원이 제 다리 사이로 얼굴을 묻고 있었던 것이다.

"명재…원! 뭐 해…!"

허우적대는 매화를 두고 재원은 아무렇지 않은 얼굴이었다. 입안에 가득 문 것을 빨아들이며 눈을 접어 웃어 보이기까지 했다.

"그, 그걸 왜… 입에… 미쳤…."

토막토막 끊긴 말이 허무하게 흐려지는 동안에도 기둥을 핥고 문지르는 움직임은 멈출 줄을 몰랐다. 아예 눈을 감고서 정성스레 애무하는 혀끝에서 당장 벗어날 방법은 없었다. 결국 눈을 가린 채 고개를 떨어뜨린 매화가 떨리는 숨을 힘겹게 나눠 뱉었다. 쌕쌕대는 호흡마다 어깨가 크게 부풀었다 떨어지기를 반복했다.

"매화야."

얼굴을 살짝 떼어 낸 재원이 기둥 아래쪽을 쥔 채 속삭였다. 입술은 여전히 귀두 끄트머리에 닿아 있었다. 금방이라도 다시 뿌리까지 삼킬 듯했다. 예민한 피부에 직접적으로 끼치는 숨을 감당하기 어려워 매화는 등줄기를 부르르 떨었다.

"매화야."

재원이 재차 불렀다. 굳이 대답을 들어야겠다는 거였다. 그제야 손가락 틈을 벌려 시야를 확보한 매화가 기어들어가는 목소리로 중얼거렸다.

"…왜…."

재원이 킥, 웃음을 터뜨렸다. 동시에 허벅지를 더듬어 올라온 커다란 손이 엉덩이를 살짝 쥐었다.

"여기…."

"……."

"…조금만 만져 봐도 돼?"

기다란 손가락이 부드러운 살을 파헤치고 골 사이로 닿았다. 움찔, 온몸이 흔들리는 감각에 매화가 더운 숨을 내쉬었다. 이제 와 새삼스레 만져도 되느냐는 질문이 무엇을 의미하는지 모르지 않았다. 몸 안쪽을 건드리고 싶다는 뜻이었다.

"……."

쉽게 대답하지 못하자 재원의 고개가 슬쩍 기울어졌다. 입가에는 여전히 미소가 맺혀 있었지만, 열이 들어찬 눈동자에는 심상치 않은 붉은 기가 돌았다.

겁이 나지 않는다면 거짓말이다. 하지만 그 이상으로 강렬한 호기심이 들었다. 매화 역시 알고 싶었다. 닿을 수 있는 피부와 체온과 점막을 모조리 맞대었을 때, 재원이 어떤 얼굴을 할지.

"…매화야."

침묵이 이어지자 재원이 다시금 불렀다. 여전히 한쪽 뺨을 매화의 허벅지에 댄 채였다. 옅은 분홍빛으로 물든 손끝이 초조하게 피부를 긁었다.

"싫으면 안 할게."

너 싫은 건 아무것도 안 해. 약속할게. 이미 들었던 말을 재차 되뇌는 말이 간지러워 결국 다시 눈을 감았다.

"안…."

싫으면 안 하겠다니. 나는 너를 좋아하지 않는 일도 오래 전에 실패했는데. 재원의 양 어깨를 짚은 매화가 입을 한껏 달싹였다.

"응?"

말보다는 숨에 가까운 소리가 흩어지자 재원이 고개를 갸웃했다. 매화는 젖은 얼굴을 열심히 문지르곤 다시금 목소리를 쥐어

짜냈다.

"…안 싫어, 너는 뭐든."

"……."

"안 싫다고…. 내가, 내가 언제는…."

너한테 싫다고 한 적이 있었어…? 말끝을 흐리며 고개를 떨어뜨리자 재원도 함께 얼굴을 숙였다. 매화는 한 손으로 눈가를 덮은 채 오래도록 움직이지 않는 그를 불안하게 내려다보았다. …잘못 말했나? 이게 아니었나? 어안이 벙벙해진 매화가 뭐라 덧붙이려는 찰나, 재원이 벌떡 자리에서 일어났다.

하마터면 재원의 머리에 턱을 맞을 뻔한 매화가 얼떨떨하게 물러섰다. 재원은 벽을 짚은 채 한참이나 고뇌하더니 이내 고개를 끄덕끄덕 흔들었다.

"음…. 이제 됐어. 이성 찾았어."

"…어?"

"진짜 매번 어쩜 그래. 심장 떨어지는 줄 알았어, 매화야…."

"응…?"

살금살금 속삭인 재원이 매화의 허리를 감아 끌어당겼다. 그대로 입을 맞춰오는 통에 매화는 목을 한참 뒤로 꺾어야 했다. 잇새를 벌리고 들어온 혀에 정신이 팔려, 엉덩이를 움켜쥔 손은 조금 늦게 눈치챘다.

"살짝만 만져 볼게."

입술을 댄 채 속삭인 재원이 골 사이로 손가락을 미끄러뜨렸다. 길고 단단한 손은 너무나 쉽게 가장 내밀한 피부에 닿았다. 놀랄 틈도 없이 구멍 주위를 문지르던 손끝이 천천히 안으로 파고들기 시작했다.

"…아…."

낯설고 불편한 감각에 절로 허리가 굳었다. 바람 빠지는 소리를 낸 매화가 재원의 목을 감은 팔에 힘을 주었다.

"아파?"

"아니, 으, 아픈 건 아닌데… 이상해."

어쨌든 괜찮다는 뜻으로 받아들였는지 삽입이 조금 더 깊어졌다. 비누거품으로 감싼 단단한 손가락은 부드러운 구멍을 천천히 벌리며 손마디가 꺾이는 부분까지 파고들었다. 턱, 뭔가 걸리는 감각에 멈칫한 것은 매화뿐만이 아니었다. 골똘한 표정을 짓던 재원은 이내 상체를 좀 더 밀착시키고는 두 번째 손가락을 밀어 넣었다.

"헉…."

긴 숨을 들이쉰 매화가 저도 모르게 발부리를 조금 들어 올렸다. 검지와 중지를 붙여 천천히 파고드는 감각은 처음보다 훨씬 버겁게 느껴졌다. 재원은 살살 달래듯 매화의 뺨에 입 맞추며 차근차근 내벽을 짚어 올라가기 시작했다.

"앗, 으…."

살금살금 이어지던 침입에 어느 순간 조금씩 속도가 붙었다. 끝까지 밀고 들어왔다가 안을 깊이 짚어 누르며 빠져나가는 움직임이 하나하나 생경해서 자꾸 숨이 가빠왔다. 마찰하는 피부가 간지러워 움찔대다 정신을 차려 보면 입술이 다가와 있었다. 자연스레 입을 열고 받아들인 혀끝은 아직도 모자란 게 있다는 듯 진득하게 안을 훑으며 달라붙었다.

"응, 으읏…."

몸속을 파고드는 이물감은 여전히 낯설었고, 시간이 지난다 해도 익숙해질 것 같지 않았다. 여태까지 키스하거나 서로의 몸을 만지던 것과는 전혀 다른 감각이었다. 간지러운 것 같기도, 불편한 것 같기도 했다.

"명재원, 이거… 그만해."

무심코 말하자 재원이 멈칫했다. 빤히 맞춰 오는 눈동자에 "정말?"이라고 쓰여 있었다. 매화는 눈앞의 얼굴을 쓰다듬으며 낮은 한숨을 쉬었다.

"그만하고 그냥… 넣어."

"……."

욕실은 곧 침묵에 휩싸였다. 재원은 한참동안 말없이 두 눈을 깜빡이다 이내 매화의 어깨로 고개를 푹 떨어뜨렸다.

"저기, 매화야…."

"…왜."

"진짜 너를 어쩌면 좋지…."

재원은 숫제 울 것 같은 얼굴이었다. …뭐 때문에 이러는 거야. 두 눈을 가늘게 뜬 매화가 재원의 귀를 잡아 올렸다.

"뭔데, 또. 혼자만 알지 말고 말을 해."

"아야야…."

"그냥 넣어도 된다니까. 괜찮을 것 같…."

"아니야, 매화야. 진정하고 잘 생각해."

침착하게 타이른 재원이 매화의 팔목을 잡아 내렸다. 굳은 손끝에 굵고 딱딱한 기둥이 잡혔다. 움찔, 몸을 굳힌 매화의 시선이 차차 밑으로 향했다. 재원의 아랫배에 바짝 올라붙은 살덩이가 보였다.

"……."

한 손으로는 잘 잡히지도 않는 기둥을 감싼 핏줄이 유독 흉흉하게 도드라져 있었다. …확실히 쉽게 말할 문제는 아니었다. 금방 납득한 매화가 시선을 피하자 재원이 장난스러운 웃음을 터뜨렸다.

"그치? 힘들 것 같지?"

"……."

쪽, 가볍게 입맞춤한 재원이 손가락을 빼냈다. 매화는 움찔, 몸을 움츠리며 재원의 어깨에 매달렸다. 잠깐이지만 안을 채우고 있던 타인의 몸이 빠져나가자 안도감과 아쉬움이 동시에 밀려들었다. 재원은 그 마음을 알기라도 하는 것처럼 매화의 등을 끌어안고 토닥였다.

"일단 마저 씻자. 우리 저녁도 먹어야 하고…."

"…얼마나."

"응? 저녁?"

"얼마나 더… 하면 충분한데?"

매화가 슬그머니 고개를 들었다. 붉게 물든 얼굴을 마주한 재원의 눈가가 한순간 굳었다. 웃음기가 사라진 입술이 깊이 다물리는 모습을 보며 매화는 다급히 말을 이었다.

"아니, 정말 괜찮아서, 괜찮다고 한…."

"매화야…. 나도 이제까지는 참을 만해서 멈춰 보려 한 거야."

"……."

"무슨 말인지 알아?"

매화는 아무 대답도 하지 못했다. 가만히 침묵하다 천천히 고개를 끄덕였을 뿐이다. 재원은 한참 후에야 무른 목소리로 칭얼거렸다.

"진짜 너 때문에 죽겠어…."

누가 할 말인가 싶었다.

"…아…."

밀려들어온 손가락이 스르르 빠져나갈 때마다 잔뜩 짜 넣은 젤이 철벅대며 접합부를 간지럽혔다. 매화는 베개를 꽉 끌어안으며 배 속 깊은 곳까지 침범해 들어오는 낯선 감각을 차근차근 삼켰다.

"아, 읏… 으응…."

마디가 굵은 손가락이 몸 안쪽을 누르자 손끝이 파득파득 튀도록 초조해졌다. 재원은 조금도 급할 것 없다는 듯 느긋한 태도로 속을 매만지고 있었다.

"이거, 언제…까지, 아!"

참다못해 입을 열기가 무섭게 손가락 하나가 늘어났다. 검지와 중지, 약지를 붙여 제법 실팍해진 이물이 뒤를 벌리니 숨이 턱 차오르도록 버거운 압박감이 느껴졌다.

"아… 읏."

무심코 고개를 든 매화의 등줄기가 바르르 떨렸다. 어깨가 수축되자 마른 등 위로 길을 패듯 날개뼈가 불거졌다. 재원은 보기 좋게 도드라진 기립근을 따라 입을 맞추며 제법 부드러워진 구멍을 끈질기게 문질렀다.

"…으응, 윽…."

그러는 동안 등허리가 가장 깊이 휘어진 자리에 닿은 입술은 망설임 없이 엉덩이 살이 시작되는 지점을 한껏 움켰다. 곧 물컹한 혀가 골 사이로 미끄러질 것을 알 수 있었다. 헉, 놀란 숨을 뱉은 매화가 더듬더듬 한 팔을 뒤로 뻗었다. 푹신한 머리칼을 덮어 쥐고 밀어내자 재원이 큭큭, 간지러운 웃음을 터뜨렸다.

"왜애."

"거, 거기 핥지 마…."

"으음, 진짜?"

그럼 가짜겠냐…! 잔뜩 억울한 얼굴로 돌아보자마자 눈이 마주쳤다. 재원은 제 아랫입술을 축이던 모습 그대로 눈을 휘어 씩 웃었다.

"싫어?"

"……."

"싫으면 안 하고."

숨을 잔뜩 들이쉬고 혀끝에 힘을 주었지만, 이번에도 싫다는 말은 입 밖으로 나오지 않았다. 당연하지만 한순간도 이 애가 싫었던 적이 없다. 마음에 없는 소리를 구태여 꺼내 상처 주고 싶은 마음 역시 없다. 그저….

그저 분한 거지. 너무 좋아해서….

울컥 올라온 감정은 말문을 막고 눈앞을 흐리게 했다. 어쩌자고 이렇게 끝도 없이 커져만 가는 마음이 있을까. 그렇게 오래 좋아했는데, 때려 주고 싶은 순간도 많았는데, 그럼에도 불구하고 눈을 맞추면….

모든 걸 잊게 돼. 그저 네가 바라는 대로 다 해 주고 싶어. 그 외엔 전부 의미 없고 하찮은 일로 느껴져. 아, 그래. 너는….

너는 나를 정렬시켜.

"…명재원."

부르자 재원이 착한 강아지처럼 순종적인 미소를 띠었다. 매화는 빈 입술을 여러 번 달싹이다 끌어안은 베개에 옆머리를 눌렀다.

"…하고 …어."

반쯤 먹힌 말에 재원이 눈을 동그랗게 뜬 채 으응? 하는 표정을 지었다.

"매화야, 뭐라고?"

"…그만하고…."

"어? 그만?"

"넣… 넣어. 네 거…."

매화가 말을 맺자마자 베개에 온 얼굴을 푹 파묻었다. 삐죽 드러난 귀와 목덜미가 새빨갛게 물들어 있었다. 재원은 잠시 두 눈만 깜빡이다 이내 느린 웃음을 터뜨렸다.

"진짜…."

돌아보지 않아도 얼굴을 가린 채 킥킥대는 모습이 보이는 것 같았다. 매화는 달아오른 얼굴을 문지르며 상체를 벌떡 일으켰다.

"…안 넣을 거면 그만해."

"아니요, 아니요. 그게 아니라요."

밀치고 일어날 태세를 하자 그제야 재원이 다급히 매화의 등을 끌어안았다. 무게에 눌려 무력하게 엎드린 매화가 으, 하며 짜증을 냈다. 재원은 그런 매화의 목덜미에 깊이 입 맞추며 속삭였다.

"아직 안 될 것 같아서 그래."

"대…체 언제까지 해야 되는데…!"

"으음…. 매화 구멍이 너무 작은 걸 어떡해…."

귓전에 입술을 댄 채 뻔뻔하게 지껄이는 음담패설에 아연해진 매화가 헉, 소리를 냈다. 돌아본 재원은 여전히 산뜻하고 나긋나긋한 미소를 띠고 있었다. …어떻게 이런 해사한 얼굴로 그딴 소리를 할 수가 있지? 대거리할 말을 찾지 못해 입만 벙긋대고 있자니 재원이 배시시 웃었다.

"잘못하면 다친다고 했단 말이야. 조심하느라 그래."

"……."

"내가…."

꾸욱, 매화를 덮어 누른 채 하체를 밀착시킨 재원이 유난히 탁한 목소리를 냈다.

"내가 박고 싶지 않아서 참는 게 아니야, 매화야…."

그 말을 증명하듯, 볼기 사이로 빈틈없이 달라붙은 살덩이의 부피감이 고스란히 느껴졌다. 뺨을 붉힌 매화가 아랫입술을 살짝 물었다. 그러자 하아, 짓눌린 한숨을 내쉰 재원이 매화의 어깻죽지에 이를 세웠다.

"그리고…."

"…어?"

"걱정돼…. 너무 아프면 너 도망갈까 봐."

말은 그렇게 하면서도 입술 새로 삼킨 살을 잘근대는 움직임은 거침없었다. …하여튼 입질하는 거 참 좋아해. 진짜 강아지도 아닌 게….

"…알았어."

매화는 툭, 목덜미에 달라붙은 재원의 머리를 쓰다듬으며 마른 침을 삼켰다.

"아프면… 내가, 말할 테니까…."

"……."

"…일단은, 그… 해 봐…."

그러자 몸통을 끌어안은 재원의 팔이 발끈, 부풀어 올랐다. 순간적으로 스치는 싸한 감각에 매화가 두 눈을 크게 떴다. …실수한 거 아닐까? 후우, 뒷목에 닿는 재원의 숨이 한껏 거칠어진 것이 느껴졌다.

"명재…."

"잠깐만."

붙잡아 볼 틈도 없이 재원이 훌쩍 일어났다. 그대로 침대에서 내려가는 그를 보며 매화도 허둥지둥 일어나 앉았다. 갑자기 어딜 가는 거지? 혹시 화가 났나? 왜?

"명재원…."

"응?"

용기 내 입을 떼기 무섭게 재원이 멈춰 섰다. 그대로 몸을 굽혀 집어 든 것은 바닥에 아무렇게나 던져 둔 가방이었다.

"왜? 필요한 거 있어? 물 줄까?"

"……."

그가 태연하게 물으며 가방 앞주머니에서 콘돔 박스를 꺼냈다. …아. 그제야 재원의 목적을 깨달은 매화가 고개를 설레설레 저었다.

"아니…."

침대로 돌아온 재원이 박스를 열어 매화에게 내밀었다. 매화는 익숙하게 한 개를 뜯어내 포장을 찢었다.

"누워 봐."

재원이 순순히 몸을 눕히는 매화의 허리 아래로 베개를 밀어 넣었다. 바로 누운 채 하체를 살짝 띄워 올리자 자연스레 무릎이 양옆으로 벌어졌다. 받아 든 콘돔을 한 손으로 씌우며 몸을 낮추던 재원이 멈칫한 것도 그때였다.

"……."

매화는 저도 모르는 사이 재원의 손에 가 있던 눈을 천천히 들어올렸다. 땀이 맺히기 시작한 피부는 싸구려 형광등 불빛 아래서 유난히 반질반질해 보였다. 보기 좋게 짜인 상체 근육을 훑어 올리던 시야가 짧게 흔들렸다. 귀밑에서부터 일자로 뻗은 목의 동맥 자리를 따라 굵은 핏줄이 사나운 모양으로 불거져 있었다.

숨소리조차 자취를 감춘 찰나의 고요를 깨듯 매화가 꼴깍, 마른침을 삼켰다. 그 순간 뻗어 온 재원의 손이 무릎을 한껏 움켜쥐었다.

"…읏."

미처 예상치 못한 통증에 발끝이 움찔 튀어 올랐다. 동시에 재원이 아, 하며 얼른 아귀힘을 풀었다.

"미안, 매화야."

"아, 아니."

"내가 좀…."

스르르 미끄러진 손이 이번에는 허벅지를 넓게 쥐었다.

"…흥분한 것 같아."

재원의 코끝을 타고 흐른 땀방울이 툭, 매화의 명치 위로 떨어졌다. 매화는 아무 대답도 하지 못한 채 아랫입술만 잘근거렸다. 방 안의 온도가 올라간 것 같은 착각이 들었다. 침묵 속에서 몇 번 숨을 고르던 재원이 힘겨운 미소를 지었다.

"매화야, 아프면 말하고…."

"…알겠다고. 말한다고."

"말하면 바로 그만둘 테니까…. 나 미워하면 안 돼."

"……."

"알았지?"

참 치사하기도 하지. 헛웃음을 지은 매화가 재원의 어깨로 팔을 둘렀다. 재원은 젤을 잔뜩 짜내 기둥을 훑듯이 바르고서야 살금살금 속삭였다.

"…힘 빼고."

커다란 손이 매화의 등을 넓게 감싸 제게로 당겼다. 이어 뭉툭한 살기둥이 서서히 뒤를 누르기 시작했다.

"……!"

깜짝 놀란 매화가 고개를 훌쩍 꺾어 올렸다. 무의식중에 몸을 뒤로 빼려 했지만 그럴 만한 틈이 없었다. 어안이 벙벙해진 사이 불쑥, 굵은 귀두가 젖은 주름 사이를 파고들었다.

"…아…?"

벌어진 입술 새로 목구멍을 긁은 신음성이 힘없이 흘렀다. 아, 아, 아…. 매화는 저도 모르게 재원의 어깨를 마구 밀었다.

"자, 잠… 잠깐…."

몸을 아예 가르고 들어오는 게 아닌가 싶었다. 덜컥 몰아친 두려움에 허둥대자 서서히 허리를 밀던 재원이 움직임을 멈췄다.

"힘들어?"

쪽, 뺨에 입 맞추며 묻는 말에 마음 같아서는 고개를 마구 끄덕이고 싶었다. 그러지 못한 것은 전에 없이 상기된 재원의 얼굴을 정면으로 마주한 탓이었다. 늘 매끄러운 모양으로 걸려 있던 미소는 어디론가 사라지고, 눈가는 축축한 장밋빛으로 물들어 있었다. 삽입을 시도했다는 이유만으로도 온몸의 피가 끓도록 흥분하고 있는 것이다.

"그만할까?"

"아, 아니…."

뭐에 찔린 사람처럼 대답한 매화가 마른기침을 뱉었다.

"아니야, 계속… 계속해도…."

콜록대며 말을 잇느라 잠깐 신경이 쏠린 순간, 재원이 불현듯 허리를 밀어 올렸다. 드득, 굵고 딱딱한 기둥이 거침없이 젖은 살갗을 긁는 바람에 매화의 등허리가 파득대며 튀어 올랐다.

"흐, 윽…!"

"…하아."

"으응, 아, 나…."

아파, 조금, 아픈 것 같아. 치밀어 오른 말은 간신히 삼킬 수 있었지만 온몸에 번져가는 떨림은 감출 수 없었다. 가슴을 크게 부풀리며 헐떡이는 매화를 가만히 내려다보던 재원의 이마에도 식은땀이 배었다.

"매화야."

"으, 움, 움직이지 마…."

"으응. 안 움직일게. 안 움직여."

살살 달래며 입 맞추자 매화가 젖은 눈을 바쁘게 깜빡였다. 재원은 얄팍한 등을 어르듯 쓸어 주며 진득한 침이 고인 입안을 낱낱이 핥고 빨아들였다. 축축한 혀를 휘감아 오랫동안 뒤섞고 나서야 붙든 몸의 떨림이 조금씩 가라앉기 시작했다. 하아, 진정된 숨을 조금씩 나눠 뱉던 매화가 물기 어린 눈으로 물었다.

"…다 넣었어?"

"……."

재원은 대답 없이 애매한 미소만 지어 보였다. 불길함을 느낀 매화는 몸을 일으키려 들다 아, 하며 진저리를 쳤다. 허리에 힘을 주는 바람에 삽입이 깊어진 탓이었다.

"아, 왜 아직…."

"후우…."

길고 짙은 한숨을 내쉬는 재원의 관자놀이로 굵은 핏줄이 도드라졌다. 매화는 가까워진 피부에서 풍기는 열기에 놀라 움찔, 몸을 굳혔다.

"매화야."

부르는 목소리가 귓바퀴를 타고 눅눅하게 가라앉았다. 평형감각이 사라진 듯 머리가 어지러웠다. 이거, 정말로 멈출 수 있긴 한 걸까. 오싹한 기분에 매화가 젖은 숨을 뱉었다.

"명, 재원. 나…."

"으응, 매화야."

"나, 으… 흣!"

재원이 상체를 내려 매화의 어깨를 끌어안았다. 꾸욱, 맞닿은 하체가 밀리며 양 무릎이 높이 떠올랐다. 느리지만 확실하게 파고드는 움직임 하나하나가 지나치게 생생해 진절머리가 났다.

"다, 다리…."

"다리?"

"너무 벌어, 져서 힘들어…."

아. 간단히 탄식한 재원이 매화의 한쪽 무릎을 들어 제 어깨에 올렸다. 이번에는 허리가 붕 뜨는 바람에 놀란 나머지 덜컥 눈물이 솟았다.

"좀 나아?"

"아니, 윽, 아니. 이거 말고…."

골반은 뻐근하고, 정신은 아득하고, 파고드는 살기둥은 뜨거웠다. 이러다 배가 뚫리는 게 아닐까. 밀려드는 두려움이 야기한 혼란에 매화는 횡설수설 다른 말을 늘어놓았다.

"언, 언제까지, 흑, 넣는 거야…."

방울방울 맺힌 눈물이 관자놀이를 타고 흘러내렸다. 그제야 멈칫한 재원이 매화의 양 뺨을 감쌌다. 따뜻하고 커다란 손이 젖은 얼굴을 훔쳐내자 매화가 끅, 딸꾹질을 했다.

"매화야."

"…읏, 왜…."

"이제 다 넣었어."

쪽, 가볍게 입 맞추며 어르는 말에 희미한 안도감이 들었다. 진짜? 매화가 축축한 눈을 깜빡여 시선을 내렸다. 여전히 버겁기는 하지만, 조금만 기다리면 견딜 만해질 것 같았다. 겁먹어 흔들리던 마음이 차차 가라앉고 시야가 분명해졌다. 하아…. 소르르 한숨을 내쉬자 등줄기를 휘돌던 긴장감이 풀어지며 무릎이 흘러내렸다.

재원이 불현듯 허리를 치받은 것은 그때였다.

"…흐윽!"

이미 몸 안을 가득 채우고 있던 타인의 몸이 상상조차 해 본 적 없는 깊은 곳까지 한순간에 박혀 들었다. 꽉 막힌 비명을 내지른 매화가 팔다리를 경직시켰다. 배 속에서부터 일어난 경련이 손끝에 닿자마자 찌르르, 전류가 흐르는 듯한 기묘한 감각이 온몸을 후려쳤다.

"아… 하윽, 윽…. 흑…."

"하아…."

매화는 맥없이 늘어진 채 빠르게 두 눈을 깜빡였다. 눈앞으로 온갖 빛깔의 잔해가 산란하듯 번득대고 있었다. 아, 이게 뭐지…. 누군가 머리를 잡고 흔드는 것처럼 어지러웠다.

"매화야, 괜찮아?"

괜찮지 않다고 말하고 싶은데 입이 잘 움직이지 않았다. 고개를 저었다고 생각했지만 끄덕였을지도 모른다.

"후…. 매화야."

엎드리다시피 상체를 붙인 재원이 천천히 허리를 물렸다. 잔뜩 벌어진 내벽이 빠져나가는 성기에 끈끈하게 달라붙는 것을 스스로도 느낄 수 있었다. 아, 녹녹한 신음성이 제게서 나온 것인지 재원이 흘린 것인지 구분할 수가 없었다. 매화는 은연중에 떨리는 손을 들어 재원의 어깨에 얽었다.

"지금 매화… 엄청 부드러워."

"무, 슨, 으응…!"

얕게 빠져나갔던 기둥이 곧장 퍽, 소리가 나도록 강하게 치고 들어왔다. 찌릿, 짓눌린 자리에서부터 시작된 이상한 감각이 다시금 손끝까지 퍼져 나갔다. 아, 아…. 치는 대로 흔들리며 몸속을 파고든 윤곽을 실감할 때마다 안구가 통째로 뜨거워졌다. 도대체 이게 뭘까. 아픈 것 같기도 하고, 간지러운 것 같기도 하고, 무서운 것 같기도 한….

"매화야."

귓바퀴를 잘근대며 속삭인 재원이 매화의 팔목을 잡아 올렸다. 그러고는 판판한 배꼽 아래에 손바닥을 대게 했다.

"지금…."

이어 퍽, 소리와 함께 무언가 안쪽에서부터 뱃가죽을 두드리는 것이 느껴졌다.

"…헉."

숨을 삼킨 매화가 두 눈을 홉떴다. 재원이 허리를 움직여 뿌리까지 찔러 넣을 때마다 아랫배를 감싼 손바닥을 쿡쿡 쳐올리는 부피감이 고스란히 전해졌다. 아, 말도 안 돼. 크게 벌린 입술이 말을 담지 못하고 벙긋대는 동안 재원은 차차 속도를 높이고 있었다.

"아으, 명재…원. 명재원…."

"응, 매화야."

"…흑, 천, 아우, 제발…."

"으응, 천천히."

토막토막 끊긴 말은 꿀떡같이 알아들으면서, 정작 그 말을 들어줄 생각은 전혀 없어 보였다. 귀두만 남을 때까지 길게 몸을 빼냈다가 철퍽, 들이칠 때면 예의 그 전류 같은 자극이 머릿속을 태우는 것만 같았다.

"하아, 윽…. 명…."

방 안은 어느새 젖은 살이 마찰하는 소리와 재원의 더운 숨, 매화가 서슴없이 뱉어 내는 희미한 신음으로 가득 찼다. 턱, 턱, 치받는 힘에 밀려 흔들리는 순간마다 젖은 시선이 탁하게 흐려졌다. 재원은 초점 잃은 다색 눈동자를 빤히 내려다보며 아랫입술을 축였다.

"매화야."

"으응…."

"매화."

"…흣, 아!"

마침내 비명이 흘렀다. 매화는 제 이름을 부르는 재원의 목소리를 따라 고개를 흔들었다. 허리를 짓쳐 올리는 기세와 다르게 귓전으로 쏟아지는 음성은 혀가 아리도록 달콤하기만 했다.

쾌락과 고통의 경계에서 현실감은 흐려지고 수치심은 힘을 잃었다. 시간이 얼마나 지났는지, 언제부터 사정하고 있었는지는 기억나지 않았다. 고개를 꺾어 내려 보니 꼿꼿이 선 제 성기가 묽은 정액을 줄줄 흘리고 있었다. 그제야 복부가 꽉 조여드는 듯한 사출감이 한꺼번에 밀려왔다.

"아…."

재원과 닿은 모든 점막이 물렁하게 수축했다. 빠득, 머리 위에서 이를 악무는 소리가 들렸다. 철벅, 다시 끝까지 박혀든 성기가 한순간 몸 안에서 부푼 것 같았다. 재원은 늘어진 매화를 가득 끌어안은 채 짓눌린 침음을 흘렸다.

"하아…."

재원의 목덜미에 얼굴을 묻은 매화의 눈꺼풀이 파르르 떨렸다. 익숙한 체향에 뒤섞인 시큼한 땀 냄새가 코끝을 자극했다. 명재원…. 중얼대며 코끝으로 훑어 올라가 입술을 맞물었다. 사정을 마친 재원의 등은 옅은 땀으로 가득 젖어 있었다.

"…명재원."

재차 부르자 재원이 응, 하며 이마를 맞대 왔다. 대답하는 목소리에도 아직 가라앉지 않은 흥분감이 묻어났다. 그 사실이 못 견디게 좋았다. 매화는 두 팔로 안기도 버거운 등을 느릿느릿 긁어내리며 재원과 눈을 맞췄다.

손톱만 한 이성이나마 되찾은 재원은 이제 사고 친 강아지 같은 표정을 짓고 있었다. 시무룩하게 눈썹을 가라앉혔지만, 주인이 자신을 사랑한다는 사실은 의심치 않는.

"…미안, 매화야."

"……."

"힘들었지…."

매화는 아주 잠시 침묵을 지켰다. 힘들지 않았다는 거짓말이 선뜻 나오지 않은 탓이었다. 그러자 재원은 한 번 더 매화야, 하며 애교 섞인 목소리를 냈다.

"자기야, 나 미워하면 안 돼…."

으응? 아양 떨듯 고개를 파묻는 몸짓에 매화가 아랫입술을 꾹 물었다. -아, 역시 이 애는 다 아는 게 틀림없어. 내가 무슨 일이 있어도 너를 미워하지 못한다는 걸.

"…헛소리 좀 그만해."

진심을 담아 타박하자 재원이 부스스한 웃음을 지었다. 이어 다시 입술이 닿고 끈적끈적한 피부가 스쳤다. 선명한 기억은 거기까지였다.

드문드문 몸을 움직일 때마다 따뜻한 손이 등을 쓰다듬어 도로 재워 준 기억이 났다. 몇 번이나 일어나야 한다고 생각했지만, 그때마다 몸이 섞인 자리에서부터 녹아드는 체온을 이겨 내지 못하고 가라앉듯 잠이 들었다.

그러니 정신을 차린 것은 바로 그 따뜻한 손이 사라진 탓이었다. 어두운 방 안에서 한동안 두 눈만 끔벅이던 매화가 천천히 상체를 일으켰다.

"아야야…."

너무 오래 잔 탓인지 온몸이 지끈지끈 아팠다. 아픈 허리를 부여잡고 돌아보니 재원이 누워 있던 자리가 텅 비어 있었다. 욕실에서도 소리가 들리지 않는 걸 보면 밖에 나간 것 같았다.

"……."

주위를 두리번대다 협탁에 올려 둔 휴대폰을 찾아 쥐었다. 두 눈을 가늘게 뜬 채 불이 들어온 화면을 노려보던 매화의 입술이 서서히 벌어졌다. 액정화면에 뜬 날짜와 시간이 토요일 밤 9시를 가리키고 있었다.

"어…?"

분명 마지막 기억은 금요일 밤이었는데. 재원에게 전화하려던 목적도 잊고 절망에 빠진 매화가 베개에 이마를 파묻었다. 꼬박 24시간을 잤다고? 기껏 바다까지 여행을 와서?

물론 한 번씩 깨기는 했었다. 목이 말라 일어났다가 물을 마시자마자 잠들었던 것도 기억이 났으나 그뿐이었다. 매화는 베개를 힘껏 움켜쥔 채 자괴감에 빠졌다. 과제가 많은 주간이라 잠이 모자라긴 했지만, 장시간 차를 타느라 피곤하긴 했지만, 그…런 짓도 하느라 진이 다 빠졌지만, 아무리 그렇다 한들 사람이 이렇게까지 오래 잘 수가 있다고?

"……."

아픈 머리를 붙들고 있던 매화가 긴 한숨을 쉬었다. 이제 와서 따져 봐야 이미 일어난 일이었다. 어두워진 창을 향해 돌아눕자마자 찰칵, 방문이 열렸다. 이어 센서등 불빛이 퍼져 나오더니 조심스러운 발소리가 들렸다. 소음을 내지 않으려 최선을 다하는 것이 느껴졌다. 매화는 그의 괜한 수고를 덜어 줘야겠다 싶어 고개를 쭉 빼고 입을 열었다.

"어디 갔다 왔어?"

입을 열자마자 후회했던 것은, 꽉 잠긴 목소리가 제 귀에도 듣기 싫게 울린 탓이었다. 놀란 재원이 헉, 소리를 냈다.

"어, 매화야, 언제 일어났어?"
"…방금."
"먹을 거 좀 사 왔어. 오래 기다린 거 아니지? 빨리 온다고 왔는데."
재원이 내려놓은 봉투에는 음료수 몇 가지와 각종 간식거리가 들어 있었다. 우선은 간단히 요기할 만한 음식으로만 사온 것 같았다.
"먹고 마저 자. 물도 마시고."
"그보다 나 이 현실이 좀 믿기 힘든데…."
"응?"
"나 진짜 하루 꼬박 잔 거야? 오늘 토요일 밤 맞아?"
기적적으로 핸드폰 시계가 잘못됐을 가능성도 있지 않을까. 덧없는 희망을 가지고 물었지만 재원은 애매한 미소를 지을 뿐이었다.
"뭐 어때. 어차피 쉬자고 온 건데."
"아니…. 진짜야? 진짜 내일이면 집에 가야 돼?"
"…으음…."
"이럴 거면 뭐 하러 바다까지 왔어? 구경하려던 것도 먹으려던 것도 하나도…."
주절주절 늘어놓다 보니 황당한 마음의 정체가 뭔지 알 것 같았다. 재원에게 바다 구경을 실컷 시켜 주겠다는 계획이 이번에도 허망하게 무너졌던 것이다. 말을 잇지 못하고 두 손에 얼굴을 묻은 매화를 보며 재원이 재빨리 위로의 말을 건넸다.
"어제 바다 봤잖아. 그거면 됐지."

정말이지 아무 유감도 아쉬움도 없는 말투였다. 괜히 울컥하는 마음에 고개를 들자 재원이 배실배실 웃었다.

"그리고, 음…. 내일 내로만 돌아가면 되는데, 뭐."

"……."

"얼마든지 더 놀다 가도 돼. 어디 가고 싶은데?"

-내일 내로만 돌아가면 돼. 입을 다문 채 재원의 말을 되뇌던 매화는 문득 생각했다. 명재원이 말하는 '돌아갈' 장소란 어디일까. 분명 그 작은 방을 말하겠지. 짝을 맞춰 산 컵들과 식기, 집주인은 마시지도 않는 커피 머신이 있는.

"그러니까 오늘은 자자."

뺨을 매만진 손이 옆머리를 쓰다듬었다. 매화는 결국 그 손이 이끄는 대로 재원의 어깨에 머리를 기대며 두 눈을 살짝 감았다.

흥분이 가라앉자 이번에는 현실적인 문제들이 하나씩 떠올랐다. 말은 그렇게 했지만- 차가 막히기 전에 서울로 돌아가려면 너무 늦지 않게 출발해야 하고, 그러려면 일찍 일어나야 하고…. 재원의 본가에 들러 차를 돌려주려면 또 잡아야 할 시간이….

"차 사기 전에는 면허 안 딴다던데."

생각의 꼬리를 물고 불현듯 여난의 말이 되살아났다. 매화는 저도 모르게 명재원, 하며 고개를 들었다. 재원은 대답 대신 으응, 목 울리는 소리를 냈다.

"너 정말 차 사려는 거 아니지? 냅다 지르기 전에 꼭 나한테 얘기해야 돼."

"그 얘긴 또 왜… 아, 여난이 한 말 때문에?"

"불안해서 그래. 턱하니 집 계약해 왔던 것처럼 갑자기 차도 사

오는 거 아닌가….”

“아니야, 아니야. 너희 할머니 댁 갔을 때부터 면허 따야겠다고 생각했어. 차야 누나한테 빌리면 되는 거니까.”

“…….”

“거기 갔을 때 좋아서… 다음에는 둘이 오고 싶더라고.”

창밖으로 바다는 보이지 않지만, 바다를 이고 사는 사람들의 마음은 보였다. 깊은 물속에서 건져 낸 물건을 팔기 위해 늦은 시간까지 불을 밝힌 상점들은 마치 해수면을 수놓은 새우잡이 배처럼 보였다.

“…뭐가 그렇게 좋았는데?”

궁금증을 이기지 못하고 묻자 재원이 음, 하며 뜸을 들였다.

“창이 큰 것도 좋았고, 정원에 심은 커다란 매화나무도 좋았고….”

“…….”

“다 좋았지만…. 네가 자란 집이라는 게 제일 좋았어.”

네가 자란 집. 네가 다니던 바다. 재원이 입에 담는 것은 하나같이 매화 자신조차 잊고 살던 먼 과거뿐이었다.

“그래서 다시 가 보고 싶었어.”

서슴없이 과거를 말하는 것은, 미래에 대한 확신이 있어서일까. 재원은 간혹 이 모든 날들이 언제까지고 똑같이 반복될 것처럼 이야기하곤 했다. 내일도 모레도 우리는 함께 있을 것이고, 몇 년이 지나도 마찬가지이리라고.

“…….”

무릎에 턱을 괸 매화가 곰곰이 생각에 빠졌다. 나는 그저 네가 겪어낼 날들을 지켜보고 싶을 뿐이었다고 말하면, 그 자리에 반드시 내가 있기를 바랐던 건 아니라고 하면….

너는 서운해 할까, 혹은 그래? 하며 웃을까.

“근데 매화야.”

생각에 잠긴 매화를 향해 재원이 조심스레 고개를 기울였다.

“그… 괜찮아? 허리….”

“안 괜찮아. 아파.”

단호하게 대답하자 재원의 눈꼬리가 푹 가라앉았다. 즉각적인 반응에 매화는 픽 웃으며 그의 머리를 쓰다듬었다.

“…심심하지 않았어? 나 계속 자서.”

“전혀? 자는 얼굴 구경하다 보니 밤이던데.”

불현듯 궁금해진다. 내년 가을에도 우리는 지금과 같은 모습일까.

“…….”

물어볼 수도 있었지만 그러지 않았다. 굳이 지금 재원의 미소를 지울 필요는 없지 않은가. 적어도 오늘, 누구도 찾아오지 않을 어두운 방에서 보낼 둘만의 시간은 아직 남아 있는데.

“따뜻한 거 마시고 싶으면 차 끓여 줄까?”

다정히 묻는 말에만 귀를 기울여도 모자란 하루였다. 매화는 재원이 사 온 음료수 중 하나를 집어 들며 고개를 저었다.

“…그냥 있어.”

창밖은 여전히 낮의 흥분을 씻어 내지 못한 인파를 향해 불을 밝힌 상점들로 가득했다. 하지만 아무리 작은 빛도 이 좁은 창을 뚫고 안락한 어둠을 방해하러 오지는 못할 터였다.

“지금은… 다른 거 필요 없어.”

그러니 곁을 내어준 어깨에 기대지 못할 이유도 없었다.
"……."
그리하여 재원 역시 잠잠해졌다. 매화는 눈을 감은 채 가만히 되뇌었다. 해가 뜨면 미리 찾아 둔 카페에 가자. 재원이 좋아하는 향 좋은 차를 사서 돌아가자고 해야겠다. 시간이 되면 바다도 한 번 더 보고, 맛있는 것도 먹고….
적어도 오늘과 내일만은 그래도 되니까.
낡은 창 너머로 작은 폭죽이 타들어 가는 소리가 들렸다. 신이 나 한껏 내지르는 목소리도 겹쳐들었다. 그 서툰 환희의 시작점이 궁금하지 않았기에 매화는 그저 가만히 앉아 있었다. 재원 역시 꼼짝하지 않았다.
"명재원."
한참 후에야 부르자 으응? 다정한 되물음이 돌아왔다. 매화는 마른 입술을 축이며 여러 번 말을 골랐다. 명재원. 명재원…. 처음 귀에 담은 뒤로 한순간도 잊어 본 적 없는 이름이 꺼내 놓는 그리운 순간들에 어지러웠다.
"내일…."
"응."
"낮에 따뜻하대."
바다 보고 가자. 발 담그게 해 줄게. 네가 다짜고짜 엉뚱한 방향으로 달려도, 나까지 끌고 차가운 바닷물에 무릎을 적셔도 화내지 않을게. 숨죽인 속삭임이 이어지는 동안 재원은 아주 천천히 고개를 끄덕이고 있었다.
"그래."

은밀한 대답은 어느새 가까워진 입술 사이에서 흘렀다.

"바다 가자, 매화야."

그러자 어제 낮의 심술궂은 파도가 묻는 말이 들린 것 같았다. -또 나를 만나러 올 거야? 매화가 응답하지 않았으므로 작은 방은 다시금 침묵에 휩싸였다.

잠잠하고 고요한 계절의 끝자락이었다. 마주 쥔 손의 온도는 더없이 아늑하였으며, 몸 깊은 곳에 파묻었던 어린 날의 사랑이 그 애와 스치는 피부를 따라 올올이 넘치고 있었다. 매화는 따스한 손을 따라 눈앞의 품으로 거리낌 없이 파고들었다. 해를 받고 달리던 소년은 그늘 아래서도 여전히 바짝 마른 무지개 내음을 풍겼다.

冬 겨울

어떤 순간은 마치 상흔처럼 남기도 한다.

잘 벼린 헤라로 굳은 흙을 긁어내듯 새겨진 그날에 대해- 달국은 지금도 분 단위로 기억해내 말할 수 있었다. 현관문을 열고 나선 순간 코끝을 스치던 쌀쌀한 아침 공기, 낯선 동네의 생경한 바람, 스니커즈 밑창을 긁던 보도블록의 요철과 머리를 스칠 듯 낮게 흐르던 구름의 모양까지도.

익숙한 것이라곤 나뭇잎 하나 없는 골목에서, 그러니 웬만큼 달라서는 다른 줄도 모를 길 위에서, 그 애는 참 유난히도 이질적이었다.

그렇지 않았다면 시작되지도 않았을 것이다.

"뉴질랜드?"

찬장을 뒤적이던 달국의 손이 멈칫했다. 아일랜드 바 너머 거실 소파에 늘어진 여난을 향해 시선이 간 것은 당연한 일이었다. 뚫어져라 바라보고 있자니 여난이 손을 휘휘 저어 보였다. 별일 아니라는 뜻일 터였다.

"아…. 진짜? 몇 년이나? …응. 정해진 건 아니고?"

라면 두 개에 계란 두 개, 파와 두부까지 넣으려면 제법 큰 냄비가 필요했다. 찬장 깊이 파묻힌 것을 꺼내느라 달그락댈 때마다 여난의 목소리가 흔적 없이 묻혔다. 달국은 결국 손을 놓고 몸을 돌려 바를 짚었다.

"모르겠네, 생각해 본 적이 없어서…."

핸드폰을 쥐지 않은 손으로 뒷머리를 긁적이던 여난이 멈칫했다. 따갑다 못해 뜨거운 시선을 느낀 탓이었다. 결국 긴 한숨을 내쉰 그가 수화기 너머 상대를 향해 작별을 고했다.

"일단 나 뭐 좀 하던 중이라…. 나중에 다시 통화할래? 어-."

"누군데?"

전화를 채 끊기도 전에 묻자 여난이 양 눈썹을 가라앉혔다. 대답하기 난처할 때면 나오는 표정이었다.

"그… 경우 있잖아. 이경우."

"누구야, 그게."

"…이경우 모른다고? 까맣게 잊었다고?"

"몰라. 하여튼 왜?"

여난이 으음, 하며 한 번 더 말을 골랐다. 답답한 마음에 짚은 곳을 손끝으로 툭툭 치는데 핸드폰을 내려놓은 그가 자리에서 일어섰다.

"경우랑 윤수랑… 뉴질랜드로 워홀 가기로 했대."

"워홀?"

"어, 그래서 나도 혹시 생각 없는지 전화해 봤다 그러네. 기왕 가는 거 여럿이 일정 맞춰서 가면 하우스메이트 따로 구할 필요도 없고 뭐…."

"……."

"…그렇대."

말을 마친 여난이 슬그머니 고개를 기울였다. 죄지은 것도 없이 눈치 보는 티를 낼 때 꼭 저런 식으로 불쌍한 표정을 짓는다. 달국은 들릴 듯 말 듯 한숨을 쉬고서 다시 찬장을 열었다.

"그래서?"

"어?"

"어쩔 거냐고."

"어쩌긴…. 내가 뜬금없이 뉴질랜드를 왜 가."

여난은 황당하다는 듯 말했지만, 달국에게는 그다지 충분한 답변이 아니었다. 이미 모든 것이 짜증스러웠다. 뜬금없이 전화를 걸어 워홀 따위의 화제를 꺼내는 고등학교 동창도, 거기에 대고 단칼에 거절하지 않는 여난도, 무엇보다도….

"너 아직 이경우랑 연락해?"

그러자 여난이 느릿느릿 두 눈을 깜빡였다. 왜 그런 게 궁금한지 모르겠다는 얼굴이었다.

"연락한다기엔… 졸업하고 처음 통화한 건데."

"처음?"

"가끔 메시지 주고받긴 했어. 반창회하자고 말 나온 적도 있고. 다들 시간 못 맞춰서 유야무야됐지만."

적당히 대답한 여난이 자리에서 일어났다. 그러고는 주방으로 넘어와 괜히 도마 위 재료를 뒤적이기 시작했다.

"…왜, 또 뭐."

당연하지만 어색한 분위기를 풀기엔 역부족이었다. 홱 돌아보며 묻는 말에 달국이 삐딱한 표정을 지었다.

"졸업하고 각자 갈 길 갔으면 그만이지, 무슨 워홀에 하우스메이트야."

"글쎄, 안 간다니까…."

아무래도 방학이 문제다. 달국은 두 눈을 가늘게 뜬 채 마침내 찾아낸 냄비를 인덕션에 올렸다. 해가 바뀌는 시기에 걸쳐져 있어서인지, 겨울방학이 시작되자 여난의 주변에는 유난히 이런 날파리가 많이 꼬였다. 영어 특강을 같이 듣자거나, 듣도 보도 못한 자격증 스터디를 하자거나, 단기 어학연수를 함께 신청하자는 둥 종류도 다양하더니 이제는 워킹홀리데이까지 들이미는 것이다.

"다들 다급해진 거지. 정신 차려 보니 이제 곧 2학년이라고 하니까."

"…그래?"

달국으로서는 모를 이야기였지만 적당히 대답하기로 했다. 여난은 괜히 잘라 놓은 파를 뒤적이며 흙을 덜 씻은 것 같다는 둥 딴소리를 하다가 달국을 향해 얼굴을 불쑥 들이밀었다.

"근데 국아."

"왜."

"너 지금 나한테 이런 걸로 눈치 줄 처지야?"

"……."

보통 대학생이 자격증과 영어시험 준비로 방학을 보낸다면, 예대의 방학은 공모전의 계절이었다. 지난달에는 이듬해 봄에 개최될 전시를 낀 대기업의 석조 공모전 공고가 있었다. 덕분에 종강하자마자 석재용 실습실은 고학번의 재료와 도구들로 발 디딜 틈 없이 가득 찬 상태였다.

달국이 지난주부터 출근 중인 현장이기도 했다. 고작 1학년 2학기를 마친 처지에 낄 자리는 아니지만, 돌을 다루는 작업에 흥미가 있던 탓에 어시스턴트로 지원했던 것이 패착이었다.

"뭐? 크리스마스에도 학교에 가? 나 진짜 뭐 잘못 들은 줄 알았잖아."

"…미안하다니까."

"사귀고 나서 첫 크리스마스를 과제에 쓴다? 이게 대체 말이 되는 처사라고 생각하시는지?"

어느새 꺼내든 국자를 마이크처럼 내민 여난이 눈썹을 살짝 치켜올렸다. 입술만 달싹이던 달국은 조용히 냄비에 물을 채웠다.

굳이 변명하자면, 여난과 이렇게 되기 전에 정해진 일이었다. 물론 그때도 설마 크리스마스까지 차출될 줄은 예상하지 못했지만.

"과제는 아니고…."

"알아, 공모전이라며."

"…어."

"크리스마스는 선배 공모전 도와주느라 날리고, 방학은 개인 작품 하느라 날리고, 덕분에 애인은 주말에 라면 끓여 먹을 때나

간신히 얼굴 보여 주면서, 뭐? 워홀을 간다는 것도 아니고, 워홀 생각 있냐는 전화 한 번 받은 게 아주 못마땅하셔?"

이런 이야기를 꺼내면 당연히 할 말이 없다. 순순히 수긍한 달국이 두부 포장을 찢었다. 물을 따라 내고 도마에 올려 먹기 좋은 크기로 썰고 있자니 이번에는 등에 부드럽게 닿는 무게가 느껴졌다.

"……."

돌아보니 여난이 허리를 끌어안고 달라붙어 있었다. 그대로 매단 채 칼질을 마치고 배에 닿은 손을 덮어 쥐었다.

"장난치는 거야."

그 접촉만을 기다렸다는 듯, 여난이 낮은 목소리로 속삭였다.

"진지하게 하는 말 아닌 거 알지?"

여전히 조심스러운 순간이 있었다. -알아. 쉽게 대답한 달국이 준비한 재료를 차례대로 냄비에 넣었다. 여난은 여전히 그의 등에 매달린 채 조잘조잘 잔소리를 시작했다. 파를 더 넣어라, 면은 조금만 익혀라, 계란은 한 개만…. 세세한 주문을 일일이 반영해 끓이다 보니 어느새 방 안이 고소한 라면 냄새로 가득 찼다.

"내가 들까?"

"됐어."

그 사이 테이블 세팅을 마친 여난이 곁에서 알짱거렸다. 달국은 여난의 뒷덜미를 잡아 멀리 밀어 두고 냄비를 들어 올렸다.

"불 근처에 있지 마."

"……."

여난이 빈 인덕션을 내려다보며 어처구니없는 표정을 지었다. 그러거나 말거나 돌아선 달국이 거실로 향했다. 테이블에 냄비를 내려놓고서야 졸래졸래 따라온 여난은 마주 보고 앉자마자 복수하듯 물었다.

"근데 어시스턴트면 뭘 하는 거야?"

이미 라면 자체에 대한 흥미는 식은 지 오래인 듯했다. 달국은 한마디 할까, 고민하다 곧 체념했다. 뭐 좋은 걸 먹인다고 굳이 싫은 소리를 하나 싶었다.

"그냥 자재 나르고 뒷정리 돕고 그 정도?"

"뭐야? 그 정도면 난이도 할 수 있겠네. 같이 가."

하도 천연덕스럽게 뱉으니 농담인지 진담인지 구분할 길이 없었다. 멈칫한 달국이 흐린 시선을 보내자 여난은 아니, 하며 어깨를 으쓱였다.

"난 또 직접 돌을 만질 수 있게 해 주는 줄 알았지. 배울 겸 간다길래."

"그건 본인 아니면 손도 못 대. 그냥 3학년이나 돼야 커리큘럼에 있는 거니까 미리 한번 보려던 거지."

"하여튼, 그 정도면 나도 같이 가도 되는 거 아냐? 단순 노동해 줄 인원이면 많을수록 좋잖아."

"……."

모든 작업이 그렇지만, 특히 돌 조각은 분진과의 싸움이었다. 방진복과 마스크를 빈틈없이 착용하고 작업에 임해도 정신을 차려 보면 머리카락에 돌가루가 들러붙어 꾸덕꾸덕하게 굳어 있고는 했다. 당연히 건강에, 특히 기관지에 좋을 리가 없었다.

…이렇게 설명하면 그런 위험한 걸 너는 왜 하느냐며 못마땅해하겠지. 어렵지 않게 짐작한 달국이 말없이 고개를 저었다. 이럴

때는 괜히 반박할 꼬투리를 주는 것보단 입을 다물어 버리는 게 낫다. 어차피 말로는 이길 도리가 없으므로.

"흐음…."

못마땅한 소리를 낸 여난이 보란 듯이 밥상에서 물러나 앉았다.

"됐어. 나도 해 본 소리야. 세형이네 가서 놀지, 뭐."

크리스마스에는 얌전히 집에서 치킨이나 시켜 먹는 게 남는 장사라는 세형의 주장은 꽤 설득력이 있었다. 매화가 수긍하면서 자연스레 재원이 합류했으니, 달국과 여난만 가면 늘 모이던 그 멤버였다.

"가만 보면 김세형이랑 양매화가 제일 웃긴다니까. 걔네 둘이 있으면 딱 중학생끼리 노는 것 같아."

여난이 가늘게 웃으며 말했다. 달국은 내용물이 도통 줄지 않는 라면 냄비를 바라보며 고개만 끄덕였다.

"중학생 때 만났다더니 그래서 그런가? 원래 어릴 때 친구는 언제 만나도 처음 만난 나이로 돌아간 것 같고 그렇대."

"……."

"나도 명재랑 워낙 어려서 만났더니 그럴 때 있…."

고개를 들자 주절주절 떠들던 얼굴과 눈이 마주쳤다. 12월 셋째 주를 향해 가는 주말, 기온은 낮았지만 하늘은 맑았기에 작은 거실은 시린 빛깔의 해 그림자로 가득했다.

"……."

어떤 순간은 상흔처럼 남고, 어떤 기억은 피부에 스민다. 열여섯의 봄에 시작되어 열아홉의 겨울 문턱에서 멈춰 버렸던 감정은 이제 신체의 일부처럼 느껴졌다.

"…너 왜 자꾸 사람을 그러고 봐."

그래서일까. 지극히 당연하다가도 불현듯 낯설어지는 것은. 달국은 덤덤히 제 왼쪽 뺨을 두드렸다.

"튀었다."

"진짜?"

핸드폰을 들어 올린 여난이 제 얼굴을 비춰 보며 미간을 찌푸렸다. 먼지 한 톨 없이 깨끗한 뺨을 유심히 살피는 그를 두고 달국이 먼저 몸을 일으켰다.

"여난."

무슨 말을 꺼내도 왜곡 없이 들릴 가까울 거리에서도, 어째서인지 이름부터 부르고 싶을 때가 있었다. 고개를 든 여난이 둥근 시선을 보내왔다. 달국은 가볍게 혀를 차고 뇌까렸다.

"이경우 연락처 지워."

"…갑자기요?"

돌아보지 않고 주방으로 향하는데 타박, 타박, 뒤따라오는 발소리가 들렸다. 그릇들을 개수대에 넣고서야 몸을 돌리자 희고 섬세한 얼굴이 불쑥 가까워졌다.

"지우기만 하면 돼?"

"……."

"차단까지 할까?"

쿡 찌르며 묻는 말에 느린 한숨이 나왔다. 여난이 이런 식으로 나오면 달국으로서는 당할 도리가 없었다. 언제나 그렇듯이.

"원래 어릴 때 친구는 언제 만나도 처음 만난 나이로 돌아간 것 같고 그렇대."

달국은 그 말의 출처가 달산이나 재원의 누나들 중 한 명일 거라 짐작했다. 여난은 가까운 연장자, 특히 누군가의 가족이 하는 말이라면 일단 옳다고 받아들이는 경향이 있었으므로.

…이럴 때 보면 영락없이 어린애야. 턱을 괸 채 빤히 보고 있으려니 얼마 지나지 않아 열심히 사각대던 펜 소리가 뚝 멈췄다.

"국아…."

"뭐."

"대체 오늘따라 왜 이리 사람을 뜨겁게 쳐다보는 거야…. 집중이 안 되잖아."

여난이 쌓아 놓은 교재와 노트는 온통 영어 자격증을 위한 것이었다. 방학 중에 토플 목표 점수를 채우고야 말겠다며 비장하게 준비하는 모습도 그놈의 워홀 이야기를 듣고 나니 그저 짜증만 났다. 달국은 고개를 까딱 기울이며 퉁명스레 되물었다.

"안 돼?"

"꼭 그렇게 되받아쳐야 속이 시원하지?"

"응."

"…당신 과제부터 하세요. 이번 주말 내로 끝내야 된다며."

눈앞으로 밀려 온 펜이 달국의 노트북을 툭툭 두드렸다. 달국은 백지에 가까운 워드 화면을 바라보며 미간을 좁혔다. 따지자면 스터디의 일환이지 과제는 아니었다. 공모전 어시스턴트 지원자들을 위해 고학번 선배들과 학과 조교가 작품 계획서 합평을 잡아 준 것이다. 한마디로 후배들의 육체 노동에 대한 보답을 말로 때우겠다는 거였다.

"근데 굳이 뭘 만들 거고 어떻게 만들 건지를 미리 구구절절 적어야 돼? 비싼 재료 쓰는 거라 그런가?"

문장을 짜내기가 궁색해 골머리를 썩는 것을 알아챘는지 여난이 물었다. 달국은 으음, 하며 제 머리를 흐트러뜨렸다.

"전혀 말도 안 되는 계획을 세우고 있을 때 잡아 줄 수가 있으니까. 경험치 많은 사람들이 한번 봐주면 도움이 되겠지."

"뻔히 학생이 만드는 건데 말도 안 된다고 해 봤자 뭐…."

"해마다 2m짜리 대리석 입상을 만들겠다는 사람이 꼭 나온다는 모양이라."

놀랍게도 매 학번에 걸쳐 괴담처럼 전해 내려오는 이야기였다. 미켈란젤로가 피에타를 조각한 나이가 되기 전에 그만한 규모의 작품을 뽑아내고 말겠다며 덤비는 천재 지망생이 한 명쯤은 반드시 나타난다고 했다. 대부분은 비용과 운반 문제에 대한 질문을 받는 시점에서 포기하는 모양이지만.

"근데 우리 꾸기는 천재 맞잖아."

여난이 씩 웃으며 속삭였다. 달국은 대답 대신 어깨만 으쓱여 보였다.

"아냐? 난 너네 학원 사람들이 다 너 천재라 그래서 그런 줄 알았지."

"누가 그런 소리를 해…."

"고3 때 너네 학원 찾아가면 그… 재수하던 누나 이름 뭐더라? 하여튼 그 누나가 맨날 나 붙잡고 한탄했어. 자기는 며칠 걸려 죽어라 하는데 달국이 하루 만에 가볍게 끝내고 가는 거 볼 때마다 머리에 물통 엎고 싶다고."

"그냥 손이 빠른 것뿐이라니까."

"손 빠른 게 잘하는 거 아니야?"

"다르지. 눈이 좋은 거야."

여난이 아리송한 얼굴로 고개를 기울였다. 생전 펜으로 해 본 일이라고는 노트 필기가 전부인 여난은 달국이 손으로 하는 모든 작업을 일일이 낯설어하고 신기해했다.

어떻게 설명해야 하나. 창밖으로 시선을 돌린 달국이 한 해 전의 입시 학원을 떠올렸다. 좁은 방 가운데에 모델을 앉혀 두고 빙 둘러앉은 채 시간을 재며 찰흙을 치대던 순간들. 이어폰을 꽂은 모델이 라디오를 듣다 웃기라도 하면 어디선가 웃지 말아 주세요, 하며 날카로운 목소리가 터져 나오는 공간에 갇혀 즐거울 일이 뭐가 있었겠는가. 그저 해야 할 과제를 일 분 일 초라도 빨리 수행하는 데 집중할 수밖에 없었다.

실재를 옮기는 모든 작업의 관건은 결국 형태를 얼마나 빨리 파악하느냐에 달려 있었다. 모델의 두상이 어떤 모양인지, 이마와 코와 인중의 비율은 어느 정도이며 눈두덩이 얼마나 깊은지, 귀는 어느 지점에 붙어 있으며 턱 아래 목이 얼마나 굵은지…. 달국의 눈에는 너무나 쉽게 보였고 무른 흙을 매만져 옮겨 놓는 일은 전혀 어렵지 않았다.

'조금만 더 정성을 들이면 좋을 텐데.'

입시 학원 강사들은 하나같이 달국의 산뜻함을 아쉬워했다. 보이는 대로 그어 놓고 두 번 의심하지 않는 달국에게 더 자세히 살피라는 말을 여러 가지 변주로 되뇌곤 했다. 들을 때마다 말로는 그러마고 했지만, 한 번도 따른 적은 없었다.

궁금하지 않았기 때문이다. 머리카락의 모양까지 남김없이 외워 버린 조각상들도, 지루한 얼굴로 앉아 있는 일반인 모델도- 골격과 세부 형태를 한번 따 내고 나면 잠시라도 더 들여다보고 싶지 않았다.

'아직 집중할 만한 대상을 못 만났나 보구나.'

그 말을 한 건 누구였더라. 아마 학원에서 초빙한 전문가 중 하나였겠지. 당연하지만 말하지는 않았다.

그게 아니라, 너무 일찍 만나 버린 게 문제였다고.

"눈 좋은 거랑 손 빠른 게 무슨 상관이야?"

어떤 순간은 상흔처럼 남고, 평생 잊히지 않는 기억이 된다. 달국은 턱을 괸 채 으음, 느린 침음을 냈다. 설명하기 귀찮아졌다는 신호임을 알아챈 여난이 두 눈을 한껏 가늘게 떴다.

"또 적당히 넘기려고 각 재네?"

사실은 열여섯의 그날부터 그랬어.

"하여간 눈치 빨라…."

오직 네가 있는 자리만 선명했지.

❄

누군가는 무심함이라 말할 테고 누군가는 방임이라 말할 테지만, 달국은 제 일거수일투족에 개입하거나 언행 하나하나를 통제

하지 않는 어른들을 두고 그런 식으로 생각해 본 적은 없었다. 부모님은 아이가 시뮬레이션대로 움직이는 게임 속 캐릭터나 화분에 심은 꽃이 아니라는 사실을 잘 아는 사람들이었고, 안전하기만 하다면야 다소의 일탈쯤은 눈감아 주겠다는 뜻을 여러 번 밝힌 바 있었다.

친척 중 누군가의 말에 따르면, '막내가 너무 어린 나이부터 해외를 떠돌며 산 게 짠해서'라는 이유가 제일 컸다는 것 같다. 열다섯 생일을 며칠 앞두고 마주 앉은 가족들은 진지하게 달국의 미래에 대해 논의하다 별안간 한국행을 제안했다.

'중3 진도부터 편입해서 고등학교를 한국에서 다녀 보면 어때? 마음에 들면 대학까지 한국에 가도 되고, 여의치 않으면 돌아와도 되고.'

'그래, 그래. 그 김에 평생 갈 친구도 만들면 좋잖아.'

한국인이니 한국에 가면 저절로 '평생 갈 친구'가 생길 거라는 전제에는 동의할 수 없었지만, 한국행 자체는 별 고민 없이 받아들였다. 진로에 대해 부모님이 적극적으로 무언가를 권한 일 자체가 처음이었기 때문이다.

홀로 도착한 한국에서 가장 먼저 마주한 것은 혼자 살기엔 지나치게 큰 집이었다. 겨울의 한기가 완전히 가시지 않은 초봄, 비어 있는 동안 사람의 손길이 닿지 않은 정원은 회색빛으로 메말라 있었다. 뒤늦게 집에서 보내 준 관리인이 열심히 돌봤지만, 결국 꽃나무 몇 개는 완전히 죽어 파내야 했다.

그 애를 만난 것은, 담벼락을 따라 시들어 버린 목수국을 뽑아 실어 보낸 아침이었다.

그러니 그 아침으로 돌아가자면 여러 가지 우연이 한 치의 오차 없이 재현되기를 기대해야 한다. 하필 그날 정원을 헤집는 소리에 잠을 설쳐 버스에서 졸아야 하고, 그대로 역주행하던 중에 정신을 차리고 내린 정류장이 공교롭게도 그 애가 늘 버스를 타는 곳이어야 하고, 그 애가 그날따라 지갑을 잊었어야 하며, 그리하여 마주친 곳이 배차 간격이 10분밖에 되지 않는 버스 중 한 대 앞이어야 한다.

'같은 나라에 태어난 것만도 엄청난 우연이잖아.'

여난의 말대로였다. 점 같은 인간에게 지구는 너무나 넓고, 숨이 닿을 만큼 가까운 자리에 앉게 된 것은 미처 가늠하기 어려울 만큼 희귀한 확률의 결과다.

욕심이 자란 것은 언제부터였나. 그 쌀쌀한 아침은 분명 아니었을 텐데.

"으, 추워…."

종강을 맞이한 대학가는 한 해를 채웠던 소란한 계절 따윈 몽땅 모르는 일이라는 듯 고요하기만 했다. 비어 버린 담뱃갑을 쥐고 비척비척 조형관을 빠져나온 달국이 두 손으로 귀를 막은 채 눈을 질끈 감았다. 조용한 곳까지 몸을 옮겼는데도 여전히 머릿속에 망치 소리가 울리는 것만 같았다.

"달국, 편의점 가게?"

뒤따라 나온 경은이 어깨를 치며 물었다. 달국이 고개를 끄덕이자 그녀는 같이 가자, 하며 먼저 걸음을 옮겼다. 학과 매점은 방학 기간에는 운영하지 않기 때문에 뭔가를 사려면 정문 밖까지 나가야 했다.

"와, 아직도 귀가 먹먹하네…. 이러다 폐가 아니라 고막부터 작살나는 거 아닌가."

좁고 밀폐된 실습실 안에서 열 명 남짓한 인원이 한꺼번에 그라인더를 돌리고 망치질을 하고 있으니 당연한 일이었다. 경은이 보여 준 스마트워치에는 지속적인 소음 노출을 주의하라는 경고 문구가 떠 있었다.

"귀마개라도 사 갈까요."

"안 그래도 물어봤는데 쓰지 말래. 여럿이 장비 다루고 있는데 귀 막으면 위험한 일 생길 수 있다고."

"아."

준비 작업과 뒷정리를 제외하면 저학년이 하는 일은 사실상 견학이었다. 쌀쌀한 바람이 들이치자 으, 하며 목을 움츠린 경은이 발을 동동 구르기 시작했다.

"난 슬슬 괜히 왔나 싶다. 사실 교수님이 좀 자주 오실 줄 알고 어시 지원한 건데."

"…그랬어요?"

"그게 아니고서야 멀뚱히 구경하다 먼지구덩이나 쓸고 닦는 일 뭐 하러 해. 대학원 갈 생각으로 연구실 사람들한테 눈도장 찍으려 한 거지."

"대학원…?"

"너도 그런 줄 알았는데 아니었어? 나랑 같은 야망 라인이라고 믿어 의심치 않았는데."

방학을 희생해 학교에 나오는 시점에서 이미 열성적인 학생이긴 하지만, 경은의 인생 계획은 보다 구체적이었던 모양이다. 유명 조각가를 겸직한 교수의 연구실에 들어가 라인을 타 보겠다는 거였다. 달국은 오며가며 봤던 교수의 얼굴을 어렴풋이 떠올리며 흰 입김을 불어 올렸다.

"그런 생각은 안 해 봤는데…."

"진짜? 나만 쓰레기였어?"

"뭘 또 쓰레기까지."

그런데 막상 준비가 시작되고 보니 교수는 코빼기도 보이지 않고, 고학번이라고는 해도 아직 학생일 뿐인 선배들은 갈피를 못 잡고 헤매고, 그 와중에 소재가 겹친 사람끼리 신경전을 벌이면서 분위기는 한마디로 개판이었다. 텁텁하고 예민한 공기 속에 갇혀 있자면 마치 1년 전 입시 학원으로 돌아간 듯한 기분이 들었다.

"상금 꼴랑 50만 원 주는 공모전이 뭐라고, 그치."

깔끔하게 각자 피우는 담배 한 갑씩만 사서 나오자마자 칼바람이 불었다. 공기가 아까보다 훨씬 차갑게 느껴졌다. 덜덜 떨며 한 개비를 입에 문 경은이 헛웃음을 흘렸다.

"재료값 생각하면 1등 해도 적잖데."

"음…."

"좀 허무하지 않아? 그 비싼 돌을 사 놓고서 한다는 고민이 뭘 만들면 심사위원한테 높은 점수를 받을까…. 이거잖아."

"……."

"하긴, 만들고 싶은 것도 없는데 조각을 배우는 것부터가 이상하지."

괜한 짜증을 듣고 있다는 생각도 들었지만, 딱히 급하게 그 실습실로 돌아가고 싶은 것도 아니었으므로 달국은 묵묵히 담배에 불을 붙였다. 깊이 빨아들인 연기가 폐부를 돌고 찬 공기 속으로 흩어졌다.

"달국 너는 석조에 흥미 있댔지? 만들고 싶은 거라도 따로 있는 거야?"

실컷 속을 뱉어 낸 것이 뒤늦게 머쓱해졌는지 경은이 화제를 돌렸다. 달국은 다시 한 모금을 빨아들이며 뜸을 들였다. 만들고 싶은 것…. 현실에, 혹은 관념 속에 존재하는 무언가를 굳이 손으로 복사해 재현시키고자 하는 것.

"있는데, 비밀이에요."

"엥? 왜? 나 안 따라할게."

"누나가 굳이 따라하고 싶을 만한 건 아닌데…. 그냥."

누군가 가르쳐 준 것은 아니다. 빼앗기고 싶지 않은 건 꽁꽁 숨겨야 한다고. 그저 자연스레 알게 되었다. 마음은 약점이 된다는 것을.

침묵 속에서 후우, 긴 연기를 뱉어 내자 경은이 어깨를 으쓱했다.

"하…. 그나저나 들어가기 싫다."

달국이 동의한다는 뜻으로 고개를 끄덕였다. 차라리 몸이 힘든 게 낫지, 날 선 선배들 사이에 하는 일도 없이 껴 있자니 심적으로 고달팠다.

"내일이 벌써 크리스마슨데… 이거 진짜 나와야 되나? 오늘도 이러다 술이나 마실 것 같은데."

"음…."

"너 나올 거야? 난 그냥 무슨 핑계든 대고 도망칠까 싶네."

"어차피 내일은 쉬자는 말 나올 것 같은데요."

경은이 그런가? 하며 눈을 반짝였다. 공모전에 덥석 지원한 고학번은 서른 명이 넘었지만, 개중 열 명은 기획 단계에서 포기했고 남은 인원의 반수는 나오는 둥 마는 둥 하고 있었다. 애초에 학기 중에 제대로 된 작품 하나를 완성하는 사람도 많지 않은데, 방학을 틈타 제작해야 하는 공모전 작품에 열과 성을 쏟을 학생이 수십 명이나 될 리 없었다.

"희한하지. 다들 죽어라 입시 해서 들어왔을 텐데."

경은이 씁쓸하게 중얼거렸다. 말은 교수 눈에 드네, 라인을 타네, 했지만 내심 선배들이 열정적으로 작품에 임하는 현장에 휩쓸리고 싶은 마음이 있던 모양이었다.

달국은 살짝 고개만 기울였다. 솔직한 마음으로는 그러거나 말거나 일말의 관심도 없었다. 남들이 어떤 과정을 거쳐 대학에 왔든, 조각에 대한 열정이 있든 없든 달국이 알 바는 아니었다. 재수까지 해 가며 야심차게 예술대에 왔다가 하루하루 실망만 쌓고 있는 경은의 속내 역시 크게 궁금해서 듣고 있는 것은 아니었다.

"잘 모르겠어요, 저는."

이른 아침의 쌀쌀한 공기 속, 허공을 바라보고 선 그 애가 뱉어내던 숨의 모양을 목격한 뒤부터였다.

멈춘 버스가 일으킨 바람에 흩날리던 까만 머리칼. 끝까지 눈이 마주치지 않았기에 마음껏 바라볼 수 있었던 흰 목덜미나 뾰족한 손끝 따위가 뇌리에 선명하게 새겨진 후로- 달국은 내내 그 애에게 초점을 맞춘 카메라를 쥐고 있는 기분이었다. 잠시라도 피

사체가 사라지면 새삼스레 무엇을 봐야 할지 몰라 혼란스러웠고, 누군가 불쑥 '다른 건 찍고 싶지 않아?' 물으면 왜 그런 생각을 해야 하는지 의문이 들었다.

뭘 믿고 그렇게 당연하게 좋아했는가 묻는다면 할 말은 없지만….

"먼저 들어갈게요."

후회해 본 적도 없다.

"적당한 휴식도 필요하고, 도와주는 후배들한테도 미안하니까 크리스마스 당일은 쉬는 게 어떨까요?"

달국의 예상은 보기 좋게 적중했다. 아무리 그래도 남들 노는 날까지 나와서 망치질을 할 만큼 대단한 예술혼을 불태우는 인재는 많지 않았다. '도와주는 후배'는 그 와중에 좋은 핑계가 되었을 것이다. 멀찍이서 흡진기를 만지작대던 경은이 슬쩍 엄지를 들어 보였다.

"그럼 내일은 쉬는 걸로 하고…. 1학년들 중에 합평용 계획서 아직 안 낸 분들은 26일까지 꼭 가져오세요."

말을 마친 선배가 달국에게 힐끔 눈길을 주었다. 눈치채지 못한 척 시선을 돌린 달국이 방진복 지퍼를 내리고 마스크를 벗었다.

"저녁 같이 먹을 사람은 남고, 오늘은 여기까지만 할게요."

당연하지만 합류할 생각 따위는 없었다. 달국은 미련 없이 실습실을 빠져나와 1층으로 향했다.

푸석푸석한 머리를 털고 패딩 지퍼를 올리는데 주머니 속에서 핸드폰이 길게 울렸다. 여난이었다.

"어."

- 자기, 끝났어?

"방금."

- 이제 출발하는 거지? 오는 길에 케이크 좀 사 올 수 있어?

"케이크?"

- 응, 아무거나 초코만 아닌 걸로. 세형이네 집 근처 빵집에 초코 케이크밖에 안 남았대.

정문 근처 골목에는 개인 제과점이 몇 개 있었다. 달국은 핸드폰을 귀와 어깨 사이에 낀 채 나갈 채비를 했다.

"그래. 쓸 만한 게 남아 있을지는 모르겠네."

- 없으면 말고. 근데 난이는 과일 들어간 게 좋아.

"알았어."

전화를 끊자마자 정문으로 향한 달국이 가장 먼저 보인 제과점 문을 열었다. 케이크 쇼케이스를 살피려는데 불쑥 고개를 내민 점원이 조심스레 물었다.

"혹시 예약하셨나요? 여기 전부 예약된 케이크라…."

"…아, 네."

허무하게 쫓겨 나와 다른 제과점을 찾았지만 대체로 사정은 마찬가지였다. 마지막 가게에서는 점원이 마침 예약 취소된 케이크가 있다며 반색을 했으나, 그가 가장 구석에 놓인 부쉬 드 노엘을 가리키는 바람에 아쉬운 마음으로 돌아 나올 수밖에 없었다.

이제 어쩌나. 고민하던 달국은 문득 오피스텔에서 멀지 않은 곳에 있는 백화점을 떠올렸다. 식품 매장에 입점한 업체들이라면 아직 남은 케이크가 있을 것 같았다.

택시를 잡아타고 목적지로 향하는데 다시 핸드폰이 울렸다. 심부름꾼이 일의 성과를 재깍 보고하지 않으니 초조해진 고용주의 얼굴이 눈에 보이는 듯했다.

"가고 있…."

- 있잖아, 자기야. 생각해 봤는데.

전화를 받자마자 튀어나온 들뜬 목소리가 귓전을 경쾌하게 울렸다. 달국은 웃음이 묻어난 입술을 열어 느릿하게 대답했다.

"…어."

- 케이크도 있고, 치킨도 있고, 피자도 있을 예정이니까….

고용인이 케이크를 못 구해 올 거라고는 의심조차 하지 않는 말투였다. 달국은 다시 어, 하며 눈을 살짝 감았다. 파는 게 없으면 만들어서라도 가져가야 할 판이었다.

- 이제 우리 꾸기만 있으면 완벽한 크리스마스가 되겠는데?

"……."

그것은 찜찜했던 순간을 상쇄하기 위한 서로의 버릇 같은 거였다. 밑도 끝도 없는 애교에 어이가 없어 입을 다물면 끝나는. 어제 이런저런 잔소리한 게 내심 걸렸겠지. 어렵지 않게 짐작한 달국이 느릿하게 웃었다. 그 웃음소리에 안심한 듯 여난이 머쓱하게 말을 이었다.

- 농담이야. 근데 밤늦게라도 올 수 있으면….

"갈 수 있어. 일찍부터."

달국이 얕은 한숨을 쉬고 대강의 사정을 설명했다. 어어… 하며 듣고만 있던 여난은 그의 말이 끝난 지 한참 지난 후에야 벌컥 목소리를 높였다.

- 아니, 그럴 거면 여태 뭐 하러 출퇴근을 시켰대?

"내일만 쉬는 거야."

- 내 말은, 뭐 대단한 작품 만들 것처럼 사람 종일 붙잡아 두더니 별로 하는 일도 없는 거 아니냐는…. 아, 미안.

달국이 느릿하게 웃자 여난은 그제야 오래 참았던 불만을 하나씩 터뜨리기 시작했다. -하여간 너희 선배들 진짜 이상해. 지들 공모전 준비하면서 무슨 어시스턴트씩이나 모집하는지 처음부터 이해 안 됐어. 미적미적 시간 때우다가 남들 쉬는 거 다 챙겨 쉴 거였으면서…. 줄줄 이어지는 한마디 한마디에 한이 맺힌 것이 느껴졌다.

- 아, 때려쳐. 뭘 내일만 쉰대? 그냥 쭉 나가지 마.

"어차피 며칠 안 남았어. 말일까지니까."

- 내 말은…! 혹시 그거 제끼면 과 생활 망해? 회복하기 어려운 수준으로?

달국이 으음, 하며 턱을 들어 올렸다. 고운 소리는 못 듣겠지만, 과 생활이 망할 정도인가 하면 그렇지는 않다. 애초에 망한다 해도 크게 상관없기도 하고.

"네가 제끼라면 제낄게."

어렵지 않게 말하자 여난이 멈칫하는 기색이 느껴졌다.

"망해도 상관없어."

순수한 진심이었지만, 그런 만큼 여난으로서는 가볍게 들을 수 없는 모양이었다. 한참 후에야 하아, 깊은 한숨을 내쉰 여난이 기어들어가는 목소리로 중얼거렸다.

- …됐어. 내가 봐줄게.

"……."

- 아, 근데 연말에는….

"어."

- …아냐, 됐다. 일단 집에서 봐.

뭐라 묻기도 전에 전화가 뚝 끊겼다. 연말에는 뭐? 곰곰이 고민했지만 마땅히 떠오르는 것이 없었다.

택시에서 내리자마자 크리스마스를 하루 앞둔 거리 곳곳에서 흘러나온 캐럴이 망치질에 혹사당한 귓전으로 스며들었다. 눈이 내리지는 않을 모양인지 바람은 건조하기만 했다.

백화점 지하로 내려가 과일 장식이 올라간 생크림 케이크를 샀다. 점원은 서비스라며 산타와 눈사람 모양 초를 하나씩 넣어 주었다. 김세형이 참 좋아하겠군…. 혀를 차며 1층으로 올라오자마자 멀찍이 '크리스마스 선물 특별전'이라고 적힌 부스가 보였다.

"……."

작년 크리스마스엔 뭘 했더라. 곰곰이 되짚자마자 어렵지 않게 떠올랐다. 아마 학원에 불려 갔을 것이다.

당시 정시 실기 준비가 한창이던 학원에서는 수시 합격자를 모델로 연습하면 원하는 대학에 붙는다는 미신이 떠돌고 있었다. 잠깐씩 모델 노릇을 하는 일쯤이야 별 어려울 것도 없었던 터라 몇 번 협조해 주었던 기억이 났다.

"연말 선물 보시고 가세요-."

지난 일을 되짚느라 잠시 멈춰 선 것을 두고 선물을 고민한다 여겼는지 직원이 살갑게 말을 붙여 왔다. 달국은 그녀의 어깨너머로 전시된 머플러며 장갑 따위를 바라보며 생각에 잠겼다.

그러고 보니 크리스마스 선물을 따로 챙겨 본 적은 없었다. 생일 선물이라면 소소하게 주고받았지만, 크리스마스라는 이유로 뭔가를 사 주는 건 어쩐지- 자격이 필요한 일처럼 느껴졌다. 무슨 관계여야 캐럴이 울려 퍼지는 거리에서 아기자기한 선물을 건넬 자격이 생기는지 정확히 대답하기는 어렵지만, '친구'에게 그 자격이 없다는 건 확실했다.

"어떤 제품 찾으실까요?"

직원의 물음에 달국이 고개를 살짝 기울였다. 그러게, 뭐가 필요할까. 머릿속에는 자연히 코트 차림의 여난이 떠올랐다. 몸이 차가운 탓에 겨울을 힘들어하면서도, 옷을 얇게 입는 습관은 도통 고치려 들지 않는다. 고민에 빠져 있자니 직원이 조금 다른 방향으로 다시 물었다.

"어느 분께 선물하실 건가요?"

그 말에 대답하기는 어렵지 않았다.

"애인이요."

덤덤한 말이 제 귀에도 스스럼없이 들려 조금 놀랐다. 직원은 그러시구나, 하며 화색을 띠더니 진열된 제품을 몇 가지 집어 늘어놓았다.

"장갑은 어떠세요? 이 제품이 정말 얇고 따뜻해서 젊은 분들한테 반응이 좋거든요. 100% 캐시미어에 컬러도 너무 예쁘게 나왔구요.”

직원이 가장 먼저 내민 모직 장갑은 포근해 보이는 미색을 띠고 있었다. 달국은 고개를 끄덕이며 말했다.

“이걸로 주세요.”

“감사합니다. 포장해 드릴게요.”

가는 손끝이 붉게 물들어 있던 풍경을 지금도 선명하게 떠올릴 수 있다. 차고 건조한 계절이면 얼음장처럼 싸늘하게 식어버리는 피부의 온도를 알게 된 것은 그보다 조금 뒤였다.

반짝이는 녹색 포장지로 감싸 금색 리본을 단 장갑 상자를 받아든 달국이 저도 모르게 헛웃음 지었다. 이래서는 크리스마스와 상관없는 척을 하려야 그럴 수도 없을 것 같다. 리본이 망가지지 않게 가방에 넣고 밖으로 나섰다. 한겨울 해가 벌써부터 넘어갈 준비를 하고 있었다.

오피스텔에 도착하자마자 샤워를 마치고 나오니 여난이 또 테이블에 출력물을 잔뜩 펼쳐 두고 있었다. 영어 에세이 기출문제를 쭉 뽑아 놓은 것 같았다. 달국은 무심코 얼굴을 찌푸린 채 물었다.

“또 이거야?”

“또라니…. 1월에 시험 잡아 놨다니까.”

여난이 황당한 얼굴로 눈을 껌뻑였다. 달국은 대답 대신 빳빳한 A4용지에 인쇄된 글자들을 성의 없이 훑었다. 달국이 보기에 여난의 영어 실력은 흠잡을 데가 없었지만, 본인은 말하기나 쓰기에서 만족할 만한 점수를 얻기가 힘들다면서 고민이 많아 보였다.

"뭘 오늘까지 이걸 붙들고 있어."

"…그러게 말이야. 내가 왜 이브에 쉬지도 못하고 이러고 있을까."

"뭐?"

"애초에 네가…."

단단히 쏘아붙이려는지 숨을 들이쉬던 여난이 멈칫했다. 그러고는 못마땅한 얼굴로 시선을 피하고 한숨을 쉰다. 달국은 할 말 있으면 해보라는 듯 눈썹을 까딱였지만 대화가 이어질 기미는 보이지 않았다.

"여난."

불러도 입을 다문 채 뚱하니 프린트를 내려다볼 뿐이었다. 불퉁하니 부어 있는 뺨에 불만이 가득했다.

"여난."

이럴 때면 별수 없이 생각이 났다. 침묵을 택한 여난이 시야에서 희미하게 흩어지던 순간들이.

"아, 왜."

바삐 움직이는 손목을 덮어 쥐고 나서야 여난이 고개를 들었다. 달국은 쥐어 올린 손목을 살살 흔들며 진지하게 물었다.

"뭐가 불만이라 그래."

그러자 여난이 희미한 한숨을 내쉬었다.

"꼭 불만이라기보단…."

"어."

"…너 설마 진짜 까먹었어?"

누그러지는가 싶었던 목소리가 한 순간 다시 날카로워졌다. 달국이 서서히 눈을 피하며 기억을 되짚었다. 뭘 잊었지? 이런 경우 가장 확률이 높은 떡밥은 기념일 따위겠지. …그런데 뭐 대단한 기념일을 정하기로 한 게 있던가? 애초에 어영부영 사귀게 된 지도 얼마 안 지났는데.

"그…."

일단 입을 열자 여난이 어디 말해보라는 듯 턱을 치켜올렸다. 달국은 소리 없이 한참을 고민하다 결국 백기를 들었다.

"미안. 무슨 얘기하는지 모르겠는데."

"…그럴 줄 알았다."

고요해지고 나서야 달국은 오는 동안 들은 말을 하나씩 곱씹어 보았다. 연말이 어쩌니 했었지. 어시스턴트도 그만두라 했고. 그러더니 이제는 제가 왜 크리스마스 이브에 시험공부를 붙들고 있는지 마땅히 알아야 한다는 듯이….

"아."

생각을 짚어 가던 달국이 불현듯 탄식했다.

"내 생일 때문에 그래?"

"거 참 일찍도 알아주시니 감사한 마음 이루 말할 길이 없네."

탕, 테이블을 내리친 여난이 그제야 기다렸다는 듯 볼멘소리를 쏟아냈다.

"너 작년에 뭐랬어? 내년 생일은 통째로 비울 테니까 서운할 거 없다고 했지."

"으음…."

"사람이 기껏 신경 써 줬더니 하여튼…."

꿍얼대는 말끝에 절절한 서운함이 묻어났다. 달국은 시선을 위로 한 채 날짜를 헤아렸다. 그러니까, 이맘때면 돌아오는 연례행사 같은 거였다.

여러 가지 생각을 하게 됐을 땐 이미 깊이 좋아한 후였다.

'꾸기, 생일이 언제야?'

열여섯의 여난이 어깨를 툭 치며 물었다. 여난은 달국의 뒷자리 책상에 앉아 그의 의자에 발을 올리고 있기를 좋아했다. 그러면 달국은 고개를 뒤로 넘겨 여난의 허벅지에 뒷머리를 대곤 했다.

'생일은 왜.'

'그냥 정보 수집.'

'12월이야.'

'12월 며칠? 비싸게 굴지 말고 얘기해 줘.'

고개를 숙여 시선을 맞춘 여난이 달국의 머리통을 감싸듯 쥐고 살살 흔들었다. 가늘게 휘어진 눈이 반짝반짝 빛나고 있었다. 혹시 본인 얼굴이 내게 어떻게 보이는지 알아서 이러는 걸까. 실없는 생각을 하며 입을 열었다.

'…28일.'

'12월 28일? 완전 턱걸이를 했네. 앞으로 형님이라고 불러라.'

'뭔….'

'난이는 3월에 태어났거든-. 8개월이면 아기들 세계에서는 엄청난 차이인 거 알지? 어린이집이면 한 반에 들어가지도 못해.'

'아, 그래….'

혹시 생일 챙기자고 꺼낸 말인가. 고민하는데 주머니에서 핸드폰을 꺼낸 여난이 열심히 화면을 두드렸다.

'뭐 해?'

'캘린더에 애기 생일 저장해 놓게.'

'…….'

이어 여난이 보여 준 12월 28일 일정에는 '애기 생일'이라는 글자가 하트 이모티콘과 함께 입력되어 있었다.

국가마다 차이는 있겠지만, 적어도 달국이 태어난 이래 적을 두고 살았던 나라 대부분의 국민들은 하나같이 크리스마스에 미쳐 있었다. 핼러윈이 끝나면 캐럴을 틀기 시작해 이듬해 봄까지 트리를 붙들고 사는 문화에 익숙해져 있다 보니 그 사이에 낀 생일을 유난히 특별하게 인식해 본 적은 없었다.

'그럼 생일 선물 따로 받기도 힘들었겠네.'

턱을 괸 여난이 진심으로 안타깝다는 듯 중얼거렸다.

'보통 그럴 땐 크리스마스 선물까지 퉁치잖아. 형제 많은 집에서 애들끼리 생일 가까우면 중간 날짜에 케이크 하나 사서 때우는 것처럼.'

'네 얘기야?'

'나? 아니, 나는 케이크 받아 본 지가 너무 오래라서 잘 모르겠는데.'

하도 덤덤히 말하기에 한국에서는 그게 당연한 일인가 싶었다. 중학생쯤 되면 케이크도 선물도 따로 안 챙기는 건가 하고.

여난이 때때로 아무것도 아니라는 듯 흘려 내는 일상에는 스산

하리만치 외로운 고립감이 묻어 있었다. 아침에 만나면 웃으며 인사했지만, 함께 다닐 수 있는 하루가 끝나고 집으로 돌아가야 할 때면 머뭇대고 미적거렸다. 본인은 티를 안 낸다고 생각하는 듯했으나- 달국은 여난이 작별 인사를 할 때의 미묘한 위화감을 어렵지 않게 읽어 낼 수 있었다.

'오늘 집에 아무도 없어?'

물으면 가타부타 대답 없이 어색한 미소를 지었다. 어느 쪽이든 그 현실을 받아들일 준비가 되어 있지 않은 것처럼.

이제 와서는 생각한다. 그 애를 집으로 돌려보내던 밤이 아직까지 빠짐없이 선명한 것은, 어쩌면 순간순간 상처받고 있었기 때문인지도 모르겠다고.

'여난.'

어디로도 가고 싶어 하지 않는 그 애를 붙들고 도망칠 곳을 알지 못해서….

'우리 집에 갈래?'

기껏해야 어른의 비호 하에 깃들어 사는 공간을 도피처랍시고 내미는 스스로에게 진력이 났던 건 아닐까 하고.

'진짜?'

어둠이 내리기 시작한 시간, 버스 정류장 아래서 활짝 웃던 여난의 얼굴을 떠올릴 때면 지금도 덜컥 서글퍼졌다.

어쩌면 그렇게도 무력했을까.

방학이면 여난은 온갖 특강에 끌려 다녔다. 아침 일찍 시작해 밤이 되어서야 끝나는 스케줄은 학기 중보다 훨씬 고달파 보였다. 처음에는 저렇게 종일 공부만 하니 성적이 좋은가, 무심하게 생각했으나- 주말마저 집에 있지 못하고 나도는 모습에 의아함을 참지 못해 물은 적이 있었다.

'네가 좋아서 다니는 거야?'

여난은 의아한 표정으로 눈을 깜빡이고는, 이내 별소리를 다 듣는다는 듯 허무한 웃음을 터뜨렸다.

'좋아서 다니겠어? 다니라니까 다니는 거지.'

'누가?'

'아빠가. 내가 집에 너무 오래 있는 거 싫어하셔서.'

자식이 집에 있는 걸 싫어하는 아버지라니. 들은 말이 선뜻 이해가 가지 않아 잠시 동안 입을 다물고 있었다. 무거운 이야기에 부담을 느낀 것으로 착각했는지 여난이 곧 손을 내저으며 말을 이었다.

'그냥, 하루 종일 한 집에 있으면 서로 질릴 때가 있잖아.'

'…….'

'아빠도 편하게 쉬고 싶겠지. 근데 내가 방학 중일 땐 그게 안 되니까….'

그러니 특강 핑계라도 만들어서 계속 내보내는 거야. 아빠는, 뭐라고 해야 하나…. 내가 집을 어지르는 걸 싫어하거든. 당신 외의 누군가가 계속 집에다 흔적을 남기는 게 신경에 거슬리는 것 같아. 그러니까 내가 최대한 집에 덜 있기를 바라는 거 아닐까….

차근차근 이어가는 말이 그토록 차분하고 덤덤했던 것은, 동거인의 냉랭함과 이유 모를 울분이 어디서 나오는지를 짐작해 곱씹을 때가 많았기 때문이리라. 여난은 별로 서러울 일도 아니라는 듯 말했지만, 달국으로서는 이 애매하게 친밀한 상대의 매끄러운 입술 아래로 어떤 말이 걸러졌는지를 넘겨짚을 수밖에 없었다.

'아, 근데 나 28일은 특강 뺐다.'

심술궂게 흘러드는 찬바람에 어깨를 움츠린 여난이 씩 웃으며 말했다.

'28일? 왜?'

'왜는, 너 생일이잖아. 축하해 줘야지.'

핸드폰을 들어 올린 여난이 자랑스레 말했다. 달국은 그랬나, 하며 옆머리를 긁적였다. 여난은 마지막 달의 거의 끝자락에 걸친 달국의 생일을 되뇔 때마다 유독 즐거워했다. -네 생일에 뭘 줄까 고민하다 보면 한 해가 끝나 간다는 게 실감이 나. 열일곱의 12월 28일에 고양이 얼굴이 달린 이어폰 홀더를 주며 한 말이었다.

'한 해가 끝나는 게 좋아?'

'좋지. 이제 두 번만 더 네 생일을 치르면 스무 살이 되잖아.'

그 말에는 묘한 믿음이 담겨 있었다. 두 번의 12월 28일이 지나고, 사흘을 더 세어 스무 살이 되면… 비빌 언덕 없이 휩쓸려 다녀야 했던 어린 날과 영영 작별할 수 있을 거라고.

'너는 안 그래?'

뭐라 대답해야 할지 몰라 고개만 끄덕였다. 나도 그래. 뒤늦게 무책임한 동의의 말도 덧붙였다. 그러자 굳이 달국의 이어폰을 찾아다 고양이 얼굴을 달아 놓은 여난이 눈을 접어 활짝 웃었다.

그 애가 주는 선물은 대체로 그런 거였다. 꼭 가지고 있을 필요는 없지만, 굳이 가진다면 몸 가까이에 둘 만한 것들. 조잡한 로봇 모양 열쇠고리와 베이비파우더 향 핸드크림, 어린애들이나 쓸 법한 손수건 따위…. 어이없으리만치 조잡하고 쓸모없는 물건들을 세상 귀한 선물처럼 내미는 여난을 볼 때마다 달국은 제 속에 자리 잡은 톡톡한 연정을 새삼스레 실감하곤 했다.

당연하다는 듯 아침부터 밤까지를 함께 보내는 하루- 소소하고 잡스러운 선물을 곁들인 일과는 작년, 열아홉 생일에 처음으로 깨어졌었다. 여난은 당연히 달국의 모든 생일마다 자신이 함께 있어야 한다고 생각했고, 단 한 번 그 계획이 지켜지지 않은 것을 진심으로 애석해했다.

'생일이야 매년 있는 건데 뭘 그렇게 아까워해.'

속도 모르고 건넨 말에는 잠깐이지만 상처받은 표정을 지었다. 아차 싶어 정정하려 했을 땐 이미 시선이 흩어진 후였다.

그 애는, 아마도, 짧은 순간 수없이 많은 생각을 했을 것이다.

수능을 치르고 강릉에 다녀온 후, 여난이 유독 달국을 두고 매사에 안절부절못하던 시기가 있었다. 어쩌면 여난은 그렇게 묻고 싶었을까. -생일은 매년 돌아오지만, 그 모든 해에 우리가 함께 있을 거라고 어떻게 확신해? 우리의 관계가 새로 정의되는 순간, 이별은 필연이 되고 영원은 의심받을 텐데.

'…내년 생일에는 하루 종일 같이 있어. 그럼 되잖아.'

대충 달래려고 뱉은 말은 아니었다. 여난이 원한다면 그깟 게 어려울 게 뭐냐는 마음에 가까웠다. 단순한 해결책을 들은 여난은 눈에 띄게 안도한 얼굴로 미소 지었었다.

“여난.”

“응?”

“어시스턴트 남은 거 제낄게.”

쉽게 내뱉자 여난의 손이 다시 멈칫했다. 아예 턱을 괴고 눈을 맞춰 오는 얼굴은 열아홉의 겨울과 전혀 다르지 않았다.

“그럼 이제 아무 일정 없어.”

차분히 되뇌자 여난이 아랫입술을 삐죽 내밀었다. 뜻대로 되어서 좋기는 한데 대 놓고 좋은 티를 내기엔 자존심이 상하는 모양이었다. 달국은 테이블을 슬쩍 밀어 두고서 여난과 무릎이 붙도록 가까이 앉았다.

“이거.”

그대로 자연스레 가방을 열어 선물을 꺼냈다. 오밀조밀한 리본이 달린 녹색 상자를 받아 든 여난이 두 눈을 둥글게 떴다.

“뭐야, 이게?”

“선물.”

“무슨 선물?”

“크리스마스 선물.”

덤덤한 대답에 여난이 입을 쩍 벌렸다.

“…갑자기?”

휴일이면 당연하게 만나 함께 있었지만, 생일을 제외한 날에 특별히 선물을 챙긴 적은 없었다. 달국은 어깨만 한 번 으쓱여 보였다.

"……."

선물 상자를 쥐고 미뭇대던 여난이 마른침을 꼴깍 삼켰다. 그러고는 리본 끄트머리를 잡은 채 조심스레 눈을 맞췄다.

"풀어 봐도 돼?"

"어."

허락이 떨어지자 마른 손끝이 리본을 조심스레 잡아당겼다. 이어 포장지를 고정한 테이프부터 살살 떼어 내기 시작했다. 행여나 흠집이라도 났다가는 선물이 통째로 사라진다고 믿는 어린아이 같았다. 말없이 지켜보던 달국은 깔짝깔짝 벗겨 낸 테이프가 한가득 쌓인 뒤에야 한숨을 푹 쉬었다.

"그냥 좀 뜯어…."

"아니, 나도 그러고 싶지…!"

행여나 뺏길까 선물을 제 뒤로 숨기듯 당긴 여난이 슬쩍 눈을 흘겼다. 달국은 그가 기어코 상자와 포장지를 완벽하게 분리하는 데 성공할 때까지 묵묵히 기다릴 수밖에 없었다. 한참 후에야 정리를 마친 여난이 드디어 상자를 열었다. 무늬 없이 깨끗하게 짜인 미색 장갑이 마침내 세상 빛을 보는 순간이었다.

"우와…."

장갑을 집어 든 여난의 눈이 금방이라도 깨질 듯이 반짝였다. 모르는 눈에는 장갑이 아니라 커다란 다이아몬드라도 받은 사람처럼 보일 것 같았다. 이렇게 좋아할 일인가. 달국은 괜히 머쓱한 마음에 무심하게 입을 열었다.

"그러고 있지 말고 맞는지 껴 보…."

"근데 카드는?"

언제 감격에 젖어 있었느냐는 듯이 대번에 장갑을 내려놓은 여난이 상자를 홀랑 뒤집었다. 고이 접어 놓은 포장지를 뒤적여도 더 보이는 것이 없자 가만히 따라 붙는 시선이 집요했다.

"…카드?"

"크리스마스 선물이면 카드도 있어야지."

"아니, 음…."

이런 거 사 보는 게 처음이라 몰랐다고 하면 대충 넘어갈 수 있을까. 조용히 말을 고르는 달국을 두고 여난이 히, 하고 웃음을 터뜨렸다.

"농담이야. 선물만으로도 고마워."

"…어."

"나 크리스마스 선물 진짜 오랜만에 받아 본다. 다섯 살 때 이후로 처음인 것 같은데?"

그 정도로? 깜짝 놀라 바라보는데 여난이 제 손에 장갑을 한 짝씩 끼웠다. 옅은 색의 보송보송한 털장갑이 더없이 잘 어울렸지만, 여난에게는 손가락이 조금 짧아 보였다.

"작네."

여상하게 중얼거리자 여난이 얼른 제 손을 뒤로 감췄다.

"내 손가락이 너무 길어서 그래. 이 정도면 맞는 편이야."

"그냥 교환…."

"아, 싫어. 이게 좋아. 어차피 끼다 보면 늘어날 거야."

다급히 장갑을 도로 벗은 그가 얼른 상자에 넣고 뚜껑을 닫았다. 잘 접은 포장지와 리본을 함께 챙겨 넣는 모습을 가만히 지켜보던 달국이 지나가는 말처럼 물었다.

"다섯 살 때는 뭐 받았어?"

여난은 어, 하며 시선을 올리더니 곰곰이 기억을 더듬었다.

"뭐였지, 장난감이었는데…. 아, 기차였다."

"기차?"

"왜, 바닥에 레일 깔아 놓고 리모컨으로 조종하는 기차 있잖아. 엄청 갖고 싶었는데, 아빠가 절대 안 된다고 했었거든."

"……."

"집 어질러지는 거 제일 싫어하는 사람인데, 바닥에 잔뜩 늘어놔야 하는 장난감이라니 얼마나 짜증 났겠어. 지금 와 생각해 보면 엄마가 그런 거 다 무시하고 사 준 것 같아. 아마 싸우지 않았을까? 그 다음 해부터 크리스마스 안 챙겼던 거 보면."

조곤조곤 이어지는 목소리를 가만히 듣던 달국이 낮은 목소리로 아, 중얼거렸다. 희미하게 떠올렸던 '자격'이 무엇인지 알 것 같았다. 크리스마스 선물은 보통 가족을 위한 거지. 내가 돌보고 보호하는 존재가 잠든 사이, 그 해의 소원을 몰래 알아채 머리맡에 두는 거니까.

그래서 가족끼리 주고받는 거였지. -혹은 가족이 되고 싶은 사람이나.

"여난."

달국이 손끝을 살짝 까딱였다. 응? 하며 고개를 든 여난은 공기가 조금 가라앉은 것을 느끼고 애매한 미소를 지었다.

"으음…."

시선을 멀리 둔 채 고민하는 시늉을 하다, 이내 상체를 일으켜 달국의 어깨에 손을 얹는다. 달국은 가까워진 마른 허리를 끌어안으며 고개를 꺾어 올렸다. 다가온 입술이 마땅히 맞닿았다.

"응…."

부드러운 입술은 언제나 그랬듯 익숙한 온도를 품고 있었다. 혀끝으로 입술 새를 천천히 핥다 아랫입술을 살짝 물었다. 아프지 않게 잘근대다 잇새를 파고들자 입안에 고여 있던 따뜻한 숨이 희미한 탄식과 함께 터져 나왔다.

"하…."

제 어깨를 누른 손에 힘이 들어가는 것을 느낀 달국이 여난의 등을 옭아매듯 눌렀다. 무심코 몸을 빼려던 시도가 실패로 돌아가자 달라붙은 몸줄기가 조금 떨렸다. 달국은 남은 손으로 바닥을 짚은 채 차근차근 여난을 제 허벅지 위로 앉혔다. 벌어진 무릎이 옆구리를 스치자 입술 새를 오가는 숨이 조금 더 가빠졌다.

키스 따위야 이제 새삼스러울 것도 없는데, 여난은 여전히 서로의 맨살이 닿는 순간마다 일일이 놀라며 낯선 듯 굴었다. 입맞춤이 깊어질 때, 눈가에서 시작된 열이 온몸으로 퍼져나가는 순간을 들키고 싶지 않은 것 같았다.

"아, 잠깐…."

티셔츠 아래로 손을 밀어 넣자 차갑고 매끄러운 피부가 손바닥에 달라붙었다. 입술을 떼어 내려 드는 여난을 쫓아 달국이 상체를 밀어 올렸다. 그 바람에 무게중심을 잃고 뒤로 흔들린 여난이 다급히 엉킨 몸 옆으로 밀어 둔 테이블을 짚었다.

"잠깐만, 국아. 손…."

"응."
"뭐가 응이야, 씨. 손 잠깐만 빼…."
이 몸을 부서져라 끌어안고 싶을 때는 많았다. 목구멍이 틀어 막히도록 혀를 밀어 넣고 싶은 충동을 눌러 참을 때면 손목부터 어깨까지 굵은 핏줄이 불거졌다. 물렁한 입술이 가쁜 숨을 토할 때, 거칠어진 맥박이 턱 아래 연한 피부를 두드리며 솟구치는 모양을 목격할 때면 머릿속에서 무언가 끊어지는 느낌이 들었다.
불가사의한 충동이 피를 끓이는 순간, 애욕은 눈을 가리고 손끝에는 날카로운 힘이 들어갔다.
"국아, 좀, 나 넘어질… 아!"
열중하던 머리 위로 찰나의 비명이 스쳤다. 이어 덜컹, 테이블 다리가 밀리는 소리가 들렸다. 움찔, 몸을 굳힌 달국이 고개를 홱 치켜들었다. 여난이 테이블을 짚은 손을 꽉 말아 쥔 채 미간을 찌푸리고 있었다.
"……."
말없이 손을 뻗어 팔목을 쥐었다. 여난은 얼른 어깨를 굳히고는 내주지 않으려 들었다. 무시하고 억지로 잡아당기니 그제야 내민 오른손 약지 끝마디에 길게 긁힌 상처가 보였다.
"무슨…."
고개를 돌리자 테이블 위 펼쳐 놓은 영어 교재가 눈에 들어왔다. 손을 아무렇게나 뻗다가 빳빳한 종이에 벤 모양이었다. 인상을 한껏 찌푸린 달국이 다친 손을 자세히 살폈다. 그제야 상처 위로 피가 맺히기 시작했다.

"아…."

통증이 올라오는지 여난이 희미한 신음을 흘렸다. 두 눈을 질끈 감았다 뜬 얼굴이 그새 창백해져 있었다. 느릿느릿 솟아난 핏방울이 둥근 형태를 갖추자 얼른 왼손을 받치고는 두리번거린다. 상처를 누를 것을 찾는 것이 분명했지만, 달국은 한동안 멍하니 바라볼 뿐 꼼짝하지 못했다.

"국아, 휴지 어디…."

"……."

"국아?"

떠올리고 싶지 않은 순간은 언제나 불현듯 찾아온다.

종종 별것도 아닌 이유로 얼굴에 멍을 달고 도망쳐 올 때가 있었다. 어린 여난이 지나치게 선명한 손자국을 어설프게 감추고서 넘어졌다거나 부딪혔다고 뻔뻔스레 말할 때면 그보다 여덟 달이 더 어린 달국은 고민해야 했다. 말하는 대로 믿어 주기를 바라는 걸까, 거짓을 들춰 파고들기를 바라는 걸까.

말없이 수긍한 것도 그게 옳다고 생각해서는 아니었다. 파헤쳐 봤자 할 수 있는 일이 없었기 때문이다. 어째서 사실대로 말하지 않느냐고 따져 봤자 어쩔 것인가. 당장 해 줄 수 있는 게 아무것도 없는데.

"국아, 놀랐어?"

침묵하는 달국을 향해 여난이 고개를 한껏 들이밀었다. 제가 더 걱정스러운 얼굴을 하고 있었다.

"나 괜찮아. 이깟 걸로 뭘 세상 다 끝난 사람처럼 그러고 있어."

"……."

"하나도 안 아파. 걱정하지 마, 응?"

말은 그렇게 했지만 입술이 살짝 떨리고 있었다. 아프지 않을 리가 없지. 달국은 다시 시선을 내려 다친 손끝을 살폈다. 이 손이 찬바람에 다칠까 봐 사 온 선물도 우습게 느껴졌다.

"미안."

고개를 떨어뜨린 달국이 차가운 손마디 사이로 입술을 묻었다. 그새 식어 버린 핏방울에서 희미한 쇠 냄새가 났다.

"어? 아니…."

쪽, 젖은 피부를 감싸듯 핥자 여난이 흠칫 몸을 굳혔다.

"미안해."

사실은 늘 묻고 싶었다.

'친구로 지내면 안 돼?'

네가 확신을 갖지 못했던 건, 우리가 함께 보낸 어린 날이 그토록 어리숙해서였을까. 실금 같은 상처에도 가슴이 철렁해서, 다급히 덮어 두고 외면하는 것으로 모면했다 믿어 버린 잘못들이 너무 많아서.

"…야아, 국아."

여난이 다급히 달국의 팔을 쥐었다. 그대로 쪽, 뺨에 입 맞추고는 배시시 웃는다.

"네가 왜 미안해. 이게 네 탓이야?"

"……."

"쫄지 마, 이깟 게 뭐라고."

너무나 당연하게 좋아했기 때문에, 손에서 빠져나갈지도 모른다는 생각도 해 본 적이 없었다. 그리하여 다섯 번째 겨울에 파묻

혀서야 돌이키는 것이다.

'바로 앞에 네가 있어도 무서웠어.'

나는 이 애의 불안을 눈치채지 못했던 걸까, 눈치채지 못한 척 했던 걸까.

소독을 마치고 붙여 놓은 밴드에도 조금씩 피가 배어났다. 시시때때로 확인하며 밴드를 갈아 주었지만 그때뿐이었다. 처음에는 수시로 제 손을 들여다보며 끙끙대는 달국을 조금 재밌어하던 여난은 결국 얼마 버티지 못하고 벌컥 짜증을 냈다.

"아, 좀! 안 죽는다고!"

"덧나지는 않는지 봐야 할 거 아냐."

"국아…. 혹시 내 손가락 부러졌어? 종이에 벤 게 정말 이럴 정도의 부상이었나…?"

고개를 뒤로 젖힌 여난이 소파에 픽 쓰러지듯 누웠다. 아랑곳않고 새 밴드를 가져온 달국이 가는 손목을 홱 낚아챘다. 여난은 체념한 듯 손을 내맡기더니 이내 못마땅하게 중얼거렸다.

"지는 손을 아예 갈아 놓고도 뻔뻔하던 게…."

"뭐?"

"기억 안 나? 너 남이 떨어뜨린 도구에 손 찧어가지고 손톱 나갈 뻔했었잖아."

…그런 적이 있었지. 작년 가을 즈음의 일로 기억한다. 수업이 끝나고 도구를 정리하다 서로 동선이 꼬이는 바람에 왼손 엄지를 다친 적이 있었다. 시선을 위로 올린 달국이 아무렇지 않게

대답했다.

"그 일은 갑자기 왜 끌고 나와."

"계속 주머니에 손 찔러 넣고 있길래 뒤늦게 사춘기가 왔나 했지. 고작 그런 식으로 나한테 숨길 생각을 한 게 얼마나 어이없었는지 알아?"

"왼손이라 별일도 아니었고…."

"별일이고 아니고가 중요한 게 아니라, 숨긴 게 열 받는 거라니까?"

참 누가 할 소리를 하는지…. 픽 웃은 달국이 다 쓴 밴드를 쓰레기통에 넣었다.

"알았어. 그만."

"또 그런 식으로 어물쩍…."

"여난."

달국이 소파를 짚고 몸을 일으켰다. 그때까지도 편안히 누워 있던 여난이 말을 멈추고 마른침을 삼켰다. 달국은 그 눈을 천천히 들여다보며 한 글자씩 되짚듯 속삭였다.

"알아. 내가 잘못했어."

그제야 풀 죽은 침묵이 주변을 감쌌다. 맞닿은 시선이 잠잠히 가라앉으면 화해의 신호였다. 형태를 갖춘 애정을 확인하려 입술을 맞대자 다친 손이 조심스레 목을 감아 왔다.

"……."

혀끝에 닿은 달뜬 숨을 한 모금씩 삼키며, 달국은 또다시 그 쌀쌀하고 허름하던 어린 날을 떠올렸다.

'괜찮아. 이깟 걸로 뭘 그래.'

실은 말하고 싶었다. 네가 매년 기다리는 이 계절이 나는 반갑지 않다고. 차가운 바람에 발긋하게 다친 뺨을 볼 때면, 너를 통째로 삼켜서라도 감춰 버리고 싶었다고. 고작 얼어붙은 손을 맞잡아 녹여 주는 게 전부였던, 그리하여 바람조차 나의 위로를 비웃는 것만 같았던 날을… 두 번 다시 그리워할 수도 없으리라 생각했노라고.

❄

요란을 떨어 댄 지난밤이 무색하게도 아침은 지나치게 평화롭고 고요했다. 푸석푸석한 얼굴을 씻고 나오니 여난이 여전히 침대에 늘어져 있었다. 양손으로 핸드폰을 쥔 채였다.

"뭐 해?"

"아, 세형이가 장 좀 봐 오래."

"치킨 먹는다고 하지 않았어?"

"그건 저녁이고, 점심은 고기 굽자는데."

크리스마스는 핑계고 그저 고기가 먹고 싶었던 모양이다. 그러든가 말든가, 한숨을 내쉰 달국이 여난을 향해 손을 내밀었다.

"…피 안 나요. 진작 멈췄어요."

"보자고."

"하아…."

여난이 고개를 푹 떨어뜨리며 다친 손을 내밀었다. 들은 말대로 밴드는 깨끗했다.

"따갑지는 않고?"

"밴드가 엄-청 걸리적거리긴 해."

"붕대로 감아 버릴까?"

"……."

말없이 이를 악무는 꼴을 보니 슬슬 인내심의 한계가 온 것 같았다. 여난은 체력이 떨어지는 탓인지 참을성이 별로 없는 편이었다. 이런 성질에 참, 앉아서 공부는 잘하지. 흰 얼굴을 빤히 바라보던 달국이 먼저 자리에서 일어났다.

"장 보러 어디로 가야 하는데?"

화제를 돌리자 마침내 여난의 얼굴에 화색이 돌았다.

"그냥 요 앞에 마트 가서 사가지고 택시 타는 게 편할 듯?"

"뭐 사야 되는지 목록 보내."

"엉? 같이 안 가고?"

의아하게 물은 여난이 몸을 일으키려 들었다. 달국은 그의 어깨를 잡아 도로 침대에 눌러 놓고서 계단을 내려갔다.

"너 손이 그래가지고 어딜 가."

"……."

여난이 진심으로 질린 표정을 지었다. 하, 들으란 듯 한숨을 쉬더니 벌떡 일어나 따라 내려온다. 그러고는 1층에 벗어둔 옷을 덥석덥석 잡아 몸을 꿰다 말고 악, 소리를 질렀다.

"나 먹이려고 일부러 이러는 거지! 멍청하게 종이에 손 벴다고 이런 식으로 눈치 주는 거야. 맞지?"

"아닌데."

"아니면! 못 만지게 했다고 이러냐?"

"뭐?"

황당한 나머지 웃음도 나오지 않았다. 정색하고 되묻자 여난이 씨근대며 말을 이었다.

"내가 피… 피하는 것 같아서 화난 거 아니야?"

생각지도 않은 이유를 들어 사람을 비난하니 어처구니가 없어 말문이 막혔다. 여난은 이번에도 침묵을 좋을 대로 해석한 듯했다. 주절주절 변명을 늘어놓기 시작한 얼굴이 점점 새빨갛게 물들었다.

"근데 나는 네가 만…지는 게 싫은 게 아니라, 자꾸 나를 네 무릎에다 앉히는 그게…. 그…."

"……."

"…닿아서 놀란다니까. 얘기했잖아. 그거 때문에 좀 몸과 몸 사이의 거리를 두고 싶었던 거지 아예 안 하고 싶었던 게 아닌데…."

웅얼웅얼 이어지던 말끝이 곧 쥐 죽은 듯 사그라들었다. 어쩌나 보자는 심경으로 가만히 듣고만 있던 달국은 결국 입술 새까지 치민 미소를 완벽하게 지우지 못했다.

"뭐가 닿는데?"

상체를 기울여 툭, 소리가 나도록 이마를 맞댔다. 화들짝 놀라 뒷걸음질 치려는 몸을 붙들어 끌어당기자 고개를 숙여 시선을 피해 버린다.

"뭐가 닿길래 놀라느냐고."

"…아, 씨…."

"말을 해야 알지."

"뭘 굳이 물어. 닿는다고 놀랄 게 또 뭐가 있는데…."

떨어진 눈동자가 희미하게 떨렸다. 달국은 흠, 소리를 내며 고개를 기울였다. 말없는 압박에 한참 입술만 달싹이던 여난이 숨을 터뜨리듯 목소리를 높였다.

"내 말은…! 너 같으면, 그, 그런 게 막 누르면…."

"누르면 뭐. 내가 너한테 내 좆 어떻게 해 보라고 하질 않았는데 왜…."

"악-! 제발 입 좀!"

그가 진저리를 치며 달국의 입을 막았다. 순순히 입을 닫고 고개를 젖힌 달국이 항복의 표시로 양손을 들어 올렸다. 여난은 그제야 씩씩대며 손을 내리고는 꾸물꾸물 몸을 틀어 빠져나갔다.

"…하여튼, 장 보러는 같이 가. 알았어?"

"……."

"왜 또 대답 안 해?"

"그럼 뭐 들지는 마."

여난이 다시금 깊은 숨을 들이쉬었다. 당장 큰 소리를 내지를 태세였다. 달국은 오해 말라는 뜻으로 고개를 저었다.

"너 먹이려고 이러는 거 아니야. 수틀린 거 있어서 눈치 주는 것도 아니고."

"……."

"그냥 걱정하는 거야."

네가 다치는 게 싫어. 손톱만 한 상처라도 보고 싶지 않아. 어린 시절에는 그런 말조차 할 수 없었다. 네가 싫으면 뭐 어쩔 건데 머릿속 어딘가에서 울리는 물음에 답할 말을 찾지 못했으므로.

"…진짜, 갑자기 왜 안 하던 짓을…."

"갑자기?"

"……."

"난 늘 이랬는데."

티를 안 냈을 뿐이지. 손쓸 도리도 없는 일을 가지고 애면글면 하는 꼴을 보이면 네가 그나마도 보여 주지 않고 숨어 버릴까 봐. 감당 못할 부담을 안겼다고 착각해 멀리 도망치면 어쩌나 싶어서….

"됐어…. 내가 다친 게 죄다. 아니지, 토플이 잘못했네. ETS를 고소해야 돼."

포기한 여난이 제 머리를 마구 흐트러뜨렸다. 달국은 어깨만 한 번 으쓱이고서 머플러를 펼쳐 쥐었다.

"살 게 많아?"

"아니, 고기는 명재가 사 온다고 했어. 채소랑 음료수 같은 거 사가면 돼."

여난의 목에 머플러를 둘둘 둘러 놓은 달국이 테이블 아래 놓인 상자를 집어 들었다. 뚜껑을 열어 장갑을 꺼내자 얌전히 있던 여난이 버럭 소리를 질렀다.

"뭐 해? 그거 왜?"

"끼고 나가라고."

"아니야, 오늘 안 낄 거야. 이리 줘."

달국의 손에서 얼른 장갑을 채간 그가 빼앗은 것을 도로 상자에 넣었다. 달국은 어리둥절한 얼굴로 여난이 그것을 곱게 포장하는 모습을 지켜보았다.

"왜 안 끼는데."

"오늘은 밴드 붙였잖아. 걸려서 올 나가면 어떡해."

그것도 모르냐는 듯 타박하고는 상자를 제 가방에 숨기듯 깊숙이 넣고 나서야 만족스러운 미소를 짓는다. 모직 장갑을 올이 나갈까 봐 끼지 않겠다니. 어이가 없어 절로 헛웃음이 나왔다.

"별 걱정을…."

"어어? 이렇게 밝은 색은 조금만 해져도 바로 티 난단 말이야. 차 뽑으면 그때 낄 거야."

그래서 저걸 지금 모셔만 놓겠다는 건가, 아니면 기어코 차를 뽑겠다는 건가. 어느 쪽부터 따져 물어야 할지 고민하는 사이 무심코 표정이 굳은 모양이었다. 얼른 달국의 팔에 매달린 여난이 그의 손을 얽어 쥐었다.

"에이, 오늘 나한테 장갑이 왜 필요해. 꾸기 주머니가 있는데."

"……."

"나가자, 어? 명재랑 양매화는 벌써 출발했대."

살살 달래며 끄는 몸짓에 결국 이기지 못한 달국이 옷장으로 향했다. 주머니가 깊은 패딩을 꺼내 입고, 케이크를 챙겨서 나선 문밖은 여전히 물기 하나 없이 차고 메마른 바람으로 가득했다.

"이거 사자, 이거."

작은 동네 마트에 들어서자마자 과자 코너로 달려간 여난이 거대한 마시멜로우 봉투를 들고 말했다. 달국은 순순히 그것을 받아 든 후 물 흐르듯 원래 자리로 돌려놓았다.

"아, 왜. 구워 먹으면 맛있대."

"집 안에서 이거 구울 데가 어디 있어."

"없나?"

"있다 한들 저걸 언제 다 먹게."

여난은 때로 기상천외한 요리를 구상하거나 말도 안 되는 식사 계획을 짜곤 했다. 달국이 판단하기에는 음식 자체에 별 흥미가 없어 벌어지는 일 같았다. 조금만 양이 넘치면 곧잘 체하는 체질 탓에 아이스크림 따위로 끼니를 때우고 넘어가는 꼴을 줄곧 봐 온 터라, 그나마 다 같이 모였을 때 이런저런 먹을 궁리라도 하는 모양이 반갑기는 했다.

"…이건 언제…."

물론 장바구니를 단속하는 건 또 다른 문제였다. 어느 틈에 채소 팩과 음료 페트들 사이에 교묘하게 섞어 놓은 찰떡 아이스크림을 들어 보이자 여난이 눈을 반짝였다.

"삼겹살 기름기를 딱 잡아 줄 것 같지 않아?"

"두고 와."

"에이…."

어차피 여난도 대부분 장난을 거느라 하는 짓이었다. 결국 각종 채소와 탄산음료, 아이스크림 몇 개만 남기고 계산을 마친 달국이 한 손으로 봉투를 들고 턱짓했다.

"저기서 바로 택시 타자."

"엉."

여난이 먼저 손을 휘저으며 큰길가의 택시 정류장으로 달려

나갔다. 세형의 자취방까지는 차로 15여분 거리였다. 차에 타자마자 세형에게 메시지를 보낸 여난이 문득 생각났다는 듯 중얼거렸다.

"그러고 보니 나는 뭐 주지?"

"뭘?"

"애기 크리스마스 선물."

눈을 반짝이며 묻는 말에 달국이 헛웃음을 터뜨렸다.

"됐어."

"아니야. 줘야겠어. 근데 생일 선물에 온 신경을 쏟았더니 크리스마스 선물은 미처 생각을 못했단 말이지…."

"됐다니까."

"아."

문득 탄식한 여난이 손을 까딱까딱 흔들어 가까이 오라는 표시를 했다. 달국이 상체를 기울이자 귓가에 입술을 붙인 채 손으로 감쌌다. 간지러운 숨결이 귓바퀴에 닿고, 소곤대는 목소리가 낮게 가라앉았다.

"…뽀뽀해 줄까?"

얼굴을 떼어 낸 여난이 꿍꿍이 가득한 얼굴로 씩 웃었다. 어디 한 번 상상력을 발휘해 보라는 도발이 가득 담겨 있었다. 때문에 달국은 장난하냐고 되묻는 대신 골똘히 머리를 굴리기로 했다.

"어디에?"

"음, 뭐. 오늘이 지나가기 전에 잘 생각해 봐."

좌석에 기대 큭큭대는 모양을 보니 실없는 장난으로 끝낼 모양이었다. 어깨를 으쓱인 달국이 이번에는 제 쪽에서 여난의 귓가에 입술을 붙였다.

"허리 위? 아래?"

말 끝내기 무섭게 꽉 쥔 주먹이 허벅지를 강타했다. 예의상 아픈 흉내를 내자 양 뺨이 잔뜩 발긋해진 여난이 고개를 홱 돌렸다. 그러게 감당도 못할 짓은 왜 저지르는지. 어이가 없는 만큼 귀엽기도 해서 느린 웃음이 샜다.

세형의 자취방에 도착하니 좁은 원룸은 이미 파티 준비로 분주했다. 바닥에 신문지를 깔고 전기 그릴을 올려 둔 풍경에서 오늘 하루 고기만 먹다 죽겠다는 결연한 의지가 느껴졌다.

"쌈 채소가 이제 오면 어떻게 해!"

벌컥 외친 세형이 달국의 손에서 종량제 봉투를 낚아챘다. 아스파라거스와 상추, 깻잎 따위를 하나하나 늘어놓던 그는 싱글탱글에 이르러서야 그럼 그렇지, 하는 표정을 지었다.

"이거 다 씻어야 되지?"

"엉. 난이가 한다."

여난이 자연스레 외투를 벗고 팔을 걷었다. 달국은 그런 여난의 팔을 덥석 잡아 제 뒤로 빼돌리고 개수대 앞에 섰다.

"나한테 줘."

"……."

세형은 어리둥절한 얼굴로 재료들을 내밀었고, 여난은 고개를 절레절레 저으며 이마를 감쌌다.

"뭐야? 싸워?"

잠깐의 소란도 원룸 안에서는 지진이나 다름없었다. 재원이 양손에 집게와 가위를 든 채 고개를 쭉 빼고 물었다. 여난은 진절머리가 난다는 듯 냉큼 대답했다.

"어, 이틀째 이러고 있어."

"좋은 날에 왜 싸워. 고기 먹고 잊어버려."

"명재원."

그러거나 말거나 찬물을 틀어 채소를 담가 놓은 달국이 재원을 향해 말했다.

"여난 일 시키지 마. 다쳤어."

"엥? 다쳤어? 어디를?"

"…진짜 미치겠네."

여난이 두 손으로 얼굴을 감싼 채 고개를 푹 숙였다. 다쳤다고? 세형과 매화까지 토끼눈을 하고 여난을 살폈다.

"왜? 얼마나 다쳤는데?"

"병원은 다녀왔어?"

"괜찮아. 마음이 좀 다쳤어, 마음이…."

탄식한 여난이 어색하게 웃으며 손을 내저었다. 그러는 동안에도 세형은 잔뜩 걱정스러운 얼굴로 눈을 깜빡이고 있었다.

"진짜 아니라니까. 김달국이 어제부터 이상한 데 꽂혀가지고 헛소리하는 거야."

"그래…? 아무튼 일은 하지 마. 앉아서 쉬어."

"세형아…. 천사야?"

불판이 적당히 달궈지자 매화가 창문을 열었다. 찬바람이 들이쳤지만 어쩔 수 없었다. 여난은 벗어 둔 코트를 어깨에 걸치며 재원에게 물었다.

"그러고 보니 옥상에서 먹지 그랬어? 방에 냄새 다 배겠네."

"안 그래도 그러려고 했는데 춥기도 하고, 오후에 눈 온다고 하더라고."

"그래?"

"응. 귀한 고기가 눈 맞게 만들 수는 없잖아."

재원이 집게를 쥔 채 의기양양하게 말했다. 그 사이 잘 씻은 채소를 채반에 담아 돌아온 달국이 불판 너머에 앉았다. 그러자 세형이 배턴 터치하듯 몸을 일으키며 비장하게 말했다.

"얘들아."

네 명의 시선이 동시에 세형에게 향했다. 세형은 후후, 작위적인 웃음을 흘리더니 냉장고 문을 덥석 쥐었다.

"내가 오늘을 위해 준비했다!"

덜컹 열린 냉장고 안에서 나온 것은 익숙한 라벨이 붙은 위스키 병이었다. 매화의 눈이 가장 먼저 휘둥그레졌다.

"몇 년산인데?"

덤덤히 물은 것은 달국이었다. 세형은 그제야 병을 쥐고 라벨을 자세히 들여다보았다.

"어…. 1… 17년인가?"

"아아."

"아아? 설마 이 정도는 가소롭다는 뜻은 아니지? 완전 마셔 봤다는 얼굴인데 설마 아니지?"

달국이 대충 고개를 저었다. 그나저나 저걸 냉장 보관하면 안 될 텐데. 말해 줄까 고민했지만 세형이 위스키 병을 하도 소중히 끌어안고 있기에 그만두었다.

"그나저나 웬 밸런타인이야?"

"세부 다녀올 때 아빠가 내 여권으로 산 거야."

"…그런 걸 가져와도 돼?"

"훔친 거 아냐, 허락 받았어. 아빠는 30년 산 샀단 말이야."

"삼겹살에 위스키? 조합 대단하네."

"그보다 우리 매화 눈 튀어 나오겠는데?"

여난이 비죽 웃으며 속삭이자 모두의 시선이 매화에게로 쏠렸다. 깜짝 놀란 매화가 얼른 시선을 피하며 시치미를 뗐다.

"신기해서 본 거야. 처음 봐서."

"무슨 사흘 굶은 사람처럼 쳐다보던데, 매화야."

"안 마셔. 그냥 본 거야."

"와아, 난이는 마실래."

원하는 답을 얻어 내자마자 기다렸다는 듯 잔을 내민 여난이 배시시 웃었다. …저기다 대고 다쳤는데 무슨 술이냐고 하면 이번엔 정말 폭발하겠지. 달국은 결국 세형에게서 위스키를 받아 들고 잔 바닥이 찰랑거릴 만큼만 따라 주었다.

"어허, 국아. 이걸 누구 코에 붙여."

"그거 마셔 보고 얘기해."

"어이가 없네. 꼴랑 이만큼을 내가 못…."

자신 있게 입술 새로 잔을 기울인 그가 덜컥 입을 다물었다. 술을 머금은 채 굳은 모양이 한눈에도 힘겨워 보였다. 이어지는 침묵 속에서 한숨을 내쉰 달국이 빈 잔을 여난의 입가에 가져다 대었다.

"뱉어."

그 말에 버럭 소리를 내지른 것은 세형이었다.

"안 돼! 이게 얼마짜린데!"

달국이 조용히 세형을 향해 시선을 돌렸다. 오가는 말은 없었지만, 세형은 식은땀을 흘리며 얌전히 제 잔을 내밀었다.

"아니…. 저도 주시라고요."

달국은 이번에도 잔 바닥에 살짝 깔릴 만큼만 술을 채워 주었다. 이미 본 게 있는 탓인지 세형은 조심스레 코끝에 잔을 대고 킁킁거렸다.

"어우, 냄새 장난 아니네."

"그 정도야? 소주보다 독한가?"

호기심 어린 눈으로 지켜만 보던 재원이 물었다. 달국은 결국 재원과 매화의 잔에도 위스키를 조금씩 따라 주었다. 여난은 여전히 술을 입에 문 채 침묵하고 있었다.

쯧, 혀를 찬 달국이 아예 여난의 입가에 손을 가져다 대었다. 애석하게도 돌아온 것은 역효과였다. 예상치 못한 달국의 행동에 멈칫한 그가 그만 꼴깍, 입에 든 것을 삼켜 버린 것이다.

"으…!"

놀랄 틈도 없이 목을 붙들고 움츠린 여난이 마른기침을 쏟아 내기 시작했다. 달국은 한숨을 쉬며 그의 등을 두드렸고, 세형은 재빠르게 냉장고에서 작은 생수 병을 꺼내 돌아왔다. 여난은 한참 콜록대다 물 한 모금을 먹고서야 어우, 하며 제 코를 붙들었다.

"하, 씨…. 사레 들렸어. 죽는 줄 알았네."

"그러게 뱉으라 했지."

"으아, 이거 대체 몇 도야? 나 방금 내 식도랑 위의 정확한 위치를 알게 된 것 같은데."

난리통 속에서 재원은 조용히 매화의 잔을 빼앗았다. 매화는 조금 아쉬운 듯 손끝을 움츠리면서도 순순히 잔을 넘겼다.

"17년산이면 17도 아니야? 그럼 소주랑 비슷하지 않나?"

그 와중에 세형이 병을 자세히 살펴보며 중얼거렸다. 달국은 머리가 지끈대는 기분에 눈을 꾹 감았다 떴다.

"밸런타인이면 다 40도야…."

"40도? 1년마다 1도씩 쌓이는 게 아니었어? 그래서 30년산이 제일 도수 높은 건 줄 알았는데?"

"세형아, 그냥 이제라도 뚜껑 닫고 아버지께 반납하면 어때?"

일련의 사태를 지켜보던 재원이 부드러운 미소를 띤 얼굴로 권했다. 세형은 으아, 하며 제 머리를 감싸 쥐었다.

"위스키는 잘 모르지만, 17년산이니까 17도일 거라 믿는 사람이 쉽게 까면 안 되는 술이라는 건 알겠어…."

"아니, 그래도 내가 얼마나 힘들게 쟁취해 온 건데 맛은 봐야 할 거 아니야!"

위스키 병을 끌어안은 세형이 왈칵 우는 시늉을 했다. 달국은 그런 세형의 품에서 병을 빼앗아 멀리 밀어두었다.

"먹던 거나 먹어."

"그래, 늘 먹는 소맥도 맛있지. 맛있지만…. 위스키를 먹으면 왠지 어른이 될 것 같았는데…."

중얼대는 세형을 무시하고 고개를 돌리니 여난이 물 잔을 쥔 채 멍하니 앉아 있었다. 달국이 그의 어깨를 쥐며 조심스레 얼굴을 살폈다.

"여난, 괜찮아?"

"엉? 어. 괜찮지."

"어지러운 거 아니야?"

"아니야. 한 모금밖에 안 마셨는데 무슨…. 진짜 사레 들려서 기침한 거야."

안색은 나쁘지 않았고, 독한 술이라 해도 그 정도 마신 걸로 문제가 생길 것 같지는 않았다. 달국은 고개를 끄덕이고 여난의 곁에 자리 잡았다.

"근데 달국 너는 위스키도 잘 안다. 많이 마셔 봤어?"

소주 한 병과 맥주 두 병을 가지고 돌아온 세형이 물었다. 달국은 병따개를 받아들며 고개를 저었다.

"많이는 아니고."

"마셔 본 적 있긴 하구만?"

"할아버지가 위스키 수집하셔서."

세형이 오오, 하며 방청객 같은 탄성을 질렀다.

"엄청 비싼 것도 마셔 봤어? 그런 건 확실히 달라?"

"모른다니까."

"하…. 아는 척을 안 하니까 더 부자 같아."

고기가 익어 가기 시작하자 세형이 신중한 몸짓으로 소맥 제조에 돌입했다. 그러는 동안에도 여난은 말없이 눈만 깜빡이며 앉아 있었다. …이거 아무래도 맛이 간 것 같은데. 턱을 괸 채 지켜보던 달국이 여난의 눈앞으로 손을 휘휘 저었다.

"…뭐 해."

그 손을 잡아 내린 여난이 두 눈을 가늘게 떴다. 달국은 흐음, 마뜩잖은 소리를 내며 낮은 목소리로 물었다.

"일찍 일어날래?"

"뭐?"

"너 상태 안 좋아, 지금."

"아니라고…. 완전 멀쩡하거든요."

소리를 낮추고 나눈 대화였지만, 역시나 원룸에서 한 공간에 있는 이들의 귀를 피할 수는 없었다. 고기 집게를 든 재원이 달국과 눈을 맞추며 끼어들었다.

"뭐 문제 있어?"

"없어, 없어."

대답한 사람은 여난이었다. 달국은 별수 없이 여난이 소맥 잔을 집어 드는 모습을 지켜만 봐야 했다.

"너네 진짜 싸웠어?"

이미 한 잔을 비운 재원이 다 익은 고기를 불판 바깥쪽으로 밀어주며 물었다. 여난은 그 말만 기다렸다는 듯 어, 하며 목소리를 높였다.

"싸웠다니까 뭐 들었어."

"화해하라니까. 좋은 날에 좋은 고기 앞에 두고 왜 그래."

"몰라…. 이게 다 이경우 때문이야."

"그게 누군데?"

해맑은 되물음에 여난이 대답 없이 잔을 벌컥 들이켰다. 달국은 조용히 위스키가 남은 컵에 맥주를 부었다.

"어, 달국. 그게 뭐야?"

어느새 근처에 와 있던 세형이 흥미로운 얼굴로 물었다. 매화와 나란히 앉아 빤히 지켜보는 모양이 꼭 연말에 어른들 술자리를 구경하던 사촌동생들 같았다. 달국은 위스키와 맥주가 절묘하게 섞인 잔을 흔들며 성의 없이 대답했다.

"보일러 메이커."

"보일러? 난방?"

"…소맥 비슷한 거야."

위스키 향이 애매하게 깃든 맥주를 머금으며 말하자 세형과 매화가 잠시 서로를 마주 보았다. 마셔 보겠다고 할지 고민하는 모양새였다. 그때 옆에서 불쑥 손을 뻗은 여난이 달국의 잔을 빼앗아 제 입에 털어 넣었다.

"어, 이거 맛있네."

입맛을 다시며 하는 말에 세형이 벌떡 상체를 일으켰다. 무릎걸음으로 달국이 멀리 둔 위스키 병을 낚아챈 그가 부담스러울 만치 눈을 반짝였다.

"달국 님, 저도 한 잔 주십쇼."

그러자 옆에서 재원마저 잔을 내밀며 천연덕스러운 미소를 지었다. …이젠 모르겠다. 체념한 달국이 적당히 한 잔씩을 말아 주자 가지각색의 반응이 나왔다.

"…여난, 이게 맛있다고?"

"마실 만하지 않나?"

"아니, 뭐가 엄청 따로 노는데…. 소주 타는 게 낫겠다."

금세 한 잔을 비운 매화도 그다지 마음에 들지 않은 모양이었다. 내려놓은 잔을 멀리 밀어 둔 매화가 조금 남은 소주병을 소중히 쥐었다. 여난과 재원만이 다 마신 잔을 내밀며 위스키 리필을 요구했다.

적당량의 고기와 알코올이 돌고 나자 좁은 방 안은 곧 시답잖은 잡담으로 가득 찼다. 여난은 오가는 이야기를 일일이 걸고넘어지며 자주 웃었고, 재원은 달국을 붙들고서 위스키와 맥주의 적정 비율에 대한 토론을 하려 들었다.

"어, 맥주 다 마셨네."

주방으로 기어가 냉장고 문을 열어젖힌 세형이 안타까운 목소리를 냈다. 그러자 여난은 들고 있던 잔을 비우고는 한 손을 번쩍 들어 올렸다.

"난이가 사 온다!"

"술 떨어졌으면 그만 마셔."

힘껏 든 손을 잡아 내린 달국이 세형을 향해 퉁명스레 말했다.

"아까 콜라 사 왔어."

"콜라? 콜라…. 그러고 보니 콜라에 맥주 섞으면 맛있나?"

불행히도 이미 알코올에 점령당한 친구들의 머릿속에는 폭탄주밖에 남아 있지 않았다. 재원이 손가락을 퉁기며 천진하게 거들었다.

"위스키도 좀 남았잖아. 콜라에 위스키 타면 무슨 칵테일 되는 거 아니야?"

"그러네! 칵테일 먹자!"

"아니, 그만 마시라고…."

입으로만 말려 봤자 별 소용은 없었다. 애초에 위스키가 있었던 게 문제였고, 곁눈질로 배운 폭탄주를 만들어 버린 게 문제였다.

이런저런 주종을 섞어 마시게 되어 버린 것도, 그러다 끝끝내 위스키 한 병을 거의 다 비워 버린 것도, 무엇보다도-.

"치킨집에서 생맥도 배달된다는데?"

별의별 게 다 배달이 되는 현실이 가장 문제였다.

세형이 가장 먼저 침대에 쓰러지고, 매화가 슬슬 말이 없어졌을 즈음, 홀로 일어선 재원이 주섬주섬 뒷정리를 시작했다. 그는 행여나 매화가 자신에게 걸레나 청소기가 필요하다고 여길까 봐 잔뜩 조심하는 모습이었다. -와아, 세형이 집에는 모든 게 다 있네. 더 필요한 게 정말 아무것도 없네…. 중얼중얼 혼잣말을 하는 모양이 수상쩍기 짝이 없었지만 모르는 척하기로 했다. 바닥까지 야무지게 닦은 재원이 허리를 펴며 물었다.

"이거 앞에 내 놓으면 되겠지?"

"어. 가자, 이제."

"김세형 저대로 두고 간다고?"

돌아보니 세형은 이미 코까지 골며 잠에 빠져 있었고, 매화는 어디서 났는지 모를 물티슈 한 곽을 꼭 쥔 채 침대에 기대 앉아 꾸벅꾸벅 조는 중이었다. 여난은 멀쩡히 앉아 있긴 했지만 예의 그 영혼이 사라진 얼굴을 하고 있었다.

"매화야, 우리…. 에구, 자네?"

가지고 나갈 쓰레기봉투를 갈무리해 묶는 일까지 마친 재원이 난처한 얼굴을 했다. 낮부터 술을 곁들인 고기 파티를 달렸으니 하나씩 나자빠진 것도 이상할 일은 아니었다.

"어떡하지. 업고 가야 되나아…."

걱정스러운 말투와는 달리 묘하게 신나 보이는 재원을 소리 없이 외면한 달국이 냉장고를 열다 말고 멈칫했다. 여난의 성화에 백화점까지 찾아가 사 온 케이크가 고스란히 남아 있었다.

"여난."

돌아보며 부르자 여난이 천천히 고개를 들어 올렸다. 표정 없이 눈만 끔벅이는 모양을 보니 여난도 얼마 남지 않은 것 같았다.

"케이크 어떻게 할래?"

"…케이크?"

"가져갈까?"

"아니, 케이크…. 같이 먹어야지. 같이 먹어야 되는데…."

주절대며 주위를 둘러보던 여난의 입가에 차츰차츰 희미한 미소가 걸렸다.

"아, 뭐야…. 다 자네."

"……."

"난이도 잔다, 그럼…."

여난이 침대에 기댄 채 고개를 까딱대다 뒤로 넘어갔다. 달국은 재빠르게 냉장고를 닫고 달려가 그의 팔을 붙들었다.

"일어나. 집에 가서 자."

"왜애, 여기서 자고 가자."

칭얼대는 말을 무시하고 힘으로 일으키자 여난이 결국 비틀대며 일어섰다. 가까워진 얼굴에서 술 냄새가 훅 풍겼다. 달국은 여난의 팔을 단단히 붙들어 쥐고서 재원을 향해 말했다.

"우리 먼저 간다."

"엉, 그래. 나는 매화 조금만 재웠다가 갈게."

손을 휘휘 젓는 재원을 뒤로 하고 문을 열던 달국이 멈칫 굳었다. 짙은 밤에 물든 하늘에서 함박눈이 펑펑 쏟아지고 있었다.

"어, 눈이다!"

비척비척 끌려 나오던 여난이 신이 나 외쳤다. 난간에 달라붙어 하늘을 올려다보는 얼굴이 해맑기 짝이 없었다.

"우와, 진짜 눈 온다. 이거 쌓일 것 같은데?"

"……."

"국아?"

홀로 웃지 못한 달국이 핸드폰을 집어 들었다. 예상대로 택시 앱은 아무런 응답도 하지 않았다. 크리스마스 밤, 눈이 내리는 거리에서 택시 잡기…. 난이도 높은 미션을 던져 준 함박눈은 힘없는 인간의 속도 모른 채 잘만 쏟아지고 있었다.

"왜? 택시 안 잡혀?"

심각한 얼굴로 핸드폰을 들여다보고 있자니 여난이 고개를 쏙 내밀었다. 대답 대신 응답 대기 시간이 15분까지 늘어난 택시 앱을 보여 주자 아하하, 맑은 웃음소리가 돌아왔다.

"괜찮아, 괜찮아. 찾으면 다- 방법이 있다."

"무슨 방법? 걸어가기?"

"그것도- 괜찮지이-."

말끝이 늘어지는 걸 보아하니 아무래도 제대로 취한 게 분명했다. 주정뱅이 건사하기 미션까지 추가였다. 그냥 여기서 자고 가야 하나. 고민하는데 별안간 여난이 달국의 허리를 덥석 끌어안았다.

"…뭐."

마주친 눈이 샐쭉 휘어졌다. 그대로 가까워진 입술이 뺨에 쪽, 소리가 나도록 닿았다.

"괜찮아, 국아. 나는…."

나는 네 불안을 못 봤던 걸까, 못 본 척했던 걸까.

"너만 있으면 돼…."

아직까지도 의심할 수밖에 없는 것은… 너는 한 번도 내 불안을 외면한 적이 없어서겠지.

"…술 냄새."

괜히 타박하며 입을 맞췄다. 그러자 어두운 거리를 덮어 가는 함박눈이 더 이상 초조하지 않았다.

❄

모범택시 콜센터 연결마저 실패한 뒤 지도 앱을 통해 알아낸 경로로 버스 환승을 두 번씩 해 가며 집 앞에 도착했을 땐 거의 자정에 가까운 시간이었다. 거실에 들어서자마자 여난이 으아, 앓는 소리를 내며 소파에 쓰러졌다.

"난이 녹는다아…."

한시름 던 것은 달국도 마찬가지였다. 외투만 대충 벗어 걸어 둔 달국이 늘어진 여난을 툭툭 두드렸다.

"일단 씻어. 너 머리 다 젖었어."

"자기야, 나 지금 진짜로 손가락 하나 까딱 못 하겠어…."

끙끙대는 여난 곁으로 몸을 낮춘 달국이 무거운 한숨을 쉬었다. 늘어진 여난의 까만 앞머리며 속눈썹 곳곳에 이슬이 맺혀 있었다. 이대로 두면 분명 감기 걸릴 텐데. 보는 사람 속은 타들어 가거나 말거나 여난이 태평하게 물었다.

"국아…. 너 먼저 씻고 나오면 안 될까?"

달국이 어림도 없다는 뜻으로 여난의 팔을 붙잡아 당겼다. 여난은 뭐라 더 칭얼대며 고개를 젖히고 버티려 들었다. 결국 두 눈을 가늘게 뜬 달국이 마지막 수단을 꺼냈다.

"씻겨 줘?"

"씻…! 뭐, 뭔 소리야."

다급히 몸을 일으킨 여난이 얼굴을 붉혔다. …대체 볼 거 이미 다 본 사이에 저럴 이유가 뭐란 말인가. 달국은 고개를 저으며 욕실에서 수건을 꺼내다 여난에게 건넸다.

"머리라도 닦아. 나 먼저 씻을 테니까."

"…어."

다행히 방금 그 말에 술이 어느 정도 깬 모양새였다. 축축해진 옷을 훌훌 벗고 욕실로 향한 달국이 막 샤워부스 안으로 들어갔을 때였다. 똑똑, 잠그지 않은 욕실 문을 두드리는 소리가 들렸다.

"왜?"

"그게, 너 전화 오는 것 같아서."

"전화?"

"응. 이 시간에 울리는 거 보니까 급한 일 아닌가 싶어가지고….

그냥 둘까?"

"그냥 둬. 급하면 또 걸겠지."

크리스마스 자정이 다 된 시간에 굳이 전화를 걸 사람이라면 외국에 있는 가족들 정도밖에 떠오르지 않았다. 달국은 쉽게 대답하고 우선 샤워를 마쳤다.

몸을 닦고 밖으로 나설 때까지도 여난은 여전히 외투도 벗지 않은 그대로 소파에 늘어져 있었다. 내버려 두면 그대로 잠들 모양새였다. 달국은 아예 여난을 들어 올릴 태세로 붙들어 당겼다.

"일어나. 가서 씻어."

"으…. 알았어.

"알았다고만 하지 말고."

"간다고, 가…. 아, 너 전화 끊기고 나서도 몇 번 더 울리더라. 봐봐."

마침내 두 발로 일어선 여난이 욕실 안으로 들어섰다. 달국은 외투에서 핸드폰을 꺼내 들고 복층 위로 향했다. 매트리스에 털썩 주저앉아 화면을 켜 보니 공모전 담당 조교로부터 부재중 전화와 메시지가 찍혀 있었다.

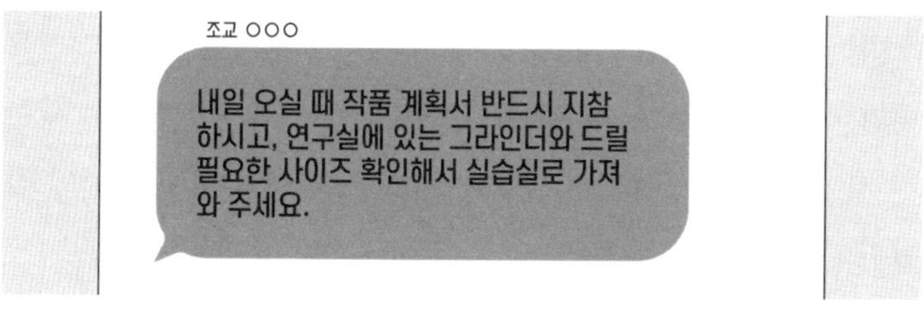

심부름 지시를 하자고 자정이 가까운 시간에 전화를 했단 말이

지…. 어쩔까 고민하다 내버려 두고 침대에 누웠다. 그만두더라도 내일 나가서 말하는 게 낫겠다는 생각이 들었다.

"……."

복층 높이만큼 낮아진 천장을 올려다보고 있으니 서서히 눈이 감겼다. 누운 채 눈가를 비비던 달국이 길게 기지개를 켰다. 까무룩 덮쳐든 피로가 어둠으로 내린 것도 그 즈음이었다.

눈이 오는 밤이면 찾아드는 꿈이 있었다. 어디선가 파도 소리가 들려오면 잠이 들었구나 싶었다. 주머니 속에서 맞잡은 손은 차갑기만 하고, 얼지 않는 파도를 듬뿍 삼킨 모래는 발밑에서 힘없이 흩어진다.

아, 우리는 도망쳤었지.

물결에 쓸리듯 한층 더 깊은 잠으로 가라앉으려는 순간, 익숙한 비누 향이 깊이 가라앉은 의식을 두드렸다. 차갑고 부드러운 살갗이 뺨에 닿고 따뜻한 숨이 코끝을 스쳤다.

"국아."

누가 듣기라도 할 세라 숨죽여 속삭이는 목소리에는 희미하고 은밀하며 달콤한 부름이 묻어 있었다. 힘겹게 눈꺼풀을 밀어 올리자 어두운 형체가 흐릿하게 보였다. 깜빡, 깜빡. 천천히 닦아낸 시야에 살짝 일그러진 얼굴이 비쳤다. 미간을 좁힌 여난이 골똘한 표정을 짓고 있었다.

"너 왜 숨소리도 안 내고 자. 술 너무 마셔서 기절한 줄 알았네."

"……."

"좀만 들어가 봐. 같이 눕게."

여난이 침대를 짚고 이불 안으로 파고들었다. 달국은 품에 안겨오는 몸에 팔을 하나씩 얽어 비몽사몽 끌어당겼다. 스치는 피부가 여전히 차가워서 잠결에도 걱정스러웠다.

"어? 뭐라고?"

따뜻한 물로 씻은 거 맞냐고.

"맞지, 그럼. 미쳤다고 이 날씨에 찬물 샤워했을까 봐?"

그런데 왜 아직도 이렇게 몸이 차.

"네가 너무 뜨거운 거야. 많이 마신다 했다."

내가 많이 마셨다고?

"우리 만날 그러잖아. 난 내내 취해 있다가 집에 오면 다 깨고, 넌 멀쩡하다가 집에 오면 그때부터 취하고."

그랬나….

"그나저나 케이크 먹었어야 하는데 아깝네."

…….

"자?"

아니. 달국은 대답했다고 생각했지만 여난은 재차 물었다.

"진짜 자? 선물 안 받고?"

무슨 선물? 이번에도 되물었다고 생각했지만 이어지는 말은 없었다. 얼마 지나지 않아 다시 차가운 손이 얼굴에 닿았다. 감은 눈을 둥글게 쓸고 뺨을 매만지며 서서히 흘러 내려간 손이 이윽고 턱 아래, 맥이 뛰는 자리에 닿았다.

얼굴 근처의 매트리스가 푹 꺼지더니 부스럭, 시트 구겨지는 소리가 들렸다. 이어 익숙한 온도와 감촉을 품은 입술이 맥이 뛰는 자리에 깊이 닿았다. -선물로 뽀뽀해 줄게. 오늘이 끝나기 전에. 달국은 그제야 여난이 낮에 꺼낸 이야기를 기억해 내고 소리 없이 웃음 지었다.

사람은 왜 누군가와 입술을 맞댈까. 그가 뱉은 숨이라도 가지고 싶어서일까. 맥이 뛰는 자리를 굳이 찾아드는 것도 같은 마음일까. 너 역시 내 숨이 네 숨이기를 바랄 때가 있을까.

"국아."

아. 그 어린 날에, 그토록 초라하고 차갑고 쌀쌀하던 모든 밤과 아침에….

"혹시 내가…."

나는 차라리 네가 되고 싶었어.

"아직도 널 불안하게 해?"

그러면 이 애달픈 걱정에서 벗어날 수 있을 것 같았지.

뭘 믿고 그렇게 무턱대고 좋아했는가 묻는다면 대답할 말이 없다.

사람에게는 누구나 상흔처럼 새겨지는 순간이 있고, 하필이면 그 풍경에 그 애가 들어 있었을 뿐이다. 어리고 덜 자란 몸에 돋을새김 되어 버린 기억이 버겁다 한들 무엇을 탓할 수 있었겠는가.

처음 본 날부터 그랬어. 한 번도 의심하지 않았어. 우리는 서로의 평생을 나눠 가질 거라고.

"윽……."

하지만 곧 알게 된 거지. 나눠 버리면 불완전해진다는 걸. 우리는 어렸기에 쉽게 다쳤고, 그토록 쉽게 다친 스스로가 싫어서 또 한 번 다쳤다. 친구나 가족으로는 만족할 수 없어. 연인이 되자는 타인으로서의 약속은 이별이 올 거라는 착각을 일으켜. 그렇다면 대체 무엇이 되어야 우리는 당연할 수 있을까.

"아……!"

새벽이 녹은 사탕처럼 길게 늘어지고, 달뜬 숨이 귓전을 파고들었다. 허억, 상체를 크게 들썩인 여난이 달국의 팔을 할퀴며 몸부림쳤다.

손톱이 긁어 내리는 자리가 전혀 아프지 않아 꿈이라는 사실을 알았다. 헛숨을 들이쉰 달국이 제 얼굴을 마구 문질렀다. 붉게 물든 마른 몸이 지나칠 정도로 선명하고 또렷했다.

"…여난."

부르자 마주친 눈이 축축하게 휘어졌다. 어둠 속에서도 그 경계가 분명하게 보이는 검은 동공은 덜 마른 유화 물감처럼 비린 현실감을 품고 있었다. 고개를 내린 달국이 여난의 젖은 눈을 핥아 올렸다. 무른 눈동자가 혀끝을 스치자 간간한 짠맛이 입안을 휘돌았다. 아, 나는 혹시 이 애를 바다에서 건져 냈을까. 배 속 깊은 곳에서부터 타오른 갈증은 한 줌 퍼낸 해수처럼 새파랗고 차가웠다.

"하아…."

여난이 긴 숨을 뱉으며 머리를 뒤로 젖혔다. 시트를 누른 발끝이 바짝 서자 허벅지가 파르르 떨린다. 달국은 여난의 한쪽 무릎을 제 어깨에 올렸다. 다리가 크게 벌어지게 된 여난이 입을 열고 느린 호흡을 뱉었다.

"아……."

해야 할 일은 본능적으로 알고 있었다. 아주 오래 전부터 명백한 형태로 자리 잡은 욕망이었다. 피가 고여 빳빳해진 성기를 쥐고 꽉 다물린 구멍에 끝을 맞추자 어깨에 올린 오금이 바짝 조여들었다.

"으, 국아…."

여난은 헐떡이며 달국의 팔을 쥐었지만, 잡은 몸을 밀어내거나 도망치려 하지는 않았다. 오히려 삽입을 도와주려는 듯 허리를 띄워 올리기까지 했다. 평소와 다른 모습에 의아해하던 달국이 곧 헛웃음을 지었다. 그새 잊었어? 이건 다 꿈이잖아.

"…아, 윽…!"

매끄러운 허벅지를 움켜쥐고 맞닿은 하체를 짓눌렀다. 딱딱하게 발기한 성기가 조금씩 부드러운 구멍을 비집고 진입하기 시작했다. 헐떡대는 숨소리가 점차 커지며 납작한 가슴팍이 경련하듯 튀어 올랐다.

"하아, 조금만… 천천…!"

달국이 연한 살결에 닿은 손을 있는 힘껏 우그러뜨렸다. 새하얀 피부에 붉은 손자국이 고스란히 새겨졌다. 드득, 좁은 몸속을 사정없이 파고들 때마다 불거진 핏줄이 민감한 살을 긁는 소리가 적나라하게 들렸다.

"여난."

부르는 목소리는 제 귀에도 거칠었다. 아, 아, 밀려 올라갈 때마다 힘없이 신음하던 여난이 느릿느릿 고개를 끄덕였다. -듣고 있어. 눈물이 맺혀 가닥가닥 뭉친 속눈썹을 핥으며 덜덜 떨리는 허리를 받쳤다. 뜨거운 혀를 빨아들여 체액을 뒤섞은 순간, 바짝 굳어 있던 여난의 몸에서 한순간 힘이 빠지며 안쪽이 누눅하게 녹아내렸다.

생각할 시간 따위는 없었다. 달국은 그의 등을 부서져라 움켜쥔 채 허리를 힘껏 짓쳐 올렸다. 헉, 받은 숨을 들이킨 여난이 맥없이 위로 요동쳤다.

"아…… 윽……."

애처로운 신음이 흐르고, 한껏 조여든 내벽이 끝까지 박아 넣은 살덩이를 핥듯이 꿈틀거렸다. 어금니를 악물고 몸을 낮춘 달국의 복직근을 타고 새파란 힘줄이 돋아났다.

"후우……."

"…흐! 으윽…."

무릎에 힘을 주고 허리를 물렸다가 곧장 퍽, 소리가 나도록 밀쳤다. 여난이 이를 악문 채 덜컥덜컥 흔들렸다. 얕게 몸을 뺐다가 한껏 처박기를 반복하는 행위 속에서 그는 한 번도 아프다거나 그만두라고 말하지 않았다. 아랫입술을 물고 손으로 입을 막으며 기어이 견딜 뿐이었다.

밀려드는 현기증을 참아 내며 달국은 생각했다. 이건 내 꿈이어서일까. 내 기억 속에 남은 네가- 정말 견디기 힘든 순간에는 한 번도 거리낌 없이 울지를 않아서, 다그치고 캐묻기 전에는 아프다고 하는 법이 없어서….

"여난."

탄식하듯 부르고 팔목을 쥐었다. 핏기 없는 손끝에 종이에 벤 상처가 고스란히 남아 있었다. 달국은 일자로 길게 그인 자리를 머금어 깊이 빨아들였다. 희미한 쇠비린내가 났지만 피는 나오지 않았다.

"…아, 읏!"

까득, 단정한 손톱이 달국의 잇새에서 부러질 듯 짓눌렸다. 그러고 나서야 미지근한 핏물이 고였다. 달국은 피부 아래서 걷어온 체액을 혀끝에 묻힌 채 제 입안 점막에 덧칠하듯 차근차근 머금었다. 쪽, 축축한 입맞춤 소리가 울릴 때마다 마치 여난의 살점을 떼어 내 씹어 넘기는 기분이 들었다.

아, 차라리 전부 집어삼켜 버릴 수만 있다면.

"국아."

그러면 나는 네게 너무나 당연해질 텐데. 네가 혹여나 손에서 놓칠까 전전긍긍하지 않아도 되는… 유일한 세상이 될 텐데.

"…국아."

퍽, 다시금 끝까지 밀친 몸이 화르르 끓어올랐다. 마른가지 같은 몸줄기가 불붙은 듯 요동쳤다. 아, 낮은 비명을 내지른 여난이 시트 위로 팔꿈치를 누른 채 진저리쳤다.

끝이 다가온다는 걸 알 수 있었다. 무자비하게 허리를 움직일 때마다 퍽, 소리가 나도록 밑이 부딪쳤다. 달국은 입에 닿는 모든 것을 물어뜯을 기세로 여난의 입술에, 뺨에, 목덜미에 이를 세웠다. 속은 조금도 시원해지지 않았으나, 그렇게라도 하지 않았다면 아예 견딜 수가 없었을 것이다.

"…흐읏…!"

길게 신음한 여난이 온몸을 바르르 떨었다. 몸 안으로 파고든 타인의 체액이 낯설어 어쩔 줄을 모르는 것 같았다. 턱을 치켜든 채 경련하는 그를 꽉 껴안은 달국이 눈앞의 목덜미에 얼굴을 묻었다. 시큼한 땀 냄새에 섞인 체향은 달게만 느껴졌다.

"아, 국아…."

가는 목을 더듬어 어깨와 이어지는 부분을 한껏 움켰다. 여전히 채워지지 않은 갈증이 피를 데우고 있었다. 이에 닿는 모든 것을 모조리 잘게 조각내어 삼켜도 해갈되지 않을 것 같았다.

"읏……!"

그렇다면 적어도, 당장 삼킬 수 있는 만큼이라도…. 다급함으로 축인 입술을 한껏 벌린 순간이었다.

"…윽!"

날카로운 통증이 귓전을 스쳤다. 진득한 현기증이 밀려왔다가 발끝을 간질이고 사라졌다. 휘청, 흔들린 몸을 지탱하려 바닥을 짚자마자 차가운 손이 양 뺨을 감쌌다.

"…국아."

힘겹게 부른 여난이 잔기침을 했다. 오래 짓눌린 숨을 조금씩 뱉어 내는 소리였다. 달국은 그제야 고개를 들어 올리며 두 눈을 여러 번 깜빡였다.

"……."

새벽에 접어든 방 안은 깊은 어둠으로 가득했다. 어지러운 시야를 여러 번 털어 내 간신히 정신을 차리고 나서야 자신이 여난을 짓누른 채 엎드려 있다는 걸 알았다. 피가 몰린 하반신을 한껏 밀착시키고서 목덜미에 이를 세우려 하고 있었다.

…설마 꿈이 아니었니. 섬뜩한 상상은 어둠이 조금 눈에 익고

나서야 떨쳐 낼 수 있었다. 서로가 잠들었을 때의 차림 그대로였다. 그러나 자던 사람에게 난데없이 올라타 앉은 상황이 달라지는 것은 아니었다.

"정신 차렸어?"

여난이 멍해진 달국의 뺨을 가만가만 문지르며 반쯤 쉰 목소리로 물었다.

"……어."

짓눌린 목소리로 대답하자 그가 한 번 더 콜록, 미약한 기침을 뱉었다. 그러고는 천천히 시선을 내려 맞닿은 하반신을 힐끔거렸다.

"어우…."

"……."

"우리 건강한 청소년이 대체 무슨 꿈을 꾸셨길래…."

뻔뻔한 농담을 내뱉고는 있지만 누가 봐도 잔뜩 겁을 먹은 모양새였다. 창백한 얼굴에는 식은땀이 맺혔고 어깨는 잘게 떨리고 있었다. 달국은 여난이 또 놀라지 않도록 조심스레 매트리스를 짚고 몸을 일으켰다.

"국아."

얼른 따라 일어나 앉은 여난이 다급히 그의 팔을 붙들었다.

"저기, 귀 괜찮아?"

"…귀?"

"아무리 불러도 깨질 않아서, 내가 이렇게… 좀 당겼는데."

"……."

여난이 귓바퀴를 잡아 흔드는 시늉을 하며 머쓱하게 웃었다. 꿈을 깨뜨린 날카로운 통증의 정체였던 모양이다. 달국은 무심히 고개를 저었다.

"안 아파. 그런 줄도 몰랐어."

"…어."

"넌 괜찮아? 내가…."

돌아보며 손을 뻗던 달국이 멈칫했다. 어찌나 세게 잡아당겼는지 형편없이 늘어난 티셔츠 목 위로 울긋불긋하게 자리 잡은 울혈이 보였다. 비몽사몽간에 힘 조절도 못한 탓에 거의 피가 맺힐 듯 새빨개진 자리도 있었다.

"하아…."

땅이 꺼져라 한숨을 쉬고 얼굴을 가까이 했다. 여난은 움찔, 몸을 굳히면서도 그가 제 상처를 살피는 것을 막지 않았다.

"…왜 가만히 있었어. 때려서라도 깨우지."

"헷갈려서 그랬다, 헷갈려서. 이게 지금 맨정신으로 이러는 건지 아닌지 모르겠어서."

"맨정신이면 뭐가 달라."

"됐고, 너 그… 그거 해결해야 할 거 아니야."

여난이 눈짓으로 달국의 다리 사이를 가리켰다. 한껏 단단해진 성기가 트레이닝복 바지 아래로 팽팽하게 그 형태를 드러내고 있었다. 뭘 어쩌게? 어이없는 마음을 숨기지 않고 바라보자 한참이나 고민하던 여난이 소곤소곤 물었다.

"…손으로 해 줄까?"

"……."

달국은 그만 쓰러지듯 드러누워 버렸다. 여난은 재빨리 무릎걸음으로 다가와 상체를 낮췄다

"왜… 나 뭐 잘못 말했어?"

"……."

"아, 자기야…."

도로 가까워진 피부에서 옅은 땀 냄새가 풍겼다. 다시 보니 목덜미까지 식은땀이 배어 있었다. 무서웠겠지. 아팠을 테고. 누운 채 훑어 내리던 시선 끝에 붉은 손자국이 고스란히 새겨진 팔목이 비쳤다. -쯧. 소리 없이 혀를 찬 달국이 벌떡 일어나 앉았다.

"어디 가게?"

여난이 그런 달국의 팔을 덥석 붙잡았다. 새벽빛으로 흐려진 눈동자가 불안하게 흔들렸다. 달국은 마저 몸을 일으키며 조심스레 팔을 빼냈다.

"욕실."

"굳이 왜…. 내가 해 준다니까."

"……."

"해 줄게. 응? 너 상태 이상해서 좀…."

…겁이 나. 익숙한 목소리가 미처 뱉지 못한 낯선 말은 떨리는 손끝에 맺혔다. 아랫입술을 살짝 깨문 채 올려다보는 얼굴에 이번에도 한 발 물러설 수밖에 없었다. 체념한 달국이 제 이마를 쓸어 넘겼다.

"이리 와."

벽에 기대앉자 여난이 슬금슬금 다가왔다. 그러고는 매트리스를 짚고 기던 자세 그대로 멈춘 채 조심히 눈을 맞춰 온다. 달국은 손바닥을 위로 한 채 손끝을 살짝 까딱였다. 여난은 조금 못마땅한 표정을 지으면서도 순순히 상체를 일으켰다.

"후…."

차가운 손이 옷을 헤치고 내밀한 피부에 닿았다. 달국은 고개를 뒤로 젖히며 순간 치솟은 숨을 골랐다. 탁한 탄식에 잠시 멈칫한 여난은 이내 드러난 살기둥을 두 손으로 감싸 쥔 채 서툴게 문지르기 시작했다.

"벌써 좀…."

쓰윽, 쓱, 건조한 손바닥이 뜨거운 살결에 마찰하는 소리가 적나라하게 울렸다. 달국은 이를 꾹 다물며 두 눈을 가늘게 떴다.

"…젖었네."

속삭인 여난이 스읍, 숨을 들이마셨다. 흐트러진 까만 머리칼 사이로 삐죽 솟은 귀가 그새 붉게 물들어 있었다.

"……."

눈이 마주쳤다. 여난은 언제 굳어 있던 적이나 있었느냐는 듯이 생생하게 상기된 얼굴이었다. 주위를 둘러싼 공기가 차근차근 달궈지고 있었다. 빤히 바라보고 있으려니 눅눅한 시선이 어색하게 초점을 잃고 헤맸다.

"그렇게 보지 말라니까…."

불퉁하게 중얼거린 여난이 고개를 떨어뜨렸다. 달국은 그러거나 말거나 눈앞의 흰 이마와 날렵한 코끝, 입술, 보기 좋은 각을 그리는 어깨를 하나하나 훑어보았다. 그러지 않으면 꿈의 잔상이 떠오르고 말 것 같았다.

"…아, 좀."

결국 견디지 못한 여난이 한 손으로 달국의 눈가를 덮었다. 시야가 닫히고 찬 기운이 눈꺼풀에 스몄다. 달국은 움찔, 몸을 굳히며 반사적으로 여난의 팔목을 쥐었다.

"가만 있어…."

차마 힘을 주지 못하고 있는 사이 여난은 다시 나머지 한 손을 놀리기 시작했다. 한계까지 발기한 성기를 버겁게 감싸 쥔 채 서먹하게 쓸어 올리는 몸짓은 처음과 전혀 달라진 게 없었다. 거칠고 어쭙잖았으나 충분히 관능적이었다. 달국은 결국 윽, 신음하며 여난의 손에 이마를 깊이 묻었다.

"왜…? 할 것 같아?"

은밀하게 묻는 목소리는 바로 귓전에서 들렸다. 설레어하는 기색이 고스란히 느껴졌다. 이깟 걸로 신이 나나. 속웃음을 지은 달국이 입가에 닿은 손목에 대고 살짝 이를 세웠다.

"…어."

"……."

"네 손에 쌀 것 같은데…."

흠칫, 여난이 온몸을 움츠렸다. 덕분에 시야를 막은 손이 흘러내리고 한쪽 눈이 뜨였다. 아. 달국은 저도 모르게 낮은 탄성을 흘렸다. 이마까지 새빨갛게 물든 여난이 아랫입술을 꼭 깨물고 있었다.

눈을 깜빡일 때마다 파르르 떨리는 속눈썹에 푸르스름한 새벽빛이 맺혔다. 조심스레 들어 올린 시선에서 여전히, 그 차가웠던 아침과 조금도 다르지 않은 이질감을 본다. 겨울과 봄의 경계선에서 오로지 이 애 하나만이 선명해지던 순간. 덜 마른 마음을 고스란히 긁고 지나간 이방인을 쫓아 걸음을 옮기던 그 어린 날에.

"…여난."

어쩌면 나는 처음부터 알았던 것 같아. 이 속에 새겨진 게 무엇이든, 그것은 이미 내 일부가 되었으며 평생 퇴색되지 않으리란 사실을….

"눈 피하지 마."

달아오른 귀에 대고 속닥이는 말은 숫제 간청에 가까웠다. 한참 후에야 얼굴을 든 여난이 조심스레 코끝을 스쳤다. 입술을 맞대면 이미 서로가 없이도 떠올릴 수 있는 숨의 온도를 새삼스레 확인할 수 있었다.

"으응…."

마른 등을 끌어안자 여난이 희미한 신음을 흘렸다. 감미로운 체온을 되짚어 가는 동안 몸속이 터질 듯 뻐근해졌다. 끝을 예감했는지 가는 손가락이 바삐 움직였다. 달국은 피를 끓이는 감각에 몸을 내맡긴 채 가쁜 호흡을 쫓아 고개를 틀어 올렸다.

"읏…."

"…아."

움찔, 달국의 어깨가 크게 흔들리고 여난의 턱 끝에서 땀방울이 떨어졌다. 하아…. 가열된 공기 중으로 퍼져 나간 호흡이 차차 가라앉은 후에야 다시 시선이 마주쳤다.

"……."

부옇게 흐려진 눈을 느릿느릿 깜빡이던 여난이 별안간 흐, 웃었다. 그러고는 희끄무레한 액체가 묻은 손을 장난스레 들어 보였다. 달국은 침대 맡에 있던 수건을 집어 그의 손을 닦아 주며 물었다

"너는?"

"나? 나 뭐?"

달국이 대답 대신 여난의 다리 사이를 눈짓했다. 만져 보지 않아도 살짝 부풀어 있는 것을 알 수 있었다. 여난은 깜짝 놀라 입을 다물더니 고개를 휘휘 저었다.

"나 안… 안 섰는데 무슨 소리지?"

"……."

"그냥 너만 해 줬는데 내가 왜…. 아, 됐으니까 이리 와."

행여 다른 말이 나올세라 여난이 얼른 달국의 목에 팔을 얽었다. 그러고는 제 무게를 실어 매트리스 위로 털썩 눌러 놓았다. …그냥 넘어가 주는 게 좋겠지. 달국은 한껏 파고든 여난의 머리를 조용히 쓰다듬었다.

"…근데 진짜 무슨 꿈 꿨어, 너?"

평화로운 침묵은 길지 않았다. 불현듯 고개를 올린 여난이 호기심 어린 추궁을 시작했던 것이다. 달국은 눈을 감은 채 무성의하게 대답했다.

"몰라."

"나 진짜 깜짝 놀랐거든. 잘 자던 애가 갑자기 사람을 물어뜯는데 이게 다 뭔가 했어."

"……."

"말 안 해 줄 거야?"

"기억 안 나…."

달국이 잡아떼면 여난으로서는 수가 없는 문제였다. 끙, 하며 고개를 도로 늘어뜨린 여난이 그의 옆구리를 아프지 않게 쿡쿡 찔렀다.

"국아."

"……."

"달구욱."

"…또 왜."

"너 어제오늘 좀 이상했던 거 알지?"

알기는 알지. 달국은 긍정의 표시로 고개만 살짝 끄덕였다. 눈을 감았기에 여난이 어떤 표정을 짓고 있는지는 볼 수 없었지만, 고요하게 흐르던 숨소리가 살짝 경직되는 것이 느껴졌다. 왜 긴장했을까. 의아해진 달국이 천천히 눈꺼풀을 밀어 올렸다.

"……."

그리고 빈 입술을 달싹이던 여난과 눈이 마주쳤다. 도로 입을 다문 여난은 고개를 푹 숙였다가, 손등으로 미간을 문질렀다가, 혀로 입술을 축이고 나서야 짓눌린 목소리를 냈다.

"…있잖아."

무슨 대답이든 꺼내는 순간 독촉처럼 들릴 것 같았다. 침묵을 택한 달국이 소리 없이 여난의 숨을 쫓았다.

"국아, 작년에…."

"……."

"내가, 그… 친구로 지내면 안 되냐고 했을 때."

여난은 결심한 말을 뱉어 내는 것만으로도 충분히 힘겨워 보였다. 달국은 그런 여난의 머리칼을 살짝 쥐어 문지르며 얌전히 기다렸다. 희미하게 닿는 체온에 안도했는지, 마침내 떨리는 목소리가 조금씩 흘러나왔다.

"그때 혹시… 나 미웠어?"

그리하여 달국은 의식이 꺼져 들던 순간의 대화를 기억해 낼 수 있었다. -내가 아직도 널 불안하게 해? 용기를 짜내 건넨 질문의 대답을 듣지 못했기에 여난은 홀로 고민했을 것이다. 불안했던 걸까. 그 불안은 어디서 왔을까. 홀로 잠들지 못하고 되짚어 간 결과가 이거겠지.

"여난."

달국은 잠시 입을 다물고 말을 골랐다.

"나는…."

아마 쉽게 믿을 수 없겠지만….

"내가 널 미워할 수 있을 거라 의심해 본 적 없어."

그렇다고 해서 너의 의심을, 불안을 원망하지도 않아. 영원 같은 허상이라도 약속받고 싶었던 네 나약함을 비웃을 생각도 없어. 너는 열여섯 그 순간부터 나의 부조浮彫였으니까.

"네가 나를 잃어버리기 싫었다는 걸 알아."

"……."

"그 마음까지 다해서 난…."

좋아한다는 말은 가볍고, 사랑한다는 말은 구태의연하다. 눈을 가늘게 뜬 채 오래 고민하는 달국을, 이번에는 여난이 말없이 기다려 주었다. 차분한 공기 속에서 달국은 이내 그나마 가까운 단어를 떠올렸다.

"…너를 긍정해."

달국이 천천히 몸을 돌려 여난을 마주 보고 누웠다. 말로써 내뱉으니 알 것 같았다. 너무나 자연스레 눈에 담았고, 정신을 차려 보니 돌이킬 수 없었던 첫사랑.

"……."

모든 계절을 한 몸인 듯 겪고, 함께 보내는 다섯 번째 생일을 앞둔 지금까지도, 사실은 네 마음 역시 의심한 적이 없다고 말하면… 너는 기뻐할까. 혹은 황당해할까.

아. 짧은 깨달음이 스치고 달국이 소리 없이 탄식했다. 그렇구나. 사실은, 나는… 한 번도 이 애를 두고 불안해한 적이 없었어. 그저….

"…알았어."

그저 너무 소중했을 뿐이지….

"알아들었어."

여난이 붉어진 얼굴을 달국의 어깨에 푹 파묻었다. 달국은 그의 머리를 감싸 품에 넣은 채 눈을 감았다.

아직도 종종 그 무력하던 밤을 되새긴다. 어디로도 가지 못하는 처지가 갑갑해 잠들 수 없던 새벽을 생각한다. 그러면 그 마음을 읽기라도 한 듯 그 애가 속삭이던 목소리가 떠올랐다. -어서 겨울이 오면 좋겠어. 네 생일을 치르면 한 해가 끝나겠지. 그러면 우리는 1년 더 어른에 가까워지고, 어른이 되면 어디든 우리가 원하는 곳으로 갈 수 있을 거야.

아침이 밝자 세상은 밤새 그치지 않은 눈에 빼곡히 덮여 있었다. 보일러 온도를 잔뜩 올려도 한기가 가시지 않아 종일 침대에서 이불을 덮어쓰고 있었다. 귤을 까 먹거나 폰 게임을 하며 한가로이 시간을 보내다 점심 메뉴를 고민하기 시작했을 즈음, 달국의 핸드폰이 길게 울렸다.

- 달국, 너 오늘 학교 가?

경은의 목소리가 수화기를 뚫고 나오자 여난이 따가운 시선을 보냈다. 행여나 이 눈속에 나갈 생각은 꿈에도 하지 말라는 속마음이 절절이 전해졌다. 달국은 아예 스피커폰을 켜고 도로 침대에 늘어졌다.

"아뇨."

- 하씨, 그치? 이 날씨에 좀 아니지? 근데 이 인간들 왜 나오지 말라는 공지가 없어?

"음, 그런데…."

달국의 시선이 흘낏 여난을 향했다.

"저는 어시 그만두려고요."

똑바로 눈을 맞춘 채 핸드폰에 대고 말하자 여난이 슬금슬금 시선을 피했다. 그러나 입꼬리가 비죽 올라가는 것까지는 감추지 못했다.

- 뭐? 왜? …아니, 그래. 그만두고 싶을 만하지만.

"네, 그것도 그렇고…."

- 응?

"애인이 자기랑 시간 안 보낸다고 서운해해서."

- 아, 예. 정말 안 궁금한 정보 잘 들었습니다. 누구는 누구 씨

가 과팅 한 번을 안 나와 줘서 여태 홀로….

애인 없는 서러움을 토로하려 드는 경은을 잘라 내듯 종료 버튼을 누른 달국이 핸드폰을 멀리 밀어 두었다. 여난은 그제야 흠, 헛기침을 하고는 슬그머니 달국 곁으로 다가왔다.

"전화 그렇게 끊어도 돼?"

"할 말 다 했어."

간단한 대답에 여난이 히, 웃었다.

"아무튼… 눈 때문에 배달은 다 안 되는 것 같아. 우리 저번에 그 두부라면 끓여 먹을까?"

"또 한입 먹고 젓가락 놓으려고?"

"파를 넣지 말자. 두부에 파까지 넣으니까 난이 입맛에 영 아니었어."

"글쎄, 그런다고 될 문제인가…."

-이번엔 진짜 맛있게 끓여 보자, 믿어 봐. 종알대는 여난의 머리를 감싸 입을 맞췄다. 끌어당기는 손에 천천히 몸을 눕힌 그가 간지러운 웃음을 터뜨렸다.

저녁 즈음에는 연구실 조교에게서 전화가 왔다. 그만두겠다는 의사를 전하자 그는 알 만하다는 듯 한숨을 쉬었다.

- 잘 생각했어요. 안 그래도 1학년은 좀 빼야 되지 않을까 다들 얘기하던 중이라.

"…네?"

- 영 진도가 안 나가서…. 빨리빨리 작업이 돼야 도울 일도 있

는데, 다들 시간만 죽이다 집에 가고 있었잖아요. 지겨웠죠?

"……."

- 그래도 혹시 1월 중에는 한 번씩 도와줄 수 있을까요? 달국 학생이 힘이 세서 도움이 많이 됐는데.

"…미리 연락 주시면 그렇게 하겠습니다."

통화는 길지 않게 끝났다. 갑자기 그만두는 만큼 어느 정도 싫은 소리를 들을 줄 알았던 터라 의외였다. 통화하는 내내 옆에서 엿듣던 여난은 전화를 끊자마자 뭐래? 하며 불안한 얼굴을 했다.

"그렇게 안달할 거면 뭐 하러 그만두라고 했어."

"…걱정은 되지. 그건 완전 별개의 문제지."

"잘 해결했어."

여난이 진짜? 하며 아리송한 표정을 지었다. 어, 진짜. 쉽게 대답한 달국이 자리에서 일어났다. 슬슬 눈을 뚫고서라도 나갔다 와야 했다. 냉장고가 텅 비어 있었기 때문이다.

"믿을 수가 없어. 배달되는 가게가 하나도 없다니…."

"나가기 귀찮으면 혼자 갔다 온다니까."

"안 돼. 아직 스무 살도 안 된 애기를 이 험한 세상에 어떻게 혼자 내보내."

"……."

눈은 27일 밤이 되어서야 멎었다. 창가에 앉아 바깥을 바라보던 여난은 하늘도 네 생일을 축하하는 거라며 허튼소리를 했다.

"그나저나 결국 케이크는 이거네."

집 근처 제과점에는 이번에도 초코 케이크와 어린이용 캐릭터 케이크밖에 남아 있지 않았다. 차라리 곰 캐릭터 케이크를 사자는 의견을 못 들은 척 제일 작은 초코 케이크를 집어 들자 여난은 집에 오는 내내 초코 크림이 발린 스펀지케이크에 대한 불평불만을 늘어놓았다.

"난이는 이런 달달이 별론데…."

"그러게 케이크 없어도 된다니까."

"케이크는 있어야지. 케이크가 없으면 그게 생일이야?"

어쩌라는 건지…. 조용히 입을 다물자 여난이 막 생각났다는 듯 목소리를 높였다.

"세형이네 가서 뺏어 올까? 그거 완전 맛있어 보였는데."

"…이건 어쩌고."

작은 케이크 상자를 들어 보이자 당당한 대답이 돌아왔다.

"가져가서 우리 케이크랑 바꿔 오자!"

"참 나…."

하지만 여난은 오늘을 타인과 나누지 않을 것이다. 그러므로 이것은 달국이 어이없이 웃으면 끝나는 대화였다. 목적을 달성한 여난이 이를 드러내며 웃었다.

"하여튼 난 초코 싫어. 네가 다 먹어야 해."

"그래, 그래."

"하…. 스무 살 생일이라니, 우리 꾸기가 다 커 버렸네…."

앞장 선 여난의 발걸음마다 깊이 쌓인 눈이 뽀득뽀득 짓눌렸다. 얕은 운동화 자국을 바라보며 달국은 생각했다. 어쩌자고 한 해의 시작과 끝이 이토록 춥고 혹독한 계절로 정해져 있을까.

"여난."

부르자 멈춰 선 여난이 응? 하며 돌아보았다. 창백한 뺨이 건드리면 깨질 것처럼 위태로워 보였다. 긴 숨을 들이쉬고 천천히 내뱉었다. 다음 순간 입술 새로 흘러나온 것은 스스로도 예상치 못한 질문이었다.

"뉴질랜드 가고 싶어?"

투둑, 나무에 쌓인 눈이 떨어지는 소리가 들렸다. 멍하니 두 눈을 깜빡이던 여난은 날카로운 찬바람이 훑고 간 후에야 헛숨을 터뜨렸다.

"너… 설마 그거 때문에 계속 이상하게 굴었던 거…."

"…아니야. 그냥."

이마를 쓸어 올린 달국이 후우, 한숨을 쉬었다. 묵직한 숨이 불투명한 입김으로 멀리 흩어졌다. 여난은 미간을 찌푸린 채 그런 달국을 빤히 바라보고 있었다.

"거긴 따뜻할 테니까…."

"……."

"그래서 해 본 말이야."

차고 거친 바람에 쌓여 있던 눈이 흩날렸다. 여난은 사박, 새하얀 길을 되짚듯 밟고 다가왔다. 달국은 그가 내민 손을 맞잡아 쥐며 천천히 눈을 깜빡였다.

나는, 너를 잃는다는 생각 같은 건 한 번도 해 본 적 없어.

"그럼 내년 꾸기 생일은 남반구에서 보낼까?"

그저 찾고 있을 뿐이야.

"해 본 말이라니까."

"왜, 가자. 가면 되지."

네가 원하는 확신을, 네가 원하는 형태로 건넬 방법을.

❄

작은 케이크 위로 길쭉한 초 두 개가 타올랐다. 씩 웃으며 불을 붙인 여난은 처음 맞는 생일인 양 신나 보였다.

초에 불이 붙자 여난이 흠, 하며 목을 가다듬었다. 열여섯의 12월 28일부터 반복된 풍경이었다. 여난은 매년 달국의 생일마다 작은 케이크를 사이에 두고 앉은 채 정성스레 생일 축하 노래를 불러 주었다. 그러면 달국은 무미건조한 얼굴로 박자에 맞춰 박수를 쳤고, 노래를 마친 여난은 더없이 뿌듯한 표정을 지었다.

"소원 빌어, 소원."

생일 초에 대고 소원을 빌면 이루어진다는 속설 따위는 믿지 않는다. 그런 게 가능했다면 전 국민이 복권에 당첨되었을 테니까. 하지만 시키는 대로 하면 여난이 즐거워했고, 그로써 여난이 즐거워했으면 좋겠다는 소원 정도는 이룰 수 있었다. 때문에 달국은 시키는 대로 손을 모으고 소원을 비는 시늉을 했다.

"있잖아, 국아."

정해진 수순에 따르면 다음은 선물 전달식이었다. 얌전히 두 손을 내밀고 기다리는 달국을 두고 여난이 한참 뜸을 들였다.

"나 사실 크리스마스에 완전 놀랐다."

그러고는 짠, 하며 등 뒤에 숨기고 있던 상자를 내밀었다. 반짝이는 녹색 포장지로 감싸고 금색 리본을 단… 어딘가 지나치게 익숙한 선물이었다.

"혹시 내가 뭐 준비했는지 알고 일부러 같은 데서 사 왔나 했네. 그건 아니지?"

"…어."

"풀어 봐. 나도 너한테 딱 어울리는 걸로 골랐어."

기대에 가득 차 재촉하는 모양이 불안하기 짝이 없었다. 달국은 상자를 든 채 조용히 모양을 가늠했다. 두께가 제법 있는 걸 보면 장갑이나 머플러는 아닌 것 같았다. 거기서 또 뭘 팔고 있었더라…. 곰곰이 되뇌었지만 적당한 물건이 떠오르지 않았다.

포장을 적당히 뜯어내고 상자를 열던 달국의 손이 딱딱하게 굳어졌다. 안에 든 것은 방한용 귀마개였다. 짧고 포슬포슬한 연회색 털이 한눈에도 보드라워 보였다. 미묘하게 깜찍한 디자인에 할 말을 잃고 고개를 들자 여난이 히쭉 입꼬리를 끌어 올렸다.

"맘에 들지!"

"……."

얄밉게 웃는 얼굴과 귀마개를 번갈아 보던 달국이 피식, 허무한 웃음을 터뜨렸다. 하여간 이 녀석한테 뭘 바라. 열여섯 생일에 받았던 베이비파우더 향 핸드크림보다는 낫다고 생각하니 그럭저럭 만족스럽게 여겨졌다.

"써 봐. 사진 찍자."

"…사진은 왜."

"프사 하게."

"……."

조용히 귀마개를 쓰자 바짝 붙은 여난이 핸드폰을 높이 들어 올렸다. 한참 찰칵대며 여러 장을 찍고 나서야 눈을 접어 웃는 모양이 대단히 만족스러워 보였다.

"국아."

여난이 핸드폰 사진을 넘겨보며 달국의 어깨에 머리를 기댔다. 달국은 그가 기대기 편하게 상체를 조금 낮춰 주며 엉, 무뚝뚝하게 대답했다.

"생일 축하해."

"…어."

"내년에도 같이 있자."

하마터면 심술궂게 되물을 뻔했다. -내후년에는? 그러지 않았던 것은, 핸드폰 화면을 바라보는 여난의 표정이 너무나 부드러웠기 때문이다.

"……."

그런 모습을 본다면 누구라도 착하게 고개를 끄덕일 수밖에 없을 것이다.

"그래."

순순히 대답하자 여난이 고개를 들었다. 눈이 마주치고 입술이 가까워지는 동안, 창을 스치는 바람은 점점 더 차갑게 얼어붙고 있었다.

파고드는 체온을 가득 끌어안으며 달국은 생각했다. 그 초라하고 불안정했던 10대의 끝자락, 빈손으로 내버리고 온 짝사랑은 지금쯤 우리가 걸었던 길을 거슬러 바다에 닿았을까.

"…내년에."

"응?"

"뉴질랜드는 가지 말자."

중얼대듯 말하자 여난이 고개를 쏙 들어 올렸다. 왜? 눈으로 묻는 얼굴이 어린애처럼 무구해 보였다.

"갈 데 있어."

간단히 말하고 다시 입을 맞췄다. 여난은 불만스러운 기색을 숨기지 않으면서도 순순히 닿은 입술을 맞물고 품을 열었다.

내년 겨울에는 확인하러 가 보자. 익숙한 얼굴을 찾아온 파도가 보여 줄지도 모르니까. 어린 날과 조금도 달라지지 않은 마음을.

"어디 갈 건데?"

간지러운 물음은 체온과 비슷한 온도로 피부에 스몄다. 달국은 바닥을 더듬어 가라앉은 찬바람을 쥐며 흐린 숨을 받아 마셨다. 반가운 한기가 폐부를 휘돌자 손끝이 달아올랐다. 깊어 가는 밤이 반가워 잠들 수 없었다.

사계 속續

XXXX년 12월 31일 수요일
세
내일 떡국 먹자
재료 사서 우리 집ㄱㄱ
뭐 사갈까?
세
알아서 잘!
용감한데~
…….
HORIBO
빅핫도
GOLD SPAR
천환경 봉투
니들
바보지.

새해라서 떡국 해 먹자고 불렀더니!!
지들 먹고 싶은 것만 사 왔잖아!
라면 맛있잖아~
난 떡 싫어.
화내지 망~
척!
흑흑, 망했어…. 이 떡국팟은 망했다고….
고기 사 왔으니까 그거 먹어.
그래, 달국아!!
한우 앞에서 떡국이 무슨 소용이냐!
탈룰라 전문가. ㅋㅋㅋㅋ
보글
보글
떡국_최종.3D
너희는 설날에 집에서 뭐 해?

딱히? 그냥 집에서 가족들이랑 밥 해 먹고 티비 보고….
어디 안 내려가?
엄마가 귀찮대.
하긴~
그래도 모여야 용돈 받잖아.
그렇긴 해.
매화는?
글쎄….
그냥 조용히 보냈던 것 같은데.

머쓱
외동이라 그랬나?
부모님도 멀리 계실 때가 더 많아서….
다 같이 보내는 것도 좋다.
…….
이 정도로 좋아하긴 이르지.
이거 아무래도 내가 나서야…
야, 잡아!!!!
엥?
뭔진 몰라도 못하게 해!!

텅—
먹고 눕지 마.
하…
극락이었다….
몰라, 몰라.
ㅋㅋㅋㅋ
그 정도야?
나 40만 원 넘는
고기 태어나서
처음 먹어 봐.
다 같이 달국이한테
고맙다고 절하자.
오,
하자, 하자.
새뱃돈
받자.
진짜
하자.
하지 마.
ㅋㅋㅋㅋ
폭죽…
불법이라는데?
에이,
뭐야~.

소리 나는 거 아닌데 그래도 안 되나?
괜찮아, 괜찮아.
이럴 줄 알고 여난 님이 회심의 아이템을….
궁금하면 해 보든지.
에이….
제사용 양초로 뭐 할 건데.
원래 불씨 때문에 화재 나고 그런 거니까….
거기다 소원 빌면 귀신이 들어주나?
음, 그래도 아쉽다.
그치?
야!!! 하지 마, 말하면 나와!
그러게….
그래서-

-무슨 소원
빌고 싶은데?
《사계 - 소설 청사과 낙원》 마침

작가 후기

글 그루

안녕하세요, 〈청사과 낙원〉의 소중한 독자 여러분.
저는 그루라고 합니다. 처음 뵙는 분들도 다시 뵙는 분들도 모두 반갑습니다.

〈사계〉는 2020년 3월에 심은 씨앗이 2022년 4월에 새순을 틔우고 2023년 1월에 꽃을 피운 이야기입니다. 소설 청사과 낙원팀이 정성스레 분갈이를 하고 번갈아 물을 줘 가며 키워 낸 이 화분 하나는 과연 독자분들께 어떤 향기로 기억될까요?

많은 분들께 사랑받는 작품의 소설화 작업을 맡는다는 것은 꽤 큰 용기가 필요한 일이었습니다. 설레는 마음보단 걱정이 앞섰고, 기쁜 만큼 두렵기도 했어요. 그럼에도 불구하고 돌고 돌아 결국은 제 손으로 붙잡게 되었던 것은, 이 씨앗을 내 손으로 개화시키고픈 욕심이 그 모든 걱정과 두려움과 우려를 앞섰기 때문일 겁니다.

2022년 여름, 제가 작은 수술을 하느라 입원했다 돌아왔을 때 청낙원 작가님이 〈야생 숲의 노트〉라는 책을 선물해 주셨어요. 이 책은 19세기의 성악 교사이자 성가대 지휘자였던 시미언 피즈 체니가 야생 새들의 노랫소리를 악보로 기록하기 위해 쓴 책이라고 합니다. 녹음기가 없던 시대, 악보와 노래와 연주로만 음악을 알릴 수 있었던 때에 새들의 노랫소리를 유심히 듣고 일일이 음을 적어 기록했던 거지요.

음악가로서의 실험적인 시도, 연구자로서의 기록 등 여러 목적이 있었겠지만… 가장 큰 동기는 역시 그가 새 소리를 좋아해서였을 거라고 저는 생각합니다. 아침이 밝아 오면 당연하다는 듯 지저귀는 새의 모습을, 그 노랫소리를 아름답다고 여겼기에 널리 알리고 싶었던 게 아닐까요.

돌이켜 생각해 보면 처음 씨앗을 건네받은 2020년 봄으로부터 지금까지- 한결같이 〈청사과 낙원〉 아이들의 모습과 소리와 향기를 세심히 살피며 서슴없이 사랑한 독자분들의 기록 하나하나가 있었기에 저도 오랜 시간 보관해 둔 씨앗을 다시 꺼내 볼 용기가 생겼던 것 같습니다.

저는 예나 지금이나… 사랑을 동력으로 삼는 사람이 가장 위대하다고 믿습니다.

작업 기간 동안 아낌없이 지원해 주시고 존중해 주신 청낙원 작가님, 과분하리만치 커다란 사랑과 응원으로 뒤를 받쳐 주신 최은정 편집자님, 그 외 〈사계〉를 위해 애써 주신 모든 분들께 감사를 전합니다.

무엇보다도 이 책을 선택해 주신 독자분들께 다시 한번 머리 숙여 감사드립니다. 작품을 향한 저의 욕심이 여러분의 사랑에 누가 되지 않았기를 진심으로 소망합니다.

감사합니다.
그루 드림.

그림 청낙원

안녕하세요. 청낙원입니다.
먼저 책을 구매해 주셔서 감사합니다.

이번 작업은 개인적인 난관을 겪던 저에게 운명 같은 행운이었습니다. 몇 년 전 그루 님의 〈사한〉을 처음 읽고 필요한 시기에 만나는 우연은 운명 같다는 말을 sns에 적은 적이 있는데, 이번에도 딱 그 말대로였어요. 필요한 일을 필요한 시기에 만났습니다.

원작의 친구들을 작가가 아닌 독자의 자리에서 따라가며 저 역시 이들을 좋아하는구나 새삼 깨닫기도 하고, 독자분들은 어떤 마음으로 아껴 주셨던 걸까 상상해 보거나, 순수하게 문장 속 풍경에 빠져들어 빨리 이 작품이 세상에 나왔으면 좋겠다 보여 주고 싶다 안달하기도 하면서 기존과는 다른 각도로 작품을 대하는 일이 즐거웠습니다.
내내 그랬던 거 같아요.

애틋하고 따스한 시선으로 이 친구들의 이야기를 적어 주신 그루 님, 책이 나올 수 있도록 처음부터 끝까지 힘써 주신 편집자님, 아름다운 꼴로 책을 만들어 주신 디자이너님, 그리고 이 이야기가 멈추지 않고 지속될 수 있도록 늘 지켜봐 주시는 독자 여러분께 언제나 진심으로 감사드립니다.

항상 건강하세요.

감사합니다.
청낙원 드림.

Ps. 명재만 삽화에 얼굴이 없더라 미안하다

사계

초판 발행 2023년 1월 27일

글 그루
그림 청낙원

펴낸이 이왕호
본부장 곽혜은
편집팀장 장혜경
기획 및 책임편집 최은정
표지 및 내지 디자인 최은아

국제업무 박진해 전은지 유자영 박이서 남궁명일
온라인 마케팅 박선혜 김경태 박서희
영업 조은걸
관리 채영은
물류 최준혁

펴낸곳 (주)디앤씨웹툰비즈
출판등록 2002년 12월 9일 제25100-2020-000093호
주소 서울시 구로구 디지털로26길 123 지플러스타워 1305~8호 (08390)
대표전화 (02)853-0360 **팩스** (02)853-0361
전자우편 book@dncwebtoonbiz.com
블로그 blog.naver.com/dncent

ISBN 979-11-6777-060-8 (03810)